人民共和國文化與文學叢書

六　編

李　怡　主編

第 **4** 冊

張煒「半島」世界空間解碼

路翠江　著

花木蘭文化事業有限公司

國家圖書館出版品預行編目資料

張煒「半島」世界空間解碼／路翠江 著 — 初版 — 新北市：花木
蘭文化事業有限公司，2018〔民107〕
目 2+226 面；19×26 公分
（人民共和國文化與文學叢書 六編：第 4 冊）
ISBN 978-986-485-463-9（精裝）
1. 張煒 2. 中國當代文學 3. 文學評論
820.8   107011333

ISBN-978-986-485-463-9

9 789864 854639

人民共和國文化與文學叢書

六　編　第四冊　　　　ISBN：978-986-485-463-9

張煒「半島」世界空間解碼

作　　者　路翠江
主　　編　李　怡
企　　劃　四川大學中國詩歌研究院
總 編 輯　杜潔祥
副總編輯　楊嘉樂
編　　輯　許郁翎、王　筑　美術編輯　陳逸婷
印　　刷　普羅文化出版廣告事業
出　　版　花木蘭文化事業有限公司
發 行 人　高小娟
聯絡地址　235 新北市中和區中安街七二號十三樓
　　　　　電話：02-2923-1455／傳真：02-2923-1452
網　　址　http://www.huamulan.tw 信箱 hml810518@gmail.com
初　　版　2018 年 9 月
全書字數　216553 字
定　　價　六編 7 冊（精裝）台幣 13,000 元
　　　　　　　　　　　　　　　　　　　　版權所有‧請勿翻印

張煒「半島」世界空間解碼

路翠江 著

作者簡介

路翠江（1972.7～），山東招遠人，魯東大學文學院教師，北京師範大學文學博士。主要研究方向為中國現當代文學，在《中國現代文學研究叢刊》、《文藝爭鳴》、《東嶽論叢》、《現代中國文化與文學》、《南京師範大學文學院學報》等刊物發表學術論文十餘篇。

提　　要

　　從現代空間理論、人文地理學視角，可以將張煒的文學「半島」世界分出自然地理空間、社會文化空間、藝術哲學空間三個肌理清晰、富有質感的層次。

　　膠東半島的自然地貌、氣候特性、生物群落，是地理和生態學意義上的「半島」世界。「半島」世界首先具有不可替代的地理文獻價值；其次，「地方感」體現出作家的安全訴求和生態倫理。在「愛」、「懼」交織的情感張力中，鑄就「大地守夜人」的身份。「半島」世界透過膠東半島一方，表現的是整個人類的生存。

　　膠東是地理意義上偏離中原與中心的所在，但是歷史長河中，這裡的文化自足自在。自古而今，膠東半島沉澱下的海疆文化、齊文化，構成張煒文學世界的文化底色，有關徐福東渡、神仙方道傳說與傳統、百家爭鳴、夷狄征戰、移民等歷史上的大事件，悉數納入張煒筆下，與現實交相輝映，令「半島」世界成為膠東半島古今百科全書，豐富著作品的底蘊。

　　張煒「半島」世界顯示鮮明的泛神傾向和烏托邦理想的載體性質。冥想、傾訴賦予作品詩性、思辨性以及精神性特質；敘事從純淨美向混沌美的轉變，帶來敘事的空間化、作品結構的豐富性、多聲部交響的敘事效果。張煒從整個宇宙萬物的高度、角度思考人類的命運與走向的宇宙自然觀和哲學指向，是長期親近自然的結果，基於與道家一脈相承主張「天人合一」的泛神論。

　　儒道互補下高蹈多思、平視傳統、開放性的「半島」世界，是中國文學傳統與世界文學趨勢合力中，作家地域意識與世界意識結合的產物。

山東省社科規劃項目《新時期文學視域與全球化語境下張煒膠東敘事的意義》（18CZWJ15）

人民共和國時代的文學史料與文學研究
——《人民共和國文化與文學》第六輯引言

李　怡

　　人民共和國文學的研究同樣以文學史料工作爲基礎，這些史料既包括共和國時代本身的文學史料，也包括在共和國時代發現、整理的民國時代的史料，後者在事實上也影響著當前的學術研究。

　　討論共和國文學的問題，離不開對這些史料工作的檢討。

　　中國新文學創生與民國時期，其文獻史料保存、整理與研究、出版工作也肇始於民國時期。不過，這些重要的工作主要還在民間和學者個人的層面上展開，缺乏來國家制度的頂層擘劃，也未能進入當時學科建設的正軌。

　　作爲國家層面的新文學文獻史料的搜集整理工作始於新中國成立以後。

　　十七年間，作爲新文學總結的各類作家文集、選集開始有計劃地編輯出版。如在周揚主持下，由柯仲平、陳湧等編輯了《中國人民文藝叢書》。該工作始於 1948 年，1949 年 5 月起由新華書店陸續出版。叢書收入收作家創作（包括集體創作）的作品 170 餘篇，工農兵群眾創作的作品 50 多篇，展現了解放區文學，特別是自《在延安文藝座談會上的講話》以來的文學成果，從此開啓了國家政府層面肯定和總結新文學成績的新方式。此外，開明書店、人民文學出版社等也先後編選了一些現代作家的選集、文集，通過對新文學「進步」力量的梳理昭示了新中國所認可的新文學遺產。

　　除了文學作品的選編，文學研究史料也開始被分類整理出版，如上海文藝出版社影印了二、三十年代的革命文學期刊四十餘種，編輯了《魯迅研究資料編目》、《中國現代文學期刊目錄》等專題資料，還創辦了《中國現代文藝資料從刊》；作爲「內部讀物」，上海圖書館在 1961 年編輯出版了《辛亥革

命時期期刊總目錄》。這樣的基礎性的史料工作在新文學的歷史上，都還是第一次。第二年 5 月，在《中國現代文藝資料叢刊》的創刊號上，周天提出了對現代文學資料整理出版的具體設想，包括現代文學資料的分類法：「一、調查、訪問、回憶；二、專題文字資料的整理、選輯；三、編目；四、影印；五、考證。」〔註1〕標誌著中國新文學史料文獻研究之理論探討的起步。

作家個人的專題資料搜集、整理開始受到了重視，在十七年間，當然主要還是作爲「新文學旗手」的魯迅的相關資料。1936 年魯迅逝世後即有不少回憶問世，新中國成立後，又陸續出版了許廣平、馮雪峰、周作人、周建人、唐弢等親友所寫的系列回憶，魯迅作爲個體作家的史料完善工作，繼續成爲新文學史料建設的主要引擎。

隨著新中國學科規劃的制定，中國新文學（現代文學）學科被納入到國家教育文化事業的主要組成部分，對作爲學科基礎的文獻工作的重視也就自然成了新中國教育和學術發展的必然。大約從 1960 年代開始，部分的高等院校和國家研究機構也組織學者隊伍，投入到新文學史料的編輯整理之中。1960 年，山東師範學院中文系薛綏之等先生主持編輯了「中國現代作家研究資料叢書」，名爲內部發行，實則在高校學界傳播較廣，影響很大。叢書分作家作品研究十一種，包括《郭沫若研究資料彙編》、《茅盾研究資料彙編》、《巴金研究資料彙編》、《老舍研究資料彙編》、《曹禺研究資料彙編》、《夏衍研究資料彙編》、《趙樹理研究資料彙編》、《周立波研究資料彙編》、《李季研究資料彙編》、《杜鵬程研究資料彙編》、《毛主席詩詞研究資料彙編》等；目錄索引兩種，包括《中國現代作家著作目錄》、《中國現代作家研究資料索引》；傳記一種，爲《中國現代作家小傳》；社團期刊資料兩種，有《中國現代文學社團及期刊介紹》和《1937～1949 主要文學期刊目錄索引》。全套叢書共計 300 餘萬字。以後，教研室還編輯了《魯迅主編及參與或指導編輯的雜誌》，收錄了十七種期刊的簡介、目錄、發刊詞、終刊詞、復刊詞等內容。這樣的工作在當時可謂聲勢浩大，在整個新文學學術史上也是開創性的。另據樊駿先生所述，中國社會科學院文學研究所現代文學研究室在五十年代末也做過類似工作。〔註2〕

〔註 1〕 周天：《關於現代文學資料整理、出版工作的一些看法》，載《中國現代文藝資料叢刊》第 1 輯，上海文藝出版社 1962 年版。

〔註 2〕 《這是一項宏大的系統工程——關於中國現代文學史料工作的總體考察》上，《新文學史料》1989 年 1 期。

　　當然，這些文獻史料工作在奠定我們新文學學術基礎的同時也構製了一種史料的「限制性機制」，因為，按照當時的理解，只有「革命」的、「進步」的文獻才擁有整理、開放的必要，在特定政治意識形態下，某些歷史記敘和回憶可能出現有意無意的「修正」、「改編」，例如許廣平 1959 年「奉命」寫作的《魯迅回憶錄》，1961 年 5 月由作家出版社，周海嬰先生後來告訴我們：「這本《魯迅回憶錄》母親許廣平寫於五十年前的 1959 年 8 月，11 月底完成，雖然不足十萬字，但對於當時已六十高齡且又時時被高血壓困擾的母親來說，確是一件為了「獻禮」而「遵命」的苦差事。看到她忍受高血壓而泛紅的面龐，寫作中不時地拭擦額頭的汗珠，我們家人雖心有不忍，卻也不能攔阻。」「確切地說許廣平只是初稿執筆者，『何者應刪，何者應加，使書的內容更加充實健康』是要經過集體討論、上級拍板的。因此書中有些內容也是有悖作者原意的。」〔註3〕

　　而所謂「反動」的、「落後」的、「消極」的文獻現象則可能失去了及時整理出版的機會，以致到了時過境遷、心態開放的時代，再試圖廣泛保存和利用歷史文獻之時，可能已經造成了某些不可挽回的物理損失。

　　1950 年代中期特別是「大躍進」以後，以研究者個人署名的文學史著作開始為集體署名的成果所取代，除了如復旦大學中文系、吉林大學、中國人民大學、北京大學師生先後集體編著出版的《中國現代文學史》外，以「參考資料」命名的著作還包括東北師範大學中文系中國現代文學教研室《中國現代文學參考資料》（1954）、北京師範大學中文系編《中國現代文學史參考資料》（高等教育出版社 1959）、吉林師範大學中文系現代文學教研室《中國現代文學參考資料》（1961）等，所謂「資料」其實是在明確的意識形態框架中對文藝思想鬥爭言論的選擇和截取，東北師範大學中文系中國現代文學教研室《中國現代文學參考資料》在文學史的標題上彙編理論批評的片段，讀者無法看到完整的論述，而其他保留了完整文章的「資料」也對原本豐富的歷史作了大刀闊斧的刪削，甚至還出現了樊駿先生所指出現象：

　　　「大躍進」期間，採用群眾運動方式編輯出版的一些「中國現代文學參考資料」書籍，有的不知是因為粗心大意，還是出於政治需要，所收史料中文字缺漏、刪節、改動等，到了遍體鱗傷的地步，

〔註 3〕周海嬰、馬新云：《媽媽的心血》，見許廣平《魯迅回憶錄：手稿本》1～2 頁，長江文藝出版社 2010 年。

叫人慘不忍睹，更不敢輕易引用。理論上把堅持階級性、黨性原則和為無產階級政治服務的要求簡單化、絕對化了，又一再斥責史料工作中的客觀主義、「非政治傾向」，也導致了人們忽略這個工作必不可少的客觀性和科學性。〔註4〕

不過，較之於後來的「文革」，新中國十七年間得文獻工作還是值得充分肯定的，新文學的史料整理和出版在此期間的確在總體上獲得了相當的發展，——雖然「大躍進」期間也出現過修正歷史的史料書籍，不過，比起隨之而來的十年文革則畢竟多有收穫，在文革那浩劫的歲月了，不僅大量的文學文獻被人為地破壞，再難修復和尋覓，就是繼續出版的種種「史料」竟也被理直氣壯地加以增刪修改，給後來的學術工作造成了根本性的干擾，正如樊駿痛心疾首的描述：

> 「文化大革命」後期，有的高校所編的現代文學參考資料，竟然把胡適的《文學改良當議》和陳獨秀的《文學革命論》，與林紓等守舊文人反對新文學的文章一起作為附錄。這就是說，他們不但不是「五四」文學革命最早的倡導者，而且從一開始就是這場變革的反對者、破壞者。顛倒事實，以至於此！不尊重史料，就是不尊重歷史；改動史料，就是歪曲歷史真相的第一步。這樣的史料，除了將人們對於歷史的認識引入歧途，還能有什麼參考價值呢？

> 「文化大革命」期間，朝不保夕的「黑幫」和準「黑幫」、他們的膽戰心驚的親屬友好、還有「義憤填膺」的「革命小將」，從各不相同的動機出發。爭先恐後地展開了一場毀滅與現代歷史有關的事物的無比殘酷的競賽。很少有人能夠完全逃脫這場劫難。不要說不計其數的史料在尚未公諸世人之前，或者尚未為人們認識和使用之前，就都化為塵土，連一些死去多年的革命作家的墳墓之類的歷史文物都被搗毀了。江青、張春橋等人為了掩蓋自己三十年代混跡文藝界時不可告人的行徑，更利用至高無上的權力查禁、封鎖、消滅有關史料，連多少知道一些當年剛青的人也因此成了「反革命」，甚至遭到「殺人減口」的厄運。真可以說是到了「上窮碧落下黃泉」的乾淨徹底的地步。

> 這類出於政治原因、來自政治暴力的非正常破壞所造成的損

〔註4〕樊駿：《這是一項宏大的系統工程——關於中國現代文學史料工作的總體考察》上，《新文學史料》1989年1期。

失，更是不知多少倍於因為歲月消逝所帶來的自然損耗。試問有誰
能夠大致估計由此造成的史料損失？更有誰能夠補救這些損失於萬
一呢？」〔註5〕

至此，我們可以說，中國新文學的文獻史料工作出現了中斷。

中國新文學文獻史料工作的再度復蘇始於新時期。隨著新時期改革開放
的步伐，一些中斷已久的文化事業工作陸續恢復和發展起來，中國新文學研
究包括作為這一研究的基礎性文獻工作也重新得到了學界的重視。1980 年，
在中國現當代文學研究剛剛恢復之際，作為學科創始人的王瑤先生就提醒我
們，「必須對史料進行嚴格的鑒別」，「在古典文學的研究中，我們有一套大家
所熟知的整理和鑒別文獻材料的學問，版本、目錄、辨偽、輯佚，都是研究
者必須掌握或進行的工作，其實這些工作在現代文學的研究中同樣存在，不
過還沒有引起人們應有的重視罷了。」〔註6〕

新時期的文獻史料工作首先體現在一系列扎扎實實的編輯出版活動中。
其中，值得一提的著作如下：

作為文獻史料的最基礎的部分——作家選集、文集、全集及社團流派為
單位的作品集逐漸由各地出版社推出，人民文學出版社與各省級出版社在重
編作家文集方面作了大量的工作，中國社會科學院文學研究所現代文學研究
室主編的《中國現代文學創作選集》叢書，人民文學出版社編輯出版的《中
國現代文學流派創作選》叢書，錢穀融主編的《中國新文學社團、流派叢書》
等都成為學術研究的重要文獻，大型叢書編撰更連續不斷，如《延安文藝叢
書》、《上海抗戰時期文學叢書》、《抗戰文藝叢書》、《中國抗日戰爭時期大後
方文學書系》、《中國解放區文學研究叢書》、《中國淪陷區文學大系》等，《中
國新文學大系》的續編工作也有序展開。

北京魯迅博物館於 1976 年 10 月率先編輯出版不定期刊物《魯迅研究資
料》，人民文學出版社於 1978 年秋季也創辦了《新文學史料》季刊。稍後，
各地紛紛推出各種專題的文學史料叢刊，包括《東北現代文學史料》〔註7〕、

〔註 5〕 樊駿：《這是一項宏大的系統工程——關於中國現代文學史料工作的總體考
察》上，《新文學史料》1989 年 1 期。
〔註 6〕 王瑤：《關於中國現代文學研究工作的隨想》，載《中國現代文學研究叢刊》
1980 年第 4 期。
〔註 7〕 黑龍江、遼寧社會科學院文學研究所共同編印，不定期刊物，1980 年 3 月出
版第一輯。

《抗戰文藝研究》、〔註8〕《延安文藝研究》、〔註9〕《晉察冀文藝研究》〔註10〕等，創刊於六十年代初期的《中國現代文藝資料叢刊》於七十年代末期復刊〔註11〕，創刊較早的《文教資料簡報》也繼續發行，並影響擴大。〔註12〕

　　1979 年中國社會科學院文學研究所現代文學研究室發起編纂大型史料叢書《中國現代文學史資料彙編》，該叢書包括甲乙丙三大序列，甲種為「中國現代文學運動、論爭、社團資料彙編」30 卷，乙種為「中國現代作家研究資料叢書」，先後囊括了 170 多位作家的研究專集或合集近 150 種，丙種為「中國現代文學期刊目錄彙編」、「中國現代文學總書目」等大型工具書多種。甲乙丙三大序列總計劃五六千萬字，由 70 多所高校和科研機構的數百位研究人員參加編選，十幾家出版社分擔出版事務。這是自中國新文學誕生以來規模最大的一項文獻整理出版工程。2010 年，知識產權出版社將已經面世的各種著作盡數搜集，在《中國文學史資料全編・現代卷》之名下再次隆重推出，全套凡 60 種 81 冊逾 3000 萬字，蔚為大觀。

　　一些較大規模的專題性文學研究彙編本也陸續出版，有 1981～1986 年天津人民出版社出版的由薛綏之先生主編的《魯迅生平史料彙編》，全書分五輯六冊計三百餘萬字，是對於現存的魯迅回憶錄的一種摘錄式的彙編。除外，先後上海社會科學院文學研究聽主編的《上海「孤島」時期文學資料叢書》、廣西社會科學院主編的《抗戰時期桂林文化運動史料叢書》、中國社會科學院文學研究所魯迅研究室主編的《1923～1983 年魯迅研究學術論著資料彙編》以及《中國人民解放軍文藝史料叢書》、《新文學史料叢書》、《江蘇革命根據地文藝資料彙編》等。

〔註8〕　四川省社科院文學所與重慶中國抗戰文藝研究會聯合編輯，1981 年底開始「內部發行」，至 1983 年 1 期起公開發行，到 1987 年底共出版 27 期，1988 年 3 月起改由四川省社科院出版社出版，重新編號出版了 3 期，1990 年由成都出版社出版 1 期。

〔註9〕　陝西省社會科學院文學研究所和陝西延安文藝學會合辦的《延安文藝研究》雜誌，於 1984 年 11 月創刊。

〔註10〕　天津社科院文學所創辦，最初作為「津門文藝論叢」增刊，1983 年 10 月出版第一輯。

〔註11〕　上海文藝出版社 1962 年 5 月創刊，出版 3 輯後停刊，第 4 輯於 1979 年復刊。

〔註12〕　最初是南京師範學院內部編印的資料性月刊，創辦於 1972 年 12 月，1～15 期名為《文教動態簡報》，從第 16 期（1974 年 3 月）起更名為《文教資料簡報》，並沿用至 1985 年底。1986 年 1 月該刊改名《文教資料》，1987 年 1 月改為公開發行。

　　上述「文學史資料彙編」中涉及的著作、期刊目錄可謂是文獻史料工作的「基礎之基礎」，在這方面，也出現了大量的成果，除了唐沅等編輯的《中國現代文學期刊目錄彙編》〔註13〕外，引人注目的還有董健主編的《中國現代戲劇總目提要》，〔註14〕賈植芳等主編的《中國現代文學總書》，〔註15〕《中國現代作家著譯書目》，〔註16〕郭志剛等編《中國現代文學書目匯要》〔註17〕，應國靖《現代文學期刊漫話》，〔註18〕吳俊、李今、劉曉麗等編《中國現代文學期刊目錄新編》等。〔註19〕此外，來自圖書館系統的目錄成果也爲釐清文學的「家底」提供了幫助，如國家圖書館、上海圖書館編《1833～1949 全國中文期刊聯合目錄》（補充本）、〔註20〕《民國時期總書目》〔註21〕等。

　　隨著史料文獻的陸續出版，文獻工作的理論探索與學科建設工作也被提上了議事日程。

　　20 世紀 80 年代以來，學術界即不斷有人發出建立「中國現代文學文獻學」的呼籲。《中國現代文學研究叢刊》1985 年第 1 期刊登了馬良春《關於建立中國現代文學「史料學」的建議》，他提出了文獻史料的七分法：專題性研究史料、工具性史料、敘事性史料、作品史料、傳記性史料、文獻史料和考辨性史料。《新文學史料》1989 年第 1、2、4 期連續刊登了著名學者樊駿的八萬字長文《這是一項宏大的系統工程——關於中國現代文學史料工作的總體考察》。樊駿先生富有戰略性地指出：「如果我們不把史料工作僅僅理解爲拾遺補缺、剪刀漿糊之類的簡單勞動，而承認它有自己的領域和職責、嚴密的方法和要求、特殊的品格和價值——不只在整個文學研究事業中佔有不容忽視、無法替代的位置，而且它本身就是一項宏大的系統工程，一門獨立的複雜的學問；那麼就不難發現迄今所做的，無論就史料工作理應包羅的眾多方

〔註13〕　上下冊，天津人民出版社，1988 年。
〔註14〕　南京大學出版社，2003 年。
〔註15〕　福建教育出版社，1993 年。
〔註16〕　兩冊（含續編），書目文獻出版社分別於 1982、1985 年出版。
〔註17〕　小說卷、詩歌卷各一冊，書目文獻出版社，1994 年。
〔註18〕　花城出版社，1986 年。
〔註19〕　上海人民出版社出版，2010 年。
〔註20〕　中央民族大學出版社，2000 年。
〔註21〕　北京圖書館編，書目文獻出版社 1986 年～1997 年陸續出版。它以北京圖書館、上海圖書館、重慶圖書館的館藏爲基礎，收錄了 1911 年至 1949 年 9 月間出版的中文圖書 124000 餘種，基本反映了民國時期出版的圖書全貌。

而和廣泛內容，還是史料工作必須達到的嚴謹程度和科學水平而言，都還存在許多不足。」

1986 年北京語言學院出版社出版了朱金順先生的《新文學資料引論》，這是關於中國現代文學史料學的第一部專著。

1989 年，中華文學史料學學會成立，著名學者馬良春任會長，徐迺翔任副會長，並編輯出版了會刊《中華文學史料》，〔註22〕2007 年，中華文學史料學會在聊城大學集會成立了中國近現代文學史料學分會，標誌著新文學（現代文學）文獻學學科的建設又上了一個臺階。

進入 1990 年代，從學術大環境來說，新文學研究的「學術性」被格外強調，「學術規範」問題獲得了鄭重的強調和肯定，應當說，文獻史料工作的自覺推進獲得了更加有利的條件。近 20 年來，我們的確看到有越來越多的學者自覺投入了文獻收藏、整理與研究的領域，河南大學、清華大學、中國現代文學館、重慶師範大學、長沙理工大學等都先後舉辦了現代文學文獻史料研討的專題會議。2004 年至 2007 年，《學術與探索》、《中國現代文學研究叢刊》、《河南大學學報》、《汕頭大學學報》《現代中文學刊》等刊物闢專欄相繼刊發了專題「筆談」，《中國現代文學研究叢刊》還在 2005 年第 6 期策劃了「文獻史料專號」，《現代中國文化與文學》設立「文學檔案」欄目，每期發表新文學史料或史料辨析論文。新文學文獻史料的一系列新的課題得以深入展開，例如版本問題、手稿問題、副文本問題、目錄、校勘、輯佚、辨偽等等，對文獻史料作為獨立學科的價值、意義及研究方法等多個方面都展開了前所未有的研討。

陳子善先生及其主編的《現代中文學刊》特別值得一提。陳子善先生長期致力於中國現代文學史料研究，尤其對張愛玲佚文的搜集研究貢獻良多。2009 年 8 月，原《中文自學指導》改刊成為《現代中文學刊》，由陳子善先生主持。這份刊物除了對中國現代文學研究突出「問題意識」之外，最引人矚目之處便是它為現代文學的史料文獻研究提供了大量的篇幅，不僅有文獻的考辨、佚文的再現，甚至還有新出版的文獻書刊信息及作家家故居圖片，《現代中文學刊》的彩色封底、封二、封三幾乎成為學人愛不釋手的歷史文獻的櫥窗。

劉增人等出版了 100 多萬字的《中國現代文學期刊史論》，既有「中國現代文學期刊敘錄」，又有「中國現代文學期刊研究資料目錄」的史料彙編，從

〔註22〕《中華文學史料（一）》由上海百家出版社 1990 年 6 月推出。

「史」的梳理和資料的呈現等方面作了扎實的積累。〔註23〕2015 年 12 月，劉增人，劉泉，王今暉編著的《1872～1949 文學期刊信息總匯》由青島出版社推出，全書分四巨冊，500 萬字，包括了 2000 幅圖片，正文近 4000 頁，涵蓋了 1872～1949 年間中國文學期刊的基本信息。

一些著名學者都在新文學的文獻學理論建設上貢獻了的重要意見。楊義提出「文獻還原與學理原創」的「八事」：1、版本的鑒定和對這些鑒定的思考；2、作家思想表述和當時其他材料印證；3、文本真偽和對其風格的鑒賞；4、文本的搜集閱讀和文本之外的調查；5、印刷文本和作者手稿，圖書館藏書和作家自留書版本之間的互補互勘；6、文學材料和史學材料的互證；7、現代材料和古代材料的借用、引申和旁出；8、圖和文互相闡釋。〔註24〕

徐鵬緒、逄錦波試圖綜合運用文獻學、傳播學、闡釋學、接受美學等理論方法，對中國現代文學文獻學的基本概念進行界定，嘗試建構中國現代文學文獻學理論體系的基本模式。〔註25〕

2008 年，謝泳發表論文《建立中國現代文學史料學的構想》，〔註26〕先後出版《中國現代文學史料概述》（廈門大學出版社 2009 年版）和《中國現代文學史料的搜集與應用》（臺北秀威信息科技股份有限公司 2010 年版）、《中國現代文學史研究法》（廣西師範大學出版社 2010 年版），就「中國現代文學史料學」問題闡述了自己的詳盡設想。

劉增傑集多年現代文學史料研究和研究生教學成果而成《中國現代文學史料學》，〔註27〕此書被學者視為 2012 年現代文學史料考釋與研究方而的「重大突破」。

最近十多年來，在新文學文獻理論或實際整理方面做出了貢獻的學者還有孫玉石、朱正、王得后、錢理群、楊義、劉福春、吳福輝、林賢次、方錫德、李今、解志熙、張桂興、高恆文、王風、金宏宇、廖久明、李楠、魏建等。

隨著中國文學傳播與研究的國際化，境外出版機構也開始介入到文獻史料的整理與出版活動，如香港牛津大學出版社出版蕭軍《延安日記》、《東北

〔註23〕新華出版社，2005 年。
〔註24〕楊義：《文獻還原與學理原創的互動》，《河南大學學報》2005 年 2 期。
〔註25〕徐鵬緒、逄錦波：《中國現代文學文獻學之建立》，《東方論壇》2007 年 1～3 期。
〔註26〕《文藝爭鳴》2008 年 7 期。
〔註27〕中西書局 2012 年。

日記》，臺灣秀威信息科技出版的謝泳整理現代文學史稀見資料，臺灣花木蘭文化事業有限公司自 2016 年起推出劉福春、李怡主編《民國文學珍稀文獻集成》大型系列叢書。

在中國現代文學的史料文獻意識日益強化的同時，當代文學的史料文獻問題也被有志之士提上了議事日程，洪子誠、吳秀明、程光煒等都對此貢獻良多，〔註 28〕這無疑將大大的推動新文學學科的文獻研究，更爲新文學研究走向深入，爲現代新文學傳統的經典化進程加大力度，甚至有人據此斷言中國新文學研究已經出現了現代文學研究的「文獻學轉向」〔註 29〕

但是，與之同時，一個嚴峻的現實卻也毫不留情地日益顯現在了我們面前，這就是，作爲新文學出版的物質基礎——民國出版卻已經逼近了它的生存界限，再沒有系統、強大的編輯出版或刻不容緩的數字化工程，一切關於文獻史料的議論都會最終流於紙上談兵，對此，一直憂心忡忡的劉福春先生形象地說：「歷史正在消失」：「第一，我們賴以生存的紙質書報刊已經臨近閱讀的極限；第二，歷史的參與者和見證者現在很多都已經再沒有發言的機會了。2005 年，《人民日報》海外版的消息，國家圖書館民國文獻，中度以上破壞已達 90%。民國初期的文獻已 100% 損壞。有相當數量的文獻，一觸即破，瀕臨毀滅。國家圖書館一位副館長講：若干年後，我們的後人也許能看到甲骨文，敦煌遺書，卻看不到民國的書刊。而更嚴重的是，隨著一批批老作家的故去，那些鮮活的歷史就永遠無法打撈了。」〔註 30〕

由此說來，中國新文學的文獻史料工作不僅僅是任重道遠的沉重感，而且另有它的刻不容緩的緊迫性。

2018 年 6 月 28 日成都

〔註 28〕 參見洪子誠《當代文學的史料問題》（《長沙理工大學學報》2016 年第 6 期）、吳秀明、章濤《當代文學文獻史料研究的歷史與現狀——基於現有成果的一種考察》（《文藝理論研究》2012 年 6 期）、吳秀明、章濤《當代文學文獻史料研究的歷史困境與主要問題》（《浙江大學學報》2013 年 3 期）等。

〔註 29〕 王賀：《現代文學研究的「文獻學轉向」》，《長沙理工大學學報》2016 年第 6 期。

〔註 30〕 劉福春：《尋求中國現代文學文獻學學科的獨立學術價值》，《長沙理工大學學報》2016 年第 6 期。

目

次

緒論　張煒：爲「半島」賦形

一、「半島」世界概貌

　　從 1973 到 2013，張煒四十年創作關注的焦點，始終沒有離開自然地理意義上的膠東半島。2012 年 8 月，安徽文藝出版社出版《張煒中短篇小說年編》，包含《秋天的憤怒》、《海邊的風》、《請挽救藝術家》、《秋雨洗葡萄》、《狐狸和酒》、《採樹鰾》、《鑽玉米地》七種，收錄張煒 1973 年到 1996 年寫作的一百多篇短篇小說和十三部中篇小說。2013 年 5 月，湖南文藝出版社出版《張煒散文隨筆年編》，包含《失去的朋友》、《葡萄園暢談錄》、《去看阿爾卑斯山》、《心事浩茫》、《愛的浪跡》、《無可隱遁的心史》、《萊山之夜》、《梭羅木屋》、《昨日里程》、《楚辭筆記》、《村路今生漫長》、《奔跑女神的由來》、《品咂時光的聲音》、《芳心似火》、《縱情言說的野心》、《小說坊八講》、《求學今昔談》、《安靜的故事》、《小說與動物》、《訴說往事》二十種，收錄張煒從 1982 年到 2012 年的所有非虛構文字近 400 萬字。2013 年 8 月，作家出版社出版《張煒長篇小說年編》，包含《古船》、《我的田園》、《九月寓言》、《家族》、《柏慧》、《外省書》、《能不憶蜀葵》、《醜行或浪漫》、《遠河遠山》、《刺蝟歌》、《橡樹路》、《海客談瀛洲》、《鹿眼》、《憶阿雅》、《人的雜誌》、《曙光與暮色》、《荒原紀事》、《無邊的游蕩》、《半島哈里哈氣》十九種，收錄張煒從 1984 年到 2012 年創作的長篇小說。以年編的形式整理出版自己四十年的作品，在張煒，是對之前創作的全面總結。而對將來，張煒表示過：「今後會一直緩慢而有耐心地寫下去。無論如何，這樣寫到最後，或許會擁有自己的

一個文學世界。」〔註1〕其實,四十年文壇耕耘,張煒早已經編織出一個獨屬於自己的、仍然在不斷完善中的文學「半島」世界。這個「半島」世界,肌理清晰質地細膩、色彩斑斕基調駁雜,是以自然地理意義上的膠東半島為物質依託、形而下的煙火氣和形而上的沉思追問盤錯交融的藝術世界。

「為出生地爭取尊嚴和權利」,是張煒的創作原則。無論是《古船》獲得文壇認可後,還是《你在高原》在一片質疑中獲得茅盾文學獎後,張煒的創作始終堅持紮根膠東生活。他將近 1400 萬字的等身著作營構出的「半島」文學世界,充斥著帶有膠東氣息的風物意象和景觀,多彩而神秘,樸拙中顯示著豐厚:少年沉醉於自然的海濱故園令人神往,痛苦磨礪的青少年山地經歷刻骨銘心,現實半島的生民止息牽動心脈,時代與民族的來處與去向,更是大問題。在張煒「半島」世界裡,自然世界和精神世界高度吻合,是現實與現實生活的血肉關係,是烏托邦的完美載體和烏托邦的依存關係。在這裡,張煒執著於精英知識分子立場,在啟蒙被質疑的年代堅持啟蒙,在崇高被嘲笑的大潮中敬畏崇高,在理想缺失的世界裡呼喚理想,真善美標準下的當下評判鮮明而決絕,令渺茫塵煙中的歷史有跡可循。

二、張煒研究綜述

學界對張煒文學的評價,經常呈現分歧甚至兩極性的對峙:高度讚揚的、或者極度否定的觀點都存在。張煒文學的思想性、對文學的嚴肅至誠、對世俗的抨擊是其得到肯定的主要因素;其宏大敘事、對故事性的忽略、二元對立的思維、文化思想的「保守主義」是導致遭到否定的主要原因;道德問題則歷來是引起爭論的焦點。簡單梳理 1982 年至今已滿 30 年的張煒研究,我們發現:張煒研究的冷與熱,往往是伴隨著其新作的問世出現的;在研究群體上,最初以山東和上海的研究者最為固定,也做出了最有效的成績;1990年代中期之後,隨著張煒的文壇影響逐漸增大,研究者的範圍也不再有地域局限。從研究文章的數量上,1982～1986 年,總共有五十餘篇評論文章,1988至 1992 年四年間,共有七十餘篇評論文章,而至 2000 年,張煒研究論文已達 400 餘篇,遞增趨勢十分明顯。新世紀前十年,張煒研究每年就有 40 至 70篇論文。至 2014 年 3 月,期刊文章涉及張煒研究的有 8413 篇,直接以張煒

〔註 1〕 張煒,《張煒散文隨筆年編 14‧芳心似火‧太多的不安和喜悅》〔M〕,長沙:
　　　　湖南文藝出版社,2013 年,頁 283。

作爲研究對象的期刊學術論文，則已有上千篇。

最初的張煒評論者，大都來自山東本地，發表的刊物也以山東的居多。評論者中，以宋遂良的研究最爲突出，頗有提攜同鄉後起之秀的用意。隨著《古船》的發表，當時一些很知名的評論家及敏銳的青年評論者如雷達、吳亮、魯樞元、李星、羅強烈、陳湧、王彬彬、汪暉等紛紛從其風格、敘事、人物、思想等方面給予了及時關注。對張煒創作的爭議，從《古船》問世已經開始出現。1992 年，隨著《九月寓言》等小說的問世，陳思和、南帆、王光東等開始關注張煒，論及其民間的發現、寓言的指向等；王彬彬則敏銳意識到從《古船》到《九月寓言》的轉變對於作家的意義，並將二張的文壇意義提了出來；郜元寶、張新穎、張清華三位青年評論家，也表現出對張煒野地轉向的讚賞。1993～1996 年，在「人文精神大討論」中，掀起對張煒的關注熱潮，各種論文、批評見諸各大權威學術期刊和報紙雜誌。1995 年，明天出版社《期待回答的聲音》收錄了當時 14 位評論家對張煒創作的評論文章。在「人文精神大討論」的時代背景下，張煒被看作是嚴肅文學中小說的一個路向〔註2〕，這也是陳思和、郜元寶、王彬彬、張清華的共識。1997 年，摩羅《靈魂搏鬥的拋物線——張煒小說的編年史研究》對張煒創作進行了整體把握，儘管有些觀點筆者並不認同，但還是握住了張煒的文學脈動；尤其是在次年發表的《張煒還需要第四次騰跳》中，摩羅更對張煒寄予了「從文化哲學中回到精神哲學中去」〔註3〕的期望。1997 年，孔範今主編的《二十世紀中國文學史》中設專節講述張煒及其小說，這是文學史關注張煒的開始，此後，1999 年陳思和《當代文學教程》、2003 年王慶生《中國當代文學史》都有了張煒專節（章）。新世紀前十年，每年都有 40 至 70 篇張煒研究論文問世。隨著《醜行或浪漫》、《刺蝟歌》的問世，陳思和、雷達、南帆、陳曉明、孟繁華、王一川、洪治綱、張清華、李潔非、吳義勤、張新穎、王光東都曾及時關注張煒的創作動向，尤其是張新穎、張清華、王光東三位當時的青年評論家，一直緊密關注張煒的創作動向並有敏銳的發現。張新穎對張煒的地域性與精神性一直十分敏感，王光東則重視張煒的知識分子立場，張清華對於

〔註2〕　郜元寶，〈兩個俗物　一對雅人——王朔、賈平凹、張承志、張煒合論〉〔A〕，孔範今、施戰軍、黃軼編選，《張煒研究資料》〔C〕，山東文藝出版，2006 年，頁 239。

〔註3〕　摩羅，〈張煒需要第四次騰跳〉〔J〕，《當代作家評論》，1998 年，頁 130～33。

張煒對「高闊的詩意」的堅持給與了讚賞。但是趨勢很明顯，到 2011 年獲得茅獎引起廣泛關注之前的新世紀前十年間，在文學批評現象化熱點化的時代，張煒研究逐漸邊緣，從事研究的，多是後起的年輕研究者。他們的研究角度各異，方法不同，但是大多著重於張煒的道德立場、理想主義、人道主義思想，以及家族敘事、野地與民間取向這些老套的話題。在這之外，王輝對「個體」〔註4〕意義的探尋、郭寶亮對張煒存在之思的關注〔註5〕、吳俊對《能不憶蜀葵》之「浮躁」的發現、鄭堅對張煒「慌」〔註6〕的警覺、張豔梅從齊魯作家的文化倫理立場的論斷，都是敏銳的新解。

對當代文學健在的、本身風格在發展變化中、藝術上也在不斷磨礪提升中的作家做論，是需要真知灼見、且冒風險的事情。即便如此，這種冒險還是從新文學產生之初就開始了。從茅盾 1927 年在《小說月報》上發表第一篇作家論《魯迅論》至今，中國文壇湧現出許許多多綜合討論成長中作家的作家綜論。不同的視角下，可以產生結論截然不同的作家論，卻也是多元化的時代必需的文化現象。新時期文學三十年中，除了早年汪曾祺、陸文夫、高曉聲、王蒙、張潔、路遙、陳忠實等先後有專著的作家論外，近年也先後有以賈平凹、莫言、余華、張煒、格非、蘇童、王安憶等作家為研究對象的作家論。張煒研究方面，2004 年由蘇州大學出版社出版的王堯、林建法主編的《新人文對話叢書》之《張煒、王光東對話錄》，既是對話者的精神自敘，也達到了見出 20 世紀 90 年代文化界部分輪廓、人文知識分子的文化與時代之思目的。2013 年 8 月，《南方周末》資深編輯朱又可在十一次採訪張煒之後，推出《行者的迷宮》這一採訪式的作家精神自傳，為近期解讀張煒創作的一份難得的「潛文本」，也使人們對當代寫作有一種清晰而本質的瞭解。

專門研究張煒，為他做論的，除了期刊，還有碩博士論文。從 1999 年到 2014 年 3 月，涉及張煒研究的碩士論文 1685 篇，專門研究張煒的碩士論文已經達到 116 篇，而且明顯呈遞增趨勢。近年的研究中，有了一些新的角度，如

〔註4〕 王輝，〈「發現」與「追思」——論張煒小說中「個體」存在的意義〉〔J〕，《聊城大學學報》（社會科學版），2005 年 1 月，頁 11～14。

〔註5〕 郭寶亮，〈流浪情結與還鄉之夢——張煒小說敘境的悖論之一〉〔J〕，《華北電力大學學報社會科學版》，1998 年，頁 8，〈弒父的恐懼與家庭血脈的糾結——張煒小說敘境的存在性悖論〉〔J〕，《小說評論》，2000 年，頁 3。

〔註6〕 鄭堅，〈「慌」的道德美學與「慌」的文體——讀張煒的近作〉〔J〕，《湖南大學學報》（社會科學版），2003 年，頁 60～62。

齊文化視野、自然觀、生態學、動物敘事、《你在高原》研究等。到 2013 年 9 月底，涉及張煒研究的博士論文 524 篇，以張煒爲唯一研究對象的，有 4 篇，在不同的角度下闡述了對張煒文學的理解。博士論文做作家論，較之單篇的學術論文，更能體現對研究對象全面、具體、理性、宏觀的整體把握，更能夠發掘作家的獨特價值。2005 年，河南大學博士學位論文王輝《迷戀與拒抗下的孤獨守望——張煒小說創作論》從思想史、文化哲學和心理學的角度，運用社會歷史分析、文化批評、心理分析、比較研究等方法，探討了張煒小說的創作道路和思想價值。2008 年，山東師範大學任相梅《張煒小說創作論》，通過對張煒對現代社會現象（工業文明、現代時尚、性欲、物欲等）的表現，和各色人物（主要集中在知識分子和不同年齡層人群）塑造的考察，認爲張煒小說通過對不同時代潛在的物質和精神疾病的抨擊和診斷，從歷史和傳統文化中汲取精神營養提出了「大地」精神、高原精神等形而上的理念，開拓出人文主義、人道主義兩種引導病態社會回歸啓蒙和進步時代的路徑。2010 年，暨南大學王薇薇的博士學位論文《論張煒作品與齊文化的承接關係》，從思想資源、文學色彩、素材類型、語言特點四個方面闡述張煒作品與齊文化之間的關係。2013 年，華東師範大學文娟在《1990 年代以來張煒的知識分子書寫研究》中，在 1990 年代以來的文學地圖與知識分子精神場域中，歸納出張煒應對當代知識分子精神危機的救贖之途。這些年輕學人的身上，我們看到張煒研究的曙光。

三、我的視角與方法

　　擬採用文本細讀、文化研究相結合的方式，以自然地理學、人文地理學、生態學等自然科學的理論和知識，與後現代空間理論、心理學、民俗學、哲學、生態批評等人文科學的研究思路和方法相結合，解析張煒文學世界的空間層次。

　　除了相應的文化、文學的閱讀和積累，張煒在很多社會科學甚至自然科學領域，都有深厚的積澱和有心的、充分的準備。大學畢業之後，張煒在山東省檔案館做過四年多的歷史檔案資料編寫研究工作。此間他閱讀過大量山東、膠東地區的檔案，並與他人一起編纂出版了 33 卷、1000 多萬字的《山東歷史檔案資料選編》。這些豐富詳實的資料，是巨大的隱形財富，爲張煒後來的創作走得更高更遠打下了堅實的基礎。張煒熟稔很多學科，民俗學、哲學、

考古學，甚至中醫學、植物學、地質學、土壤學、海洋動力學等。張煒少年時代爲了生存的遊走，開闊了他的視野，更大的受益則是讓他意識到遊歷對於一個人的重要性。後來，爲了長篇小說《你在高原》的寫作，張煒做了更周密的計劃，他劃定區域，要「走遍那裡（膠東半島及其外圍）的山山水水」，做周密細緻的田野調查和民間采風。後來他在執行完原定計劃的大部分時遇到意外，這一計劃也不得不宣告提前結束。但事實上，除了劃定的區域，張煒還陸續借出國訪問考察了亞洲近鄰的一些國家地區、還有部分歐美國家，爲自己的創作構思做了充分的借鑒和準備。

　　對於這樣一個自然和人文知識廣博、有備而來的作家，當然也要用更加豐富多樣的視角去解讀。上世紀六七十年代興起的文化研究，與以往其他理論的最大差別在於：它打破了方式方法的單一，以其常用的整體觀、文化相對論、跨文化比較等多元雜糅的方法論，結合了社會學、文學理論、文化人類學以及一些自然科學的理論，研究跨學科、跨地域、跨世紀的所有人類文化現象。文化研究歷時發展中，不斷出現針對現代工業社會的文化和文學現象的、代表著當前文化和文學研究的最新走向的研究意向。其中，關於地域文化研究、性別文化研究的理論，毫無疑問都是適用於張煒研究的理論；文化研究的眾多分支當中，從人類活動與環境關係角度研究的後現代地理學、人文地理學，從生物屬性和文化的角度對人類現象進行全面研究的人類學，都是二十世紀以來文學研究的新的和重要的向度，也可以爲張煒研究提供新的視角。

　　空間是物質存在的「廣延」屬性，與時間相對，表現爲長度、寬度、高度，四方上下。可觀可感、處在一定空間位置中的具體事物，都具有空間的這些具體規定性。大自然本身並不存在時間或空間的概念，一切與時間或空間有關的概念，只是人們在瞭解或認識事物時所形成的各種意識的形態表示：人類社會需要用以描述事件之間先後順序的概念，於是創造了時間；需要用來描述物體的位形、物體之間次序的概念，於是創造了空間。世間萬事萬物，都可以用特定的時間和空間軌跡予以定位。正因此，我們用以研究世界的各門學科中，就既有研究事物時間關係的分支學科，也有探討其空間關係的分支學科。除了地理學、物理學意義上的自然地理空間，尚且有很多別的空間，比如網絡虛擬空間、數學抽象空間，以及文學和哲學空間等人文空間。上世紀 60 年代以來，列斐伏爾、福柯、愛德華·蘇賈都先後致力於後現

代地理學空間理論的建構與研究，在他們帶動下的後現代空間理論和地理學，都對文學創作和研究提供了新的思路和參照。

　　基於「哪裏有空間，哪裏就有存在」〔註7〕的理解，空間、空間性成為作家把握、描繪當代社會的一個不可或缺的敘事線索。空間與地理緊密關聯。文學地理學，這門上世紀90年代以來逐漸成為顯學的新興學科，是以文學與地理環境之間——空間的關係為研究對象的一門自然科學與人文科學的交叉學科。漫漫歷史中，依附特定的地理環境形成的地域文化，催生出獨特的群體思維模式和心理因素。生長於斯的所有人的價值取向、思維方式、精神氣質、乃至表情達意的方式，最終都不可避免地與這種地域文化同質同構。魯迅《京派與海派》中就有這樣的文字：「籍貫之都鄙，固不能定本人之功罪，居處的文陋，卻也影響於作家的神情，孟子曰：『居移氣，養移體』，此之謂也」。〔註8〕在這裡，魯迅清楚地認識到作家依託的文化淵源，無論「文」還是「陋」，都會影響作家的內在氣質。《易經》「仰以觀於天文，俯以察於地理，是故知幽明之故」〔註9〕的闡述，說明了創作過程中地理構思的重要作用。文學地理學關注這種文學地域性現象。世界文學中對福克納、加西亞·馬爾克斯、托馬斯·哈代和他們的文學依託地，都不乏文學地理學視角下的研究。中國古代文學中，《詩經·國風》是產生自不同地域民歌的薈集，《楚辭》是依據楚地民歌形成，其中都顯示出模糊的文學地理學意識。從1980年代中至新世紀，金克木《文藝的地域學研究設想》；曾大興《中國歷代文學家的地理分佈》；嚴家炎《中國現代小說流派史》、《二十世紀中國文學與區域文化叢書》；賈植芳、范伯群、曾華鵬的《中國現代文學社團流派》；凌宇的《從邊城走向世界》、《沈從文傳》；楊義《京派海派綜論》；陳慶元《文學：地域的觀照》；陳永正《嶺南文學史》；王齊洲、王澤龍《湖北文學史》；吳海、曾子魯主編《江西文學史》；楊義《文學地理學會通》等，先後問世，帶動文學地理學的學科意識進入自覺階段。「好端端的文學研究，為何要使它與地理結緣呢？說到底就是為了使文學研究『接上地氣』，通過研究文學發生發展的地理空間、區域景觀、環境系統，給文學這片樹林或者其中的特別樹種的土壤

〔註7〕　列斐伏爾，轉引自包亞明，《現代性與空間的生產》〔M〕，上海市：上海教育出版社，2003年，頁85。

〔註8〕　魯迅，《花邊文學·魯迅全集》〔M〕，北京：人民文學出版社，1981年，頁433。

〔註9〕　王炳中，《周易導讀》〔M〕，上海：上海古籍出版社，2011年，頁147。

狀況、氣候條件、水肥供給、種子來源，以一個紮實、深厚、富有生命感的說明。」〔註10〕

自然地理包括地表形貌、生物圈和大氣層，與自然地理學相關的基礎科學，包含物理學、天文學、生物學和考古學等。現代人文地理學是以人地關係研究爲中心，以對和空間相關的各種文化現象的分佈、擴散和變化，以及有關文化景觀、文化的起源和傳播、文化與生態環境的關係、環境的文化評價等爲研究主體的人文學科。小到衣食住行，大到文化變遷、文明進化，人文地理學都可以做出地理學意義上的相應解釋。空間和地理研究，都可以借用符號學的方法。20世紀60年代以後興盛的符號學，是以文化爲研究範圍的一個跨越學科和研究方法的學科，對民俗學、人類學、敘事學、神話分析、藝術符號學等領域，都產生了巨大的推進。以風俗史、文化史、語言等爲研究對象的文化人類學（社會人類學），與諸如哲學、語言學、文學、社會學、政治學、經濟學、心理學、歷史學都有密切聯繫。透過文化人類學的視角，我們可以看到文化他者的發現怎樣激發出文學創作的人類學想像，神話等文化和文學想像是如何達成——完全的場景和現象還原，可能不完全做得到，較爲準確的文化定位、較好地還原作家風格和文學作品的大的生成場境和細緻而微的形成因素，則基本沒有問題。

借用現代空間和地理學的視角與理論，將科學解析和綜合研究結合，能夠更加形象和有層次地將研究對象鋪展開來，深入探討作家創作的形成過程與作品的建構機制，從而探尋作家創作的心理軌跡及其創作與思考的意義。《吉爾伽美什》、《奧德賽》、《俄狄浦斯王》中，都具有明顯的地理空間「遊走」主題：主人公他鄉遊走（有特定的地理遷移路徑），飽受磨難歷經奇遇之後返鄉。張煒的「半島」世界中，這種典型的地理學結構是小說的經脈。論文借鑒列斐伏爾和愛德華·蘇賈關於空間的理論與劃分標準，解讀張煒「半島」世界建立在地理學意義上的物質的空間、文化精神的空間、和哲學向度上的空間。

四、「半島」世界的層次與肌理

張煒四十年的創作生涯，有明顯的由單薄到豐腴、由清澈到深邃的動態變化軌跡、開放的和不斷吐納取捨的狀態、以及由此形成的肌理清晰富有質

〔註10〕楊義，《文學地理學會通》〔M〕，北京：中國社會科學出版社，2013年，頁3。

感的文學世界。從《木頭車》到《半島哈里哈氣》，從 1973 到 2013，張煒依託蘆青河——登州海角——半島的地理環境，構築出彌漫著海風氣息的包含了自然、社會文化和藝術哲學的多層次「半島」空間。自然空間是張煒的文學之樹生長的地表層、基石，也是他的文學世界中各種情節性格產生和發展的可能性。社會文化空間是地表以下的部分，看不到，卻起決定作用，所以說社會文化空間決定作家和作品的底蘊。在這樣的水土上生長出的張煒的藝術空間，就是那棵彌散著沁人心脾香氣的大李子樹、那像英氣逼人的小夥子的玉米、永不凋謝的玉蘭、燦爛得無以復加的大片蜀葵，它們全都生機盎然英氣勃發，有形狀有姿態有色彩有味道。無論是它的枝幹莖葉向上向空中盡情伸展、根鬚朝下向縱深盡力鑽探，還是它的萌動與凋零，自有其昭示的價值與意義。

　　自然地理空間：張煒文學世界基於的，是膠東半島的自然地貌、氣候特性、生物群落，這是地理和生態學意義上的「半島」。這方面的呈現，首先使得張煒的「半島」世界具有不可替代的地理文獻價值。張煒有自覺而且系統的地理意識與科學認知，幾乎走遍了膠東半島的山水，記了數十本田野筆記，無疑對這裡有最權威的瞭解、能夠做最詳盡細緻的描述。張煒在文學世界中，歷數這裡各種地理現象，對獨特的風物意象如河、山、海、海灘、動物、植物，如數家珍……作家當然可以虛構文學世界的地理依託地點的地貌，但是那種不遺餘力的真實展示，會得到生動有機的地域文化身份——透過張煒「半島」世界的自然地理狀貌、人物與地理空間的關係，我們可以解讀到張煒重視「感受價值」建構出的「地方」感，和去人類中心主義的世界觀和宇宙觀。自然地理學角度的膠東半島看上去基本上是靜態的，但是，也會有細微的變化，比如採掘導致的塌陷、海水倒灌、現代化工業化帶來的污染、砍伐燒殺造成的水土問題等。對於這些與人的生存相關的自然「地方」變異的關注，體現出作家的歸屬感、安全訴求和生態倫理。這樣，「半島」世界透過膠東半島一方，思考的卻是整個人類的生存。毫無疑問，文學創作中「地方」認定同時也意味著分隔與排他，也會一定程度帶來局限和束縛。

　　社會文化空間：在歷史中，不同的自然地理，造就獨屬於這一地域空間的社會文化。而小說更多要表現的，就是時間裏的空間。這些蘊聚獨特的文化氣質的歷史空間，形成對作家的致命誘惑力。千里膠東是地理意義上偏離中原與中心的所在，也是文化意義上的偏邑；但是歷史長河中，這裡的文化

自足自在，從沒有所謂邊緣感。這一層意義，帶給張煒獨特的文化獨立意識和偏離與尋找的精神指向。自古而今，膠東半島沉澱下的海疆文化、齊文化構成張煒文學世界的文化底色，有關徐福東渡、神仙方道傳說與傳統、百家爭鳴、夷狄征戰、移民等歷史上的大事件，悉數納入張煒筆下成爲豐富的素材。「半島」世界就是一個膠東半島古今百科全書，這裡獨特的歷史掌故、民俗、方言遺留，以及農作中的春種秋收方式，這些既是歷史的沉積，又是現實的存在，既具物質性，又具精神性的民俗風物，也作爲生活材料直接進入文學文本。張煒個人獨特的人生經歷，則成爲調揉這動－靜、時－空的活水。

　　藝術哲學空間：張煒的「半島」世界顯示鮮明的泛神傾向和烏托邦理想的載體性質。新出版的年編，更凸顯出張煒「半島」情境的歷時形成過程。冥想、傾訴這類內向型的抒情，賦予張煒文學以詩性、思辨性以及精神性特質。敘事從純淨美向混沌美的轉變，帶來敘事的空間化、作品結構的豐富性，也構成超越人類的宇宙多聲部交響的敘事效果。張煒的生態意識也基於作家自覺的地理與自然感知。張煒從整個宇宙萬物的高度、角度思考人類的命運與走向的宇宙自然觀和哲學指向，是長期親近自然的結果，基於與道家一脈相承主張「天人合一」的泛神論。張煒小說中幾乎涉及了所有悖論話題，比如：流浪－棲居，野地－文明、城市－鄉村、現實－烏托邦等等，顯出通過對本世紀知識分子命運追問和向大地烏托邦的皈依獲得家園歸宿感的夢想。

　　「半島」世界是中國文學傳統與世界文學趨勢合力中，作家地域意識與世界意識結合的產物。探討作家與地緣文化的關係，作家和同源的其他作家的差異性，更有助於還原作家成長的文化生態圈，確定作家的價值和獨特性。

五、論文創新點

　　膠東半島有悠久的文化傳承，先齊時期的東夷文化、後齊時期的齊地遺風，以及逐漸東漸的儒家文化，在相互融合和各具特色的張力中，鑄就了獨特的齊魯文化。無論是莫言的「高密東北鄉」，還是張煒的「半島」世界、陳占敏的「三河縣」，都是獨特的齊地地緣文化影響下的文學創造。作家自覺的文學地理學認知，使張煒在不同時段，依託大地形成不同的「半島」情境的

烏托邦想像。膠東作家的共性之外，張煒的個性顯示出平視正統、包容而又
獨立的海洋文化特點。

張煒文學「半島」世界概念的提出和闡釋，是論文的第一個創新點。雖
然關注作家的文學根據地及其文學世界之間的關聯，是文學研究的傳統，之
前關於張煒的野地情結、故土情懷、民間意識都有多種論說，但是把張煒歷
時四十年立足膠東獨特的時空、結構出的文學世界進行總體界定的研究，目
前還沒有。尤其是在張煒推出《你在高原》、《半島哈里哈氣》這兩部有代表
性的重要作品之後，在他陸續出版了各文體的年編對自己的創作進行總結之
後，總體性的研究和關注顯得極爲迫切和必要。在學術界顯然還沒有整體跟
上的情況下，本書可以起到塡補空白的作用。本人在 2008 年曾發表《張煒的
故土情結及其文化意蘊》，曾就此進行初步探討。

對張煒「半島」世界的空間結構進行特點的總結和層次的析理，是論文
的第二個創新點。論文基於現代的空間和地理學理論，運用現代、後現代的
空間理論和人文地理學的觀念與方法，將張煒的「半島」文學世界切分出最
基礎的自然地理空間、社會文化空間、藝術哲學空間三個由物質到文化到精
神的層次，它們分別對應自然世界、人的世界、藝術的世界。在對其層次肌
理做分析之後，張煒是如何在獨特的地理關注和空間感中，確立文學的價值、
表達體悟與思考的，就會條分縷析、纖毫畢現。通過這一梳理，文學空間生
產規律和藝術思維的特點也得以顯現。2012 年，本人的論文《在靜態與鮮活
的張力之間——論新時期以來膠東鄉土題材小說的民俗書寫》，即基於獨特的
膠東社會歷史文化角度的思考。

對膠東文學與文化傳統研究的基礎上，對張煒和莫言、陳占敏的比較研
究，是論文的第三個創新空間。同爲海岱文化地氣滋養下的作家，海疆區域
海洋風與內地農業文明的土地氣分別蒸蔚於他們，造就出一個高蹈多思、一
個絢爛善感、一個溫熱樸野，濃淡輕重雅俗各有不同。2013 年初發表於《東
嶽論叢》的《泛神論之於張煒》，即本人思考張煒創作的哲學空間建構的結
果。這一成果在參加 2012 年 10 月份南京大學的博士生論壇時，又得到進一
步深化。

第一章　「半島」世界的地理景觀空間

　　地球的自然空間，是一個多種要素相互作用的綜合體，大致由地表形貌與現象、生物圈、大氣層構成。依託地球表面物質形成的這個自然空間，是客觀的存在，更是人類的直接託身之所和人生展開的基礎條件。之外，不同的自然空間還會產生不同的氛圍，以獨特的方式影響這裡的人生，如歐文所說：「環境決定著人們的語言、宗教、修養、習慣、意識形態和行為性質。」〔註1〕古今中外，人類散居各種先在的自然空間中，仰觀天象、俯察山川，安居樂業、入土為安，施展實現自己的同時，也創造和延續文明文化。自然景觀環境及其氛圍，帶給人類的最直接的世界經驗，充實了人類的見識、促進了人類的智慧，使人類產生愛、同情、親善、友誼、仁慈、忠誠和質樸之心。因此可以毫不誇張說：地理造就生活，地球對人的影響與生俱來。

　　地球影響人類，隨著人類文明程度的提高，為了自身的各種需求和便利，人類也開始改造地球。這種改造會出現兩種結果：享受成果，或者承擔伴隨的負面效應。人類雖然不能使地球變小，卻成功通過發展各種交通和通訊系統，縮小相互間遼闊的時空距離。以前、現在以及今後的相當長時間內，這樣的地球人生，是並且仍將是人類別無選擇的命運。人和地球、自然空間的相互依存關係，就是馬克思指出的，「人創造環境，同樣環境也創造人」〔註2〕。地理環境不僅決定人的物質生活，而且會對民族精神和民族性格形成

〔註1〕〔英〕歐文，柯象峰等譯，《歐文選集》（下卷）〔M〕，北京：商務印書館，1981年，頁47。

〔註2〕馬克思，《馬克思恩格斯選集·第一卷》〔M〕，北京：人民文學出版社，1995年，頁92。

發揮作用——丹納曾在《藝術哲學》中論述，日耳曼人在尼德蘭低濕平原的艱苦開墾，造成埋頭苦幹的本能和民族性。可以說，地理學涵蓋包含人類世界的整個世界，甚至也包括人類的過去、現在和未來世界。也可以因此得出動態的觀點：任何地理現象，都是歷史發展的結果，和未來發展的起點。

不同的地理空間氛圍造成不同的人生樣態，當然也帶來不同的情感體驗。我們經常用自然地理形容人，比如說某人有高山一樣的體魄，有大海一樣的胸懷；他心靜如水；他的憤怒如火山爆發；他的微笑像暖陽等。這些比喻，表達的就是自然的特徵帶給人的感受。也有將人的性格賦予自然，從而在自然中收穫到人生啟迪的，比如「東邊日出西邊雨，道是無晴卻有情」之類。這樣的情感體驗表達出來，有過相關生活的對話者，很容易理會其中的涵義。

作家結構文學世界，腦海所有的構思，最終一定要賦形於一個具體可感的自然空間。作家選取什麼樣的自然空間結構自己的文學世界，他的人物和故事的走向與空間的組合關係是怎樣的，主人公會有怎樣的地理趨向，當然也是基於作家自己曾有過的地理感受——受他自身生活的自然環境狀貌的影響，或者甚至常常就是直接以他的故鄉為外框。當然，作家後來生活輾轉的地理空間，也會或多或少影響他的文學世界的建構。但是故鄉作為人類生死、居留、行走、視聽、獲得認知的地方，當然也是作家最初進行觀察的地方，無疑還是會具有更大的被參照優勢。另外，作家對他的文學世界所依託的自然空間瞭解越是清楚細密、在那裡盤桓的時間越長，他的創作可以發揮的餘地也就越大。無論從地理學、還是從心理學的角度來看，解碼作品的自然空間，用第一手的資料透視作家盤桓於這一地理自然空間的過程中，環境到底作用於作家了什麼，形成了作家何許的自然宇宙觀念，並由此影響到他的人生哲學。當然，既然所有的文學都是虛構，不論作家做過多麼充分的現實準備工作，作家的文學建構一定是會源自現實，又高於現實的，完全的照搬他盤桓的自然空間的，是攝相和報告。高於現實的這種補充和提升，正是使得文學成為文學的魅力之一。這是任何一個嚴肅的作家會秉持的創作態度，這也是我們在解碼作家的地理空間、人文空間的時候，首先要清楚的一點。

儘管地理作用如此之大、之明顯，有一點我們還是要明確：地理只是造就不同生活方式的可能性，並不意味著必然。本來，這個世界上沒有什麼事

情是必然地、永恆地、一成不變地決定性地作用於他者的。世界上存在的，唯有時時處處存在著的各種可能性。而且，任何區域也並不是鐵板一塊，地理決定論觀點明顯帶著主觀武斷成分。決定論的消極姿態，和認為人類之為宇宙萬物中心，萬物皆為我所用的人類中心主義的狂妄，同樣是不可取的。承認人類只是宇宙風景畫裏的一種要素，是基於人類作為高等動物區別於低級動物的理性。畢竟，無論做出任何驚天動地之事，人類從來就不可能完全擺脫自然環境之掌控。當然，人類也不可能完全為環境左右，他使得環境人性化，造成人與地的可能性。

深廣的文學世界，巨大的時空涵蓋，必須要有詳實的空間來做支撐。對這個空間的河流山脈、固有的質地、獨特的面貌等具體情狀，只有空茫混沌的認知，寫出來最多也就如隔靴搔癢，不足形成創作強有力的支撐。「這種豐盛物物互依互顯的可能，則有賴於觀者虛出一個自由的空間，一種虛無，使得物與觀者可以並立而不對立，而構成一種獨特的親密社團。」〔註3〕張煒的創作那麼直接深切地植根於膠東半島的大地，正是因為少年的經歷就已經使他知道，離開萬物蓬勃的自然，對文學的理解就非常膚淺。常年的遊走，徜徉山川河流，讓他不斷接納大自然輸送給自己的持續支持，在被山川大地的長調感動中安定自身，也獲得作品天籟的背景。所以要真正進入張煒的文學世界，必須從其自然空間入手。而有關地理的多種可能性，在張煒的文學世界中，一再得到多種方式和角度的印證。

土地、自然、氣候以及它們的存在對人類的影響已經得到公認，但是一片土地是在何種狀態下、如何對它之上的人進行影響的、影響曾經大到或者深到何種程度，因此這裡的民生狀態如何，是要用心去尋求的。這也是張煒文學世界中常常涉及到的，在這裡，我不過把它儘量條分縷析出來。

第一節 「半島」地理空間

地球表面有兩類主要物質——陸地和海洋。陸地地理自然空間相對穩定，能夠給人提供安穩的居所和固定的財產保障，不同的陸地景觀還會形成各地不同的地理文化。陸地生存空間是個人生活的基石，也是民族國家社會

〔註3〕葉維廉，《中國詩學》〔M〕，北京：生活·讀書·新知三聯書店，1992年，頁53。

形成的基礎。人類依賴陸地，又對其產生影響，並通過這種影響持久產生作用於整個環境和自身的生存。相對海洋，陸地謀生相對容易，所以處於陸地上的人容易獨立和分散。海洋的流動性使得海洋自然空間具有不確定性，在海邊或者海上靠海爲生，無論是捕撈還是航行，需要協作完成，所以相對陸地而言，海洋是聚攏人的。〔註4〕除此之外，海洋也不僅僅是分隔人類的存在，它有時也可以聯結人類——它爲人類提供的不同於陸路交通的海上交通運輸，有時甚至比陸地更便捷——比如從膠東半島去東三省，從海上乘船就比陸地交通要便捷得多。半島代表陸地侵入海水的行動，海灣、礁石、內海，則是海水入侵陸地的結果。陸地和海洋以它們獨特的、千奇百怪的形狀，參與和影響著人類的生活。

山東半島指山東省東北部、以壽光小清河口和日照蘇魯交界處的繡針河口兩點連線以東的部分。這個突出於黃海、渤海之間，三面臨海，區劃包括青島、煙台、威海的全部以及濰坊、日照、東營、濱州的部分地區的半島，介於東經118°～123°、北緯34°～38°之間，屬暖溫帶濕潤季風氣候。北面隔渤海、黃海（蓬萊以東海域）與遼東半島遙遙相對，東部與韓國隔海相望。這種絕對和相對位置，決定了這個半島的自然人文生態的狀貌，以及和周邊國家地區有史以來的緊密關係。膠東半島，則是指山東半島更頂端、膠萊河以東，包含煙台威海的全部和部分濰坊青島的地區。張煒文學世界的地理中心，就是這個層面的膠東半島。還有更狹義的膠東半島理解，就是指半島更尖端的煙威地區。

在上新世末之前，山東半島與東北三省是從陸地上連成一體的。上新世末到第四紀以來，這一歷經了幾百萬年的漫長歲月間，眞正的滄海桑田之變出現：渤海海峽斷裂下陷，形成山東半島。整個半島地勢中間高、四周低，因爲斷裂分割，又經過長期風雨剝蝕，就呈現低緩破碎的丘陵地貌。中部佔半島總面積70%的丘陵，決定了半島的河流走向是自中心南北入海、季節性明顯的外流河。丘陵之間，形成大小不一的沖積盆地。較大的，有桃村地塹盆地、萊陽斷陷盆地和膠萊凹陷平原等。低窪的沿海則是寬窄不等的帶狀海積平原，以蓬（萊）黃（縣）掖（縣）平原——也就是張煒家鄉的平原面積最大。這些山間沖積盆地和海濱沖積平原，總面積不足半島面積的

〔註4〕〔法〕費爾南·布羅代爾，唐家龍、曾培耿等譯，吳模信校，《菲利普二世時代的地中海和地中海世界》〔M〕，北京：商務印書館，1996年。

30%，卻豐腴到足以養育這裡的所有人口。三面向海，海岸線蜿蜒綿長，因而半島港灣、岬角交錯。半島上膠州灣的青島、芝罘灣的煙台、威海灣的威海、還有石島、龍口，均為華北沿海良港。半島沿海島嶼眾多，除渤海海峽的廟島群島距離大陸較遠外，其餘均分佈於近陸地帶。從上空俯瞰膠東，它的地貌呈現由陸地中心向邊緣向海洋一無遮攔、義無反顧地開放流散的開放式構造。

山東半島的行政區劃，覆蓋了濟南周邊、臨淄周邊、膠州周邊、整個煙台市和威海市。張煒四十餘年的文學創作生涯中的大部分時間，工作、生活在山東半島，其中的很多時間，就在這個半島上游走。在寫作《你在高原》之前，張煒曾經有一個宏偉的實勘計劃，他要「抵達那個廣大區域的每一個城鎮與村莊，要無一遺漏，並同時記下它們的自然與人文，包括民間傳說等等」〔註5〕。山東半島是張煒文學世界輻射到的自然空間的範圍，膠東半島才是張煒文學世界人與事件的集中地，尤其是被招遠東北部山地、棲霞山地和蓬萊市圍繞起來、以南部的山地丘陵為屏障與半島南部隔開、面向大海的狹長的蓬黃掖平原——在張煒文學世界中叫做「登州海角」地帶，地勢南高北低，河流從南向北奔流入海，是張煒「半島」世界的「核心」，是張煒念念不忘的出生地，他要為之爭取尊嚴的地方。

當年，張煒為《你在高原》做的抵達半島每一個城鎮與村莊的計劃，因為意外的事故不得不中途停止。即便如此，張煒已經完成的行走計劃的三分之二，已經足以支撐他的寫作。有數十本田野筆記，幾大箱子的民間資料，自修了考古學、植物學、地質學知識，對這裡的自然地理風貌爛熟於心到可以隨手拈來，「對那裡的每一座山、每一條河流，他熟悉的程度不亞於任何一個當地人」〔註6〕。經過這樣認真周詳的自然地理熟識過程，張煒當然最有資格狀寫他所劃定的這一區域。他也才可以坦然地說：「這十部書，嚴格來講，即是一位地質工作者的手記」。〔註7〕不獨《你在高原》如此。幾十年間，張煒的文學世界幾乎全部被一股強大的向心力吸引，從始至終地圍繞在山東半島、尤其是膠東半島的地理上展開，講述這片土地上、這個空間裏發生的故事。主人公的腳步有時會延展到膠東半島之外的區域，但是，半島無疑總是

〔註5〕 張煒，《你在高原‧自序》〔M〕，北京：作家出版社，2010年，頁1。
〔註6〕 同上，頁2。
〔註7〕 同上。

人物生活遊走的圓心。作品裏的自然生機、人文情懷、審美價值和哲學沉思，都和這裡的地理有直接的關係。所以，解碼膠東半島的自然地理，是研究張煒文學的第一步，是深入解讀的必要前提。

一、「恒」的世界

山地、平原、河流、海洋、島嶼，是地球表面的固態存在。在或長或短的人類歷史中，它們基本葆有原來的狀貌。歷史地理學家告訴我們，一個半島要歷經幾百萬年的地球變化才得以造成。相對於這世界上別的存在物，比如一個人的一生、一棵樹的壽命，可以說地理自然空間是較爲恒久的和不易改變的了，所以古人才會有「秦時明月漢時關」的慨歎。膠東半島雖然面積不大，這裡卻包含了除高原以外，中國所具有的大部分地形地貌：山地、丘陵、平原、河流、海濱，城市、村莊，還有總體上的半島地形。同屬膠東作家的峻青，曾經如此描述膠東半島的地理風貌：「膠東半島，向以風光優美而著稱，碧藍的大海，環繞在它的三面，雪白的浪花，日夜沖刷著岸邊的沙灘和岩石。巍峨的高山，連綿的丘陵，聳立在半島的東部和中部，而一馬平川的大平原，則橫亙在昌濰大地和膠濟線兩側。春天，蘋果花和梨花、桃花、杏花開得滿山遍野，整個膠東半島就像一座色彩絢麗的大花園似的，好看極了。這山清水秀之地，素有『小江南』之稱，而卻又有著北方山川的雄偉粗獷之氣。」〔註8〕張煒以其「半島」世界，成爲膠東作家中最爲全面勾勒這「小江南」地形地貌的恒與變的一個。

1、山地世界

膠東半島的山脈，向西承接由泰山、蒙山、魯山、沂山組成的泰沂山脈。泰沂山脈綿亙於泰安、臨沂、淄博，主峰泰山、蒙山、魯山、沂山都在海拔一千米以上。由沂山向東，就進入膠東半島。綿延眾多的山峰屹立在半島中央，像膠東半島的脊樑蜿蜒支撐，似乎在昭告世人：這是一塊有筋骨的土地。半島的山脈自西向東依次是大澤山、嶗山、艾山、牙山、昆嵛山、偉德山等，除了數列山嶺海拔在 500～1,000 米（南部的嶗山主峰達 1,130 米，爲膠東最高峰）外，多爲海拔 200 米左右的低山丘陵。張煒作品常涉及到的山地，屬於中北部的羅山、艾山以及牙山山脈。這是幾個近北——東走向的山地，地

〔註 8〕峻青，《峻青文集第一卷‧我的文學生涯回顧》〔M〕，石家莊：河北教育出版社，1994 年，頁 36。

勢有的陡峭，有的平緩。

　　山脈成就大陸的骨架，影響到河流走向，形成山峰山谷、沖積平原，也豐富了一個地區的動植物。張煒常寫到的山地，包含三塊：一塊是張煒出生和成長的龍口市當地叫做「南山」的，龍口市南、東南和東部的山地。這些中低山峰形成一道天然屏障，自西向東，以狗山、玉皇頂、羅山、雙頂、牛心頂、燕窩頂、柴火頂、圍子、顏家頂、坡坡頂、望海嶺、砂夼、雙甲山、城隍山、老垛頂、盒山、抓雞山爲標誌，將張煒的出生地龍口市與與招遠、棲霞、蓬萊分界。南山是張煒童年少年時代，經常舉目南望的遠岱。第二塊是位於膠東半島腹地的棲霞市。這裡是張煒的祖籍，多山，也是膠東唯一的內陸縣級市。棲霞境內群山連綿起伏，由西向東，依次排列爲蠶山、艾山、方山、唐山、牙山五大山系。山地佔棲霞全市總面積的 72.1%，總共有大小山峰 2500 餘座。其中，海拔 600 米以上的山峰 12 座。這塊山地，是張煒少年到青年期間，流浪遊走之地。還有一塊山地，是招遠東北部的羅山山脈，這裡山丘連綿，溝壑縱橫，有海拔 500 米以上的山頭 21 個，主峰海拔 759 米。這裡貧富懸殊，是張煒爲了寫作考察遊走的重點區域之一。

　　山的高度不同，影響人類生活程度當然也不同。海拔 2500 以上的高山形成天然屏障，使得文化群體和社會彼此隔絕脫離、獨立發展，對文化的影響貫穿人類歷史。世界上多數國界除了靠海洋河流分隔之外，就是由山脈劃分，如喜馬拉雅山兩邊的中國和印度。500 到 2500 米間的中低山，儘管可以被穿越，但足夠增加地形的複雜、溝通的難度和生存的成本。陡峭山地在許久以前的作用，不僅會從地理上成爲不同的行政區域的分隔，更會因爲交通不便、人口稀少而發展緩慢，一直是貧窮、艱難的代名詞。張煒的《許蒂》裡面，雖然沒有太多關於山的直接描寫，故事也貌似簡單無奇，讀來卻極爲沉重。因爲它揭示了確確實實只是由於這裡特別的地理條件決定的生存。農村少女許蒂，在男青年李龍和小易之間搖擺，三個山地青年的微妙關係及李龍的悲劇，是長期閉塞的生存環境導致的壓抑及其反撥的後果。跟張弦《被愛情遺忘的角落》裡那個只有二十幾戶人家、要翻過兩座山才能夠看到火車、才能看一場看過八百遍的電影的靠山莊同樣，《許蒂》反映出：在物質貧乏、精神荒蕪中，體魄卻在大自然間自然地強健起來的青年男女之間的，愛情悲劇總是難以避免。這首先是因爲，自然界的雌雄陰陽間本能的相互吸引，和爲爭奪數目有限的異性的鬥爭一直不可避免。角逐中勝者會高調宣示勝利成

果,而落敗者得到的只有屈辱和黯然離去,這條生物界自然定律,同樣適用於人。其次,山地的閉塞,使得外來者總是以受人矚目和崇敬的地位高於當地人。而對於這裡的女性,她所能做的有限的事情,就是以吸引甚至是不斷吸引這些外來者、得到對方的關注和認可來確認自己的魅力。外來的小易誇誇其談,卻能夠極大地滿足山裏識見有限的聽眾的好奇心。外來人的魅力,正在於他無形當中被當地人置換成了外面的世界,他的一切權威不容置疑。其實,李龍也曾經因為他所具有的區別於普通當地人的特徵——騎自行車來上班、擁有技術這些相對於其他當地青年的優勢而得到許蒂的青睞,但不幸的是,他被超越了。在許蒂身上,她對所有男性的態度,是出於本能的對自我的確認,並不能用見異思遷、喜新厭舊之類的詞彙簡單概括許蒂。李龍的技術,她用心學了;她拒絕不了小易那象徵了傳奇和外面的生活的大衣和皮帶,穿上繫上後,她接納了小易。第三,山裏的世界如一池止水,在這樣的環境裏生存的魚類,一旦被兇悍的遊魚進攻,可能都用不到抵抗就已經被驚嚇致死。一個別無所長、無親無靠出身低微的男青年,愛情就是他最大的滋潤和未來可能性,愛情落敗就意味著他整個世界支柱被摧毀。在李龍無意識地順著褲子上的破洞將褲子撕開的那個時刻,就是李龍的心死去的時刻,最大的悲劇在那一刻、在不為人知當中,已經轟然發生。那以後的李龍人活著,卻形同行尸走肉,形體的死亡當然不再重要,只是早晚的事情,甚至無關任何人的事情。還有什麼會比一個人無論活著或者死去,都於這個世界甚至於他自己沒有關係更具悲劇性的呢?張煒不動聲色展示這類在偏遠貧瘠的山地上經常不為人知地上演的精神悲劇,也同時在說:只要這樣的山地生活方式存在,這樣的故事就會一直延續。

山地現代文明貧乏,有的地方自然資源往往極其豐富。當人類的文明到了足夠的程度,山裏豐富的植被、作物、礦產等資源,能夠以各種方式被利用起來。一些價值巨大的資源分佈,甚至會逐漸影響當地文化的形成。在膠東半島山地有儲量巨大的黃金礦藏。歷史記載膠東採金始自隋朝,宋代景德四年(公元 1007 年),宋真宗派大臣潘美來督辦玲瓏金礦田。宋元時,登萊兩州採金已接近於全國總產量的近百分之九十。清代前期為了防止聚眾鬧事,同時也是由於維持風水、保護龍脈的迷信思想,實行金、銀封禁政策。到晚晴,在諸多割地、賠款等不平等條約下,為尋求增加財源恢復國力,清政府解除了金銀封禁政策。1885 年,在李鴻章的支持下,山東濟東泰武臨道

道臺李宗岱來到招遠玲瓏採金。李氏子孫三代在此開採黃金達 50 年之久，跨清代和民國兩個時期。抗戰期間，玲瓏金礦被日本侵略者佔領，大肆掠奪這裡的黃金資源。建國後很長時間裏，只有國營的金礦擁有開採權，到上世紀80 年代改革開放以後，允許私人承包開採黃金。允許私人採金的政策，使得許多人在這裡暴富。《刺蝟歌》中，唐童就是用開礦的第一桶金，陸續建成很多「紫煙大壘」謀求更大更多的利益。《你在高原》也多處寫到半島的黃金開採業，寧伽尋找鼓額進山加入採礦隊的遭際、莊周為給冉冉治病下礦做苦工、還有眾多用氰化物私煉黃金嚴重污染平原山地水源，都包含這片山區的資源景觀及其不當開採的後果。

　　封閉的山地，即使其他資源貧乏，山體的構成物——石頭本身，也是資源。膠東的一些山裏，出產品質很好的大理石，採石是很久以前就有的營生。在丘陵山體上，時常會有廢棄的或者還在使用中的採石場。在這裡，山體被揭去皮膚，裸露筋脈，剜肉剔骨，成為山的一個個傷口。山地的平常人家蓋房，就地取材，從山上河灘撿拾大大小小形狀不一的石頭壘砌而成；而有錢人家蓋房，就會選取品質好的石坑出產的理石青石為材料，房屋扯上到下由一水兒嚴絲合縫的長方石壘成。膠東最大最有名的地主莊園——棲霞的牟氏莊園的房舍、甚至鋪地所用，全部是產自山地的上好青石。《家族》中的曲府，坐落於位於小平原的城市，祖上就是經營採石場的。後來，這個家族在曲貞手裏得到機會，成為膠東山地第三任皇家黃金督辦而發跡。《橡樹路》上的獨門小院裏，硬邦邦的、和寧伽永不休戰的岳父，就是當年那個追隨方家老二、從貧瘠的「連一棵像樣的樹」都長不出的老棘窩出來革命的鐵來。當年，鐵來們在大山裏餓病交加，決定要打一戶大戶。他們沿著河谷，以自己的大山生活經驗，很容易找到了要打的大戶——在一架架大山夾著一道河谷的河套裏，山坡上疏疏朗朗的小石屋旁邊，青石和磚塊壘起的由幾座房子組成的高牆大院十分出眼。在這裡，住房的材質就能夠體現家庭的經濟和地位。只不過，這樣的環境裏的大戶，和平原上的大戶相比，家產都是祖上一口一口省下來的，他們待自己比待長短工更加苛刻。因此他們會看管好自家的一草一木，不惜與來犯者拼命。《橡樹路》裏，呂擎、陽子、餘澤和莉莉在山地謀求民間生存，他們所到之處大多窮困荒涼至極，卻在山麓發現了較為富庶的小村——原來，正是依靠採石做墓碑維持生計，使得這個小村的生活能夠比別的村莊稍微好上那麼一點點：有幾十株樹，有雞狗的聲音，有人在開採石坑。

呂擎們辦冬學為孩子和民眾啓蒙的想法，在很多地方遭到了拒絕；他們的才學，最終在做墓碑的石坑裏，憑藉出色的墓碑設計，得到用武之地。山民不願意花費於此生的公益，卻甘心花費在喪葬這類關乎來世的虛幻的夢想上。呂擎們本為驅除愚昧而來，無意之間卻參與到了助長迷信風氣的行列當中，堪喜堪憂？但落到山地思維山裏氛圍中，除此權宜之策貌似別無良策。還有更令人恐怖的。《鹿眼》中，當年在音樂老師離開後，寧伽曾去南部山地尋找老師，結果被騙到大山夾縫裏監獄般的採石場關押壓榨。在那裡工人被嚴厲兇殘地對待，住在石洞子裏，做最苦的勞役、吃最差的食物、動不動遭到毆打、昏厥會被用水龍猛沖。這樣的魔窟裏，除非出逃，否則只能被累死、折磨死。寧伽的策動下大家團結反抗，終於成功解救了自己。人用蠻力採掘出山石，令山傷痕累累，有時候，同樣的蠻力也用在同類身上，這是被大山掩藏的罪惡。

　　大山裏靠天吃飯，作物的收成十分有限，受天災影響巨大。因此，這裡也就多無產者而少有富裕人家，這裡的生活少有富餘而奉行節儉。《家族》中，山脈隔開山地——父親家族和山外的平原——外祖父家族，「寧家是南部山地最富有的一族，這一點即便在平原上提起來也無人不知。」〔註9〕根據《家族‧綴章》對祖父家資產的補充：最早在山中落腳的寧家可能是逃荒的流民，據說來自山北平原一帶，離海不遠——寧家擁有了一萬畝土地，後來是兩萬畝（也有人說是三萬畝）。《家族》中關於平原上的戰家花園和山裏的寧家比富一段，顯示出寧家這戶山裏少有的富戶超乎想像的富裕程度：戰家出過京官在平原廣有名氣，但是虛名招搖；寧家老爺謙稱不過有幾畝山巒，吃的黑面粗窩窩，卻就在這黑面窩頭上，不露聲色顯擺出了寧家的真講究。和戰老爺比吃豬頭，見出其狡獪；和戰家少爺議定以樹杈上拴小錢的方式買賣山巒，更見出其謙恭和順背後的財大氣粗。而將寧家的財大氣粗到處渲染，「願意用各種有趣的故事打扮寧家的人和歷史」〔註10〕，正是出於文明低下的山地的自卑與謙恭心態。在祖祖輩輩居住於當地的山民看來，寧家就是天外人——於是他們有足夠的理由和心態接受自身不如他們的事實，甚至抬高對方、敬畏他們，甘心為他們當牛做馬。

　　山脈形成山峰山谷，增加地形的複雜，也造成山地的鎖閉，形成相對獨

〔註9〕張煒，《你在高原‧家族》〔M〕，北京：作家出版社，2010年，頁30。
〔註10〕同上，頁398。

立的世界。歷史在這裡的腳步是放慢了的，永遠比外面的世界晚、慢很多。《荒原紀事》中，在砧山和甕山之間的閉塞地區，每一個村莊都小得可憐，貧窮得令人心酸。這裡僅和採金的村子相隔二十多里，卻看不到電視天線、聽不到引擎，一輛輛的手推車、地排車、馬車在盤山路上緩緩移動，車軸發出的尖利的吱扭聲傳出很遠。這裡年輕人的打扮還停留在上一個時代，山裏的現狀，是外面的世界久遠以前的歷史，不論物質還是精神方面。一臺小小的收音機、一支別致的手電筒、或者一座石英鐘，都讓他們新奇。早已過時的人造革皮帶，往往成為一個小夥子的珍物。街頭坐著馬紮的老頭老太談論的事情，至少是四十年以前的。所有的家養動物，和這裡的人一樣，閒散、貧寒、自由。姑娘們仍然穿著花布中式夾襖，一生都在山間奔走忙碌，為一口吃食流盡了汗水。她們的青春很短，一個二十四五歲的姑娘，看上去就像三十四五歲的樣子：被日光、被冷風和汗水雕琢的臉上沒有光澤、眼角的皺紋一道連著一道。她們一生最大的變故、最重要的改變的機會就是婚嫁。可是她們嫁出的範圍，最遠也不過是山的那一邊。《我的田園》中，山裏人見面問的，竟然是城裏那撥鬼子走了沒有這樣的問題。寧伽和妻子梅子回到山地尋找義父老孟。在山外城裏長大的梅子看來，山裏人處於一種懵懂又渾噩的生存狀態，只有寧伽知道，大山給了這些山民什麼樣的磨礪，讓他們青春很短，二三十歲就飽經滄桑，四五十歲就是老年人心態。

山地遠離制度或者政治的束縛，自由、也容易自成一統，有時甚至完全是農民共和國式的生存。一些在平原的約束、規矩或約定俗成，在這裡不再起作用。《橡樹路》中，為了給取消財政補貼的雜誌拉贊助，寧伽去跟位於半島上山地和平原交界處的環球集團交涉。就在現代化和鄉土社會夾縫裏的環球集團，寧伽有驚人的發現：環球集團的背後實際掌權人，竟是嫪們兒！在他的農民共和國裏，一個被神話的人在幾十年裏掌控了所有的一切，鐵桶一般。中篇小說《蘑菇七種》中，那個秩序與權力都達不到的偏遠山林，它隸屬的國營林場遠在場部幾十里地外。天高皇帝遠的山林裏，老丁、文太、黑杆子與小六之間看似遊戲的「陽謀」、「陰謀」、權謀之爭，一點都不比外面的世界簡單。各色人等各種荒謬陰暗的心理，就像不見天日的林子裏盛產的各色蘑菇一樣，層出不窮，永遠超出想像。滋長陰暗是表層的象徵。偏遠深林因為與外界隔絕，發展緩慢，因而形成頑固守舊、小氣、排外、容易與人動怒爭執等保守傾向，《蘑菇七種》的社會偏遠卻能自成一統，可怕的封閉悖謬

膨脹的後果，則是深層的社會象徵。

山地是無產者的儲備區。《橡樹路》上位高權重硬邦邦的岳父，竟然是當年懷了堅定的志向、克服千難萬險，越過漫長的山路、高峻的山嶺追尋起事部隊的山裏娃鐵來。正是山裏的艱辛赤貧，促使他和同伴們義無反顧一路向前、追尋指路人指示的革命道路。世易時移，那段激動人心的歷史、創造那段歷史的人，一旦進入今天的生活場景，就變得陌生又遙遠。寧伽在今天拿捏擺譜的岳父身上，絲毫看不出他的曾經豪情萬丈、熱血沸騰。

山也會磨礪性情。被山困頓或者養育，會使得人跋涉於丘陵或奔走追尋於平原都再無所懼。山養育的人都志向堅定。寧珂是山裏寧家的子孫，即使被堂爺爺寧周義帶到城市撫育長大，他的血管裏仍然流著山裏甯氏家族百折不撓、絕不妥協的血液。寧珂一生無論信仰、追求還是生活，都是執著堅忍不屈不撓。無論是解放前做八一支隊副政委，跟支隊在山裏打游擊的艱苦和被邊緣；還是因為假借創辦民團為支隊搞軍火敗露後，被嚴刑拷問；還是解放後，被押到南山的水利工地服苦役，受盡摧殘落下滿身的疾痛，最後就死在心口痛上，都不曾令他退讓屈服。他走時寧伽周歲，回來時寧伽已經十四歲；他將自己受盡牽連凌辱的兒子送進深山給孤寡老人做義子，為的是憑藉山裏的閉塞可以使兒子避開平原上身份伴隨的磨難。卻不料，同他一樣倔強的兒子選擇了逃離，在山裏野狗一樣流浪半年，後來又先後在幾個小山村落足。父子兩代人都歷經山裏的艱辛苦難，也都深受大山的恩澤。山裏遭逢澆滅了他們的熱情，卻沒有澆滅或者說激發出他們更加強烈的求生意志。母親曾經告訴寧伽，父親寧珂說過：「只要是不能死，就得活！」〔註11〕寧珂不用任何工具，他無所不能的雙手完成鬆土、打冒杈、除蟲所有工作。他種的所有作物都油滋滋的，山藥、地瓜、南瓜都果塊肥大。寧伽半生在平原山地和城市鄉村輾轉：在鬧市，總是平靜的外貌下掩藏了狂野；只有在山野，他的心才寧靜，山風吹拂下，他會原諒所有人。和梅子的山地之行，讓他從父親的忍受中真正理解了父親，並且佩服父親的頑強——那是一種以冷漠做外衣包裹下的更為巨大的生的熱情，和對兒子的負責任的態度。

山裏的冬天尤其嚴峻。山地自然生存條件相對惡劣，土地貧瘠、交通不便、居住條件差，並不是理想居所，所以，農耕文明時代，除了山民生於斯長於斯老於斯，很少有人從外部進入山地。《橡樹路》裏，真正的大山的腹地，

〔註11〕張煒，《你在高原·憶阿雅》〔M〕，北京：作家出版社，2010年，頁349。

貧瘠乾燥，滿是碎石和沙土，土層薄，幾乎無水，甚至連雪都薄些。一不小心就會滑倒，隨著酥石滾落。沒有植被，偶而在山梁上或谷底會有一株樹。地理障礙和因此形成的文化的、社會的障礙與區別顯而易見。小村裏只歡迎「賣大畫」的外人。大一點的村子有了貓狗，也有「大閒屋子」接待外來人，也有人閒來愛看稀罕。但因為閉塞，所以進來的人少出去的人更少，少到有個村到過縣城的只有六人，沒有一個人見過海，光棍最少的時候還有二十來根。因為天旱，山上不生東西，莊稼也長不旺，所以燒柴在這裡比糧食還金貴，尤其是多天。這裡「就缺吃物、燒柴、婆娘」。

姿態各異的山地景觀進入山民的意識深處，感化並形成他們的原始自然敬畏。大山裏，有叫做貓頭的看山人、有光棍狗秧子、還有以自己的身體去撫慰男人的「騷老媽」、以李萬吉為首的愛好文化的一群雖然淺陋但是足以溫暖冬夜的人們。如此閉塞貧窮落後，開山採石也運不出去。這樣的地方，人們卻沒想到要離開，就是因為他們已然就是這裡的山和石頭，人的命和山的命緊貼。所以，這裡的抱怨不比別處多，笑聲不比別處少。山民貧窮，卻自由，頑強地在土地上生產一切。

「山排斥偉大的歷史，排斥由它帶來的好處和壞處」〔註12〕。地理障礙而形成的文化的、社會的障礙顯而易見。鎖閉因而相對獨立，山裏自有規矩，自成方圓。《蘑菇七種》裏，到林場做短工的小村女孩，可以為了一塊金黃的玉米餅，投身老丁懷裏；女書記和姦夫參謀長合夥毒死親夫，卻能夠成功掩人耳目；圍繞在老丁身上的一切，都沒有理性道德秩序正義，但老丁竟然就是以不倫不類的強盜邏輯不容置疑地變黑為白、轉敗為勝，組織隊伍、掌握權力、調動小村力量、左右一方形勢。老丁和小六權謀相爭，以自己的規矩從容地孤立了收拾了小六，致其精神上不堪種種孤立排擠打擊終至精神錯亂，食毒蘑菇而亡；老丁和申寶雄鬥法，皇帝一樣穩坐破帳，林中的蝙蝠蜘蛛、長蛇狐狸、山貓野狸、地槍樹箭全都被調動起來，甚至全部小村的村民也如農民造反般不容申寶雄容身──老丁這個山裏的絕色政治家，以事實再一次證明了只要有人的地方就有政治的真理。《橡樹路》的呂擎們跨越陵山山脈，在枯水期乾涸的濟河旁零星的村落留下辦冬學、鑿石頭、吃苦，無怨無悔，最後，他們的遠遊卻不得不以穿制服的人懷疑審查他們的身份告無疾而終。

〔註12〕〔法〕費爾南·布羅代爾，唐家龍、曾培耿等譯，吳模信校，《菲利普二世時代的地中海和地中海世界》〔M〕，北京：商務印書館，1996年，頁39。

　　龍口的南和東南方向，臨海小平原南部的山地，就是張煒筆下的「南山」。張煒的中短篇小說中，山的形象出鏡較少。最初出現的山，是「南山」的形象。《草樓鋪之歌》中，二老盤在蘆青河邊的果園裏搭起草樓鋪，要了瘦弱不堪的常奇來做自己的助手。二老盤從物質到精神、從外到內改變了這個孩子。在二老盤的鞭策下，常奇五上南山販魚，逐漸具有自信堅強、吃苦耐勞、豁達、眼界開闊這些品質，也以聰明才智開拓出自己的人生道路。他的身後，二老盤仍然在高聲唱著給予他精神鼓勵：「小常奇你可要——看準秤星！」〔註13〕同期另一個短篇小說《挖掘》中，為人樸實但觀念傳統的老人牛筋叔，認為只有靠钁頭、只有在土裏尋找才會有穩妥的收穫，但是現實狀況是他不得不承認當過隊長的馬其揚雖然令人討厭卻有氣魄——他買來輕騎往南山販魚的收入，是自己一個農閒挖沙參收入的好幾倍。「南山」，對生長在平原的人來說，是外面的世界，也是一個陌生、有風險但也有機會的地方。但是兩個小說先後用了同樣一個往南山販魚的簡單情節，又幾乎沒有具體景致描寫，究竟為什麼？當然不是因為張煒不熟悉那裡。那是因為山地生活在張煒，畢竟是一段不堪回首的、基調與張煒 1980 年代初習慣書寫的美好溫婉的平原故事完全不同的素材庫。所以，當時的張煒，應該是還不知道該如何面對這個令他五味雜陳的素材庫，只好將它們暫時封存擱置。

　　1990 年代以後，張煒的「南山」素材庫逐漸打開：南山意味著寧伽的「父親」寧珂艱苦卓絕的苦工，寧伽少年時期避時代之難之地，莊周逃亡之地、中年寧伽逃避城市與現實的放逐之地。《你在高原》中，在南部大山裏服苦役的父親寧珂，曾是一家人雖然痛楚但是仍心懷牽念的盼頭；可是，真正歸來的寧珂，帶給寧伽和外祖母母親的，只有數不清的噩夢和更多的牽連。開山、和山的鬥勇的結果，是寧珂原來的柔情暖性盡被磨損掉，心和手腳一樣，被厚厚的老繭包裹；被苦難磨礪出的，除了原有的決絕，還有他不曾有過的暴戾。至於寧伽自己呢，「十幾歲就一個人在裏面混，遇到的各種事兒可以寫成十二卷長長的回憶錄，其中應有盡有。我的志向、奇怪的眼神、難纏的勁兒、正直和陰鬱、撒潑和不屈，還有從頭髮梢傳到腳後跟的過電一般的渴念，都是在這座大山的褶縫裏生成的。」〔註14〕寧伽離家在山裏的流浪歲

〔註13〕張煒，《張煒中短篇小說年編‧秋雨洗葡萄》〔M〕，合肥：安徽文藝出版社，2012 年，頁 375。
〔註14〕張煒，《你在高原‧家族》〔M〕，北京：作家出版社，2010 年，頁 21。

月，經常頭髮裏殘留著草屑。有時奔跑一天後，找一個有溪水的地方就能蜷下，嗅著野椿樹的濃辣，伴隨著星空下各種聲息——甲蟲、麻雀、草兔、花面狸的靠近入眠；冬天他在背風的山崖下攏草窠避寒，長了滑潤潤的皮毛的四蹄動物湊來相互取暖同眠；也有從陡坡翻滾下去，從斷了枝幹的樹椿上劃過，帶動石塊一直跌落谷底，衣服和皮膚都滿是傷口的遭際。山地生活是磨難也是砥礪——這使他後來多次呆在人生谷底甚至被傷害得鮮血淋漓，都能夠堅持下去。《山洞》的主人公，是代替父親去開山的小弟弟。在連方位都搞不清楚的情況下開鑿山洞這類只有決心沒有科學的行為，只注定是盲目的犧牲，可憐的是無數被犧牲者。十五歲的弟弟被派去穿山工地，在惡劣簡陋的工作環境裏，弟弟從最初的樂觀、堅強，到終於被奪走生命，成為一撥撥葬身山洞者中的一個，年僅 18 歲。連綿沉默的大山是可怕的，可是，這可怕其實還是因為人類的妄為。大山縫隙裏深深的山洞，是人類無情撕開的大山的傷口，也是無數無謂的犧牲的見證；山上那一片排列整齊的墳尖，和大山默默相對，每一個墳尖都訴說著一個家庭的悲劇。《刺蝟歌》中，描寫了山地深處，被唐童投到岩層下的金礦洞穴裏長達兩年的三個苦工的遭遇。三人以進洞早晚排行，在曠地用泥巴和石粉塑出石頭老婆，每晚靠老大推算和想像各自親人在地面上的生活，作為唯一的念想。得了火曚卻精於心算的老大死了，「就相當於整個洞子塌了、死了」，因為剩餘四人甚至再無以驗證自己的存在。

山地與平原的過渡地帶逐漸趨於平緩，形成丘陵地貌。山東半島的丘陵主要包括魯中南丘陵和膠東丘陵。膠東丘陵區分佈在中央山脈的南北兩側，多低於 500 米、很大一部分在海拔在 200～300 米，頂部渾圓、坡度平緩，比魯中南丘陵海拔相對低，但足以造成地面崎嶇起伏、連綿不斷。這裡迎風坡降水量一般較充沛，山間的褶皺常形成河流和泉水。跟山地相比，丘陵地區開始有較多居民定居。因為考慮日照、水源、風向等因素，丘陵地區居民點、田地排佈非常多樣，很多是糧食、蔬菜作物和果園、樹林混合。丘陵地勢較高的地區，開闢出梯田，種植耐旱作物。梯田作物是複雜與不穩定的，靠天吃飯，受天災影響巨大。《橡樹路》呂擎們所到之處，山嶺交錯、稍微平坦的地方才有村莊。這些大山褶皺裏的小村，多則百戶，少則十幾戶甚至五六戶。低矮的石屋佔據了僅有的平地，耕地就只能向外蔓延。自己院落和牆外的一點土地都被很好利用起來，山嶺上疊起的一道道石堰看上去美觀，可惜圍起

的是又薄又粗的薄地，幾乎不易耕種，挖下一尺多深還是沒有水分。很多地方會看到枯死的早年栽種的山楂樹杏樹桃樹的枝幹。入了冬，山村人就在家熬冬。主食是地瓜乾，穀子玉米小麥和豆類則都比較稀罕，弔在屋子當中半空的布袋裏，防鼠防黴變，也是一種炫耀。

丘陵靠近平原的區域，與海拔相對較高處的生存截然不同。這些地方往往依山傍水，是防洪、農耕的重地。龍口市南山腳下，解放後大規模興修水利。蓄水設施喝令三山五嶽開道，確實改善了山地平原的灌溉條件，但是，爲了修水利付出的代價也極爲慘重。《你在高原》的十部作品中，多處或詳或略寫到解放後寧珂被打成反革命，在南山被強制勞動開山修築水利設施。《憶阿雅》中，梅子隨寧伽回山裏尋找義父，此處詳細描寫了水利工程的源頭——黿山北麓「山陰處樹木蓊鬱，這與我們一路上見過的山嶺截然不同，展現在眼前的竟然是黑蒼蒼的喬木和灌木。這裡的植被很好，而在陽坡卻有很多裸露的岩石。這是因爲那一面山勢太陡，山雨流瀉太急，沖積物很快就沖到下面的溝谷裏去了。而隨著山陰處坡度相對舒緩，土層越來越厚，植被也越來越好，而且腐殖物越來越多，形成了良性循環。北坡舒緩，左側和右側的山脈、溝谷的褶皺線呈現出一個漏斗狀的剖面，每年夏秋兩季都可以有大量的雨水匯入山北，於是那裡非常適宜構建大規模的水利工程。」〔註15〕「我」（寧伽）和梅子進入父親寧珂他們修築的這項上百華里的工程——它接納黿山東南大片山谷的積水，灌溉蘆青河西岸大片土地；有的地方硬是填平了溝谷，有的地方則要毫不猶豫豁開一座大山，跨越、穿鑿。那是上萬人二十年的原始勞動，寧珂甚至一度戴著腳鐐做活。由最長的隧道頭上的那些題詞，可見當年這項工程引起多少人的激動和暢想。長長的渠道、一座連一座的涵洞，令寧伽想到萬里長城：每個人的力量是那麼微小，可是他們的合力卻可以在山川土地上留下如此深重的痕跡。面對這些水利設施，寧伽無法心平氣和。

山，山裏生活會給人的啓迪，是在純粹人類自己的世界裏得不到的。寫於1986年的《三想》，張煒盡情渲染了山雨中，同一片山地自然生活空間裏，人、狼、樹這三種自然界的生物——也就是人類、動物、植物三個不同的角度、不一樣的遭遇和心緒，卻得到相近的宇宙自然啓示：對溝通和平等的呼喚。「城裏人」在深秋來到遠離都市的老洞山居住，被深山野林中的自然形神聲色驚呆到流連忘返。幽深靜謐的山谷裏，他欣然迷路徜徉，從容觀看大雨

〔註15〕張煒，《你在高原·憶阿雅》〔M〕，北京：作家出版社，2010年，頁338～339。

到來之前各種動物的反應。對照自然的蓬勃無拘束、自然多種多樣的通暢溝通，反思人類生存的自我束縛和以自我為中心。他意識到生命中的柔情比比皆是，來自柔情的勇敢才是真正的勇敢；他反省人的過於自信和隨心所欲，意識到生命與周圍的一切密切聯結才有實在的意義。在個體的渺小和孤單體驗中，他基於人類的反省，請求大山的諒解和同情。一隻叫做姆姆的母狼，經歷了家族被人類絞殺，逃到靜謐的山林，也沒能擺脫兒子死於人類之手的命運。小說人化了姆姆，它甚至比人類更加明曉世間萬物的道理。將歷史和現實緊緊地連在一起的叫做「經歷」的東西，終於改變了它「人的所有物不可傷害」的準則——父母的遭遇和喪子之痛，令它終於下定決心咬死美麗的羊，只因為「那是人的羊」。它悲憤難平以此作為對人類的警告：忽視了太陽和土地，有什麼資格擅自給別的生物規定悲慘的結局？更何況至高無上性由自己決定的人類，自相殘殺的程度遠遠超過狼族。姆姆不平：「我要求於人類的到底是什麼呢？我有多少非分之想呢？我的願望有在多大程度上能被人類所接受呢？」〔註16〕她只希望所有做母親的能達成諒解。「老人」是母狼姆姆為山崖上的老白果樹取的名字。幾百年的生命歷程裏，「老人」見證了大山的榮辱興衰、很多樹因為雷擊、山火、砍伐、毛蟲等死於非命。它知道土地失去綠色也會死亡，卻對為什麼綠色的生命偏偏是短促的百思不得其解；它不明白生於床上死於床上依賴樹木的人類，為什麼對樹木不肯相容。它只希望成為一棵又一棵樹組成的綠色海洋中的普通一員，又渴望人的尊重，渴望和人類一起享受陽光雨露。同一片天地裏，小說裏的三個維度，都指向自以為是的人類中心主義。人以自己為主體，看到的是自然界的恒與變；動物植物為主體的世界裏，人類又是他者——可以為友，也可能是噩夢的淵源。在上個世紀八十年代，這篇小說首先以獨特角度產生的思想的深邃震撼讀者，成為張煒的短篇代表作之一。小說常有大段純美的山中景致描寫：蓊鬱的樹木、葛藤纏繞的枝椏和山石、山谷自己的聲音和各種氣味、叫不上名字的樹、美麗又美味還帶有薰人的氣味的果子、常年有水滲出的石縫四周長滿滑膩的青苔、霧雨電一步步逼近帶來滿山生靈的各種回應、眼睛都十分美麗的各種動物……而這裡的靜謐和諧，已經被人類打破。自然美帶來的驚喜及令人心痛的消逝，更反襯出人類妄為後果的嚴重。

〔註16〕張煒，《張煒中短篇小說年編·採樹鰾》〔M〕，合肥：安徽文藝出版社，2012年，頁270。

根據《史記・封禪書》記載，齊地八神之五神分別祠於膠東半島的三山島、之罘島、萊山、成山、琅琊山，〔註17〕可見膠東山地生活基礎之上，素有久遠豐富的山崇拜歷史。張煒同樣具有這樣的信仰：「山地有一種蒼涼感……它給你更多的神秘，黑影重重疊疊。」〔註18〕他的「半島」山世界，處處見山又處處超越山的實體而指向山的精神，對山和它滋養的一切，用心體悟、心存敬畏。

「水性使人通，山性使人塞；水勢使人合，山勢使人離」〔註19〕。雖說「半島」世界的山不十分高，不足以到「使人離」的程度，但還是對這裡的生活影響深遠。所以山永遠不會是理想居所，多數人類是在平原上度過一生。在「半島」世界，無論是山地的礦業、林業，還是海洋的漁業，都不如平原的農業更可靠、對人類的謀生更重要。

2、平原遼闊

平原意味著相對容易得到的資源和更有品質的生活。山脈的地理和自然狀態使人逃離疏散，平原則使人匯聚依存。平原的地勢更容易保證灌溉，土質養分不易流失，宜於耕種，交通運輸便利，人類於是在此種植五穀蔬果、馴養禽畜，建成村莊和城市，生活怡然自得。

膠東半島的平原分為山前沖積平原、海岸平原。環繞膠東半島的平原，面積最大的，就是張煒的故鄉蓬黃掖平原。這裡地表稍微呈自南向北傾斜之勢，河網交錯因而蘊水豐富。這片平原以龍口市南部丘陵以下的山前沖積平原和龍口市西北部的海濱平原為中心，向西延伸到萊州，向東延展到有著八仙過海傳說的蓬萊。「這兒屬於構造沉降區，大量接受了蘆青河和界河沖刷而來的山地侵蝕物。它的海拔大多在五十米以下。西北部由於河流和海水的堆積作用，形成了海濱低地，地下水時而露出地面，形成了鹽沼地；東部是一片顆粒礁石的沉積物質，南部和西南部處於低山與平原的過渡帶，屬於丘陵

〔註17〕《史記・封禪書》云：「齊地八祠，分別祭祀八神。八神：一曰天主，祠天齊。二曰地主，祠泰山梁父。三曰兵主，祠蚩尤。四曰陰主，祠三山。五曰陽主，祠之罘。六曰月主，祠之萊山。七曰日主，祠成山。八曰四時主，祠琅邪。」

〔註18〕張煒，《張煒散文隨筆年編 16・小說坊八講》〔M〕，長沙：湖南文藝出版社，2013 年，頁 241。

〔註19〕〔德〕黑格爾，王造時譯，《歷史哲學》〔M〕，上海：上海書店出版社，2006年，頁 124。

區，是整個半島的『屋脊』部分。」〔註20〕

　　張煒的短篇小說，幾乎全部以這個小平原各色的農民為描寫對象。平原土地肥沃，農業發達。在物質不富足的年代，這裡種植的農作物，是產量高耐乾旱的玉米、地瓜等。1976年寫於龍口，1981年改寫於大學期間的《鑽玉米地》，展示了農民在種玉米、刨玉米秸這些耕種的勞作辛苦之外，可以從田地裏得到的樂趣。玉米地在這裡似乎就是一個聚寶盆，幾乎有每個人想要的一切東西：小炕理在玉米地裏驚喜地找到瓜、大南瓜，還找到奶奶想要的小貓，滿足了一個老人聊慰寂寞的精神需求；小炕理的爸爸，想要養頭豬卻沒有錢買小豬苗的農民，竟然神奇地在玉米地裏找到想要養的小豬；光棍土成，則在這裡找到南方窮地方來的媳婦成了家；小就的爹鍋頭老叔，費勁巴力終於在這裡為兒子找到外地偷玉米的女人成了家。玉米地會滿足不同人的各種需求：好熱鬧的七姑到玉米地裏尋熱鬧、性情孤獨的老孫頭到玉米地裏安靜地想往事、小古的媽在玉米地裏和死去的小古爹相會——信服大玉米地，大玉米地就會幫你，這裡消融一切，又包容一切。這是傳統農耕時代的土地崇拜，也是自給自足的小農生活方式的具體顯現。

　　平原上一旦擁有土地，很容易匯聚財富。因此平原是富人、大土地所有者的天下。而且一旦靠土地積累財富，平原的富人比山地的主人更容易投資其他行業，或者進駐城市。平原人精明、大度、務實，和山地的安貧節儉不同，這裡更容易習慣於奢侈的生活。比如《家族》中外祖父家的大宅，是山地的土財主不可想像的洋房，和華麗舒適的中西結合的排場：「我知道這片平原東西有三百多公里，南北約一百五十公里，是個不規則的橢圓。西北端就是那個海濱城市，那裡有我們家一個很大的窩，後來我們又被人從窩裏揪出來。」〔註21〕這個「窩」裏精緻奢華到連捶衣棒都是雕花的，春天院子裏高大的玉蘭嬌豔欲滴。

　　《九月寓言》的小平原上，有鮮靈靈汁液淋漓的地瓜蔓，又有最浪漫的青春歲月和最令人激動的收穫季節，到處是生動鮮活的人，每個人都有說不完的故事。當年的鄉村甜美芬芳，活力四射的村姑肥喜歡夜晚的奇妙游蕩。村口有碾盤、花貓被驚醒從碾砣上彈起、急急走來的大刺蝟被踢到就團起來；

〔註20〕張煒，《你在高原‧人的雜誌》〔M〕，北京：作家出版社，2010年，頁366～367。
〔註21〕張煒，《你在高原‧家族》〔M〕，北京：作家出版社，2010年，頁21。

四周黑暗裏都是活動的東西，小蟲跑、小鳥撲棱。飼養棚裏，那有一身永遠穿不破的絲綢一樣衣服的白馬，令穿著打了補丁的衣服、褲子又短又舊弔在腿上的肥嫉羨。年輕人吃多了瓜乾，就在夜晚瘋跑。年輕人的頭兒趕鸚、鼻子結了痂的憨人、佔有了方方正正的大姑娘金敏的喜年、肥、跟蹤肥的暗戀她的少白頭龍眼、慶餘被金友強姦生的年九、閃婆和露筋生的歡業、賴牙抱養的爭年、眼皮上長小疤的姑娘香碗，這些鄉村青年人在碾盤底下、小沙崗子、小榆樹林子、莊稼深處、大草垛子裏，消耗他們多餘的精力，享受他們獨有的鄉村年輕時光。老年人都曾經年輕過，對在九月的原野瘋跑的年輕人，以「瓜乾燒胃哩」給予了最充分的理解。挺芳在街巷與肥相遇，被這個肥美的村姑吸引，跟隨肥來到田野，見到好像他打生下來沒有見過這麼大的一片地瓜地，鋪展到天邊的綠蒼蒼渾茫茫的秋野。這沿著平原的四角鋪展開來、被一些紫穗槐和雜草繁茂的溝渠分割的望不到邊界的地瓜地裏，渾身泥汗的男男女女在收穫地瓜。年輕人一邊退一邊割著瓜蔓，像隨手捲起天底下最巨大的綠席子。男人們把通紅的地瓜從土裏刨出來，擱在土埂上，像火焰一樣。這些一生都趴在土壤裏的地瓜，一旦躍出地表，是那樣紅亮，成行地排在田野上。一些老婆婆跟在男人後面，用一把鑛刀切瓜乾。熱火朝天的瓜田勞作場景震驚了挺芳。平原上，青年的狂歡節日天天都有。千層菊開花之前，隨著風裏的酒味兒，小村年輕人帶了乾糧，去大海灘上打酸棗。滑下沙崗的短暫歡快之後，屬於年輕人的極大的苦難接踵而至。在與外村青年的打鬥中，喜年被斜眼青年惡意鉤住回彈的刺槐枝杈刺瞎了眼睛，成為獨眼；作為報復，龍眼舉起杈棍傷了不知多少鄰村人。年輕人就在瘋張、歡笑，和更多的苦難、淚水、創傷伴隨中，早晚長成父母那樣的人。小村女兒從小被告知要嫁在當村，村裏男青年對這些耀眼的女孩只有敬仰的分，可是工區的人毫不猶豫向水靈的她們伸出攫取的手，平原小村的少女貞潔於是在和工區的接觸中，令人傷心卻不可避免地流失：二蘭子遭遇語言學家「撒下籽」、趕鸚在回村的夜晚被工程師包到大衣裏強吻，肥被黑面肉餡餅「饞跑了」。男人的自信或自卑決定他們是否敢於行動，在女性這裡，有時這就是一切。平原小村人被山地人羨慕能吃飽飯，可這些平原人跟工區的交流中，同樣處在精神和物質的劣勢與相對卑下的位置。這才會有肥私奔後，趕鸚一面信誓旦旦聲討，一面意志消沉與迷失：「看不到邊的野地呀，我去哪兒呀？」〔註22〕

─────────────────────

〔註22〕張煒，《九月寓言》〔M〕，北京：人民文學出版社，2005年，頁288。

平原農民在傳統農作滿足溫飽的前提下，還廣泛種植可以用來換錢的花生、黃煙、紅麻、西瓜等經濟作物和葡萄、蘋果等各種果木。《花生》寫的是學生時代，在槐樹花開的時候去大海灘上種花生的難忘見聞。《燒花生》中，則寫到花生收穫季節，幾個小夥伴被學校安排守夜的新奇經歷：老安帶了他自製的手槍，我們夜裏燒花生、用花生和漁鋪子換魚吃，有趣而難忘；來訪的路過的漁民、學校的頭兒、廣播員同學都帶給我們不同的歡樂。《黃煙地》表現的是種植有名的有香味、甜味甚至酒味的柳埠煙的種煙把式陳康榮和兒子老照兒、跟地鄰居黃鮎婆（外號）的恩怨。老輩人有積怨，卻擋不住小輩情感的發展，這是時代的觀念和人們的思維一天天開化的結果。《秋雨洗葡萄》中，蘆青河邊 36 戶聯合承包的葡萄園迎來豐收的秋季，鐵頭叔和水蛇腰、愛寫詩的老得的守護使得行人無法偷吃，卻擋不住王三江明目張膽以大家的血汗謀私。《一潭清水》中的西瓜田裏，徐寶冊和老六哥兩個看瓜人性情各異。當承包使得利益至上打破了人情平靜，徐寶冊離開只知逐利的老六哥，和小林法在一片葡萄園中央準備挖一潭清水。果園裏、菜園裏，收穫季節都有喧囂，都要看守，就都有故事。高考落榜的達光，第一年種瓜諸多煩擾，第二年在深諳各種農村陋風惡俗的皮妞的指引下種了紅麻，也在皮妞點撥下，在摸爬滾打中成長成熟起來（《紅麻》）；蘆青河邊迷人的傍晚，香椿苗圃專業戶鄒方平「不滿意生活，不意味著就一定去疏遠生活；健康的人，應該首先想到去創造」的話語，改變了自命清高的民辦教師蘇葭認為萬元戶物質上富足，精神貧窮的成見；《剝麻》中，羅貞的跑野了腳的愛人道理在東北做生意，羅貞感覺到日子沒有滋味。她理想中的家，是冬天裏爐子上的燉豆腐的味道。

平原因為沒有人種、思想、文化和地理的天然隔閡，更有助於社會尺度的統一，也就比山地丘陵更擁擠喧鬧。人口密度大的地方，秩序感就顯得尤為重要。在這裡逐漸建立起很多秩序制度和觀念的約束，個人自由就不可避免受到限制。但是無論如何，跟山地的貧瘠、流散、困苦相比，平原更加富足、安定，是人流和財富的匯聚之地，也是村落和城市等聚落集中的地方。《古船》是發生在沿海「小平原」的故事。《你在高原》大半篇章，也是在昔日小平原的豐醇美豔與逐漸出現的令人堪憂的各種變故的巨大反差中，形成小說的敘事張力。

3、河的流域

河流對於陸地，猶如血管對於人體。河流的長度寬度深度，決定河流的

價值。河流分為上中下游，上游在山地，發源地水光與山色激發出的水花，沖滌出眾多寬窄不等的河谷地帶，也可以成為發電等水力資源；地形緩和、流速緩慢的中游造就了沖積平原，也常有水災騷擾；下游更平緩，淤積漸多。直接流入海洋的河流，如果其河口面向海洋張開，成漏斗形，就會形成港灣。膠東半島的水系幾乎全部發源於中部山地，南北分流、獨流入海，較長的有膠萊河、大沽河、五龍河、大沽夾河等。這裡的河流流量季節性差異懸殊，汛期集中了全年徑流量的 70～80%，如遇暴雨山洪暴發，就可能造成洪水危害；一到枯水季節，河床暴露，甚至常有河水斷流和枯涸現象。

　　張煒家鄉龍口市的主要河流，有黃水河、泳汶河、北馬河、南欒河、龍口河、八里沙河等。張煒在《野地與行吟》中提到，他的蘆青河，就是「所有的北方河流或膠東的河流，但最早的印象只是龍口的泳汶河。」〔註23〕這條河發源於龍口萊山，注入渤海灣。泳汶河入海口是茫茫荒野，往東幾十里是龍口林場，再往東是龍口園藝場，張煒就出生於兩個林子之間。在他出生前五年，他的家從外地搬到這裡。《你在高原》中，寧伽經常到山區遊走，每一次都有在河邊駐足的時刻。跟蹤寧伽的足跡，幾乎可以描出膠東半島的河網圖。《荒原紀事》中，被取保回城，為排遣孤寂煩悶，寧伽又一次一個人山地行。他登上蕌山山脈這條半島的屋脊和命脈，這裡「是幾條大河的發源地，其中有著名的蘆青河、界河、欒河。它們差不多都是北流水，縱向穿過丘陵和平原地區，瀉入渤海灣。向南的河流主要是兩條：白河和林河。南去的河流比較清澈，因為南麓坡度緩和，植被也比較好……無論是上游或下游，只要看到一片稍微開敞一點的山地，就一定會有一個小小的村莊……丘陵地區的村落要要比北部平原的貧寒……山裏人的神色、肌膚、還有打扮，處處都打上了獨特的烙印。他們見到生人會用一種怯生生的目光盯住，那是一種難以接近的、讓人又同情又懼怕的目光。可是與之交往起來，就會發現一副副火熱的心腸。」〔註24〕《橡樹路》中，學生時代的寧伽暑假裏登上蕌山山脈主峰，從那裡勘察了蘆青河的上游主要谷地。這裡溝谷寬窄不一，水流跌落得厲害，一些水汊組成了複雜的水網，兩側山嶺的樹木灌木茂盛繁多，在炎熱的夏天，河流源頭沒有完全乾涸，卻已經流速緩慢。遠看到處是

〔註23〕張煒，《野地與行吟‧精神高地》〔M〕，北京：中國社會科學出版社，2007年，頁 76。
〔註24〕張煒，《你在高原‧荒原紀事》〔M〕，北京：作家出版社，2010年，頁 117。

溝壑，這些看似若有若無的水流，最終成就下游的大河。《我的田園》中，這樣描述小平原的水系源頭：罈山山脈的「北坡是五百米以下的低山，低山之間就是寬廣的河谷平原。蘆青河與孿河都發源於罈山，站在分水嶺北望，可以看到細流交匯的複雜水網，被歷年大水切割的變質岩河階；再往北，形成它的第一段辮形河流。」〔註 25〕《海客談瀛洲》中，寧伽和紀及考察孿河流域，「孿河是一條季節河，這會兒正是一年裏的多水季節，可惜由於砭山南坡新建了一處大型蓄水工程，所以上游的水大部分被攔截了。可即便這樣，漸漸變寬的河道還仍然讓我們感受到水旺季節的雄偉氣勢。令人難以置信的是，如此的濤濤之勢竟是由我們看到的那些涓流匯成……小溪漸漸在山坡下顯示出了力量，聚起的水流像是剛離開羈絆的一頭頑皮動物，一路跳動沖騰。它們割開岩石，把那些並不牢固的泥土中的爛石也沖刷出來，將其重重疊疊散放在寬溝裏，一直流佈到整條河谷的開闊地段——溪水從峻嶺中一路衝撞掙脫而出，這會兒順著山坡一瀉而下，喧囂著、歡躍著，一直奔到很遠很遠才平緩下來。隨著奔向新的一程，它們把一路攜來的沉重留下，在寬寬的河道裏壘成了一處又一處石灘……水流轉彎處總有旋出的土頂，它的下面總有深深的水潭。水在這兒打旋，魚鱉和其他一些水生物都在這裡棲身。」〔註 26〕

　　1970～1980 年代的短篇小說中，張煒傾注全力去描摹、塑造自己所熱愛的「蘆青河」世界，是典型的膠東半島河流的中下游景觀。《小河日夜唱》中，做護秋員的爺爺帶了獵槍住在蘆青河邊小茅屋裏。學校放秋假的時候，小河兩岸高粱紅了。小河嘩嘩響，喜鵲叫，我和爺爺高興的是：水利局工作的姐姐回來給小河修水電站。《下雨下雪》裏，雨季汛期大壩坍塌，洪水沖毀村莊、莊稼，家也被淹，人們不得不從水下挖出泡壞的紅薯，也在洪水中捉到很多魚，水退後還可以採到蘑菇；冬天大雪封門，冰封的河面上有打洞掏魚的人、冰上滑倒的兔子在人面前會不好意思。《聲音》裏，蘆青河口的樹林裏，十九歲的割牛草的姑娘二蘭子，在深深的雜樹林裏割草遇到小羅鍋。《拉拉谷》中，蘆青河入海口改道衝出的拉拉谷，見證了父女兩代人的多味愛情：父親骨頭別子因為曾經年輕時癡迷寡婦二姑娘而對早逝的妻子終

〔註 25〕張煒，《你在高原・我的田園》〔M〕，北京：作家出版社，2010 年，頁 51。

〔註 26〕張煒，《你在高原・海客談瀛洲》〔M〕，北京：作家出版社，2010 年，頁 158～159。

生懷愧疚之情；漂亮的 19 歲女兒金葉兒情竇初開，與勘探隊喜歡畫畫的陸小吟發展出戀情。《踩水》中，落榜青年劉二里向老道學習黃煙種植技術和踩水技巧，因爲「學會了踩水，就可以開出手來做些事情啦」。《第一扣球手》裏，蘆青河邊，分地後的第一個收穫季，第一扣球手棉棉心酸地看到：老父親——缺少一個腎的老漢半拉，用最原始的耕作方式忙活所有活計。《四哥的腿》中，工傷回鄉的四哥喜歡在荒灘四處游蕩，並不因爲腿拐而懼怕走路，他可以沿著蘆青河走很遠，「我」跟著他認識了無數莫名其妙的植物，能夠區別開看來相似、實際上屬於完全不同科屬的植物葉子：「我和他一塊兒走著，不由自主左腿也要稍微拐上那麼一點兒，這好像也是很自然的。」〔註 27〕《生長蘑菇的地方》的初秋，蘆青河畔豐饒的原野，18 歲的青年採來一座蘑菇山。

有河流就有人，流水的多少決定繁榮的程度。河流的寬度會構成人畜過河的風險和障礙，但這是橋能夠解決的問題；河流的深度卻將決定它自己的生命。河流是否有運輸價值，是它的最大現實價值所在。最有利用價值的河流必須有廣闊的水量和穩定的水質。《古船》透過傳說中一條河的輝煌，和意外的一條地下河的發現，展現了歷史和時下的膠東小平原的民生。蘆青河發源於四百里外的古陽山，北上來到中下游，經過叫做窪狸的重鎮入海。鎮上從粉絲工業上興旺起來的老隋家，曾在河岸擁有最大的粉絲工廠，並在南方和東北的幾個大城市裏開了粉莊和錢莊。揚言要跟上大船到海上去的隋家二少爺隋不召，終於在水上漂泊了半輩子，帶回許多生生死死的故事，和南洋西洋的吹噓。可是，就在隋不召回來的那一年，老廟大火、傾盆大雨，十天後，有一條遠道而來的船在蘆青河擱淺了。隨著第二條第三條船擱淺，人們眼瞅著一個大碼頭在慢慢乾廢。隋不召時常扛著侄子去乾廢的碼頭，望著變窄了的河道講一些船上的故事。河水退了，碼頭廢了，聽慣的行船號子遠遠地消逝了，窪狸鎮的粉絲產業受到影響，河邊的老磨屋閒置了。鎮人聽李家的和尚講古，就在這嗡嗡講古中化解內心的委屈。蘆青河淤塞，當然與這裡碼頭的土質、河流攜帶泥沙都有關係。但是，即使在叔叔去世、妹妹被抓、粉絲廠有待振興之際，老隋家的兄弟二人面對蘆青河，還是能夠發出：「河水不會總是這麼窄，老隋家還會出下老洋的人」的錚錚誓言。蘆青河成就一些事情，蘆青河也糟蹋美好的東西。浪閨女鬧鬧在河灘上排遣苦悶，被看泊的

〔註27〕 張煒，《張煒中短篇小說年編‧狐狸和酒》〔M〕，合肥：安徽文藝出版社，2012年，頁 49。

二槐強暴，開闊的河灘上的柳棵看到了一個女孩的屈辱。含章透過小屋的後窗，看到蘆青河灘上，白色的沙土、碧綠的柳棵、藍色的天、銀色的粉絲、記憶裏紅色的高粱田和紅馬，這些純淨明豔的色彩刺激下，她抓起剪刀，剪斷本要用來上弔的繩子，走到了陽光裏。

4、濱海之地

　　面向大海的人與面向山地的人，情感生活的差異是很自然的。海洋的浩大會使人想超脫平凡，海洋也是人類逃脫時空限制、享受自然無限能量的地方。海洋的能量正是海洋的自然本性，使人敬畏。經常眺望蒼茫大海、仰望浩瀚蒼穹、享受海岸風景的人，相對心情更加輕鬆愉快、眼光長遠，更容易充滿進取精神。在海洋風暴較多的地方，對海洋的恐懼也是出自人的本能。在海上，即使彪悍無知的漁民、殘忍貪婪的海盜，也要祈求神明的保護。沿海海域有深海、有淺灘，海濱除了沿海沖積平原，沿海岸線有很多其他的自然地貌如沙灘、灘塗、斷崖。砂岸一般位於河口附近、較淺，不適宜遠洋航運。岩岸不宜人居，那些海岸線、形狀、水深、泊位面積適宜貿易的岩岸，卻可以做良港。港灣是航船躲避風暴的地方，也是大陸通向海洋的門戶。

　　膠東半島北有渤海，東有黃海，環繞半島的海岸線全長 3000 餘公里，沿海灘塗達 3000 平方公里。沿岸有眾多天然港灣，形成了漁港、碼頭。從我們今天全球性的視角和範圍來看，膠東半島顯得很小，但是在久遠的歷史裏面，即使小小的龍口——黃縣古港，曾經也是無與倫比的溝通南北的重要交通樞紐，自古就與碣石、之罘、琅玡、會稽、番禺合稱六大古港。戰國時期，燕將樂毅遣兵從東萊登陸伐齊，連下 70 餘城。秦始皇北伐匈奴，由此轉運糧食。漢武帝伐朝鮮，由此渡渤海赴遼東。三國司馬懿伐遼東，也在此地運送軍糧。《古船》中，從蘆青河底挖出的古船「是一條殘缺不全的大木船。船舷已朽碎無存，只剩下一條六丈多長的龍骨。有兩個鐵疙瘩歪在龍骨上，那是兩門古炮。龍骨一旁是一個生鐵大錨。還有些散亂東西看不出眉目，沾了黃土黏在一起，黑黝黝一簇。船頭上有橫斜著的兩個鐵杆，原來是什麼笨重的槍矛絷在上面。」〔註28〕隋不召和老中醫郭運保住了這條古代爭天下沉下的戰船。這條不會說話的戰船，展示了這裡的古港除了民用和航運之外，曾經作為軍事碼頭的巨大作用。

〔註28〕張煒，《古船》〔M〕，北京：人民文學出版社，1987 年，頁55。

　　海洋太過浩瀚，在很長的時間裏，人們對於大海，只是掌握了一些點和線，只能夠做緊貼海岸的航行。在航海並不發達的年代，就一個海域的活動而言，力量的消長，霸權的更迭、以及勢力範圍的大小，同船帆、船槳、船身、噸位這些技術細節，往往就是一碼事。張煒《你在高原》的《海客談瀛洲》，與寧伽一起去東部考察徐福東渡始發地的，是研究古航海史的專家紀及。寧伽和紀及圍繞徐福東渡、秦皇東巡、齊國、長生不老和三仙山傳說等事件，從焚書坑儒思考徐福東渡，寫出了平行文本：寧伽的小說《東巡》，紀及的古航海文獻《海客談瀛洲》。他們都相信：憑藉那時候的航海技術，徐福完全能夠到達他想去的地方。作爲古航海史專家，紀及對淤塞的古港感興趣。寧伽和紀及先後兩次徒步走秦王路。膠東屋脊大山腳下那些破舊倉黑的村莊裏，聽聞秦皇東巡的各種民間傳說；考察注入海灣的蘆青河、界河、降水河、叢林河、藍河，通過對欒河入海口的欒河營古港細緻的勘察，紀及斷定：當年欒河很寬，徐福完全有可能在此彙集五百童男女、上百艘船隻。再次「向東方」的路線，爲琅琊臺—天盡頭—之罘—欒河營古港—登瀛門—殷山遺址—思琳城遺址。他們相信這就是當年秦王徘徊之地，美酒與海水，海客與瀛洲、生民與厲鬼、凡地與仙境——歷史上古人的航海與現實中今人的探索，都是爲了信仰或者某種追尋，可是艱辛與犧牲無處不在，血腥與醜惡總是佔了上風。越是思古，寧伽與紀及對眼前的困境越是憤懣：徐福以睿智的謊言矇騙了暴君，紀及和王小蒙、靳揚和淳于雲嘉以及「我們」，卻無力抵擋霍老們的重重網羅棒殺。航海技術越來越發達，人類遭受的圍困卻越來越殘酷不可掙脫。

　　《海客談瀛洲》、《古船》的海濱生活彌漫著歷史的煙塵，張煒筆下時常出現的荒原海灘、海濱漁鋪，儘管是現在的海濱不再有的景觀，卻始終是充滿人間煙火氣。這裡的魚腥味、孤獨消閒瀟灑的生活、各式奇怪的鋪老、漁把式，看上去樸素無奇也神秘無比。1976 年寫作的《鋪老》，海邊漁鋪裏文縐縐的老錛、粗壯的土撬、被叫做小喜蛛的老頭，他們幾個性格各異，湊在一起熬多。他們奇怪的規矩裏，有家口的小喜蛛反而「活得不利索」遭到鄙視。《刺蝟歌》中，珊婆跟了一個做過海盜的漁把式，得知對方埋下了錢財後和唐童合謀害死了他。1976 年寫的《開灘》，圍繞大海灘的封灘、開灘這一關係海濱民生的生活方式，塑造出一個逞兇好強、「封得住」灘，甚至成爲人們的忌憚的常敬。儘管這海灘生活和海水一樣鹹澀，這裡的人們照樣得耐住，咀嚼它難言的味道。

　　海水鹹澀，這裡的民生也時常是多艱的。海和南山一樣，是父親服苦役的地方，對「我」就意味著苦難和折磨。1990 年的《魚的故事》，南山服役歸來的父親，又被叫到海上拉魚，「我」則被媽媽派遣跟隨。海邊拉魚的男人們張揚地發洩、辛苦地勞作。上魚的刹那，是終生難忘的奇景；每個在海邊觀看上魚的人，都可以分到終生難忘的美味的燉魚湯。父親終於融進那些拉網的男人當中，也喝上了酒，也帶分的魚回家。毒魚的美味和母親誤做導致的中毒體驗，是有驚無險的體味；父親醉酒丟魚及「我」順路一條條撿回，是苦中的樂。「我」有關小美人魚的夢，以及什麼都不畏懼的父親對此的警覺，與海難的神秘關聯，傳達了無盡的海洋敬畏。

　　漁鄉人對於海的情感是豐富複雜的：漁鄉人靠海吃海，因此愛海崇海；海洋暴虐、海難頻仍，則令豪橫的漁鄉人心生敬畏或者詛咒。海上生活兇險，只有硬漢才敢於衝進老洋。1984 年的《黑鯊洋》，精明敢為人先的老七叔搞了一艘船，邀請曹莽入夥。從小跟父親上船的曹莽就是為海而生，可是因為父親曹德葬身黑鯊洋，曹莽很猶豫。最終他決定要做海上第三條硬漢。黑鯊洋捕到大魚，沒想到也遭到劫難。在海上搏鬥一夜，最終在老葛船長的指揮下，在蘆青河入海口靠岸。《綠槳》中，一代代勇猛彪悍的漁夫們的故事裏，有正義善良，也有的兇悍貪婪。當年彪悍的漁夫用一支槳擊斃了當地最大的漁行和土地主老鬍子，及欲行刺他的老鬍子女人。木槳被漆成綠色，也難以遮掩血跡不斷滲出。今天，年輕的行子喜歡著織漁網的小紋，在他出海的日子裏，小紋最煩擾的是要躲過獨眼王的侵犯。林子裏靜坐的老太太，在丈夫和孫子的宿命——漁夫的宿命中，只能旁觀卻無力相助。海邊的居民彪悍勇猛，也隱忍耐勞。《刺蝟歌》中珊婆的七個乾兒子和她一起經營海參養殖場，他們個個生了一張土狼子孫的窄臉，身手矯健，出手穩準狠；來自海島的毛哈，能吃大苦，喜歡水裏生活。

　　海是無私的。曾經的海邊，隨便就可以撈捕一條大魚。海邊人豪爽仗義，大碗喝酒大塊吃魚，毫不吝嗇。張煒在很多作品中津津樂道海邊上魚時刻。《鹿眼》中，搖櫓的小船劃到大海深處撒網，一路撒去，船上的影兒都模糊了，又一點點繞回岸邊來，在海上撒成大大的半圓形網。岸上拉網的人像螞蟻一樣，將網繩繞在屁股上，一邊喊一邊往後倒退著拉網。兩三個小時之後，大網靠岸：「那是多麼激動人心的時刻！魚在近岸的海水裏蹦跳，甚至能讓人聽到它們在吱吱叫喚，蝦、蟹子、大魚、小魚、一齊蹦起來……大網當

中的海水開始沸騰。大魚嗷嗷叫，小魚吱吱響。原以為是軟弱無能的蝦，這
會兒在水裏是那樣英勇無敵。它們的長鬚能夠像箭簇一樣飛射和挺刺，那纖
弱的腿只是輕輕一蹬，身體就如同閃電般彈向一方。」〔註29〕海洋的豐富饋
贈，是打漁人辛苦的回報，所以，勞作後，他們心安理得享用最美味的魚
蝦。《半島哈里哈氣》之《海邊歌手》中，張煒詳細描寫大網靠岸前那最關鍵
的時刻，領打魚號子人的重要性：「這時候網裏的魚密擠了，它們胡亂躥跳，
再加上圍來買魚和看熱鬧的人越來越多，那個起調領唱的人就得賣雙倍的力
氣了——如果這時候他壓不住滿灘的嘈雜，拉大網的人就無法接上『嘻哉』，
也就不能一齊發力，一切也就亂了套。太陽也到了發威的時候，拉網的人身
上流油，腳板被沙子烙得不敢片刻停留，跳著腳」，這時候「我」看到「老扣
肉的手往右邊耳朵上舉，然後往下猛地一揮——幾乎就在同時，三勝的嘴巴
鼓了起來」，「這鼓鼓的嘴巴一放開就是一句響亮驚人的大唱，只一下就把四
周的人聲給壓下去了」。「三勝圓眼瞪得像牛眼，頭髮梢一根根全豎起來了。」
〔註30〕可是海灘上人太多，一會兒號子又亂了。正在大家束手無策之際，一
個細瘦的男孩，卻以銅管一樣又尖又急的聲音壓住場，領起號子。這些海洋
耕耘的收穫時刻，是漁人的盛宴，也是對比眼前醜陋和貧瘠的海，海濱人永
遠值得珍藏的記憶。

　　《半島哈里哈氣》之《長跑神童》中善於長跑的孩子興葉，生於海濱小
村，他有一個被海賊打傷致殘，走路時一隻腳要費力在地上拖拉，彷彿滾動
一下才能站穩的爸爸，媽媽眼有毛病。這個窮困的家庭的小院，院牆用烏黑
的石頭還夾雜海裏的珊瑚砌成，房子是披了海草、就像一簇簇老得沒有人採
摘的蘑菇的小房子——海草房。在以往的膠東沿海漁鄉，這種海草房是一種
最具地域特色的民居。以海草覆蓋屋面的這種居所，冬暖夏涼，適宜居住，
但室內又低又暗。在物質水平不斷發展的今天，寬大明亮的瓦房逐漸取代了
矮小灰暗的海草房，這種原始的居住方式已經極為少見。

　　《古船》中借蘆青河的變淺，將一個興盛一時的碼頭的興衰側影，顯示
出來——「鎮子上至今有一個廢棄的碼頭，它隱約證明著桅杆如林的昔日風
光。當時這裏是來往航船必經的地方，船舶在這裏養精蓄銳再開始新的航程。

〔註29〕張煒，《你在高原・鹿眼》〔M〕，北京：作家出版社，2010年，頁78～80。
〔註30〕張煒，《半島哈里哈氣・海邊歌手》〔M〕，石家莊：河北少年兒童出版社，2012
　　　　年，頁22～24。

鎮上有一處老廟，每年都有盛大的廟會。駛船人飄蕩在大海上，也許最愛回想的就是廟會上熙熙攘攘的場景。」「寬寬的河面上船帆不絕，半夜裏還有號子聲、吱吚吱吚的櫓槳聲。這其中有很多船是爲粉絲工廠運送綠豆和煤炭，運走粉絲的。而今的河岸上還剩下幾個老磨在轉動，鎮子上就剩下了幾個粉絲作坊。」〔註31〕當隋不召準備揚帆起航，字字清晰地背了航海眞經敬奉海神，眾人於肅然起敬中，恍惚見到煙波浩淼的遠洋，天海人船禍福相依的情境。老人們則憶起那些碼頭上新船老舶擁擁擠擠、重重疊疊的興盛時光。抱樸也由河岸的石槽斷定，蘆青河確實是步步萎縮，而很久以前，老磨屋曾是可以靠河水作動力的；挖出的老船，是曾經行駛在浩淼激蕩的河面上的。《古船》以一個地區揭示出整個人類的社會經濟動態：港口和碼頭的消失，代表的是一個沿海地區的表面死亡，它的生活節奏和內容的變化。它從沒有歷史記載的生活，過渡到有歷史記載的生活，又悄無聲息地淡出歷史和人的視野。港口還會帶動城市的誕生，航海活動的興衰，顯現在港口城市的出現與興衰中。龍口市的市府所在地黃縣城，歷史上，是港口帶動的沿海小城；龍口港淤塞後，啓用的較大港口煙台的城市發展也就有了機會——青島港也是同理，從小漁村到現代化都市，只用了一個世紀的時間。歷史上，山東民間移民，基本上是自水路乘船闖關東。早在上個世紀二十年代，王統照的《沉船》，就寫了一家農民在膠東活不下去，闖關東遭遇的慘劇：龍口港的日本小火輪嚴重超載沉船，一家四口，僅一個小男孩生還。名噪一時的電視劇《闖關東》，也反映出當時大部分人闖關東是從龍口乘船，那些轉走陸路的，都是天氣原因無法走海上後，不得已的選擇。龍口港闖關東這一移民習慣的直接結果，就是遼寧沿海的方言與膠東半島北部方言，尤其以煙台話和大連話爲代表的相近性。張煒《家族》中，也揭示出膠東人的習慣：往北走，而不習慣往南走。外祖父攜了外祖母私奔，就是從港口乘坐輪船去了海北，而非沿著陸地去向東、西、南中的任一便捷陸路交通。這種潛意識中的遷徙習慣，更增加了龍口港的重要性。不僅如此，張煒還在《人的雜誌》中繼續追究這種遷移習慣的形成原因，並將它歸結到當年夷族人大遷徙的民族集體無意識的遺留：滄海桑田之變都已經發生，人心底的歸宿指向卻不可動搖，可見精神和血脈的力量。

海域荒涼遼闊，海水洶湧澎湃，其陽剛雄壯之美進入文學視野，自有其

〔註31〕張煒，《古船》〔M〕，北京：人民文學出版社，1987 年，頁 2～3。

不菲的美學價值；海的浩瀚無垠，培育了超塵意識和開放意識；海的生生不息，啓發先民以思想自由和冒險精神；百川匯海的自然之道，啓示海疆先民虛懷涵納。鄒衍的大小九洲說來自海洋啓示，方仙道更是海的饋贈。

半島是陸地的邊緣或者枝節部分，因背離大陸中心而深入海洋，區別或者隔絕於大陸主體，往往又受歷史或政治因素影響而自成天地。半島對海洋卻是敞開大門的，任何一個半島都會有適合登陸的良港，隨時可以供船隻出航或者登陸。這就造成當半島強大時，他們就具有侵略性或者說進攻性，一旦無力自衛，就面臨被人佔領的命運。《海客談瀛洲》中，「我」和紀及再次「向東方」的路線是從琅琊臺－天盡頭－之罘－欒河營古港－登瀛門－殷山遺址－思琳城遺址的環半島行走。寧伽紀及們在秦王斬殺了幾百名儒生、徐福求見了秦王的琅琊臺古港駐足，在深入海裏的犄角、秦皇以爲大地盡頭的成山頭漫步，他們相信這就是當年秦王徘徊之地。這些感受讓他們對古人的精神與思想的揣摩更加深切。張煒曾經就古代萬里長城的修建，和今天的各種高效的大型建設項目做比較，他認爲即使再高效，今天的虛擬設計者們不再會有古人的現場感──而現場感正是那種激動了人，又會讓人以這種激動去影響創造的力量。

膠東半島西北的小平原，是一個半島中的半島──登州海角。《半島哈里哈氣》（《美少年》、《長跑神通》、《海邊歌手》、《養兔記》、《抽煙與捉魚》）是集中表現登州海角的作品。在這五本沒有前後故事順序、只以同一的引言和主人公貫穿的小說裏，呈現了叫果孩兒的「我」和幾個要好的小夥伴、林子、家人、以及這個半島的多彩故事。「爸爸犯了什麼錯，和全家來到這個半島上。我家從此就定居在海邊林子中，沒有一戶鄰居。我現在可以從地圖上指認我們的半島了──它就像動物的一支犄角深入了海中，細細的尖尖的！可是我們住在上面的人絲毫沒有覺得它狹窄，相反還認爲它大得無邊無際呢。」〔註32〕這是一個多麼好的開場白，地球上的這個小地方，是孩子眼裏的大世界。這裡，自然界裏的男孩子想的做的、他們之間微妙的關係和逐漸發展出的難能可貴的友情、每個人逐漸形成的個性，一切都那麼打動人：被老憨命名爲「老果孩兒」的「我」和美少年雙力暗中較量、和善跑的興葉成爲一對知己、海邊歌手三勝和常奇從欺負被欺負轉變爲都是「我們」的好朋友、我和老憨從

〔註32〕張煒，《半島哈里哈氣·自序》〔M〕，石家莊：河北少年兒童出版社，2012年，頁 1。

養野兔到放野兔、我和老憨由最初「探險」到後來在「狐狸老婆」和玉石眼間搭起橋樑。這樣的童年生活，這樣的自然和醇厚的人性，儘管遺世而獨立，卻令每一個孩子的心性都健全健康成長。可是，《半島哈里哈氣》是早已經隨童年遠走的夢。《刺蝟歌》、《你在高原》的海角，才是海角的現實。人已經被逼到海邊，退到無路可退。

島嶼按與大陸的距離，可分為近海島與遠洋島。近海島的自然氣候、文化文明與大陸差別不大，較早被開發；遠洋島則有獨特的氣候和文化的獨立性，休閒價值十分獨特。島嶼得天獨厚的靜謐，對於渴望逃離俗世繁瑣的人，是再好不過的避難所。渤海灣是一個多島的海灣，島嶼除渤海海峽的廟島群島外，均分佈於近陸地帶。公元 7 世紀唐代以前，中國與日本的海上交通線，都是由膠東半島經廟島群島、遼東半島、沿朝鮮西海岸南行，再經過對馬海峽去日本。從近海的長島、到向北一系列眾多的島嶼直到廟島群島的島嶼鏈，在航運還不發達的時代，可以保證船隻一路停靠補給供養。《能不憶蜀葵》中，被淳于稱為比高更的塔西提島更好的海島狸島上，盛開的蜀葵叢裏，掩映著淳于陽立的海草房——暄廬。最初厭惡老媽如同厭惡那個窮鄉僻壤、可是後來懷念她如同懷念故土的淳于陽立，經常迷失在城市和現代的虛名浮利中，卻能在島上的單純生活裏，平復身心。公司不可收拾的時候，陶陶阿姨將淳于送至狸島。當時蜀葵花進入凋零期，一片莖稈挺直翹望，好像預知了一個人的歸來。淳于幾乎是跟蹌著投向熱辣辣的海島和這裡的蜀葵。在這裡，淳于每天都發瘋一樣繪畫：為她和他、他們、為老人和小孩，為燈塔和礁石、撲動不息的海浪。他覺得好像是一匹奔馬回到了驛站。他在這裡甚至很少做夢，每天醒來都有一種溫煦的感覺。

二、「變」之隱憂

恒是自然的規律，變也是宇宙的真理。自然的滄海桑田之變，令人生歷史感和滄桑心。自然空間裏所有的變化都不是在一天之內發生的，只有那些最敏感的心弦才會感受到，最多思的心緒才能隨時意識到捕捉到。地理條件及其變化可能會造成難以避免的永久性問題，這種記錄有永久價值。張煒正是經常帶著對這些「變」的複雜心緒，去追尋半島在時間隧道中漸行漸遠漸漸模糊的地理景象。

膠東山地採金業的發展，吸引了外來人口進入山地，也在改變著這裡的

地貌、地形、甚至人們的思想觀念、生活方式。幾個大型金礦逐漸改變了這裡平靜單純的生活。身為高級知識分子的地質工程師、做著發財夢的狠角色、以性命謀生存的「敢死隊」大量進入山裏。這些人的腰包因提煉出的黃金鼓脹的同時，大山卻在因為礦石的掏出而中空，時常有塌陷發生。廢礦回填是最近國營礦山才會進行的工作，而大部分個人承包的或者鄉鎮所有的礦山，還在繼續挖空更多的山體之後棄置。被掏空的山體隱患重重，隨時可能出現塌陷；而因為採掘的隨意性，從地面根本無法判斷地下危險所在。地下採礦要隨著礦脈走，沒有一定的路線，因此，還常會有不同的礦洞在地下挖通，因為搶礦脈而傷及性命的事情發生。同時，採礦只是富了礦主，山民則仍然延續著貧窮閉塞的生活，甚至不斷會有一些家庭因為男人發生礦難，要承受人亡家毀的慘痛後果。張煒《刺蝟歌》中，唐童對黃金的欲望永無止境。為了佔有富礦，他找來最兇殘的土狼後人，對著挖穿的山那面的人開槍；塌方了，他命令將被砸死的十來個工人拋到老洞子裏封死；得罪他或者不服管的人，就被丟進深深的老洞子裏採礦，直到死也沒有重見天日的可能——山裏人以炸藥爆響的聲音「踢啊踢」來形容唐童：「他大概要把整座山踢翻呢」。靠瘋狂掘金積累的財富，唐童在棘窩鎮築起了一個個後來進一步毀了山地和平原環境的「紫煙大壘」。

「南山」一帶全是高低崎嶇的山地，物產相對平原要匱乏很多，所以在平原龍口人心目中，南山就是出產逃荒要飯者的地方。改革開放後，這種情境被一個村莊徹底改變了——龍口市東江鎮南山村，這個原本閉塞窮困的小村，現在已經發展到穩居中國企業 500 強的村企合一的大型民營股份制企業集團。這個集團吞併周圍的村落，發展能源、鋁業、紡織服裝、建材、葡萄酒、旅遊、教育、房地產、金融、商貿物流等產業，帶動周邊經濟。除此之外，南山集團還倚靠自然優勢，以強勢改變了整個龍口的文化與區劃格局：資本運作下，借宗教做文章，製造南山國家級佛教旅遊景點；憑藉資本佔據沿海防護林，將「福如東海、壽比南山」這一中國人內心的願望，轉變成為商業資源，造出沿海的「東海」區房地產。對資本的控制和籠罩力，張煒一直極為警惕。《刺蝟歌》中，他塑造了一個時代的上賓——金礦主唐童。他從父親盤踞的金子山上發跡，把大半個平原收入囊中，在這片臨海山地上呼風喚雨為所欲為。當年，廖麥因為愛情爭奪戰觸怒獨霸一方的唐老駝，不得不深夜出逃。而今，面對「紫煙大壘」和天童集團對農莊的圍困、妻子女兒在

金錢面前欲蓋彌彰的妥協，廖麥意識到今天的鬥爭更殘酷、勢力相差更懸殊。小說更以美蒂歷數這片土地的主人的方式，表達唐童對當地的籠罩性控制：「土地的主人換了一茬又一茬，過去姓霍、姓公社，如今姓什麼？美蒂把小鳥呼氣似的聲音吐在心裏：姓唐……」〔註33〕在《我的田園》中，張煒進一步通過多個角度和層面，對工業化和資本對鄉土文明和人性的吞噬、山地人民的今昔苦難進行了表現：被嚴重污染、搜刮攫取，已經滿目瘡痍的土地的命脈，還在狠心人的手裏，這是最令人揪心的。

《如花似玉的原野》是一系列中短篇小說組成的長篇。借用密茨凱維支的「好一片原野，五穀為之著色」作為題記，張煒已經將組合它們的原因闡釋清楚：一片土地的今昔在沉重的歷史和悲喜人生映襯下，美麗而不幸，如花似玉不可忘懷。小說的上卷標記為「關於昨天」，是一些過去歲月的記憶和傳聞。《頭髮蓬亂的秘書》中，十幾歲離開的中年人，回來的用意是「給咱這一片平原做秘書」。可是，無論是從空間、還是從時間上、從地理方面、從歷史角度，這個秘書實在太不容易做：「這麼大的一片地方，陳芝麻爛穀子，記也記不完」。〔註34〕他順著蘆青河往北，一直走到大海灘，然後到一些村落、礦區……污染、塌陷、不再可見的漁鋪、海水倒灌導致的植被缺乏、消逝的河流水聲，惡化的一切，催他思考活著的價值、什麼是幸福，以及為什麼搞壞了一切得到了錢的人也不幸福的深層原因。從 1989 年的《逝去的人和歲月》之後的很長時間，張煒的作品中，都會有一個專橫的男人、依順的或者忍辱的女人。柔順堅貞的女性來到荒遠的林子裏無望艱難地等待自己的男人，等回來的，卻實性情大變的暴戾的丈夫，帶給自己和家人無盡頭的痛苦和折磨。《書房》中「我」的心緒穿越時空生死之隔絕與外祖父的交流；《舊時景物》中，表達了和《問母親》相近的感受與思考：昔日童年居住於叢林中的茅屋和各種有趣的事情消失，家園永遠地沒有了。《懷念黑潭中的黑魚》中，童年海灘沙嶺下黑潭裏來來去去的黑色遊魚在母親的講述裏，這個神秘水族的來和去，關涉人類的誠信問題。《四哥的腿》則是饒有趣味的兒童視角和口氣，一個兒童跟隨工傷回鄉的中年拐腿男人沿著蘆青河游蕩的那種逍遙自在、沉著、奇奇怪怪的神采，都是令人難以忘懷的。小說的下卷，是「我」

〔註33〕張煒，《刺蝟歌》〔M〕，北京：作家出版社，2007 年，頁 8。
〔註34〕張煒，《張煒中短篇小說年編·狐狸和酒》〔M〕，合肥：安徽文藝出版社，2012 年，頁 218～219。

的親歷。《消逝在民間的人》的莊周，一個愛藝術又愛錢的人，一個不平庸寫的東西卻平庸、無法實現真正超越的人，特立獨行的拒絕和告別，沒有創造出、尋找到他想要的東西，卻讓他越來越落魄，最終消泯於眾生之中。還有什麼會比心氣高傲可是碌碌無為更令人絕望？除了難忘的美好事物，原野上的苦難和醜惡也難以盡數。《蜂巢》演繹了海灘野地放蜂人的故事。世事輪迴、報應不爽，胖女人和老班、小芬子間的恩怨情殺，起因都是人欲。海灘大平原上還有很多奇聞奇事，《狐狸和酒》中，矮小老人照兒能用發黴的瓜乾和紅薯釀出美味的酒，被酒誘來的狐狸，多次附體照兒的老婆小雷。為了老婆不再遭受侵擾，照兒最終放棄釀酒——海灘上最好的一種美酒的失傳，原來是因為愛。

長篇小說《古船》的故事，展開在小平原的窪狸鎮。在龍口市的西北部，確實有一個叫做窪裏的地方。和小說中不同的是，現實中叫做「窪裏」的地方不是一個鎮子，而是一座資源耗盡、被遺棄的煤礦。《古船》中，只是寫到窪狸的不遠處，探測到煤。而《九月寓言》中，張煒對煤礦和它對平原面貌的影響，有淋漓盡致的描寫。小平原寧靜的農耕年代，人們的生活怡然自得；《九月寓言》中肥和挺芳私奔多年後歸來時，一切都改變了模樣——開採導致的塌陷使得肥沃富饒的平原成為廢墟。「誰見過這樣一片荒野？瘋長的茅草葛藤，絞扭在灌木棵上，風一吹，落地日頭一烤，像燃起騰騰地火。滿泊野物吱吱叫喚，青生生的漿果氣味刺鼻。兔子、草獾、刺蝟、鼴鼠……刷刷刷奔來奔去……一地葦草織成了網，遮去了路，草梗上全是針芒；沼澤蕨和兩栖蓼把她引向水窪，酸棗棵上的倒刺緊緊抓住衣服不放。」〔註35〕當年那個纏綿的村莊，現在到處是長長的、深不可測的地裂，不斷有小土塊掉進去。儘管挺芳知道，由於新煤田的地質構造所決定，開採將使這一片平原蒙受巨大損失，卻沒想到這一切來得這樣快。其實，對於現代化需求和挖掘導致的塌陷的矛盾，早在 1982 年的《山楂林》中，張煒就有表現。16 歲的少女阿隊，懵懂無知，只知道喜歡山楂林和蘆青河邊的生活。莫凡的影響下，她知道了挖掘導致的塌陷會危及山楂林的今後。可是，不管阿隊還是挺芳，都無法阻止這一切的發生。《九月寓言》中，挺芳直覺中父親就是那在平原的地下建立交纏不休、甚至立體交叉的密密的地下「村莊」的鼴鼠——挺芳覺得父親在率先開路，頻頻撥動兩隻前爪，所經之處地面總要凹下一塊，他掏空了一座

〔註35〕張煒，《九月寓言》〔M〕，北京：人民文學出版社，2010 年，頁 1。

村莊、一個平原的基底。憨人和龍眼去煤礦做了採煤工，在地下，帶著說不出的痛楚向小村開進，他們不想動手挖塌自己的村莊，可是他們沒有辦法擺脫作為礦工的命運。大塌陷發生的一瞬，因為失去肥失魂落魄的龍眼甚至想用脊背托起下陷的村莊，最終卻只能帶著負罪感，跟小村、小平原一起沉重回歸大地。塌陷令平原低窪不平，有的地方還滲出水來，蘆葦蒲草遍地滋蔓。瓜田毀了，莊稼人無處去尋活人的瓜乾，只好再次選擇遷徙。張煒以《融入野地》作為《九月寓言》代後記，因為在張煒看來，田園——不管它是多麼的蒙昧、落後、貧困——只有在野地中，人類才能重新得到簡單、真實和落定。平原上的窪裏廢礦，不斷提醒張煒創作的方向。

　　寫於 1987 年 9 月的《問母親》中，出生在 60 年代的寧子，無法親睹更小一些時候，這片田野極其特別的自然風貌。面對如今因為煤礦開採土地下沉無法耕種的荒地，在被荒地和沙丘包圍的家裏，寧子追問母親土地原來的模樣。母親斷續的講述，還原出繁華似錦、綠樹成蔭的過往。這裡曾經全是樹：房子西面是葡萄園和果樹園，杏花李子花蘋果花梨花桃花，林子是林子人是人，林子裏有各種野果蘑菇鳥類；東邊是楊樹林，藥材挖不完，香甜的野瓜長在林子和野花草裏，人很容易迷路又不用擔心迷路；南邊是有水渠的榆樹林子，可以採榆錢，榆樹根用處很大，還有偷孩子的狐狸，往南的黑林子裏有各種野蔬菜；北面是生了雜樹的沙嶺，往北是柳樹林子，有鳥兒野蔥野蒜，柳樹菇鮮美異常，柳樹林裏的黑湖滋養林子，林子被砍後湖水乾涸。而寧子面對的，只有眼前的沙化與荒蕪。

　　《刺蝟歌》、《你在高原》中，對平原遭受的踐踏、面對的毀滅性災難，都有令人痛徹心扉的描寫。唐童為了更大的利潤，搬遷了一些小村，從山包底下開始，把好端端的莊稼地開膛破肚，蓋起一片山地和平原的人一抬頭就看到的紫煙「大壘」，排放的「屁味兒」籠罩了丘嶺平原。在利益驅動下，唐童繼續搬遷村莊，建起第二座、第三座紫煙大壘，逼近農場，一直壓到大海邊。在達不到目的時候他們還會用卑鄙的威脅干擾手段——當四十二臺鏈軌鏟車和推土機挺進到農場的籬牆外，以令人震驚的場面和巨大的轟鳴從三個方向包圍過來，他們就是侵略者的氣勢洶洶的宣戰的戰車。村落、甚至山，在鋼鐵的軀體和手臂面前，顯得微不足道，只有被削鏟的唯一命運。所以《荒原紀事》中，寧伽思索三先生的故事，發出痛徹心扉的呼號：「即便是剩下的這些植物，還能在荒灘上存活多久？這兒，由誰來記住它們的模樣，它們的

名字？……我懷念一個年輕的、未加雕琢的荒原，那時它就像一個剛剛降生的嬰孩。」〔註36〕

《海客談瀛洲》以寧伽和紀及對河口海濱的勘察，說明河流和港口淤塞的原因。在他們所路過的區域裏，變河、界河、蘆青河以及降水河、叢林河「從山地啓程時，河谷深切基部岩石，河床中的主要組成物質爲礫石，於是形成了礫石質河床與河漫灘；河流蜿蜒出山時河床立刻就變得寬平，組成物仍然是礫石——而到了平原之後，河底就鋪上了一層粗沙和中沙……由於多年來降水量不斷減少，還有中上游水庫的攔截，河底開始一段段乾涸，河床成爲漫灘——只有河的入海口處才形成一個稍微開闊的葫蘆形水灣，看上去就像小湖一樣。」〔註37〕「海堤是由激浪形成的梯狀堆積，沙堤非常發育，高可達四五米，最寬處可達百米。生長了鹽角草，沙土上長了茂盛的黑松、偶而有刺槐、夜合歡和小葉楊。最高的大沙壩連接了海蝕崖，海蝕崖的西南是一處天然良港，可以停泊幾百艘大型船隻！」〔註38〕河流從山區攜帶的衝擊物、和海洋沖積物、海蝕岩經年累月的堆積，造成了昔日大河不再適合運輸、良港擱淺而被廢棄。

《無邊的游蕩》呈現了整個蘆青河令人失望的全貌：上游到下游，已經難以找到一處乾淨地方：上游的砧山國營採金礦、民辦的作坊排出大量氰化物污染河道；所謂的大開發區，沒有花香和蜜蜂，空氣中只有時濃時淡的硫磺味兒；下游則是煤礦開採區，早已經塌陷沉降；造紙廠污染了蘆青河入海口，海裏是有毒的泡沫和死魚爛蝦。母親河已經成爲噩夢河。污染隨著地下水蔓延，得怪病、生怪胎極爲常見，故土不再宜居，人們紛紛逃離，留下來的，不得不抗爭。

島嶼的獨立與隔絕，造成它的自給自足，它的物產、語言、習俗保持著久遠文明的古老形態。正是基於這種理解，張煒《刺蝟歌》中杜撰出來一個瀕臨絕跡的劇種：三叉島上角色全是魚類的魚戲。這種因爲地域特徵而特異、內容的民間氣味濃鬱的地方戲形態，是封閉獨立的島嶼所可能產生出的奇異的文化現象。魚戲與過去的生活方式都將淡出人們的視野，加深了輓歌意味。「與世隔絕」有時又是相對的，隔絕使得島嶼生活孤寂閉塞，但是也令他們

〔註36〕 張煒，《你在高原・鹿眼》〔M〕，北京：作家出版社，2010 年，頁 167～168。
〔註37〕 張煒，《你在高原・海客談瀛洲》〔M〕，北京：作家出版社，2010 年，頁 333。
〔註38〕 同上，頁 334。

對外界渴望。所以島嶼隔絕於大陸，卻並不保守如山地，一旦有機會它會接受外來的東西，並在外界早就拋棄這些之後的很久時段裏，還可能保有這些歷史遺跡，作爲曾經歷史的證明。隨著現代運輸業的發展，海島的遠離大陸不再構成障礙，其旅遊資源價值就顯示出來。很多時候，這種開發是將外界的時髦和本島的土風結合，產生出一些吸引眼球的噱頭，結果是島嶼原有的文化生態和自然生態的毀滅性消失。《刺蝟歌》中，財大氣粗的唐童買下了三叉島，要將其和徐福求仙的故事瓜連製造旅遊賣點。改造的後果是島風大壞，不再適合打魚，新修的道觀成爲傳播淫欲和邪惡的源頭。島嶼的危機，也在人們的無意識間到來：水面上漲淹沒中心廣場，剛出生十幾年的孩子甚至會懷疑曾有三個島連在一起的歷史。《無邊的游蕩》中對島嶼的遊樂開發，是時代的欲望盛宴的癲狂上演：粟米島上龜娟的可怖傳說，嚇壞的只是海邊的漁人農民；公司開發的驚險刺激的「龜娟之夜」，卻吸引了無數喜夜厭晝的尋求刺激者。毛銬島土著神秘的生理決定的旺盛生命力，吸引了投資。於是，「親嘴機」教會了青年人把「被窩裏的事」搬在大街拐角；「日得輕了」引來了公司，高級賓館建起來，俊俏男女被招進去，和大鳥上下來的一批批男女，在賓館裏做些不能向外透露的秘密事。純淨的世外之地成爲宣淫之所，還有什麼能夠躲過時代淫逸之風的橫掃？

　　正如地理自然空間的很多「恒」是一目了然的一樣，面對眼前早不是記憶中模樣的自然與景觀，任何人都得承認它的「變」。「恒」對人類的影響是世代相襲的，「變」的刺激可能是暫時的但是簇新的。偶然事件和必然積累都會導致變化變遷，而且自然之變從來不是孤立的，它直接與人的世界關聯。張煒《你在高原》的主人公寧伽的憂心，大半於此。

第二節　「半島」氣候解析

　　自然，語出老子《道德經》第二十五章：「有物混成，先天地生。寂兮寥兮，獨立而不改，周行而不殆，可以爲天地母。吾不知其名，字之曰道，強爲之名曰大。大曰逝，逝曰遠，遠曰反。故道大，天大，地大，人亦大。域中有四大，而人居其一焉。人法地，地法天，天法道，道法自然。」這裡的「自然」，內涵深邃。現代理解中的自然，有天然、自然界、人的自然本性和自然情感等含義。我們這裡所選用的「自然」含義，是用作名詞的，指人類生活於其中的、包括人類社會在內的整個客觀物質世界。這裡有以自然的方

式存在和變化著的、具有無窮多樣性的一切存在物：宇宙、地球、人類社會、動植物、大氣層、氣候與天氣，都是自然的組成部分。

地形、地理緯度、海陸分佈和洋流等地理因素，以及太陽輻射的綜合影響，形成各地不同的氣候。不同的氣候有不同的溫度、降水、風等的分佈、均值、極值、概率等。膠東半島深入黃渤海，位於北緯 35.35°～38.23°，東經 119.30°～122.42°，北隔渤海、黃海與遼東半島相對，東、南隔黃海與朝鮮半島、日本列島相望。膠東半島的這種海陸分佈，使得氣候深受海洋影響，屬暖溫帶濕潤季風氣候，氣候溫暖濕潤，除冬夏之外，極端氣候較少，大多時候天氣溫和宜人。在張煒的「半島」世界中，膠東的暖溫帶濕潤季風氣候作用下的自然，常態是井然有序、舒適宜人的，興風、降雨大都適時而構不成災害。當然，偶而也會有暴風雨雪、乾旱和洪澇降臨，那樣的時候並不多見，但是印象卻是最深刻的。

一、氣候與四季

不同的氣候呈現不同的四季特點，膠東半島的陽光雨露，播撒蒸蔚出相對溫暖濕潤、和順舒適的氣候和分明的四季。這裡全年最冷月在 1 月，均溫 −3～−1℃，極端最低溫約 −15℃；最熱月在 8 月，均溫約 25℃，最高溫約 38℃。除最冷最熱兩個月之外，全年溫暖濕潤、氣候宜人。半島總體降水較多，年降水量 650～850 毫米，雨季主要集中於夏季，冬天降雪也較多，素有雪窩子之稱。因為沿海氣流變動大，這裡還常年多風。風帶來的降水，讓冬天冷得更刺骨，夏天減少暑熱；風當然也帶走一切雜質，讓天空更藍，讓空氣更純淨。《家族》中就為我們描繪出色彩分外豔麗的海濱四季：冬天野外有雪嶺、河冰下能捕到鮮活的魚、林子裏會意外發現冰凍的紅果；春天的叢林繁花濃香；夏天，白天為躲太陽可以鑽河入海，夜裏可以仰臥星空下聽故事；秋天，林子裏有滿地的各色果實可供採摘。

對於半島的農牧漁人來說，四季就是春種秋收、勞作休憩節律的代名詞。九月、秋天，是張煒最津津樂道的月份和季節。秋是豐收是包容是養育是大自然的恩典，九月是飽滿的親熱的香的多彩的。這些時日裏，天氣適宜，就意味著豐收的喜悅。《秋天的憤怒》、《秋天的思索》、《九月寓言》都是寫九月和秋天，這時半島上的瓜果噴香壓滿枝頭，下果子的場面熱火朝天，同樣生動的描寫，在現代文學中曾見於丁玲的《太陽照在桑乾河上》「果樹園

沸騰起來了」。《我的田園》裏寧伽在秋天的果園，滿園撲鼻的香氣裏，遇到身著藍長褲紅上衣端莊矜持溫柔隨和的女教師肖瀟。她那種與眾不同又從容自信的生活姿態，她的美麗，她與濃綠茂盛的果園的和諧，深深吸引了遠道而來的寧伽。後來寧伽和拐子四哥一起經營起的葡萄園的九月和秋天，是更切實的收穫、喜悅、沉迷。而在《九月寓言》中，張煒寫道：「難忘的九月啊，讓人流淚流汗的九月啊，我的親如爹娘的九月啊。肥一閉眼就能嗅到秋野的氣息。那些伴著瓜蔓茂長的心事，沉甸甸地蓋在泥土上。」〔註39〕地瓜秧兒在田野上蔓延開來像天底下最巨大的綠席子、瓜果梨桃和紅棗兒一個接一個熟了、滿泊高粱玉米噴出香氣、剛從土裏刨出來的通紅的地瓜像火焰擱在土埂上、瓜乾攤在泥土上銀亮一片。瓜乾吃進肚裏，燃起了藍色的酒精火苗，又躥進脈管。莊稼人周身發燙，入夜之後，家家都在打老婆、叫罵、把小孩子揍得嗷嗷叫。牲口吃了紅薯葉兒也渾身抖動，發熱、四蹄夯土。而年輕人就在這肥美的九月裏徹夜在原野奔走，享受獨屬於他們的自由天地。秋天也有不受歡迎的連陰雨。《九月寓言》中，當連陰雨下，瓜乾黴變，小村人就得一年到頭吃苦食，人們不由對老天發出哀歎。再等到「秋風把樹葉趕到溝渠裏，一腳踩不透」的時候，流浪人三三兩兩從南山上下來，在原野尋找遺落的瓜果地瓜根屑，用雞蛋換平原人的玉米餅、瓜乾饃、舊衣服。天漸冷才背負好僅有的收穫、牽上狗抱上雞，歡天喜地告別平原，踏上步步登高的回程。在知足常樂的鄉村意識裏，秋天的收穫不論大小多少，都值得欣喜。

　　冬天，無論是平原、山地還是海濱，寒冷都是人們要面對和克服的，人們都在「貓冬」。山地的冬天乾燥寒冷，尤其是乾旱的山地，乾旱導致缺少燒柴，如何熬過嚴冬對山民來說是大問題。某些時候，柴甚至比人還要重要。《橡樹路》中呂擎們進入山地，山民不吝於供給食物、卻絕對不會將金貴的可以做飯取暖的燒柴送給他們。光棍狗秧子甚至為了取得莉莉的好感，在呂擎們上山收集柴草時，不憚於攀上絕壁拽拉那裡僅有的樹根不懼摔傷。《冬景》中的海濱的老人，初冬開始執拗地備冬：他收撿樹葉作為引火需要、在海邊撿碎煤塊木頭，在寒冬到來之前，把夠整個冬天燒用的燒柴準備充足，在獨居的四方小院裏歸置整齊；他重砌火牆，每天從看南山雲彩的顏色上斷知風雨；他整理過冬的鞋子，他堅持自己去海上用最原始的方法釣魚以備冬

〔註39〕張煒，《九月寓言》〔M〕，上海：上海文藝出版社，1993年，頁10。

天食用，在冬天來臨之前將小院的樹枝上掛滿了魚果。冬天眞的來了，當之前不屑於老人種種備冬舉動的小兒子、媳婦爬上暖暖的大炕，喝著老人做的鮮美的魚湯、和老人一起熬冬時，損失了身爲石匠、漁人、兵的三個兒子的老人，像守門人似的，蹲在小院門口。這一場景蘊含的舐犢溫情，已經足以對抗嚴寒。《海邊的雪》中，下雪的日子，海邊漁鋪裏，鋪老金豹和老剛沒辦法得到鮮魚，只好勉強就著鹹魚喝酒，短暫的無奈後，是隨常日子的消閒自得。在風雪讓海上風浪中的小峰兄弟喪失方向無法登岸、打獵的老剛兒子迷路之危急時刻，不服老卻不得不服老的老人毫不猶豫點燃了漁鋪——漁鋪和老人的德行，共同造就出救助寒冬裏迷失者的燈塔。冬天也有冬的趣味。《下雨下雪》以兒童視角展示了下雨時，荒涼海灘上林子、大海的壯闊景象。大雪封門固然可怕，可是有了事前的準備，有充足的燒柴和吃食，人就不會被雪困住。在冰封的河面上打洞掏魚有樂趣、在冰面上不小心滑倒的兔子竟然會在人前不好意思、都到了開槐花的時候「我」竟然還能在溝裏發現雪，這些都是有意思的事。

春種時節，忙碌卻有無限興奮。《槐花餅》裏，在海灘上的學校農場，小學生們看花生種花生的夜裏，在被薰黑有煙火味的小草屋裏，聽看林子的嚴爺爺講狐狸精閃化的大姑娘烙好吃的槐花餅的故事；在黑皮老頭和釣到的大黑魚的神秘關聯中，激發驚悚又神奇的想像；還能吃到蜂蜜、味道不一樣的海魚、河魚。《槐崗》中，婦女隊長小狗麗帶婦女們去陰乎乎的槐崗上開荒種花生。她們暫時告別家庭生活、吃住在槐崗、還去海上幫助拉網換來大魚吃，女人能頂半邊天的豪情，令她們的勞動熱情更加高漲。

春夏之交，是麥收時節。割麥打麥本來是最勞累辛苦的工作，日曬炎熱和麥芒的刺癢一起構成勞動辛苦之外的困擾。但是，《夜鶯》描寫的鄉村七月打麥場上連夜打麥的忙碌景象，卻讓人感覺清新神往。當夜色的清涼代替了白天太陽的烘烤的時候，胖胖的姑娘胖手，將一年一度的去打麥場堆麥草垛當成盛大的節日，甚至爲此特意穿上新衣服，盛裝而來。胖手和老漢二老盤堆麥草垛，在垛上吃金壯偷來的黃瓜。這樣的日子，充滿尋常日子沒有的新鮮刺激。興奮的她和二老盤在麥草垛上唱戲，大聲發出大學生二環告訴她的「美是生活」的由衷讚美。

炎熱的夏季夜晚，半島的人們去葡萄園園、瓜田、菜園，名爲看守，實際上就是在涼爽的自然天地裏消暑。此種名義上是苦差，實際則是一種狂歡

的行爲，有如鐵凝《笨花》中寫到的棉花成熟之前的看花。不同的是，《笨花》中的看花，只是對男人們勞作一年的性的狂歡和犒賞，充滿情慾的想像。張煒筆下的瓜果園的夜晚，則純淨甜美，是人類童年和諧的夢。老人看園子，靠專業的和人生的經驗，年輕人則在這個特殊的時節裏盡享令人激動的友情、愛情和獨屬於年輕人的新鮮刺激。《紫色眉豆花》裏，蘆青河邊的漂亮姑娘小疤和老漢老亮頭晚上在草樓鋪看菜園，二人心裏掛記同一個人——老亮頭的兒子春林。《小北》裏記寫了蘆青河邊的梨園裏，一個叫做小北的女孩子的舞蹈夢。《草樓鋪之歌》中，人生經驗教訓豐富的二老盤，在蘆青河邊的果園裏搭起草樓鋪，從物質到精神、從外到內將瘦弱的常奇鍛造成一個自信、堅強的男子漢。《秋雨洗葡萄》中，鐵頭叔和水蛇腰、愛寫詩的老得守護著蘆青河邊 36 戶聯合承包的葡萄園裏。《一潭清水》中，海邊西瓜田裏，徐寶冊和老六哥看瓜，徐寶冊也得到小林法的依賴之情。《胖手》中，19 歲的姑娘胖手喜歡在有月光的夜晚到果園玩，在看院子的兩個老頭老怪和多多下棋時，愛慕胖手的金壯追隨左右，可是誰會知道少女多變的心思？胖手的心思，不可遏制地在海邊一個拉網的小夥子身上。《篝火》中，老剛果園守夜，幫老魯的女兒小葉和海棠捉住偷蘋果的男青年。在老剛要狠心懲罰之際，卻遭到善良的兩姐妹的阻攔。《護秋之夜》是寫護秋的農村男女青年生活最豐滿的一篇。在海濱的蘆青河邊，護秋的窩棚邊上發生了很多故事。老農民曲有振膽小怯懦，只有種植瓜果蔬菜的手藝，卻沒有能夠看管得住自己的果實和既得利益的能力和信心。他的女兒大貞子對父親不盲從，被稱爲「野性啊野性」的她快人快語、潑辣果敢，嫉惡如仇，不怕別著韭菜刀、拿三老黑嚇人、耍賴吃大戶的老混混合一切惡的強的勢力。她對三來的態度，從「快了，快挨揍了」到「你是個英雄」的轉變，可見她是既有準則、又有情有義的姑娘。這些護秋的青年之間的點點滴滴、團結與分化、護秋人和劫秋人的鬥爭，是秋天田野裏更耐看的風景。

半島光照充足，對瓜果的甜度增長十分有利，對人而言，就意味著在光陰流逝下的成熟，以及不可避免的衰老。1990 年的短篇《陽光》，寫到兒時的暖陽、暖呼呼的沙灘、陽光下的七彩顏色；然而，陽光強壯人、也烤焦人，人的一輩子，就像枝頭果子一樣，在太陽有耐性的烘烤下由嫩變老，直至變成炭。那個雨夜也會以微笑裏的陽光溫暖「我」的女孩，曾經是「我」流落南部山地的念想，現在卻和她又高又瘦的丈夫在歲月裏被陽光烤焦爲炭。他

們比山外、比別的人速度更快地衰老，使「我」暗自傷神。《古船》中那些海邊曬粉場上用靈活的雙手梳理粉絲的女性，太陽將紅色留在少女的臉頰和手臂上，而將粉絲晾曬得雪白。

　　不同的溫度、天文、氣象以及緯度、大洋洋流、季風、海拔的影響劃定了自然邊界，掌控植物的分佈，形成不同的生活類型，對人的性情也產生相應的影響。比如一年四季可能有的颱風下雨，就會對人有所觸動。《美妙雨夜》寫了美妙的雨夜，少年遇到一個跟他一樣喜歡楊樹、柳樹，喜歡寫作文，喜歡海的小姑娘，相談甚歡；公交車上，中年「我」遇到一個抱小孩的女性，和他一樣經常對城市生活有煩惱，喜歡自然，養小動物，「好心好意地走到這個世界上來」卻常常失望。《橡樹路》中，小狗麗麗死後，寧伽在初雪到來時走出家門，享受城市的冷清，獨享適合判斷和憶想的時刻。他體驗著雪花落在臉上，化成小小的水滴；看看地上還存著清晰的腳印後面拖著的：「彗星似的小尾巴。這說明我的腳在接觸地面的那一瞬，像老人一樣拖拉了一下。這說明我已經開始有點衰老或者疲憊，開始拖腳了。我把腳抬得高一點──可堅持不了一會兒，雪地上又重新留下了彗星尾巴……是的，我已經走了很遠的路，從東部平原到南部山地，再到海濱小城、地質學院、這座城市──無數的奔波、一錢不值的忙碌、城市街巷的穿梭往來……幾乎還沒來得及做什麼，就長出了白髮和皺紋。我跨入了中年才突然明白：這一輩子的許多致命問題想都沒有想過，只是忙、忙，愚蠢地耗了這麼久」〔註40〕那一刻的感觸成為寧伽出城去東部的直接動力。有時，偶然事件會對於人做出某種抉擇產生決定性影響，但這並不意味著偶然事件就是偶然性因素。這種於自然現象中得到的人生啟示，正是日常生活的收穫之一。寧伽的離棄城市是一種必然，決定性的內因還是他自己的主觀傾向，外因不過及時誘發──只不過在他對城市的不滿積鬱到不可忍受的程度之際，不是別的而是麗麗的死，不是其他時刻就是那個初雪時刻令他下定決心。

二、災害與敬畏

　　溫度、降水、風等的極值過大，或者違反慣常的規律，都會造成災害天氣。膠東半島的降水，約 60%集中於夏季。因為颱風颶風波及，夏季的半島常悶熱多雨甚至常有暴雨。雨水集中於夏季，有利於發展農業、種植業，但

〔註40〕張煒，《你在高原‧橡樹路》〔M〕，北京：作家出版社，2010年，頁472。

因為過分集中，容易產生春、秋旱災和夏季洪澇災害。冬季的降水集中於半島東北側煙台、威海等地。因為寒流從黃、渤海帶來冷濕氣流，令這裡冬天多雪甚至暴雪，因而被稱為「雪窩子」。風在這裡有時也會造成非常大的危害：海上的颶風來時，會橫掃船隻。陸地的風級太大，會導致瓜果和作物減產甚至絕產。天氣災害是不定時的，程度也輕重不一。膠東半島全年的溫度變化較為溫和，但是在冬夏也會有為數較少的極冷和極熱的天氣。人和地表植被都適應和依賴的天氣的季節性轉變突然發生變異，也會帶來巨大影響，比如春天裏乍暖還寒時節偶而會有霜凍，春夏之交有時還會有冰雹災害。

乾旱時常會降臨半島。農業必要的供水出現問題，是農民最大的焦灼。《刺蝟歌》、《荒原紀事》中表現了乾旱使得民心浮躁，終於不得不有所行動以改變久旱不雨的現實，這就是打旱魃這一民俗的由來。《我的田園》中，颶風伴著冰雹席捲過半島的殘虐景象：中午天就全黑了，大海像站了起來一樣撲向陸地。颶風過後，滿目狼藉：樹木枝葉還有鳥兒和小動物的屍體鋪在地上，半尺高的玉米像被一隻巨手猛地一掃全部撕碎並按在了爛泥裏；洪水沖決了堤壩，石橋被沖毀；果園裏果樹東倒西歪，大多已經沒有一個果子，樹葉幾乎被掃光。在颶風過後寧伽的葡萄園裏，石樁都被拔起，歪倒的石樁旁的葡萄只剩光禿禿的粗枝，連枝帶葉帶葡萄全都被橫掃一空。此後整整一年裏，寧伽沒有離開葡萄園，為了第二年葡萄園能夠重新披綠掛紅，他們必須要付出所能付出的一切。《鹿眼》中，平原上的人對發大水都有一種深深的恐懼：溝滿壕平、房屋倒塌，泡在汪洋中的莊稼、在水中飄動遊走的大草垛子、從沖毀的圈裏逃出亂成一團的街巷上躥跳嚎叫的豬和羊，都意味著災難。最恐怖的是死人尋常不過：被水沖走、被塌牆砸死，都是瞬間的事情。

追究極端天氣出現的原因，人們往往就會產生樸素的敬畏。有關雨神尋找鮫兒的傳說和驅除旱魃的故事，都是由此衍生出來的。平原和山地的人們都同情失去鮫兒的雨神，痛恨那個又髒又貪，恨不得霸佔喝光天底下所有的甜水的妖怪旱魃。所以在他們的理解中，雨神是白衣白褲騎白馬披頭散髮找孩子的柔弱女人，焦急又無助，所有人都願意施以援手；旱魃則完全是醜陋不堪的嘴臉：一張嘴扁得像簸箕、黑蒼蒼的臉、渾身長滿了白毛、穿了銅錢編織的衣服，一張大嘴腥氣滿天。從古至今大家一直相信：什麼時候捉住旱魃，放走鮫兒，就五穀豐登了。自然敬畏出自趨利避害之本能，也是人們對災害規律不明了的結果。

第三節 「半島」生物圈探微

生物圈，是指地球表層中的全部生物和適於生物生存的環境。空間上涉及到的範圍，大約是從海平面下11公里到地面上15公里。這裡大約生活著包括人類在內的100多萬種動物，30多萬種植物，10多萬種微生物。生物圈中所有形態的生物，受地理、氣候決定，又會與這裡的其他生命及其存在的環境互動，經過長期的能量流動和物質循環，在一定時期內構成相對穩定的動態平衡狀態，這就是自然生態系統。生物圈是一個大的空間概念，生態系統則可大可小，整個地球是一個大的生態系統，某個小的區域也有自己的生態系統。生態系統是開放系統，也是動態的，具有自我調節能力，也會因為外力的影響失去平衡甚至崩潰。所以對生態系統而言，維繫自身的穩定非常重要。早在先秦時期，關於生態平衡和各種生物間的相互影響和制約關係，哲學家就曾闡發「天地與我並生，而萬物與我為一」的重要的生態哲學思想。

關於文學作者的自然科學學習，張煒明確肯定其必要性，他認為文學需要另一種緊實和確切：「寫大地，也許需要考察黃土、黑土的形成。從這個層面去寫，不僅是色彩，不僅是文學氣質，還是一種思維深度。穿透力，剛勁有力的鑿實感，是這樣。什麼植物什麼科屬，雲母岩、花崗岩、閃長岩，這些跟浪漫主義的虛構在一起，形成了一種張力。」〔註41〕

一、生物圈及生態系統危機

張煒理想的生物圈中，人與周圍的動植物和諧相處，自在自如是他們共同的狀態。《老人》中，山裏茅屋溪水邊，山地的邊緣也是人類世界的邊緣，兩個老人就在這富有象徵意義的邊緣交界處，和他們的貓狗鴿子小羊還有雞兔子刺蝟鵪鶉等，自成一個相互交融的和諧世界。人與動物間彼此十分理解、動物也和人一樣內外兼修，共同營造純美的世界。在《無邊的游蕩》的結尾處，張煒描繪出主人公希望看到的景象，同樣是一幅和諧自然生態圖景：「夏日土壟，彎曲漫長的田間小路，金燦燦綿延幾十里、一直鋪展到田邊的麥地，人們此起彼伏地呼喊，偶而跑到田裏的一隻神氣的狗，歡叫或哇哇大哭的孩子，男的，女的，蹦跳的螞蚱，飛動的燕子……我會看到這些。」〔註42〕

〔註41〕張煒、朱又可，《行者的迷宮》〔M〕，上海：東方出版社，2013年，頁58。
〔註42〕張煒，《你在高原‧無邊的游蕩》〔M〕，北京：作家出版社，2010年，頁452。

　　張煒「半島」世界從來不是人類孤單存在的世界，這裡的生物圈包含的動植物種群數量浩繁、種類豐富：山地的有層次的植被、各種飛禽走獸，平原的花草鳥蟲，海洋的魚蝦蟹蚌。依據它們與人類生活的關係，「半島」世界的植物可以簡單分類為「野生植物」、「種植植物」，動物則分為「野生動物」、「家養動物」。

　　膠東半島因為開發歷史悠久，原生植物早已破壞殆盡。目前，這裡的天然植被為暖溫帶落葉闊葉林，主要樹種是櫟類。有的內陸丘陵常因放養柞蠶而伐去樹木主幹，呈灌木狀，構成山地丘陵特殊的「柞嵐」景觀。《我的田園》中，寧伽山區平原游蕩，時常看到這種柞木。針葉樹以日本赤松為代表，20世紀初引種了黑松、日本落葉松等樹種。部分亞熱帶植物如苦木、山胡椒等，以及東北區系植物，如蒙古櫟、遼東櫟、赤楊等也較為常見。林子是張煒筆下常見的故事場景和人物出沒地。《聲音》中十九歲的農村女孩二蘭子，喜歡到人跡罕至的深深的雜樹林子裏割草。大自然豐富的賜予，使得她盡可以挑揀理想的場地和理想的草源。在林子裏，平常羞澀內斂的女孩得到放開自己的機會，她面對樹林發出「大刀唻」、「小刀唻」的吶喊，此時的林子就是女孩放下一切人際拘謹、呈現真我的所在。只是她沒想到，河對岸的林子裏，同樣藏了躲避人群的一個人，那聲男性的回應「大姑娘唻小姑娘唻」最初嚇到了她。後來，好奇又驅使她克服靦腆與膽怯，循著好聽的聲音去尋找林子遮住的秘密。沒有林子，就沒有女孩和小瘸子的故事發生。《刺蝟歌》中良子、珊子都曾長時間進深林中生活，美蒂在林子裏長大，林子包容一切養育一切。在棘窩村這個丘陵北側人煙最稠密、「人人都與林中野物有一手」的地方，結交野物是這裡的傳統：傳說村裏最大的財主霍公，他的二舅是一頭野驢；霍公喜歡一些雌性野物，走哪睡哪，生下一些怪模怪樣的人；最烈的家丁有土狼血統；霍公死後盛大的葬後宴上，赴宴者有各種精怪；老中醫和林中溪主黑鰻交往二十餘載，時常溪畔坐談。《你在高原》中，寧伽兒時就是林子裏的野孩子。手捧鮮花的孩子和林子裏的小花鹿相擁，一塊兒在林子裏奔跑，尋找野果和蘑菇，冒著被蟄的危險採一坨蜜。叢林中的茅屋，搭在天底下偏得不能再偏的一個角落，周圍栽種了各種果樹，一座在花園般的果林中間的茅屋，本來是具有童話色彩的，但是在這裡卻是偏居一隅的存在，地理位置無意中顯示著一家人的社會位置。有的林子是溫馨暖人的，也有的林子是陰冷逼人醜陋齷齪的，這是林子裏的實際自然風貌，也是這裡的生存體驗。《蘑菇

七種》中的這片林子遠離人類社會自成一體，這裡永遠水汽淋漓，天地濛濛；青蛙亂蹦，河蟹飛走，長嘴鳥兒咕咕叫喚。林子藏污納垢陰森恐怖，老丁的寵犬——醜陋的寶物在這裡橫衝直撞為所欲為，即便如此，它也有因對蜘蛛施暴誤食毒蜘蛛中毒的時候；林中曾經有紅狐狸出沒；林中的蘑菇鮮美異常，可是如果分辨不清，會因為毒蘑菇送命。《鹿眼》中，寧珂的少年初戀菲菲被堂兄引誘，被他藏匿在林子裏。初識男女之歡的菲菲誤入迷途，沉迷於和堂兄的肉欲享受，二人在林中像兩隻豹子胡撕亂咬亂倫狂歡，這段刻骨銘心的記憶毀掉了這個長了一對鹿眼的美麗女孩，使她後來成長為一朵豔麗而有毒的罌粟花。

　　林子裏有各種樹木、灌木、雜草和野花。《問母親》中，出生在 60 年代的寧子，追問母親這片土地原來極其特別的自然風貌：全是樹，全是花，林子是林子，人是人。《鹿眼》中，寧伽出院後，來到曠野，登上大堤。河灣外是混雜的灌木，河灣兩側是闊葉林，莽野上，松枝黑烏烏油滋滋，樹冠上總掛著隔年的松塔，地下鋪滿金色松針。小兔子蹦蹦跳跳，在這兒，最膽小的動物也不怕人，依靠了莽野，找到了真正的自由和平安，無拘無束。沒有人統計過這裡有多少動物植物，動植物學家、教科書也不會十全十美——寧伽兒時在這裡遇到據說很早就消失的鹿，有人看到碗口粗的蛇。這裡有各種變數、各種機緣。張煒在散文隨筆年編《萬松浦記》中這樣寫道：「記得有一次回到故地，一個辛苦勞作的下午，我疲憊不堪地走入了萬松浦的叢林。當時正是溫煦的春天，飛蝶和小蟲在潔白的沙土上舞動躥跑，四野泛綠，鼻孔裏全是青生的氣息。這時我的目光被什麼吸引住——那是正在冒出沙土的一蓬蓬樹棵嫩芽，它們呈深紫色向上茂長，四周是迎向春陽的新草與灌木……我一動不動地站定。大野薰蒸之氣將我團團籠罩，恍惚間又一次返回了童年。置身此地此情，好像全部人生又在從頭開始，興奮與感激溢滿全身。我彷彿接受了冥冥中的昭示，在心裏說：你永遠也不要離開這裡，不要偏移和忘卻——這就是那一刻的領悟、感知和記憶。那是難忘的瞬間感受。也就是類似那個春天下午的莫名之力、一種悟想，時不時地在心底泛起，提醒我，並用以抵禦生命的蒼老、陰鬱和頹廢。」〔註 43〕張煒把這些歷時三十年的非虛構文字稱為「一部絲絡相連的心書，它們出生或早或晚，都一概源發於萬松浦

〔註43〕張煒，《張煒散文隨筆年編 14・自序》〔M〕，長沙：湖南文藝出版社，2013　　　年，頁 10。

的根柢之上。」〔註44〕可見，林子在現實的遮風避雨之外，還有棲息心靈的巨大作用。

不同的土質適於不同的植物生長：沙帶是不毛之地，曠野上生長雜草，溝渠生長灌木和小樹木，森林生長高大樹木，開墾地則用來耕種。植物傳播、成倍繁殖，與自然界的抑制功能間此消彼長，最後造成它的分佈結果。植物是自然地理學和經濟地理學、政治地理學之間的聯繫紐帶：正是通過植物這一媒介，土地對於人類生活的影響才得以發生。膠東半島的地帶性土壤為典型棕色森林土（俗稱山東棕壤），一般分佈在緩坡地和排水良好的平地（多已闢為農田和果園，發育成熟化的耕作土）。低山丘陵中上部殘積、坡積物上的粗骨棕壤土層淺薄，質地較粗。膠東的糧食作物，主要有小麥、玉米、穀子、高粱等穀類作物，地瓜、土豆等薯類作物，黃豆、綠豆等豆類作物。在 1950 到 1970 年代的很長一段時間裏，地瓜是膠東人最為重要的活命糧。玉米在膠東又叫做苞米，曾經是膠東人的生活中最好的糧食。膠東的小麥是多小麥（秋天播種），在 1980 年代居民生活水準提高以後，才在膠東的作物中佔據主導位置。

《憶阿雅》中，寧伽常和岳父母談論到平原和海濱。岳父記憶中，戰爭年代蘆青河口附近種植的春穀熬的春米粥，比現在沒有油性的夏穀不知好喝多少；「我」記憶中，林子南邊到了秋末一片金黃、太陽一照金閃閃的都是春穀，兔子在穀地裏躥、老鷹在天上飛的美景令人神往沉醉。《九月寓言》中，收地瓜是小村最重要的事情。地瓜作為主食養育整個村子，是六七十年代膠東農村的普遍現象。地瓜是一種產量極大的作物，在泅水充足的平原，連年豐產不是問題。一棵小小的地瓜芽苗栽種下去，經過半年土地的哺育、泅水滋養，地上的藤蔓爬滿土地，地下則生長出最少兩三個、多則五六個七八個圓形、橢圓形或紡錘形的大小不一的塊根，總重量也會有幾公斤。小村人每年吃掉的瓜乾如果堆起來會像一座小山；焦乾的瓜乾點燃了，肯定是一座灼人的火山。《九月寓言》中小村人還吃玉米，化成了勁就到地裏做活。揚起的钁頭把空氣擊打出聲音，刨到凍土上火花四濺，土中的小石子立刻劈為兩半。他們幹活、不怕冷、勞動間隙追逐打架、在秋天的青紗帳裏燒青玉米和豆棵吃。《玉米》中那些麥季雨後種玉米，田地裏集體勞動的熱鬧場面，玉米地裏的樂趣，收玉米、刨玉米秸這種苦累活也有很多快樂，還有那些老少全都參與的難忘的剝玉米皮的夜晚，也

〔註44〕張煒，《張煒散文隨筆年編 14·自序》〔M〕，長沙：湖南文藝出版社，2013年，頁 10。

是典型的鄉村景觀。《金米》中，把玉米看成金子的曲婆，給自己的兒子取名「金米」。小村人爲聽她憶苦，掛上桅燈掃淨落雪鋪好玉米秸，還給曲婆準備了一把炒得金黃的玉米，以備她講一陣歇口氣的時候抓來吃。這樣充分的準備曲婆心領神會，也會毫不藏掖地「憶苦」，讓全村共享這精神的盛宴。這是玉米和人從物質生存到精神依戀的巨大關聯。而半島人的玉米情結，在張煒個人身上的呈現，是張煒喜歡蹲在地頭看玉米棵子：「我蹲在一棵壯碩的玉米下，長久地看它大刀一樣的葉片，上面的銀色絲絡；我特別注意了它如爪如鬚，緊攥泥土的根。它長得何等旺盛、完美無缺、英氣逼人。與之相似的無語生命比比皆是，它們一塊兒忽略了必將來臨的死亡。它們有個精神，秘而不宣。我就這樣仰望著一棵近在咫尺的玉米。」〔註45〕這是一個人在仰望一棵玉米，更是一個生物對另一個生物的平等的欣賞，從中得到真正的激動與靈感。走在望不到邊的玉米林子裏，從身邊的玉米秸稈齊齊的長葉、彌漫的玉米纓的香甜味、粗壯的秸稈、壯實的根鬚上，也會得到感動和啓示。玉米就這樣從物質到精神地參與到膠東人的生活中。《半島哈里哈氣》之《抽煙和捉魚》中，幾個半大小子第一次搞到一點酒，決定找個地方燒些鮮花生地瓜，你一口我一口喝掉。他們爲了對付護秋人，先是鑽到半人高的玉米地裏，借它的掩護移動到花生地瓜地裏，太陽升起到樹梢時，他們就點起了炊煙：「河岸的漫灣處，這裡有又白又細的沙子。我們用粗一些的樹枝搭起小葫蘆架的模樣，上面鋪起細一些的乾樹枝，然後堆上乾草，草上再攤開一層花生果——等架子燒起來，細細的乾樹枝燒斷時，一顆顆熟透的花生果就掉到架子下面來了！」〔註46〕另外他們還用細樹枝和乾草捆紮包住地瓜，點上火，火旺了再用濕草蓋好，等濕草烤乾，地瓜就又軟又香了。吃花生，輪流酒壺喝酒，抽大麗花瓣和豆葉搓成的煙，之後，有心眼的果孩兒又開始套弄老憨和三狗的捕魚方法。在模倣他們嚮往的成年人的生活內容，抽煙喝酒烤地瓜花生吃的同時，這些少年也在不可避免地告別他們的童年少年，走向成年。

　　膠東的日照、溫度、濕度和土壤，適合多種果樹栽培，很早就以果品，尤其蘋果、梨、葡萄、櫻桃聞名。煙台一帶受海洋影響春季回暖較遲，蘋果開花延遲到立夏以後，因而少受寒流侵襲，果樹座果率高。果園裏的勞作區

〔註45〕張煒，《野地與行吟・自畫像》〔M〕，北京：中國社會出版社，2007年，頁8。
〔註46〕張煒，《半島哈里哈氣・抽煙和捉魚》〔M〕，石家莊：河北少年兒童出版社，2012年，頁54。

別於農作，這裡有更多樣化的工作，帶給人花香和碩果、甜美等感受。張煒很多作品中，都提到海邊的果園和國營園藝場。早期的短篇小說《桃園》表現民辦教師南小蘭被裁減、回果園的思想接受過程中，護林員丈夫梁東虎對她的支持鼓勵。《永遠生活在綠樹下》中，女大學生蘇葭暑假回到半島上蘆青河邊，會見以前的好友山丫和小穗。美麗的果樹園裏，小穗由被大隊長羅煥成蒙蔽收買、到最終清醒，認清羅的謀私與之決裂，並和連青青一起考業餘大學。《荒原》中的「我」，在海邊果園艱難支撐，後因打人出逃，下關東十年，36 歲回到河邊果園，面對的是果園今天的破敗，和昔日的老朋友們人各有志各奔東西的現實。《採樹鰾》中，學生時代果園裏偷果子時，大壯的一個吻，讓少女松松難以忘懷；而今，她為打組合家具的小木匠攢了一抽屜晶瑩剔透的樹鰾，可是這一段青年男女相互的吸引愛慕和矜持，最終又無果而終。《滿地落葉》中，秋天，膠東西北部小平原的果園裏，「我」邂逅果園子弟小學教音樂的肖瀟，心生愛慕。二人十分投契，同樣拒斥城市生活嚮往農村和原野，喜歡傾聽大自然的聲音。女教師肖瀟的故事，在《你在高原》中有了更加豐滿的表現。寧伽欣賞肖瀟，經常邀請她來收穫的葡萄園做客，對她的愛慕依戀不可遏制，甚至將她作為離開城市來到鄉村定居的先行者，終於在瓜果飄香的果園裏二人間的感情逐漸成熟——有了一個又一個渴念的夜晚、一個又一個有關她的夢境、甚至是自己的兒子小寧吮吸肖瀟乳房的夢。《趕走灰喜鵲》、《仙女》、《面對星辰》裏，也都是以海邊果園為背景的人與事。這裡的故事也是和別處一樣，有喜有憂。《老斑鳩》中，外祖母像那隻不甘失敗的老斑鳩一樣，經管果園，和黃沙、世俗對抗，屢戰屢敗，屢敗屢戰，「我」家的小果園就在這過程中艱難保全。《我的田園》中，寧伽厭倦城市生活，克服種種困難離開，在東部承包一處葡萄園，並且在拐子四哥和大老婆萬蕙、小姑娘鼓額、少年肖明子的合力下，將它整治經營得有聲有色，成為荒原上孤單高傲的「桃源」。有葡萄園和酒廠做物質基礎、雜誌做精神食糧，如果不是污染和塌陷的逼近和威脅，寧伽本來可以跟葡萄園家族繼續詩意地生存在這裡。《半島哈里哈氣》中的主人公，因為家住果園，就叫做果孩兒。隔壁的園藝場裏有各種果樹，他和小夥伴老憨總有辦法繞過工人的防護，偷到各種美味的水果。他們從杏子發青就開始吃，吃到它成熟。果孩兒和老憨深入傳說中可怖的「狐狸老婆」的老穴，卻發現這裡是長了紅色杏子的杏樹、早就摘完的櫻桃樹、西紅柿、黃瓜、各種甜瓜、地瓜、花生充滿的「世外」果蔬園。一個在人跡罕至的深林裏經營出一個如此溫暖舒適的小窩的人，會是傳

說中那個可怖的狐狸的老婆？這樣的疑問，是孩子們和老人越來越接近並最終成為朋友的基礎。

　　張煒作品中經常寫到各種樹木、花卉、花朵，甚至花香，它們在人物的生活中永遠不可或缺，甚至會對人產生終生影響。最值得一提的，是《你在高原》中寧伽記憶中、夢中的李子花，那棵走到天邊都無法忘懷的大李子樹。繁盛如雪的李子花，是童年、是美麗溫馨、是外祖母、是親情溫暖安定的代名詞，令寧伽魂牽夢繞，「它籠罩了我的童年」〔註47〕。童年的心情與印象永生不滅。這種依賴感繼續發展，就會影響人的很多認識和體驗。《我的田園》中，夢中，「我們」在春天裏到達果樹園，仰望大李子樹。數不清的李子花，數目只掌握在神靈手裏。「我」心頭閃過一念：「我朦朦朧朧覺得這棵大樹蘊含了一種奇怪的暗示：所有人類都在這棵李子樹上寄生著，一個生命就是一朵花。有的花會結出果子，有的花結不出。」〔註48〕夢中，肖瀟——樹之女甚至道出一個隱秘：大李子樹會包容所有即使背叛過它的子女，它的氣息永遠籠罩在平原之上，引導回家的路。《能不憶蜀葵》中，故土那明亮逼人顯示著夏天的熱量、懂得羞愧卻斑斕絢麗的、代表了中國鄉間的浪漫和美麗的蜀葵，是淳于陽立的精神食糧。淳于陽立在四面環山的螺螄坹長大，這裡村街坡地、房前屋後到處是無邊無際的野生蜀葵。從小老媽用蜀葵花打扮他，烤蜀葵花麵餅給他吃。他的初戀初吻都和蜀葵相關：米米像老媽烤出的蜀葵花麵餅，後來他在夾生了蜀葵的蜂蝶嗡嗡的正午的渠邊，獲得米米允許摸她。他細膩撫摸，唯恐摸掉了鮮果上那層粉絨。一度他怕被螺螄坹的高山圍困住，走出以後，他成長為一個自我為中心、自我感覺特別好的人。按照他的邏輯，在他那兒什麼都是一流的，包括痛苦。除了自己，別人甚至不配擁有像樣的痛苦。自視甚高、虛張聲勢背後，其實是虛弱、無助和迷失。他時時處處以引領新潮為己任，甚至跟學生蛐蛐嘗試了同性戀可能性。黃粱一夢之後，淳于奮力作畫還清肆拾萬元的欠款，帶著蜀葵畫不辭而別。小說中還有淳于小時候誤食河豚中毒，老媽嚼蜀葵花葉為他們解毒的情節。蜀葵這種既可以組成繁華似錦的綠籬、花牆，美化園林環境的花，它的根、莖、葉、花、種子都是藥材，清熱解毒，內服治便秘、解河豚毒、利尿、治痢疾，外用治瘡瘍、燙傷等症。左衝右突的淳于，其實也包括橙明，根本不具備與城市、商業、金錢對抗的資質：二人中，玩火者得到的是黃粱一夢，

〔註47〕張煒，《你在高原・荒原紀事》〔M〕，北京：作家出版社，2010年，頁82。
〔註48〕張煒，《你在高原・我的田園》〔M〕，北京：作家出版社，2010年，頁205。

循規蹈矩者只能任人欺凌。二人互補又互相映襯：城市不是我的家，留下來痛苦，走出去，去哪裏？開滿蜀葵花的山溝和海島，能夠一直收留他們嗎？《家族》中，寧珂和曲綪初識在玉蘭花開的曲府庭院，寧珂眼中的曲綪就是那純潔高爽的玉蘭。寧伽和朱亞參觀博物館，昔日曲府高大的白玉蘭還在；物是人非，父母的愛情與他們人生的遺恨早已隨風飄遠。高大純潔的玉蘭，是曲府的外祖父、外祖母、母親曲綪、淑嫂、甚至僕人清淴、小慧子的精神寫照。他們愛憎分明，精神純潔。而鈴蘭花則是曲予眼裏的淑嫂，另外寧伽也是在在鈴蘭花畔遇到他的初戀。

為了生存的種植，是農作或者經濟作物。《我的老椿樹》中，時間久了，種植者和樹木之間，會產生深長的情誼。老人依靠院裏的老椿樹過活，也依戀老樹如老友，老人和老樹的相互依存令人動容。也有純粹為了觀賞的種植，展示出種植者的興趣愛好、審美取向。直至有時，栽種的植物還可以代表一定的身份地位。《橡樹路》裏那個又大又舊又髒的城市裏，那條種滿高大的橡樹的靜謐整潔的道路，寄託了寧伽的鬧市桃源想像。這裡沒有市聲，小鳥多極了——可是，這個在城市中難能可貴地保留住了大樹的靜謐區域，多少年來就是這座城市裏的身份象徵：從最初的租界之後的 200 年，總是身份特別的人物才有資格住在這裡，換了一茬又一茬，都付出了血的代價。最初的有形的圍牆和鐵絲網雖然拆除了，可是這童話般的區域，卻始終和人民不沾邊，這也是寧伽排斥這裡、拒絕入住的主要原因。

自然界的花草樹木各有不同的氣息味道。張煒對於花卉的氣味非常敏感，表現在作品中，就是張煒的很多主人公會敏感於不同的女性和不同的花香類似的身體氣息。《能不憶蜀葵》中，幾乎全部女性都有花香或者瓜果的香甜體息：陶陶姨媽是檀香摻了紅薯、熟透的杏子、和南瓜混合的體香；幼兒教師蘇棉有濃稠的李子味；兒童劇院的小天使透著隱隱的丁香味和龍口草莓的氣味；大學老師雪聰有梔子花香和洋槐花香，正是這「好姑娘的香味兒」讓淳于陽立不能自持。《醜行或浪漫》中的劉蜜蠟身上，有南瓜的香味兒；《橡樹路》戀愛時期的梅子，有梔子花的味道；《鹿眼》嚴菲身上，有桃子的香味兒。童年寧伽眼裏像母親又像姐姐的音樂老師身上，散發出千層菊的香味兒、木槿花的氣味，和剛脫殼的葵花子香氣。《曙光與暮色》的淳于雲嘉散發出丁香花的氣息，《人的雜誌》和寧伽同為萊夷人的淳于黎麗，有李子花香和夢幻氣質。

美麗的女人、好姑娘都是香的，這樣的觀念表面看是美化女性、崇拜女

性，但是本質上是基於男人的好惡、男權的立場，基於女性爲被審定的他者的出發點，將女人劃分了等級。女性其他所有可能性，都是在這個基礎上展開。與此相關，張煒小說常常具有一男多女的人物關係陣式圖。以男主人公爲中心與主體，母親、戀人、妻子、眾多紅顏知己形成一個衛星陣圖。張煒「半島」世界的這些男主人公，《古船》中的抱樸、《你在高原》的寧伽、《醜行或浪漫》的趙一倫、《能不憶蜀葵》的桴明、《刺蝟歌》的廖麥，都是四十多歲的中年男人。他們長相一般、事業也都不算成功、性格大多有些內向，但是都會有那些那麼美麗的、溫柔的婚外女性，喜歡上甚至深深地迷戀著他，有的甚至是先後不止一個：小葵、鬧鬧先後喜歡抱樸；寧伽身邊先後出現對他有情或者曖昧的女性眾多，初戀柏慧之外，還有蘇圓、凹眼姑娘、婁萌、淳于黎麗、肖瀟、音樂老師、鼓額、加友、嚴菲等，她們跟寧伽之間形成眾星捧月之勢；趙一倫的上司總是挑逗他、保姆劉蜜蠟原來是當年的情人；桴明有情人女演員、淳于則在時尚蕙蕙、純潔的雪聰之間輾轉；自詡純潔的廖麥，卻讓修有了身孕。這裡，無論什麼女性，相對於主人公，都是他者和被動的處境。即便是他把她看作大地、母親、女神這一類超人類的存在，男人仍是她的主人，就如他是肥沃大地的主人一樣。更有甚者，是張煒作品中的妻子的形象，相對來說總是最沒有光彩最蒼白模糊的。《刺蝟歌》中美蒂在和廖麥熱戀的時候，還是很有魅力和受廖麥喜愛的。但是一旦被認爲和唐童有關聯，並且主要是跟修相對照的時候，美蒂的形象就頓時暗淡無光了，甚至她因爲年齡而逐漸豐滿發福的身體也被認爲和風有關而就有罪了似的；《醜行或浪漫》的金梨花從頭到尾就是一個庸俗至極的俗人，除了美麗熱烈不知道當時趙一倫爲什麼會和她結婚；《你在高原》的梅子，幾乎可以說是最平面的一個人物，作者只在需要的時候，才把她揪出來，補上一兩筆。她曾經的杏眼通圓、梔子花的香味，在婚後顯然沒有經常打動或者吸引寧伽的注意。這樣的人物塑造，這不可避免洩漏出作家濃重的男權思想與傳統文化影響。男權中心主義之下，當男性完成對一個女性的完全佔有，從而把她變成身邊的妻子、令人稱心如意的獵物之後，她的女性的魔力和誘惑對於他，就隨著神秘感的消失而完全消失，就將處於被熟視無睹被忽略的日常位置。「她結了婚，再也沒有別的前途，這就是她在人世間的全部命運」。〔註49〕正如《傾城

〔註49〕〔法〕西蒙娜‧德‧波伏娃，陶鐵柱譯，《第二性》〔M〕，北京：中國書籍出版社，1998 年，頁 523。

之戀》的范柳原，和流蘇結婚後，就不再對她說俏皮話，而是留著給外面的女人說，因爲只有外面的女人才能激起范柳原身爲男人那種雄性的佔有的和炫耀的欲望。《你在高原》中還有更爲極端的情節，就是寧伽夢中小寧成爲小小的孩子，接受肖瀟的哺乳飼餵。這種夢，是寧伽自己的性夢的折射。他自身希望能夠和肖瀟有的身體接觸，在現實中受制於道德與倫理不得展開，於是就在夢中，通過自己的兒子——也就是自己的血脈的承傳者來實現。飼餵寧子本來是梅子的權力和義務，但是，寧伽內心並沒有應有的對屬於自己的女人的尊重，甚至都不同意與她分享兩人的孩子。梅子只不過替他生下孩子、替他養著孩子而已。這樣的情節，既符合膠東大男子主義思想嚴重的實際和寧伽這個人物形象，毫無疑問，也的確是作家內心男權主義潛意識的不自覺顯露。所以，根本上不是因爲妻子們變了、失去了原來的香味，而是因爲男人自身就是這樣一種喜新厭舊、見異思遷的動物。而女人，不過是男人們需要的一種存在物，並以此作參照，顯示自己的絕對中心和主體地位。

對共同生活在地球上的其他生物，人類已經做到控制或者滅絕有害動物、馴養有益動物。和動物爲友，可以豐富人類的精神和情感。張煒作品經常寫到的動物很多，可以分爲家畜家禽、野物、魚類。《半島哈里哈氣》之《養兔記》中，鍋腰叔神秘的鬼屋完全是一個動物王國：牛羊豬狗貓雞之外，還有野兔、獾、鳥、烏龜、野雞、鵪鶉、蜜蜂、一條大蟒蛇等，天上飛的、地上跑的、水裏游的，有二十多種動物。他一拍手，魚和烏龜會探頭探腦看他，麻雀會落他的肩膀上，叫小物的粉色小豬則走哪跟哪。果孩兒的小夥伴老憨整個就是個動物迷，試著養過魚、蝦、螃蟹、鱉、鵪鶉、鴿子、斑鳩，還養過取名大紅的貓頭鷹，取名二紅的青蛙。動物權威老憨有時也唬人，他會隨口說老果孩兒眞的和動物有一腿，不在意對方是否很生氣；他還放言說螞蚱王胸前寫了「好漢」兩個字，害得大家捉到螞蚱就反過來看。

家畜中，張煒作品涉及最多的，是紅馬。小說對紅馬的形體描寫篇幅並不多，但是很多時候紅馬形象深入人心，往往和主人公的命運、甚至其家族的心史，有重大的關聯。在使用現代機械的交通工具之前，馬是最快的交通工具。而紅馬，不僅和奔走緊密關聯，還容易讓人產生張揚熱烈的情感。《你在高原》中的多人騎過紅馬。《家族》中，寧吉騎了紅馬去遠行，一個遊俠騎士，撇下家中嬌妻弱子萬貫家財，不爲功名利祿只爲開心自由，最後竟爲了傳說中的醉蝦騎了紅馬一路南下一去不回。在這樣的結局中，騎紅馬的騎

士，總不會被想像成現實理想的失敗者或者虛無飄渺的他鄉的落難者，而是人生沉醉者、大自然的自由馳騁者。曲府的老爺曲予，擁有一座大府邸和一個醫院，不為有產者出聲，卻為了無產者的事業將自己的財富和生命置之度外，騎了紅馬去履行危險的使命，返程中遭人暗算，將一腔熱血灑在紅馬背上。而這個暗算者的身份，卻成為世界上不為人知的事件之一，也是曲府寧家後代心底的糾結。《憶阿雅》中，中秋節前，外祖母會按照民間習俗抱一捆穀秸灑落在門前的槐樹下，作為給冥間外祖父騎著回家的紅馬的飼料。外祖母的故事，和鄭重其事的民俗活動深深印進兒時寧伽的腦海，以致他對此深信不疑。因盧叔開槍打鬼而認為外祖父再也不會來家了的想法，是家族創傷的表現。戰爭年代，寧珂也有過騎上紅馬馳騁戰場的經歷，寧伽的時代沒有那抹血色浪漫，可是，遊走的血液已經在甯氏家族血脈中世世代代生生不息。沒有紅馬的時代，完全靠雙腿和那雙「流離失所的腳」，寧伽在海灘平原山地來來回回沒有終結。《我的田園》中夫妻間的價值錯位裏，好女人梅子希望的是安安穩穩地過日子，而寧伽最初想成為一棵樹：在他看來再沒有比樹更美的了，它沉靜和藹，挺拔、英俊而又瀟灑。「我崇拜一棵樹，像它那樣，一生要抓住一片泥土。」〔註50〕可是，做一棵樹還是有危險的：樹無法隨意移動，只能承受被施與的一切。馬注定奔跑顛簸，卻可以主動流浪找尋，於是「我要掩淚入心，做一匹馬，追上外祖父的紅馬。」《你在高原》中，外祖父和他的紅馬，成為寧伽終生的糾結。很多時候，家族災難與復仇意識，可以幫助人確定他的立場與意志，但也會妨礙超越性的開闊的思維和久遠的關懷，因為個人的視角注定是狹窄的。相似的紅馬情結，也存在於《古船》中。隋迎之在家細細算帳，騎了紅馬出去「還帳」，就在自認為帳快清了的時候，遭到暗算血盡而亡。跟曲予同樣地，隋迎之是一個尊重現代科學和公義的理性的知識分子。隋迎之身上儒家傳統思想影響很深，又對現代工商經營與階級關係都有較深入的見解。他的「還帳」行為並沒有獲得諒解，是他自己、也是歷史的不幸。隋迎之死了，他的財富、紅馬招致的嫉恨並沒有隨之消散。他的兒子隋見素的行動的勇猛，時時讓趙多多想起他曾經垂涎的隋家那匹紅馬。

　　狗是最常見的家畜和寵物。《橡樹路》中，寧伽看到家裏養的小狗麗麗一顛一顛地跑來，扭扭的樣子讓人心裏發顫。他想說「我多麼喜歡你，可我很

〔註50〕張煒，《你在高原‧我的田園》〔M〕，北京：作家出版社，2010年，頁367。

少像喜歡你那麼喜歡一個人。」〔註51〕給全家人歡欣的麗麗，誤食鼠藥而亡，讓寧伽覺得身邊的許多東西都隨著麗麗的死而遠去。《我的田園》中，拐子四哥帶到葡萄園來的狗斑虎，保衛葡萄園也和四哥、萬蕙之間溫情脈脈，對寧伽和鼓額、肖明子這些其他葡萄園主人同樣親近狎昵。但是，它還是未能保護住鼓額使她免受玷污。中篇小說《蘑菇七種》是以一條叫做寶物的兇悍的狗的視角的切入，引出這裡千奇百怪的人與事。俗話說狗眼看人低，可是人們忘了：狗也有立場和傾向的。所有的狗都只是認他的主人或者對它好的人，而不管他是人類世界的好人還是壞人。寶物這條兇悍髒臭醜的狗忠誠於主人，也同他的主人老丁一樣在這個林子裏跋扈，每天固定時間出巡，只為一人守著疆界。寶物與紅狐爭奪林子的霸權，是人類的權謀爭鬥的動物版。寶物用和老丁相似的蠻橫確立起在小村的人與家禽畜中的位置。而在橫行於林子時，老獾小獾、長嘴鳥、老烏鴉、老鷹、甲蟲都臣服於它，唯有紅狐敢於挑釁。感覺林中之王位置受到威脅的寶物，想方設法甚至要假借老丁之手要除掉紅狐，最終不得不在法師「不能太過了」的定論下草草收兵。就連它遭到蜘蛛的詛咒，並真的陷入「狗男女」之手，遭受到種種殘虐險送性命，也和充滿戲劇性的人際的故事相通。兒童和包括狗在內的所有家畜（禽）都可以成為好朋友，《半島哈里哈氣》果孩兒，養了叫做小美妙的貓、叫步兵的狗，和叫做老呆寶的鵝。《誰是最好的衛士》中，為了保護剛出生的小兔免於老鼠的禍害，果孩兒和老憨想盡了各種辦法：他們先是聽從果孩兒爸爸的建議，將小美妙抱來履行職責。可是小美妙不高興被關在兔子窩裏，不僅不吃不喝，還拿小兔當老鼠耍弄；換來步兵，它卻撕扯漁網，耍弄大兔子；果孩兒最後想到老呆寶。結果令所有人意外的是，老呆寶看守住了小兔，嚇退了黃鼠狼，竟然是最好的衛士。

　　野物是張煒很多小說和散文中經常寫到的。他的主人公們沉溺林間，與走獸阿雅、野兔、花鹿、刺蝟、甚至與小紅蛹為友，獲得在人與人間沒有的情誼。《憶阿雅》中，寧伽兒時常常在彩色的叢林與各種美麗的動物相逢。那天他和媽媽發現了傳說故事中的阿雅：它有栗黃色皮毛、背上有棕紅色的毛、短短的前爪、乾淨的嘴巴，細細的粉紅色的小鼻孔、尖細整齊潔白的牙齒，尾巴又粗又長，像一隻小狗、靈貓、艾鼬、狗獾、貉、狐、豺、獴，又都不是，美麗靈巧，聰明歡騰，在林間飛快地躥來躥去，令人心醉神迷。張煒在

〔註51〕張煒，《你在高原·橡樹路》〔M〕，北京：作家出版社，2010年，頁145。

《行者的迷宮》中談到過，阿雅並不是確指現實中存在的一種動物，是黃鼬、狐狸、獾、鹿的綜合，這是膠東各地常聽到的傳說之一。這一形象塑造中，體現出基於張煒自身從小受到的童話式的教育和薰陶，形成的動物和植物情結的久遠影響。後來看到被捉到的阿雅，被虐、被訓養的阿雅，寧伽在不幸而又頑強的阿雅和父親的遭遇間，看到了相似。寧伽感覺有一個陷阱、無形的，已經成功捕獲家裏的每一個人，父親被圍網捕獲了，總有一天會輪到自己。小說採取多視角的散點透視法，把動物作為潛在的主人公，進行擬人化的敘寫。「阿雅」與現實裏人的故事絲絲相扣的時候，它作為一個實在和隱喻的雙重形象，集中了難以直言的人生況味。此時，這一超越現實的動物塑造，就有了最為生動的外在形象和最為深刻的蘊涵。

　　《半島哈里哈氣》之《養兔記》中，果孩兒和老憨一直夢寐以求養兔，最後終於真正養了兔，為它操盡了心。兔子怎麼就對兩個孩子產生那麼大的吸引力？小說有一段寫到兩個孩子月夜在海濱灌木叢看到的兔子家族自由追逐、歡快舞蹈的景象，那景象深深吸引了他們：「月亮升到更高的時候，我們都聽到了幾聲吱呦，就像一種特別的口哨聲。我們一抬頭：老天爺啊，艾草地被月亮撒上了一層銀光，上面奔跑著、跳動著多少隻兔子啊！瞧它們今夜高興成什麼，一對對一簇簇，相互之間剛打個照面又趕緊分開，來來去去就像在操場上打排球似的！……它們還親嘴呢，親得吱吱有聲……怪不得啊，四月裏就是不同凡響！這會兒，整個海灘到處開滿了槐花，這時候誰要悶在屋裏，那會是多麼傻的人啊！那就連兔子也不如了！不聲不響的老憨正在低頭想事，也許這會兒和我一樣：想當一隻野兔！」〔註52〕果孩兒因為自己家在海濱的處境，平常就屏氣斂聲低調行事；老憨看似無所顧忌，但是時常要遭受爸爸「火眼」的毆打——難怪他們想做親密祥和美好的兔子世界裏的一員！兔子養大到對其感情很深了，兩個孩子還是忍痛選擇了將其放生，甚至最後不惜遠路送到河的對岸，唯一的希望，就是讓它們免於成為老憨的父親「火眼」的美餐。《鹿眼》中，父親寧珂殺了寧伽養的野兔、寧伽厭棄父親的殘暴到又一次希望他死去的程度。可內心同時又有「再這樣講要遭雷劈」的恐懼，於是憎恨他、又可憐他，希望他不痛苦地消失。可見，父親們是孩子們和野物共同的敵人。孩子們從父親們身上得出結論：野兔的生活還是該在

〔註52〕張煒，《半島哈里哈氣‧養兔記》〔M〕，石家莊：河北少年兒童出版社，2012
　　　　年，頁39～41。

野地，和人的相逢，對它們來說，不見得是好事情。

《刺蝟歌》中，在海灘的灌木叢中，小廖麥靠刺蝟引領找到野蜜。在土裏翻找到的紅蛹，可以爲廖麥指示方向，幫他找到正在相親相愛的刺蝟、找到回家的方向、還看到了風浪中在海邊幫助海豬媽媽生產的珊子。直到紅蛹化爲燦爛的大花蝴蝶飛走之前，廖麥一直將其藏在貼身的衣服裏。紅蛹讓孩子對自然的感應以神秘的方式呈現。《鹿眼》中，寧伽孤寂的兒時歲月，在林子裏遇到花鹿，它那又大又亮的眸子，濃密的睫毛，毫不慌促地注視寧伽。美麗寧靜善良的鹿眼打動寧伽，他從長了鹿眼的女性比如初戀菲菲那裡，也能得到相類似的終生難忘的心靈安慰。這時候，美麗溫順善良的女性與花鹿、與美等同。《刺蝟歌》中，小廖麥在大海灘的灌木叢來去自由。這裡沒有人、大野物也隨著林子消失了，廖麥在羞紅了臉的刺蝟帶領下串遍了最偏僻的角落，找到野蜜就放聲歌唱：那歌聲如同風吹楊柳，沙啞而溫情，讓人一聽就會要陶醉，仰臥於熱乎乎的沙地上再也不想起來。刺蝟相親相愛時拍手唱的歌的深意，是耐人咀嚼的：「俺刺蝟，心歡喜；半輩子，遇見你；手拉手，找野蜜；挨近了，小心皮。」〔註 53〕人們傳說中的小刺蝟羞羞答答，好臉蛋和熱乎乎的心勁、百依百順的心性，但是就是不能急，她們隱起的尖刺會把人扎得血胡林拉的。睡刺蝟，得有耐性，在廖麥和美蒂、唐童和美蒂的關係中，我們看到了這些隱喻的對應。除了刺蝟紅蛹，《刺蝟歌》中廖麥還和兩種魚結下不解之緣（善緣或者孽緣）。逃亡山裏，老媽媽用屋前潭裏的黃鱗大扁給廖麥滋養生氣。這種生於湍流礫石，長若半尺、體寬五寸，喜歡在暮色中騰跳，散發出的不是魚腥而是火藥味兒的魚，熬出的湯汁能治五癆七傷。廖麥在勞頓傷元氣之時，全靠它來提火氣。美蒂抵擋不過的誘惑，是淫魚。這種外貌醜陋的魚有可怕的繁殖力，水草上到處纏繞它的黑色的籽粒，陽光下生出串串小魚。美蒂每次食用淫魚，都會鼻尖出汗、呼吸急促、行爲放浪、眼神陌生貪婪。美蒂對淫魚的嗜好，使得廖麥氣惱交半，時以被戴綠帽子的「公羊」自嘲。兩種魚和兩種緣，就是兩種選擇兩個歸宿的象徵。

人類和動植物共存的地球上，每一種物種都有忍受影響其生存的環境成功繁殖、能夠繼續茁壯成長及與環境持續互動的極限。而這些物種亦會同時影響其他物種，甚至所有的生命。因此，人類和生物圈應該如何進行互動，從而容許不同生態系統能夠在未來持續同存而不是耗盡，是十分重要的。《三

〔註 53〕張煒，《刺蝟歌》〔M〕，北京：人民文學出版社，2007 年，頁 59。

想》中，人在反省人和自然的關係、人和動物的關係，體驗生命中的柔情；動物也會反思自身的命運，以及與人類的關聯性。那隻叫做唔唔的母狼，經歷了家族被人類絞殺、兒子咕咕被開山炸石打死，她憤憤不平：它不能接受爲什麼自相殘殺程度遠遠超過狼族的人類，擅自給別的生物規定了悲慘的結局；而他們的至高無上又是他們自己決定的，具有極不合理性。山崖上見證了很多樹的歷史的老白果樹，也像人一樣，渴望被尊重。《夢中苦辯》中，一個和自家養了多年的狗有深厚感情的人，面對打狗隊的辯解，動之以情、曉之以理，最終令執行打狗任務的小夥子承認打狗是屠殺。卻不料所有這些只是夢中的申訴，夢醒之後才發現，狗已經在夜裏被悄悄殺了。

《家族》中，春天海濱綿延幾十公里、像肥美純白的小羊的洋槐花的海洋，被沾滿黑色油污的無形大手扼殺了。伐樹開荒是很長一段時間裏全國盛行的舉動，但是開荒會造成的後果，張煒早就有所察覺並且有一定的對策。《槐崗》中婦女們去槐崗上開荒種花生，她們的做法是開一半，留一半擋風沙。《灌木的故事》裏，濃密的河灘上黑老京子放養的群羊，成爲村人重要的生活來源。老龍掌權後砍伐河灘灌木，反對的老京子遭到毒打。老京子告狀無門，但是堅守河灘上。短篇小說《老斑鳩》和中篇小說《黃沙》主題相近，都是心痛沙化帶來的嚴重後果。外祖母像那隻不甘失敗的老斑鳩一樣與吞噬園子的黃沙抗衡，來自老家的坷垃叔一筐一筐與黃沙對抗。他們就像那滾石上山的希緒福斯，屢戰屢敗，屢敗屢戰。

二、動植物圈對人際圈的映照

《橡樹路》中，寧伽和好友呂擎由呂父的學術和人生，思考自身的價值如何認定時，寧伽想到許晨教授說過一句話：「沒有什麼，我們只不過是一種被欺騙了的動物」。﹝註54﹞動物和人，其實有時是難以確切分清的。也有的時候，在和動物的對照中看人，更容易看得分明。《憶阿雅》中，「文革」中見識了太多人整人慘劇的農場老看守就說過這樣的話：「人哪，壞起來不如野獸。」《刺蝟歌》中亦正亦邪的珊婆在流落林子期間，爲野驢、花鹿、山羊、狐狸、海豹和老獾接過生，她身上的野性、母性，和獨屬於動物的已經難以截然區分。《鹿眼》中，寧伽終於痛徹心扉地發現，從童年的自己到現在平原上這些孩子們，每個人都試圖證明自己的無辜，可是每個人都是故事裏那只

﹝註54﹞張煒，《你在高原·橡樹路》﹝M﹞，北京：作家出版社，2010年，頁157。

有缺點的兔子。《刺蝟歌》中，廖麥傷心於美蒂對農場的出賣，在他眼裏，是美蒂和唐童聯手構成對於農場的威脅侵吞，所以他會發出「刺蝟和豪豬結了親，刺蝟把農場犧牲了」的恨聲。

狐狸在「半島」世界中佔有獨特的地位。這裡幾乎沒有眞實的狐狸，卻有很多關於狐狸的傳說，狐狸幻化成人、狐狸附體、狐狸戲了進入林子的少年——不知爲什麼，林子裏的狐狸在人們的理解中常常是魅惑的雌性。《半島哈里哈氣》之《抽煙和捉魚》，果孩兒對老憨晚上穿越林子去海邊的建議很猶豫。林子裏哈里哈氣的東西愛捉弄生人，連眞正的獵人也會被脫個精光昏倒草叢。俊俏的姑娘可能是狐狸閃化的；獾會不停咯吱你直到人笑死。——因爲這些聽到的故事，果孩兒走在路上看到漂亮姑娘大紅，會趕不走她會不會是狐狸變幻的想法；同學和園藝場工人咯吱他的時候，一想到獾的用心，他就會嚇得面無血色。正因此，關於「狐狸老婆」的傳聞，讓人聽了既害怕又好奇。這類兇險事就像有毒的寶物，平時就存放在林子深處，只是沒人敢伸手去摸一下：那片黑烏烏的林子裏的狐狸王國，一個做過男狐狸的老婆的男人，都是誘惑喜歡冒險的男孩子的致命毒藥。有時候，和狐狸精相關，又會成爲人們炫耀的資本：玉石眼酒後就常跟孩子們大講狐狸幻化的大姑娘要跟自己、老兔子偷了他的新煙鍋、篓食幻化成小娃娃形的茯苓精等光怪陸離的故事，聽得他們個個目瞪口呆。在童年的狐狸故事傳說中成長起來的一代人，對狐狸會有會心的理解，所以，當《我的田園》中，寧伽意識到面對肖瀟對自己構成的吸引，自己卻能像一個老狐狸一樣知分識寸，能夠壓制住內心的欣悅和不可遏止的衝動，始終守住界限，他得出結論：「男人過了四十，遲早都是一隻狐狸。」〔註55〕老狐狸是自我認定，也是反省。

動物與人的個體的對應，在張煒小說中，時常以人物外號的形式體現出來：《外省書》中，外號鱸魚的師麟說自己本來應該叫做藍鯨。考察他的一生，最爲突出的性格和人生經歷，都表現爲對女性的熱情及其並不會隨著年齡和處境改變。與鱸魚性兇猛，以魚、蝦爲食相較，藍鯨體重可達上百噸卻溫順的習性，確實更接近師麟的眞實性情境況。他爲史珂取外號爲「眞鯛」，因爲這種魚「頭大口小，體高而側扁」，「它的模樣總像在莊重地思考，實際上不過是一道美餐。瞧這多像你們啊！」〔註56〕史珂深夜一個人靜思，覺得這外

〔註55〕張煒，《你在高原・我的田園》〔M〕，北京：作家出版社，2010年，頁223。
〔註56〕張煒，《外省書》〔M〕，桂林：灕江出版社，2007年，頁7。

號還眞恰切：自己的人生價值及堅守的東西，眞的就是在時代的捉弄中不斷地被解構被嘲弄。師麟給女兒取外號小考拉，給外甥女取外號狒狒，給喜歡狒狒的卷髮青年取名電鰻。他對那個渾身洋溢著青春活力的繼外甥女的喜愛，集合了親人、孩子、愛人的所有情感。即使與她夜夜相伴相擁，內心懷了藍鯨吞噬一切的能量的師麟，最終卻對狒狒懷了憐愛，並沒有佔有她。《你在高原》之《家族》的女匪外號小河狸、《橡樹路》的青年被叫做白條、《海客談瀛洲》桑子外號騾子，《人的雜誌》牟瀾外號「百足蟲」……外號對應的動物，就是這個人最大的性格特徵的概括。

人和植物之間也有直接或間接的對應關聯。貧窮的人布滿大地，就像是大地的植被，就像野菜山草。野菜和窮人的日常生活息息相關。《你在高原》中，寧伽小的時候，外祖母善做野菜糊糊，把長在河灣的肥嫩的野菜燙熟曬乾，常年可以吃到；在野地流浪的歲月、還有到野地和山地游蕩的時候野炊，寧伽都會隨手摘手邊可以食用的野菜投入粥中；岳父母的回憶裏，戰爭年代的春粥裏摻了山菜，很好喝。因此《憶阿雅》中，由岳父母的苦出身，寧伽對他們有了另一層諒解：位高權重養尊處優的岳父母也是山草，只是偶然的機緣才沒有死亡。柏老既不值得也不足以承受那麼深刻的仇視，他是可憐的山草，隨風擺動，自己不幸，又參與製造另一些不幸。阿雅，也是山草，生生不息，有韌性。而所有生命，其歸宿，就是一蓬山草。《蘑菇七種》寫盡毒蘑菇的種類及其毒性，寫盡人、動物誤食或者被下毒的種種症狀，也寫盡老謀陰鷙還擅長偷樑換柱、打馬虎眼，以老革命自詡毫不知恥的老丁種種醜行。從心理學角度分析，老丁是一個典型的妄想症患者。他時常抱有一個或多個妄想，動輒自我誇大革命經歷、社會地位、情感經歷、性格能力等，獲得別人的贊許和自我的滿足。他越妄想越自誇也就越離譜，自己卻越對此深信不疑，還坦然接受身邊馬屁精和嘍囉「活得英勇啊、不甘寂寞啊」的奉承。他和文太煞有介事地合寫荒唐的「情書」《蘑菇與書籍比較觀》、他狡黠地自敘打游擊不能只會打不會「游」、他胡謅軍彭的父親吳德伍的故事以拉攏軍彭孤立小六。他還有情愛妄想：他首先認定自己被鍾情，杜撰自己和絕色美女大家閨秀的火熱情愛故事提升自己莫須有的魅力；他對女教師一廂情願的情愛妄想更荒唐至極，變態而狂熱的情慾想像甚至一直達到和女教師成婚生子哺乳階段，甚至在大庭廣眾之下狂喊心裏對「國家女師」有火之類。妄想是一種在病理基礎上產生的歪曲的信念，病態的推理和判斷，妄想症是思維變態

的一種主要表現。這類患者大部分在18～25歲階段，且在女性中較爲常見。在一個六十出頭、矮小瘦消、粗俗卑劣的莽夫身上現出這些匪夷所思的症狀，正是那個時代的產物。「文革」就是一個妄想的時代，「文革」中國就是那片山林。《蘑菇七種》這篇小說的象徵是如此濃厚，老丁是「文革」的山林中數不清的毒蘑菇中的一朵，僅此而已。

將動物與人類的整體進行對應，最集中體現於《你在高原》之《荒原紀事》。神話寓言中，憨蝂與騷狐、婦女生下一堆悍娃與野物。一代代傳下去，他們逐漸從外形上無異於常人，但他們都知道從輩份上，林子裏的野物是自己的老祖。那脾性是深藏了的，紮根在血液裏。月夜受母狐暗中召喚，憨蝂的眼前跪了一片片大大小小野物生的、人生的，像河馬、像蟒、像野豬和海象的子嗣。這樣的景象，在現實中似不可得，可是，控制、吞噬、破壞、瓜分整個平原的各種大小上下內外高低的勢力，不正是外表看來各個不同，但是掩飾不住的骨子裏的貪欲使它們要拱到一起分一杯羹，使它們理所當然合該歸屬同一血緣嗎？無論是各式首長、集團、公司、村頭，還是瓷眼、柏老、婁萌、嫪們兒、得耳、蘇老總、霍老、王如一、吳大淼、老荒、老駝、戒子、秸子、瑪麗等等。除了對平原的破壞性的開發，還有無廉恥的出賣。《荒原紀事》中，被囚禁的長夜裏，寧伽由神話故事反思現實：事實上，一個眞實的平原正在消失，它在不久的將來，只能存在於故事中了。難道眞的存在一場有預謀的出賣，且早就開始，只是這一切不爲只認可實證的人們所知而已？煞神老母因爲個人與大神的愛恨情仇，遂與烏姆王合謀將平原倒手給「烏姆王」，毀滅了一片如花似玉的原野──這跟嫪們兒在山區建成的各式工廠造成的污染、唐童在棘窩鎮的禍害，又有何異？同樣的寓言還有《無邊的游蕩》中的海島大鳥會。趕會的各種大鳥，就是現實中各色陰謀家、資本者、掠奪攫取者。它們不管是老主坐莊、或者新手出道，都不是善茬。旱地老鳥的野性、島上大鳥的霸道、大山上的鳥一幅高瞻遠矚得罪不起的氣度、水鳥則縱慾、洞穴鳥陰險、狠，外號陰謀家。這樣的一個集會中，什麼樣的俊男靚女能夠逃脫它們的魔爪？這樣的大鳥降臨人間，什麼樣的人與物能夠保全？

道德和倫理，不僅存在於人際，在生物圈、生態環境裏，也依然存在。「近代環保之父」、美國作家、生態學家奧爾多‧利奧波特，是在梭羅之後，努力尋找和建立土地倫理、生態良心的人。他在 1949 年的《沙郡歲月》（又譯爲《沙鄉年鑒》）中，率先把倫理道德用於人和自然的關係當中：「最初的倫理

觀念是用以處理人與人之間的關係，後來擴展到處理人與社會的關係。但是，迄今爲止還沒有一種處理人與土地，以及人與在土地上生長的動物和植物之間的倫理觀。」〔註 57〕人文地理學家段義孚特別有感於盆景、園林、馴化，他認爲這些都是人類爲了尋求快樂、欲望滿足而對自然施與強權：「人類在處理與自然的關係上往往把強權加在自然之上，從而扭曲了自然的本來形態。感悟人與自然的和諧將提升人類的道德感。」〔註 58〕他還從從心理學角度闡釋了權力欲與控制欲的極端，就是強權的快樂源於性虐待的時候，是將玩物發展到對人類自身的侏儒、漂亮僕人、女人的時候──那也是最不道德和反倫理的生態失衡狀態。

三、聚落：地理人文景觀

　　地形地貌、水文、氣候、土壤、棲息於該環境的動植物群落這些地理要素基礎之上，會形成特定聚落，不同的聚落有不同的人文景觀：村莊的分佈、村莊的狀貌、民居的結構形式、生活衣食住行包括民間的服飾與飲食、農業生產方式和經營種類、鄉村田地村莊的規劃形成鄉村景觀；城鎮的布局、城鎮的地標、城市的建築功能規劃形成城市風光；鄉村或者城市以及它們之間，還有各色的交通。所有這些景觀，都是由人類根據想像中與自然的關係，來創造和解釋的。在其各具特色的景觀中，不同的社會表現出他們的個性以及一定的人文內涵。聚落、土地與建築可以區別性情、反映當地的文化特徵。對於會閱讀的人來說，景觀本身就是最豐富的地理歷史記錄。無論是居處的水源匯聚於同一條河流，還是對同一條道路的交通依賴，或者隸屬於同一個中心聚落──人們基於這種物質和精神的相互依賴而建立聯繫，人群與人群、人與其所生存的區域間的作用和反作用，也就此產生。所以，景觀能夠創造一種對悠久而光榮的過去的共同記憶，而保護這類景觀，有助於人類身份認同。「直接認識到各種結構的持久性，可以給居民們一種根植於某個地方的存在感」〔註 59〕。這也是國家民族認同的源頭。

〔註 57〕〔美〕奧爾多・利奧波德，侯文蕙譯，《沙鄉年鑒》〔M〕，長春：吉林人民出版社，1997 年。

〔註 58〕段義孚，〈人文主義地理學之我見〉〔J〕，《地理科學進展》，2006 年 1 月，頁1。

〔註 59〕洛溫塔，轉引自〔英〕R・J・約翰斯頓，《哲學與人文地理學》〔M〕，北京：商務印書館，2010 年，頁 141。

山裏人狹隘、害怕新思想新風俗，也果敢坦率；平原人心胸廣闊開朗歡快，同時也溫和不堅定。農村人謙遜、誠實、依賴，同時也粗野、天眞；城裏人敏捷、果斷、自由思考，同時也軟弱、輕浮、耽於享受。這些都會體現於特定的聚落特徵中。除了空間差異，某個地方仍然存留的歷史人文景觀或者地標，也是人類不同時代的一幕幕文化演變或者人類活動的歷史見證。

1、鄉村聚落與景觀

鄉村是構成人類社會最簡單、最原始的聚落類型。鄉村特定的位置和形態，都取決於自然環境。《柏慧》中，寧伽去看望鼓額，在鼓額家看到聽到的一切，是與外部世界發展完全脫節的赤貧狀態。鼓額家矮小的三間泥屋，東西兩間是土炕，中間的屋子兩邊各有一個土坯做成的灶臺，好像使用了好幾代。屋裏幾乎沒有一件木質的家具，只有兩三個泥巴捏成的箱子用來盛糧食和衣物被子——只有風箱是木製的。屋角堆著的紅薯、牆上懸束的高粱穗子、風箱旁卵石似的馬鈴薯，口袋裏剛拔的濕漉漉的花生果這些「吃物」，證明著溫飽的基本解決。將屋子頂棚的高粱秸垂下的一串串塵網灰掛視爲錢串子而愼重對待、不輕易打掃的民俗，顯示出彌補現實缺憾的心理寄託。一家人對寧伽的到來十分慌促，她的父母一會兒喊寧伽東家，一會兒喊大官人，鼓額的母親甚至一直在拍打膝蓋念叨：「了不得了，東家來了！俺家個毛孩兒有天大福分不？讓東家好飯喂著大錢花著，還進門看望哩。我跟她爹、跟毛孩兒說了：來世變牛變馬報答吧！」〔註60〕鼓額父母親的這種羞愧，是因爲日常總是面對難以征服的自然，久而久之形成的自我渺小卑微感；古怪陌生的叫法，則因和外界基本隔絕，因而荒唐地將他們不瞭解的外界想像成他們僅有一絲半毫瞭解的戲文裏的樣貌。鼓額是平原小村生出的女兒，健康、聰慧、善良，洗淨鉛華、淳樸自如；她的家和父母就是這平原小村的寫照，一貧如洗、謙卑樸實、寒磣低微、與世隔絕、自成一體。

《你在高原》中，呂擎們到南部山區遊走的時候，看到的山村，都是在河流的沿岸，在拐彎等沖積平原的周圍，就是因爲這裡更適合生存。鄉村的設立起源都與周圍土地有關。爲了便於相互幫助和保護，居住地一般較爲緊密。即使不再需要防禦，社區生活和精神情感上的支持也使得大家習慣聚居。村落中的大姓，還會建有祠堂供奉本家族先人神位，逢年過節供同宗後

〔註60〕張煒，《柏慧》〔M〕，北京：北京社會出版社，2004年，頁44。

人祭拜。《古船》中的窪狸鎮所在地，實際就是高頂街上的趙家、李家、隋家三大家族聚族而居的村落。每個家族的房屋大致會聚攏在一起，便於相互照應和節日相互問候，以及按照長幼尊卑參與本家族中的婚喪嫁娶大事。這樣的鄉村氛圍中，也只有外來者、被排斥的人，才遠離鄉村定居。《你在高原》中寧伽一家在海邊的住所，是在村落之外的果園裏；《半島哈里哈氣》中果孩兒的家，也是在類似的一個果園裏，距離最近的村落中最近的人家——老憨的家，也有一公里的穿越林間的路程。林中那條完全是兩個孩子踩出來的小路，當然是老憨對果孩兒這個來自不受歡迎的外來者家庭的好朋友友誼的見證。

在現代化和城市化的進程中，一旦犧牲村落和土地的生產率，就會造成不可恢復的社會傷害。《九月寓言》那個豐饒的小村消失了，取代的是荒蕪的滿是地裂的塌陷地；《你在高原》中一個個鄉村甚至整座平原都滿目瘡痍，空氣、水、土地遭受的污染越來越嚴重，祖祖輩輩遷移方向都因此改變：家園被污染或者塌陷的平原人，不得不到客觀條件更艱難但是可以存活的山區謀求生存。「如果我們認真思考，會發現在故鄉這樣小的範圍內也能觀察到整個宇宙的方方面面。而且因為故鄉是我們居住、行走、視聽、和獲得認知的地方，也是我們進行觀察的地方，使我們可以直接地觀察到任何事物。因此，我們有可能通過發現足夠的實例，哪怕是在最偏僻的部落或山村發現的實例，來解釋充滿極其複雜現象的整個自然界。」〔註61〕

《九月寓言》的小村，《醜行或浪漫》的上村、下村，《我的田園》中葡萄園歸屬的村莊，都是典型的這樣的小宇宙。這裡的吃穿用住，永遠都是因地制宜。這裡有極其穩固的政權和永遠存在的爭權奪利。這裡的貧窮永遠不是最迫切的問題，很多事情也遠不是愚昧落後就解釋得了的，村落是有生命力的花朵，它的種籽落地生根，生命力頑強，花朵的味道則是很複雜的。人與人之間最溫暖和最冷酷的，一直都在這裡不斷發生，有時甚至就不可思議地體現於同一個人的身上。《九月寓言》的小村在平原，這裡土地肥美，所以出產的地瓜足夠滿足小村人的食量。小村青年消耗剩餘能量和精力的方式，就是在原野奔跑玩耍。這個小村的村頭賴牙不乏殺伐決斷之力，他的憨著一股陰狠勁兒的女人大腳肥肩更令村裏所有人膽寒。即便如此，劉幹掙和屠宰

〔註61〕　〔日〕牧口常三郎，陳莉、易凌峰譯，《人生地理學》〔M〕，上海：復旦大學出版社，2004年，頁8～9。

手方起還是一個月裏見了二十二次，在日日相對中相互磨礪鬥志積攢豪氣、謀劃奪權，最終「起事」不成，以屠宰手方起的自戕悲壯收尾。男人們雖然是村莊和家族的主宰，但他們除了會動用武力打老婆、相互之間廝鬥、無恥的貪欲之外，沒有應有的男性的陽剛、魁梧、包容，幾乎每一個都帶有人性的致命弱點。在這一點上，作家的女性崇拜意識就被襯托得極為鮮明：哪怕再醜陋邪惡如大腳肥肩的女性，身上也有讓人動容的東西，而男子們除了毫無理由地自我感覺良好、家庭主動權地位的不可動搖，或言行舉止中盡是讓人厭惡的惡德的賴牙、劉幹掙、金友，或帶有天性的缺陷如龍眼憨人，或需要女人來完善他的人生如露筋金祥牛杆爭年。而父子間的齟齬歷來存在——劉幹掙因礦下工作的兒子未能及時供應酒和黑面肉餡餅而發出對兒子的詛咒、被妻子埋怨後而痛打妻子，終於引發龍眼與父親拳腳相向，弒父的欲望在龍眼這裡膨脹到了極致，母親下跪乞求才使他手中的菜刀落地。小說中的男性，僅有挺芳、歡業較少上述缺陷，也得到了真愛。但首先，挺芳不是小村的人，其次，他們是兩個均不見容於小村社會的異類。

張煒說過：「沒有精神自由的時代，就不會尊重人，尤其不可能尊重女人。」〔註62〕依據這種理解，《九月寓言》中張煒成功地塑造出很多農村女性形象，她們大多是神性光環下的自我迷失者，或奴化的「女神」形象，從中，作者讓我們看到，在長期以男人為中心的男權社會中，女子只是為了家、孩子和男人而存在，而男人們則有廣闊的天地去馳騁。雖然這些女人們都是善良忠誠可愛堅強的，但除了以男人為中心之外，她們沒有自己；她們身上決不缺乏妻性母性，惟獨沒有個人性。這驗證了波伏娃的論斷：「他者是按照此者為樹立他自己而選擇的獨特方式而被獨特地界定的」〔註63〕。大癡老婆慶餘是小村的一個外來者形象，在人物關係設置上，作者一反常用的「一夫多妻」形式，以慶餘的陪伴一個又一個小村的孤獨男人、帶給他們晚年的安慰和家的溫暖的關係狀態，顯示出作者對女性的包容、犧牲與付出本能的肯定。尤其當慶餘所帶來的黑煎餅做法在村裏推廣，她不再是癡女人而成了巧女人，全村人對她感恩戴德。可是，就像這個看上去奇怪的女人會攤製出一囤又一

〔註62〕張煒，《關於〈九月寓言〉答記者問，九月寓言》〔M〕，上海：上海文藝出版社，1993年，頁369。

〔註63〕〔法〕西蒙娜·德·波伏娃，陶鐵柱譯，《第二性》〔M〕，北京：中國書籍出版社，1998年，頁286。

囤的黑煎餅，她也會毫不費力地送走一個又一個光棍漢：她「簡直像一塊闊大無垠的泥土，無聲無息地容下一切，讓什麼都消逝在她的懷抱中。」〔註64〕即便如此，當金祥死後，全村依然緊急動員起來，嚴密地監視這個曾經的外來女人，防止她攜金祥的家產（儘管金祥實際並無家產）及子嗣出逃。女人，不管她曾付出多少，始終只被看作男人的附屬品而已。

獨眼義士的到來及他千里尋妻的故事，帶出了大腳肥肩的底細。大腳肥肩——多麼貼切的一個稱呼！大腳肥肩性格的主體是她的令人膽顫的兇狠、變態。大腳肥肩最熱衷的是納鞋底，小說寫她：「一張千層底兒攥在手裏，用針錐一捅，拴上麻線又勒緊，多麼好的活兒。這針錐兒捅過牲口、賴牙的肩、憨人的腳後跟，使的全是納鞋底那股勁兒……她的煩惱和仇恨全在牙齒上，有時用力地咬出聲音。」〔註65〕這個憋著一股陰狠勁兒的女人令村裏所有人膽寒。年輕時做妓女的經歷，形成了她的種種變態行為與扭曲心理：她常以自己的見識調教賴牙、讓男人在她的伺候中極為受用，也常對賴牙下狠手，讓男人對她又敬又怕；對養子爭年也是矛盾到極端的態度，時而打罵掐擰，時而疼愛親吻摟抱，這樣的態度導致爭年對她的畏懼並未隨年長而稍有減少，最後由她一手鑄成悲劇婚姻。她以殺罰、惱怒，轉嫁遭受的人生痛苦，她憋著狠勁兒「我沒有做不出的事兒」，她能將拌了砒石的炒瓜乾半真半假地遞給舊日相好品嘗——而獨眼老頭的出現，給出了解讀大腳肥肩的另一切入點。就像我們無法想像這個肥碩兇狠的女人憑什麼會令一個男人癡迷尋找一生無怨無悔一樣，我們也看到大腳肥肩對獨眼義士付出了不可思議的真情。小說對大腳肥肩不為人所知一面的描寫，構成了對其立體刻畫。被一個人窮盡一生尋找、即使成為「老鱉」、叛娘的「鱉狗兒」、獨眼亦無怨無悔的那個女人，應該是一個豐乳肥臀、敢愛敢恨、重情重義、知情任性的「嫚兒」——老者死後，大腳肥肩那場從未有過的大哭及後來對他的懷祭，確也不乏深情真義。她甚至煞費苦心為老者安排了理想的墓地。還有當牛杆死去，大腳肥肩使勁擰慶餘以讓她哭時，我們有理由認為，大腳肥肩並非站在維護喪葬儀式的角度，而是在痛恨和無法容忍一個有合法的理由、可以公開去哀悼死去的丈夫的妻子，卻對丈夫的死去無動於衷。而求娶三蘭子為媳就為要「使住她」，我們又看到一個施虐狂的影子。百般的侮辱、打罵、折磨，全被冠以

〔註64〕張煒，《九月寓言》〔M〕，上海：上海文藝出版社，1993年，頁95。
〔註65〕張煒，《九月寓言》〔M〕，上海：上海文藝出版社，1993年，頁226。

調教的名目，是傳統「三十年的媳婦熬成婆」觀念的囂張氣壯，也是大腳肥肩自己年輕時妓院遭遇的轉嫁。大腳肥肩變態的另一表現是聽房、氣房，這是一個母親對兒子的佔有欲（儘管並非親生，但仍存在）被侵犯後的瘋狂報復，這又被強加到了可憐的三蘭子身上。不堪忍受的三蘭子得不到爭年的同情憐惜服毒自殺，這一刺激之下爭年癡傻，成爲香碗的跟屁蟲。經歷了這些的大腳肥肩會反省嗎？恐怕不會。她只會隨著歲月衰老、遲鈍，這才更符合作者對她從「負心嫚兒」到「大腳肥肩」的形象設定。正因爲對這一人性的深刻瞭解，波伏娃才說：老年女人的智慧，「完全是消極的：它有著對立、指控和拒絕的性質」〔註66〕。「每個作家在描寫女性之時，都亮出了他的倫理原則和特有的觀念；在她身上，他往往不自覺地暴露出他的世界觀與他的個人夢想之間的裂痕」〔註67〕。這一《九月寓言》中塑造的最複雜豐滿、生動眞實的鄉村女性身上，顯示著土地雜氣的蒸騰。

　　張煒在認定女性人格人性美的同時，對女性的熱情奉獻給予讚賞。雖然作者十分注意掩飾他的男權思想，但還是潛隱地期待女性的完全利他。閃婆外柔內剛，她雙目失明而貞潔自愛、忠於愛情。閃婆與露筋曾經在大自然懷抱中原始的浪漫的結合，使得這個人物以其與自然的特殊關係而顯示出特別性，而她的兒子歡業在手刃惡徒後，似出於本能的逃往原野，更暗示了人類的一種歸宿可能——回歸自然。兒子重溫著父母的流浪生活，家族血液的承傳象徵了小村共同的命運——在奔走與「停吧」之間，小村輾轉徘徊。就像肥，即使與人私奔，背叛小村的女兒也要把處女的貞潔留給小村一樣，是宿命。《九月寓言》的鄉村女性美好親善，但是她們的人生只有悲劇，不論她是妙齡的少女，還是初爲人妻的少婦，抑或是爲人妻母的中年女人。少女三蘭子、肥、趕鸚、香碗和金敏等人，生活窮困，但她們對生活充滿激情。她們結夥在夜幕中田野間游蕩，盡情揮灑自己的精力。她們或放肆或收斂或細膩或大膽，男青年們只是她們的跟屁蟲、依附者。在長輩和男青年眼裏，她們可愛；她們自己則天眞地以爲就如她們能夠充分享受九月的原野一樣，她們盡可以擁有自己想要的生活。可是，她們缺乏對自身及社會的充分瞭解，更沒有明確的人生目標，一個又一個漸次步入了痛苦的兩性經歷或婚姻，從此

〔註66〕　〔法〕西蒙娜・德・波伏娃，陶鐵柱譯，《第二性》〔M〕，北京：中國書籍出版社，1998年，頁672。

〔註67〕　〔法〕西蒙娜・德・波伏娃，陶鐵柱譯，《第二性》〔M〕，北京：中國書籍出版社，1998年，頁290。

人生蒙上了灰暗的底色。三蘭子懵懂中未婚先孕，接著又墮入不幸的婚姻終至服毒自盡；香碗經歷了有愛情而無婚姻的痛苦，那值得懷念的愛情不過在她的心靈上留下了一段美好的回憶和對照三蘭子悲劇的後怕而已；作為小村青年的「領袖」，美麗的趄鸚稀里糊塗地失貞於禿頂工程師，一度痛苦難耐，迷失自我；只有白胖大姑娘肥最終情定心上人，可是因為選擇了與小村之外的青年私奔，她要遭受村人的唾棄和心靈的煎熬。雖然肥擺脫了祖祖輩輩女人們的悲劇人生方式，但她與龍眼間父輩留下的婚約和龍眼雨夜強暴的陰影，必定會追隨她終生，令她不得安寧。

《九月寓言》中的小村生存依賴，一個是地瓜，即吃物；另一個是白毛毛花，即禦寒之物。而這兩個東西都依賴於土地，離了土地人們便無法生存下來。「地瓜」意象在小說中非常重要。貧寒清苦的歲月中，它是小村人最後的慰籍與生存保證。小說再詳細不過地描寫了九月的地瓜田收瓜的情景，火熱、令人難以忘懷。瓜乾對於小村的價值——養育的同時又燒胃，它又成了青年們夜晚原野快樂的最充分理由：金祥千里買鏊子，歷盡艱辛為的是將發黴的瓜麵加工成可口的煎餅；金祥臨死前幻覺中與飢餓的賽跑，與小村的奔跑與停留無疑形成了一種象徵呼應：一代又一代的小村人的遷徙或停留，均由生計問題決定。這是張煒對「民以食為天」的現代解讀。而村人因取鏊子而生出的對曾經被認為「兩條腿的牲口」光棍漢金祥的極端敬重，更表現出村人的原始衣食為天思想。小說中還有很多其他鮮明的意象，如豬皮凍，它聯絡起劉幹掙和屠宰手方起的友誼，對豬皮凍的讚美則聯繫著作者的童年情結。不管是地瓜，還是豬皮凍，都聯繫著獨特的膠東鄉村物質生活內容。對土地的熱愛不僅僅在生存的層面上，更有精神娛樂甚至與性愛有關。野地中的青年男女一群群地奔跑，他們在奔跑中享受生命的歡樂，「誰知道夜幕後邊藏下了這麼多歡樂？一夥兒男男女女夜夜跑上街頭，竄到野地裏。他們打架，在土末裏滾動，鑽到莊稼深處唱歌，汗濕的頭髮貼在腦門上。這樣鬧到午夜，有時乾脆迎著雞鳴回家。……咚咚奔跑的腳步聲把海水成冰的天氣磨得滾燙，黑漆漆的夜色裏摻了蜜糖。跑啊跑啊，莊嫁娃捨得下金銀財寶，捨不下這一個個長夜哩」〔註68〕這些小村男女只有在野地中才能顯示旺盛的生命力，否則他們的生命就是停滯的，甚至是死亡的。比如趄鸚。她是野地裏小村青年的靈魂，她撒開長腿在原野間奔跑的景象不止一次地被作

─────────────

〔註68〕張煒，《九月寓言》〔M〕，上海：上海文藝出版社，1993年，頁8～9。

者描述爲一匹活蹦亂跳的馬駒。可惜懵懂中失貞的痛苦使她淚眼中喃喃「看不到邊的野地，我去哪兒啊」，在肥果斷的逃離的選擇對照下，趕鸚的迷失令人惋惜。

張煒很多作品中關注了鄉村婚戀問題。在《刺蝟歌》中，對待美蒂的出軌，張煒完全站在同情廖麥的立場之上，體現出一旦女性出現道德缺損或者物欲動物性抬頭，她便不再配得上讚賞的態度。美蒂和淫魚的親密、吃了淫魚後的放縱的描寫，是赤裸裸的醜化。關於與狐狸精一起伺候老闆的情節設計，更是超乎想像。聯想巴爾扎克關於婚姻中對男人而言，最重要的不是被愛，而是在於避免被欺騙的觀點，看來無論東西方，男權思想都將對婚姻的忠誠視爲女性不可或缺的分子。《醜行或浪漫》的上村是山村，黑子這個行爲端正重情義的村頭維護著的規矩，約束著男人女人、「高幹女」和蜜蠟媽。他的思想觀念典型代表了脫離於社會和時代的小村的狀態，他對雷丁不斷出俏皮話嘲諷顯示出他們對滿嘴文明詞的外地人的拒斥；他絕不允許小村人的利益受損，把不守婦道的蜜蠟媽拉去做了絕育手術，將認定佔小村孩子便宜的雷丁法辦；他又維護小村每一個人，把蜜蠟是遺腹子的秘密埋藏下。蜜蠟媽火辣，劉老懵怯懦窩囊，嚮往文明、自由的劉蜜蠟生長於這樣的家庭貌似不可思議，然而細細分析，劉蜜蠟是只有這樣的山村才會有的大地之母：母親多情放浪的血液流淌在她的血管，因此才有了她在眾多男性面前的從容，她才會坦然主動尋找肉體的自由自在；多才多藝的老師雷丁啓蒙了她的才智，也在她的心底裏埋藏了理想和夢想這兩個原本不屬於農村女孩的東西，讓她無論在怎樣的人生境遇中，都能不屈不撓堅持夢想，尋求靈魂的自由。下村是海邊大村，「兵強馬壯」的村子裏，伍爺是天，小油桦是地。這裡物質相對富足，但富足也意味著奢糜。上村的黑兒菜地被下村民兵踐踏了，都會心疼得叫了出來；在下村，土皇帝伍爺面前總有大魚大肉，半夜總有民兵送上裝了點心的食盒。伍爺準備強暴蜜蠟之前，大口喝酒，用槍刺挑砂鍋裏的「撕兔」吃。無論上村還是下村，都把女性作爲男人發洩性欲、傳宗接代的工具。蜜蠟媽因爲欺蒙劉老懵生了別村人的孩子，在黑子眼裏，她的美就是毒藥。強壯的女民兵愛慕小油桦嫁過來，卻沒料到很快就因爲不能生育被折磨致死；小油桦對愛得恨不能捧在手心裏的蜜蠟，一旦得到就關在家裏如同關一頭豬羊，同房時蜜蠟被他折磨得死去活來，因爲此時蜜蠟對於他的意義不是一個人，而是兩個作用：性和生育繁衍。

無論鄉村還是漁村，在有人的地方，就有強權和尊從，這也生活的本質之一。《古船》中的四爺爺趙炳在窪狸鎮高頂街一手遮天：「誰想在窪狸鎮成個氣候、四爺爺看不上眼他就成不了」〔註69〕。「四爺爺」，這個靠赤貧出身獲得政治資本、靠「四爺爺」這個大輩分享有家族特權的人，具有典型的雙重人格：表面是尊長，窪狸鎮上至高無上的權威，政權和族權的合一；實際是惡魔，以封建宗法制統治著鎮子，一手製造了許多悲劇。長脖吳不斷地提供給他儒道混雜、輕薄消閒的封建文化，張王氏精心地為養身保健，趙多多是他呼來喚去的一隻忠實的鷹犬。而他這個自我標榜的讀書人，感興趣的只是淫穢書籍。他舉止雍容，精氣兩旺；口中念念凡事應有度，不宜太過；然而，在排擠指導員、躲過參軍、捆綁李其生、佔有隋含章、勸「麻臉」交出銀元、瓦解紅衛兵衝擊等事件中，他軟硬兼施，不擇手段；新時期的改革中，他先是指使趙多多佔有粉絲大廠，後又派張王氏傳信隋見素、企圖形成新的聯盟與抱樸抗衡：這是一個典型的老謀深算老奸巨滑的人物。作家以多種手法賦予了這個人物形象內涵的豐富複雜性。我們歷來以「毒如蛇蠍」形容心腸的狠毒，西方也以蛇為邪惡的象徵。《古船》中，作者對趙炳腹內蘊蛇的構思設計，是有深意的：與其性格的最大特點——陰毒同構。這是與趙多多外露的暴烈、醜惡、可測、無以自辯也不求自辯的狠毒相對照的一種內蘊之毒，綿綿之毒，溫和之毒，叵測之毒，求自辯而總有自辯之毒。他惡毒之極，也偽善之極。他指使趙多多之流作惡而自己從不拋頭露面，反而不時以高頂街救世主的面目現於眾人面前；他長期霸佔隋家的含章，自知太過卻不抑制自己的欲望，而且以隋家的救星、「貴人」形象騙取敬重。《我的田園》中，寧伽在和老駝簽署協議的過程中，才弄明白老經叔才是村裏的關鍵人物。簽署協議的宴席上，他被老駝請入席高高居上。寧伽的葡萄園不斷遭到侵擾，帶上東西看望了老經叔，那些侵擾就不再出現了。毛玉多年的生活，全是老經叔在罩著。《醜行或浪漫》中的黑兒、伍爺也是村裏的靈魂人物，這些讓我們看到：什麼樣的靈魂人物，產生出什麼樣的村風。

2、城市聚落與景觀

城市的出現和發展本來是文明和經濟發展的標誌，隨著城市成為文明中心、商品實物交易集散中心、思想彙集中心，人們的生活越來越豐富、越來

〔註69〕張煒，《古船》〔M〕，北京：人民文學出版社，1987年，頁328。

越便捷。人們沒有想到，問題甚至威脅來得很快。城市如同蜂房，人口有時是動力，有時是阻力：密集居住造成對人的生存空間的衝擊、和隱私生活之間的衝突。在某種密度以上，在特定的條件下，會出現生物的壓力指標。過於密集以及工作生涯的競爭，會使人在人群眾感到孤獨，難以與他人熱情相處。各種污染在人口密集之地更加嚴重。隔膜、欺詐、危險、與自然隔絕、壓力大導致精神疾病，都是城市的負面。存在主義的觀點裏，他人出現，會使原本寧靜的自我置於他人的目光之中，而喪失安全感。當然，很多時候人的存在感受也不見得與空間直接相關：人們僅有立錐之地時，他們之間還能展開智慧和親切的空間；反之仇恨會產生一種窒息感，使世界變得狹小，而物質空間對此無能爲力。

　　城市的功能劃分、階層劃分相對鄉村更加分明。《你在高原》中，梅子頑固堅守城市，她從小住在優越的橡樹路，這裡寧靜雍容，不是普通市民能夠享受到的福利。橡樹路上的每個獨門小院裏都有故事。硬邦邦永不休戰的岳父，從沒有想到他的女兒會堅持嫁給一個如此拗氣的男人。橡樹路上的王子莊周，父親莊明是上層建築的負責人，被稱爲教父。他家的小院位於整個橡樹路的心臟地帶，樹木茂盛、房屋舒朗、空地很多，洋房、大樹、潔白的木柵欄和碧綠的草地可愛無比。嬌小豐滿長了狐狸臉的女主人李咪，能以最快的速度和一切人熟稔起來。可是，擁有這看似優越無比的一切的莊周，卻選擇了出走——究竟怎樣的絕望才會讓他放棄這一切，渴望另一種簡單眞實的生活？橡樹路和普通市民區過渡地帶的呂擎家，父親是知名的大學者翻譯家呂甌，可是在呂擎看來，父親是聽話的平和的也是無用的人，根本不是眞正的知識分子，他自己要做完全不同的人。

　　天天生存於城市中，可能不會對它有清晰的認識。《橡樹路》中，寧伽從東部歸來，和平原大山的綠色對照，他對「這片灰濛濛的水泥建築，對一條條亂得不能再亂的街道、自行車以及人流、擁擠在一起並且像螃蟹一樣相互鉗制的汽車，竟然感到有些惶惑和陌生，以至於很長時間看著這一切，不知往哪裏下腳……有時我覺得彷彿進入了一個風化嚴重、層層剝蝕的丘陵地帶，忍不住要到處仰望，尋找水和至爲寶貴的一絲絲綠色。」〔註 70〕久別的城市、這裡的工作單位，令寧伽產生的是異客感和排斥情緒，自然不會有長久安歇的欲念。什麼也無法掩蓋醜陋無比毫無生氣的樓房被霓虹燈和玻璃幕

〔註70〕　張煒，《你在高原‧橡樹路》〔M〕，北京：作家出版社，2010 年，頁 380。

牆裝扮下的更加淺薄，跟它相比，不修邊幅的小巷反而更讓人親近。

城市裏還有另一種生存。在低矮破舊的窩棚區，住的是打工和流浪者、「沒指望的人」：心裏注滿苦汁的五十多歲的婦人、失地被迫害的農民、童工、被迫賣淫的農家女等。他們在室外用柴草煮簡陋的飯食；他們對人不信任，不希望被打擾；一有機會他們內心的苦水就會往外溢流，別人卻只有傾聽，幫不上任何忙。在此地，人隨時可以背起行囊走向大地，像溪水一樣到處流淌……這是城市裏的鄉村，比真正的鄉村更加貧瘠荒涼無望。寧伽站在城市裏，站在一個天空下的兩個世界的交匯點上，兩個世界都有無法忍受的東西。他何去何從？哪裏都不是理想去處，可是它們正是真實的城市。

還有一種景觀，是鄉村裏的城市。在《橡樹路》中，寧伽去東部環球集團談雜誌贊助問題，見識到的環球集團所在地，是一個縮小版的城市：嫷們兒按照他從城裏、從首長那裡見識到的，離開村莊原址建成了小型「橡樹路」——這個貴族村舉目全是別墅，到處是水泥和陶瓷貼片，看不到泥土，沒有綠色，連一棵草也沒有。工業區則彙集了紡織廠、印染廠、家用電器廠、橡膠廠、塑料編織廠、空氣中流動著說不清的氣味，工人大多是婦女和童工。而距離不遠的北莊，黑蒼蒼高低不平的一片小屋，才是這個村子本來的面目。石牆青瓦，密密排列，街巷深處仍然有忙忙碌碌熱氣騰騰的生活，人們挑擔送肥，炕上光線暗處總有一個蓋著破被子的老人。這裡的水溝已經污染，工廠的污水從這裡進入更大的河流，最終入海。還有《刺蝟歌》中，廖麥到天童公司所在地尋找女兒廖蓓，錦雞大街、斑鳩大道一路找到鳳凰路，階層差別直接體現於建築的差別上。在這個由女人的貢獻決定其住處檔次的地方，廖蓓從幾人合住的斑鳩路，搬到樓上樓下精裝修價值二百萬的房子裏，怎不令做父親的廖麥心生疑竇？

村落裏的村頭就是土皇帝，《你在高原》城裏橡樹路上的霍老、岳貞黎，同樣是用革命的外衣包裹住的土皇帝。以霍老戰爭年代的功績與和平建設時期的級別，他的聲威和地位左右過和正在左右著這個城市的很多大事。誰也不會想到正是這樣一個不拘言笑的人，在自己的宅子荒淫無度，甚至爲了一己淫欲霸佔住一個清純的女孩子死死不放。同樣的還有岳貞黎，義正詞嚴的面容支持冠冕堂皇的藉口，卻是年輕人愛情的痛苦淵藪。有壓迫的地方就有抗爭、有血淚：從寧伽到紀及、岳凱平，還有王小雯、帆帆最後的拼死一博，是現實，也是理想化的反叛力量。對於普通的城裏人的平凡生存，張煒作品

直接著墨不多。但還是以馬光、王如一夫妻爲典型，透視了城市人生那種帶著明確的現實物欲的奔走鑽營。整日忙的不可開交，忙著發稿、約稿、搞錢、各種關係、女人、千方百計佔便宜、領導與被領導、同事、住房、偶而還要爲了顯示高雅和不同凡響開個藝術沙龍聚會啥的，他們唯獨不明白人活著還得有心。

張煒「半島」世界對城市的描寫遠不如鄉村和原野充分。關於中國作家們城市經驗相對於鄉村經驗的薄弱，張清華早就指出：這是因爲在這些作家們進入成年之前，城市化步伐尚未展開：「莫言、張煒、賈平凹、閻連科、劉恒，更老一點的古華、陳忠實一代，包括英年早逝的路遙等，都是在鄉村經驗之上成功地建立了他們的故事和審美世界」〔註 71〕「城市是石頭的、理性的、計算的、消費的、分解的、契約的、交換價值的。鄉村是泥土的、情感的、含混的、生產的、熟悉的、整體的、血緣的、使用價值的。」〔註 72〕作家情感指向上的忽略，當然直接就是書寫的薄弱。

具體到張煒，他寫到的城市和鄉村相較，確實是非常淺層次的。僅就《你在高原》寧伽加入城市生活的幅度與深度而言，是很有限的。但是因爲這一點與張煒對人物的鄉土出身定位相符，所以並未有不妥之感。寧伽加入城市的時間，是街道消失的時代；同寧伽從小在大海灘上徜徉一樣，在城市中，傳統市區街坊內的鄰里交往，曾經也有固定的去處——街道。那裡是孩子玩的地方、人們吃完飯去的地方、能跟對面的人搭訕的地方。在大規模的舊區改造而失去街道後，傳統街道爲在川流不息的汽車阻隔下看不清對面的大街取代，街道的交際意義消失。越來越大的城市和越淡漠的人際情感，令土生土長的城市人更加懷念以前的生活。寧伽結交的人際層次，是遠離小冷們（《曙光與暮色》）的市井氣的，也無法深入擅長詩畫的聶老、不願和沒有文化的人共事的秦老等文化宿儒的生活，白條、莊周、岳凱平、呂擎們的成長史在他這裡也只是聽說——他是城市的闖入者。雖然公園隨之成爲城市裏可以一定程度上維繫人際互動的社會空間，人們在這裡獲得新的自我認同與肯定，建立起新的社群歸屬感，但公園永遠無法成爲像街道那樣生成和充滿生活意義

〔註 71〕張清華，〈比較劣勢與美學困境——關於當代文學中的城市經驗〉〔J〕，《南方文壇》，2008 年，頁 1。

〔註 72〕張檸，《土地的黃昏：中國鄉村經驗的微觀權力分析》〔M〕，北京：中國人民大學出版社，2013 年，頁 7。

的地方。而且，寧伽闖入時的城市，已經不是那個圍繞工廠、工作單位設計的空間，而是隨著圍繞生活進行空間規劃的時代。人們把家作為生活的主軸，「以家為中心」，自然疏遠公共空間和集體活動空間。《能不憶蜀葵》、《醜行或浪漫》、《外省書》、《遠山遠河》的主人公的城市生存，都與寧伽類似；《刺蝟歌》的廖麥，除了大學期間，根本就沒有介入過城市生活。塞繆爾斯看來，景觀是對於空間的排列、空間關係以及空間附屬物的存在根源的陳述，很多時候，景觀構成的「地方」是先在於人的。這種情況下，人基於環境「地方」的自我確證，是在空間上的自我限定。局外人、得不到認同感，又怎麼會有地方感，怎麼會親切地融入？

小結：地理與地方「感受價值」

　　美國人文地理學的奠基人之一，華裔學者段義孚認為：人們可以通過感官感受到地方，各種感受的綜合就形成了地方感。通過視覺、聽覺、觸覺、味覺、嗅覺等，人們得以領會書本知識之外的事實真相。這種複雜的體驗就是對一個地方的「感受價值」〔註73〕。段義孚十分重視地方的「感受價值」，並且認為語言——文學可以通過其描述，將空間和空間無限性表現得具體而生動。他以漢代的中文詩「會面安可知？胡馬依北風。越鳥巢南枝，相去日已遠」〔註74〕中的南北空間隔絕，和華茲華斯《孤獨的割麥女》割麥女那種孤獨、籠罩她的無限空間對照，展示出中外文學作為一種思想實驗，在揭示人類經驗方式和感受地方性方面的價值。〔註75〕世界文學史中，《在烏蘇里的莽林中》、《瓦爾登湖》就是段義孚讚賞的這種表現地方「感受價值」的典範之作。俄羅斯地理學家阿爾謝尼耶夫前後三次率隊考察烏蘇里山區，形成的這份內容詳實、態度嚴謹獨特、帶有敘事成分的地理考察報告，因其豐富的自然與人文知識出版後一版再版，並於 1951 年被介紹到中國。儘管這本書中包含對中國人的敵對情緒，但是裏面大量對自然靈性的悲天憫人的動情描寫，同樣引起了中國學人的特殊關注，令人對那種博物的時代、天人合一的

〔註73〕段義孚，〈人文主義地理學之我見〉〔J〕，《地理科學進展》，2006 年，頁 2。
〔註74〕〔漢〕無名氏，《行行重行行‧古詩十九首鑒賞》〔M〕，蘭州：蘭州大學出版社，1992 年，頁 83。
〔註75〕〔美〕段義孚，〈人文主義地理學之我見〉〔J〕，《地理科學進展》，2006 年 2月，頁 1～7。

時代與世界心生嚮往。畢業於哈佛大學的梭羅，在寂靜的瓦爾登湖築廬而居，《瓦爾登湖》以對自然和這裡的生活鉅細無遺的描述體現心靈的極大自由和閒適，其簡單的生活豐富的內心、遠離人群卻關注人類的姿態對後世影響很大。在這兩本著作當中，流連自然獲得的啟示，是建立在地方「感受價值」之上的人類收穫：深邃的烏蘇里密林、澄澈的瓦爾登湖的地方感確立，並且成為後世一代代讀者心嚮往之的自在所在。《在烏蘇里的莽林中》一書，對張煒影響很大。張煒曾說過自己在濟南、萬松浦書院都存放了這本書。「半島」世界中，張煒時常將地理學者沉浸自然博論天地的自在自得，與長久思考的人的生存與歸屬問題結合。

　　描繪一個區域，像描繪一個人一樣難：一個人是他的生命、他的環境和他的過去、一切必然與偶然等合力造就的公眾的印象；「地方」的同一性，在於它的特徵、它的歷史及其居民如何利用它的過去，來培育區域的意識。張煒的這個「地方」，以膠東半島為原型、是立足故鄉的山川水土，又超越故鄉的具體山水的文學創造，它的立足點是地理，著眼永遠是人。張煒儘管行走的主要活動範圍是以山東半島為中心，但是從來沒有出現過「山東」二字。這是因為，客觀上「作者需要很具體的現實基礎，這樣才能生發想像」，「地理方面是難以編造的」〔註76〕，然而，「不確指一個區域，卻要來自它。就像玉米酒裏沒有玉米粒，卻真的是來自玉米一樣」，「越是現實的材料，考察得越是細，浪漫的幻想就越大膽，越無邊際。」〔註77〕所以，張煒筆下的「半島」世界，對應眼前這塊土地，作為一種文學和精神的創造，又是建構在實有膠東半島基礎上的現實世界所不可替代的另外一個世界——現實世界的鏡像。拉康在 1936 年首倡「鏡像說」時，就指出鏡像的自我認知作用：「鏡中形象顯然是可見世界的門檻……在這樣的重現中異質的心理現實就呈現了出來。」〔註78〕張煒「半島」世界，就在自然地理世界描述中，側面揭示出人物的角色認定和心理隱秘。這樣的創作觀念下，張煒在《你在高原》中，經常有大段的膠東半島地形地貌、山地植被水文、居民生存狀況的描寫，這些看似無關整個小說故事框架、對懷著故事期待的讀者可能甚至會不可容忍的

〔註76〕張煒、朱又可，《行者的迷宮》〔M〕，上海：東方出版社，2013 年，頁 35。
〔註77〕張煒、朱又可，《行者的迷宮》〔M〕，上海：東方出版社，2013 年，頁 37。
〔註78〕〔法〕拉康，褚孝泉譯，〈助成「我」的功能形成的鏡子階段〉〔A〕，《拉康選集》〔M〕，上海：上海生活・讀書・新知三聯書店，2001 年，頁 91。

段落，卻恰恰是奠定作品的品格趣味的所在。張煒這樣強調對創作而言實勘的重要性：「它構成了自己的美學品質」。〔註 79〕行走是重複的，苦役是重複的，但是走過的大地是不重複的，「我們如果忽視了山川大地的意義，就會混為一團。」〔註 80〕他認為重複是為了強化，讀者閱讀時可以忽略，作者卻必須寫，因為「閱讀是一個很奇怪的事情，可以忽略掉的和壓根就不需要的，根本就不是一回事。」〔註 81〕

世界上所有動物，對其生境都有領域感。它會把一定的自己生活的鄰近空間當作自己的領域，持續地關注、堅持、鞏固。人類的地方歸屬感和在此基礎上的領土擴張，與較少情感、符號、思想負擔的動物差別很大：人類聚落空間的大小範圍，可以從總體上感知，有濃厚的財產和空間地界的意識。這一地方感是「理所當然」世界——和人相關的自然地理，也就是「環境」的基本要素。「對個人和人的群體來說，地方都是安全感和身份認同的源泉。」〔註 82〕教育和政治力量的參與，則進一步將超乎一般人直接經歷的更大範圍的相關區域，變成人類熱情忠誠的焦點——這就是國家民族的源頭。除了區別之外，人和動物的地方歸屬感有共同的一點：那就是，都會把停留的地點變成一個需要為防止敵人侵犯、進行保衛的地方。《刺蝟歌》、《外省書》、《你在高原》中，均體現出不同程度的地方保衛意識。《刺蝟歌》直接就是宣戰，廖麥將圍困農莊的數十臺挖掘機視作敵方的鐵甲武器，妻子的妥協視作「刺蝟和豪豬已經結盟」，在自我心底營造出孤軍奮戰的悲壯與孤憤。《你在高原》的寧伽也一直是在試圖以雙手保衛葡萄園、保衛平原。而濃重的保衛意識的前提，就是這是我的「地方」，這個獨一無二的地方現在處在危急的生死存亡關頭。自然環境看上去基本上是靜態的和自在的，其變化往往會引發恐慌。體現在「半島」世界，就是採掘導致的塌陷、海水倒灌、現代化工業化帶來的污染、砍伐燒殺造成的水土問題等。這些改變會給長久以來相對安定的地方感與安全感帶來衝擊。「半島」世界從人文關懷出發，在這些變化處，表達出生態關注和人類的生存焦灼感。

〔註 79〕張煒、朱又可，《行者的迷宮》〔M〕，上海：東方出版社，2013 年，頁 34。

〔註 80〕同上。

〔註 81〕同上。

〔註 82〕〔英〕R‧J‧約翰斯頓，蔡運龍、江濤譯，《哲學與人文地理學》〔M〕，北京：商務印書館，2010 年，頁 143。

在這裡，有一個問題值得追問：那就是爲什麼張煒爲其《你在高原》的主人公選擇地質學作爲大學的主修專業？地質學當然有助於在規定的自然地域展開空間故事：畢業進入 03 所工作的寧伽跟隨半島開發評估工作隊進入半島，關於半島的影像浮出水面。地質學養成的勘察習慣，使得主人公以腳步丈量的漫遊順理成章，時常出入平原山地成爲一種專業素養下自然而然的傾向與選擇，在具有較高專業素養的解釋中，漫遊所見即基於膠東半島基礎之上的「半島」世界的地理自然景象就能夠得到完整專業的呈現；漫遊路徑則串聯起沿途的人與事、過去與現在。由此看來，主人公的身份和專業安排，給《你在高原》的故事與結構帶來極大的自由與便利——因爲地質學和地質工作者帶給張煒「半島」構思的這種啓發和幫助，張煒在《你在高原》獲得茅盾文學獎之後，還專門向山東省地質局贈書，並發自肺腑地說過：「《你在高原》是三十九卷的地質工作者手記，我把它贈給可愛的地質人！」〔註83〕

每個人都有他的「地方」。地方感受價值標準一旦形成，會直接影響到人整體的世界觀、價值觀。張煒的主人公們從山海間得到的啓示，往往影響他們的情緒、思維，決定甚至主宰他們的抉擇與命運。《曙光與暮色》中，寧伽東部平原之行再次以兩手空空結束。焦灼感下，他夢到「一片坡度平緩、在水流中侵蝕嚴重的山地——那兒岩石高凸，正處於崩裂前的最後階段」〔註84〕。這幅像靜物畫一樣清晰擺在寧伽夢中、刻印在腦海中的景象，是寧伽身在旅途經常會看到的自然景象。這樣具體而微的景象，折射出他內心關於平原現狀、以及自己的人生處境的濃重危機意識。這種真切體驗和危機意識籠罩著寧伽，才會產生他醒來很長時間後，依然有好像面對海灣、下水前的奇怪感覺。感受價值在這裡發揮了它不可比擬的巨大的提示作用，使得寧伽甚至能夠超越現實生存，思考到形而上的哲學問題：「在剛剛蘇醒的夢境邊緣，卻要不停地追問：我從哪裏來？又到那裡去？我如何歸來又何時離去？我在此地迎接什麼？尋找什麼？」〔註85〕

一般情況下，地方感經常被理解成個人（或群體）及其（本土的或者借居的）空間（包括他們的住房）之間的感情紐帶。但是也有的時候並非如此。

〔註83〕 陳巨慧，《張煒將《你在高原》贈給地礦人》，大眾日報數字報〔EB/OL〕，http://paper.dzwww.com/dzrb/content/20110928/Articel11003MT.htm，2011-09-28。
〔註84〕 張煒，《你在高原·曙光與暮色》〔M〕，北京：作家出版社，2010 年，頁 451。
〔註85〕 張煒，《你在高原·曙光與暮色》〔M〕，北京：作家出版社，2010 年，頁 451。

《橡樹路》中呂擎有一句豪言：「佔領山河，何如推敲山河！」〔註86〕在這樣的觀念下，他和朋友們眞的探討並且實踐離開從小出生成長的城市，去貧瘠落後的鄉村生活。他支持寧伽去東部經營葡萄園定居，並且和陽子一起去幫助寧伽辦「人的雜誌」《葡萄園紀事》。同爲有思想有擔當的知識分子，呂擎和從小生長在鄉野的寧伽不一樣：城裏就是呂擎的「地方」，他在城市不會有寧伽的外來者的感受。但是，呂擎在他的地方的「感受價值」，是否定性的。反省父親的人生價值、反思父親爲什麼會那樣死去，呂擎得出的結論是：父親被這個「地方」圈住了。於是他要掙脫，不要被地方、被觀念束縛住。他對媽媽說：「那棵老槐樹綁爸爸一個人也就夠了」〔註87〕。他拒絕媽媽對他的人生的期待，他要到更適合生存的地方去得到「感受價值」、尋找歸屬感。終於，呂擎在窮山惡水、物質匱乏的地方——那些山地人那裡，發現了他們簡單的快樂和知足。呂擎對他們的價值認同，表現爲他並沒有覺得自己就是救世主，而是用自己微薄之力爲這些地方做些什麼，自己也努力謀求在這些地方的位置。有位置，才能夠歸屬。儘管後來他們還是落敗而歸，但是呂擎反思了自己的不自信、慌不擇路，更加堅定離去城市這個「地方」的決心。終於在雜誌和葡萄園危機之後，毅然決然和妻子去了西部。他和他的出生的「地方」——城市構成離心關係，就是因爲他要通過地理「感受價值」，獲得人生的價值認定和歸屬感。他選擇的路，與《瓦爾登湖》中的梭羅有某種相似。

「自然界鼓舞我們，促進我們的智慧，家人、朋友、鄰居和社團以多種方式養育和培育我們。故鄉的自然環境和社會環境，帶給我們最直接的經驗，使我們產生同情、親善、友誼、仁慈、忠誠和質樸之心。」〔註88〕寧伽是追逐文明的現代知識分子的代表。從原野的野孩子、到山裏的流浪者，後來終於費盡艱難考進大學，從此進入城市工作生活。「進城」這個事件，在人們的理解中，是作爲「現代化」進程中的標誌性里程碑，也在全球範圍得到一致的認可的。「進城」意味著「地方」的轉換，和與此相關的身份和生活內容的改變。告別鄉土，進入城市，城市化就是現代化。所以「進城」、向城而生是世界潮流。可是，這一世界潮流，對寧伽的個人「地方感」造成了衝擊，而

〔註86〕張煒，《你在高原・橡樹路》〔M〕，北京：作家出版社，2010年，頁46。

〔註87〕張煒，《你在高原・人的雜誌》〔M〕，北京：作家出版社，2010年，頁221。

〔註88〕〔日〕牧口常三郎，陳莉、易凌峰譯，《人生地理學》〔M〕，上海：復旦大學出版社，2004年，頁10。

衝擊之後，並沒有以城市「地方」取代鄉村「地方」，寧伽在城市的茫然不定、慌促、不斷遊走，正是因爲無法在這一空間落定。膠東的鄉土世界對於寧伽則完全不同。這裡是他出生成長、愛恨交織的一個所在，「我的」體驗感受中建立的歸屬意識極爲突出。儘管只是一個平原、一座山、一條河，因爲「我在此」愛過恨過，有親人葬於此、山溝裏摔過跤、某條河裏洗過澡，它們就成了「我的」人生地盤裏的組成。所以，從護衛個人記憶的角度，這裡成爲一個不可替代的地方，它獨特而完美。馬爾科姆‧考利是最早將福克納的作品的「規模、魄力與互有關聯作爲一個整體來看的」〔註89〕，他甚至有時會覺得作者家鄉奧克斯福的每一個農舍房屋各色人等都在相互關聯的故事裏擔當角色，儘管不同的書裏，作者有時會忘掉細節的連貫性，但這並不妨礙「他的約克納帕塔法體系裏的每一本書都是同一個有生命的圖景的一部分」〔註90〕。的確，還有什麼會比精神勞動創造出有生命的圖景更有價值與意義？

　　源於故鄉是寧伽一次次返回的出發點。可是事實上，每一次的返回，又會將這個「我的地方」來一次洗刷：記憶中的美和親切之外，總會發現醜陋骯髒、總會遭遇挫敗失望。這是眞實的故鄉。失落敦促寧伽繼續追尋可以落定的，安頓身心的所在。所以，寧伽的地方感又是在一步步「超越故鄉」的過程中確立。這個「地方」，不是記憶裏的故鄉，是現實裏醜陋的母親，是《九月寓言》中的慶餘、是《你在高原》裏有缺點的兔子、是《醜行或浪漫》中的劉蜜蠟，是不能割捨的母地、血地。她不完美甚至已經令你失望，可是你和她根脈枝葉都是緊密相連。可能最終要別她而去，卻永遠不會把她從心底拿開。

　　但是，「地方」也同時意味著分隔、排他，毫無疑問，也一定程度意味著由空間引發的局限和束縛。地方感來自於跟一個地方發生的深度的和主觀性的關聯，意味著除此而外，別的地方很難得到同樣程度的關注。有時即使一直在某處生活，不見得會對那個日日遭遇的地方產生認同感。長久疏離的某個地方，如果從主觀上感覺親切、值得信賴，也會有地方感。《你在高原》中寧伽對城市的拒絕和疏離，就足夠證明這一點。作爲山川平原之子，一旦自然地理的歸屬認定在他的心靈深處生根，張煒的主人公們就永遠是城市的異鄉人、現代化的外省人的身份定位。

〔註89〕〔美〕馬爾科姆‧考利，〈福克納：約克納帕塔法的故事〉〔A〕，《福克納評論集》〔M〕，北京：中國社會科學出版社，1980年，頁21。

〔註90〕同上，頁29。

第二章 「半島」世界的社會文化空間

　　人類社會的歷史中產生了各種文化現象，令相應的空間充滿不同的歷史人文氣息。長久的歷史進程中，歷史人文氣息逐漸會轉化成集體無意識，深入到每一個與某個地方有深切聯繫的人的潛意識底層，形成關於往日世界、更好的世界和未來的世界的認知。段義孚指出，人會根據居住的世界的環境，比較所能擁有的其他環境（更好的世界、往日的世界、未來的世界）的映象，來理解和構象他的理想世界。這個過程中，現實與構想相互印證、相互促進，比如人會構想出天堂和人間、生前與死後的世界。

　　環境是一個系統概念，由各種自然和社會環境要素所組成，會作用於生物體和生態群落，具有綜合影響力和改造力。「康德曾經把空間界定爲（事物）呆在一起的可能性──這也是社會學意義上的空間」。〔註1〕馬克思、本雅明有關空間的社會屬性高於自然屬性的觀點，進一步使得社會空間思想在認識論上有了合法性。康德認爲「先驗的觀念性」、「經驗的實在性」結合成我們對於空間的認知。〔註2〕青少年時期根據這些養成的性格和態度，可能終生都不會改變。不管身處何時何地，一旦被撩撥，在其中徜徉的感覺就會成爲有歸屬有意義的文化體驗。段義孚認爲，作爲一種闡明對某一環境的文化感知的人工產物，文學對地理學具有極高的借鑒價值。

　　通過自修地理學、土壤學、植物學，張煒腳踏實地跋山涉水，經歷眞實的大自然；而考古學、人類學的學習積累，又幫助他從文化和歷史的不同角

〔註1〕　〔德〕西美爾，《社會學　關於社會化形式的研究》〔M〕，北京：華夏出版社，2002年，頁460。

〔註2〕　〔德〕康德，鄧曉芒譯，《純粹理性批判》〔M〕，北京：人民文學出版社，2004年，頁27～33。

度，從「地域、地理意義上打開視野」，「找到一種不同的心理和地理的空間」
〔註3〕。張煒多年心耘筆耕，將膠東半島的地理歷史時空中，那種不同於浮躁
迷亂的當下生活、沉積著雍容氣度的齊文化底色呈現出來。2009 年 4 月 1 日，
張煒在淄博讀書大講堂的演講《獨一無二的文化背景》中，對比美國的物質
與精神關係狀態，通過解剖齊文化的興衰，探討財富物質和精神文化的發展
積累規律及其社會與歷史影響，讚賞齊的商業激活和物質豐饒背後，那種浪
漫、想像力、探索力、敢做敢為敢議論敢思想的文化精神，和齊國歷史中各
種知識分子、思想家們與物質主義的激烈鬥爭。張煒認為齊國、稷下學宮代
表了齊文化最了不起的方面。在那裡，那些「天下最偉大的思想者，同時也
是最有勇氣的人」，將「各自不同的聲音貢獻了齊國，使齊國繁榮，還貢獻給
了中國的未來。百家爭鳴這個概念和原則，就是從稷下學宮來的。它滋養了
中華民族、滋養了二十世紀，還要滋養整個世界的未來」〔註4〕，「實際上解
放思想的本質，就是允許每一個人展開自己的思想，允許每一個人從自身的
生活經驗和生命體驗出發，去認識客觀事物和面前的世界。」〔註5〕

　　小說要表現的，總是時間裏的空間——如果說膠東的文化內涵是已經沉
澱的一個厚重存在，是張煒和他的「半島」世界中的人與事所共享的，那麼，
張煒個人獨特的人生經歷，則成為調揉這動－靜、時－空的活水。讓美國西
部牛仔形象深入人心的雷明頓，他生活時代的美國西部與他在藝術中表現的
完全不同。是童年時代的浪漫探險小說給了他最早的西部認知，在這種認知
與他眼前的西部的差異中，他改變現實以匹配他的先入之見，並結合進化論
哲學，創作了構想中的人物形象和自然映象。直至今日，美國西部映象還是
取自雷明頓的創造。張煒的膠東「半島」世界，也具有這樣的價值。而我們
「探討文學和地理學的關係，它的本質意義就在這個地方，就在於回到時間
在空間中運行和展開的現場，關注人在地理空間中是怎麼樣以生存智慧和審
美想像的方式來完成自己的生命的表達，物質的空間是怎麼樣轉化為精神的
空間」。〔註6〕

〔註3〕 張煒，《張煒散文隨筆年編 17・小說與動物・地理空間和心理空間》〔M〕，長
　　　　沙：湖南文藝出版社，2013 年，頁84。
〔註4〕 張煒，《張煒散文隨筆年編 15・縱情言說的野心・獨一無二的文化背景》〔M〕，
　　　　長沙：湖南文藝出版社，2013 年，頁164～165。
〔註5〕 同上，頁163。
〔註6〕 楊義，《文學地理學會通》〔M〕，北京：中國社會科學出版社，2013 年，頁6。

第一節　歷史文化的血脈

地理環境是三維空間，歷史地理是加上時間維度的四維空間。每個人能夠親歷的，只有今日此地環境裏的事件，除此之外，往日此地的、今日外地的、往日外地的、尤其是久遠年代的外地和本地的所有事件現象，是大多數人不能親身經歷的。所幸的是，幾乎所有經過了漫長的歷史沉積的地理環境裏，都有人類生存過。那些生存被一代代人通過感知構想出來，再通過描述、敘述、計量、地圖再現、復原等方法和當代話語被後世認知，又在不同的人那裡，產生出不同的多種感知和表述組合。膠東半島地理的歷史文化資源，又是怎樣成爲張煒「半島」世界的炫目的天空，又具有怎樣的一些特徵呢？

一、遠古文明的輝煌

千里膠東是地理意義上偏離中原與中心的所在，也是當下文化意義上的偏邑。這帶給張煒獨特的文化獨立意識和偏離與尋找的精神指向。張煒對膠東古代文化的深厚憧憬與由衷讚美，表現於《古船》、《你在高原》以及很多散文隨筆，尤其集中在《芳心似火》中。而這些，切實讓我們感受到了「激活數千年文化遺產內蘊的活力，使之可以生氣勃勃地感動現代人的心靈，使之成爲我們與當代世界進行對話的渾厚精深的文化底氣。」〔註7〕

膠東半島古代屬於東夷，是一個面向大海、民風開放的地方。早在北辛文化（距今 7300～6100）、大汶口文化（距今 6100～4600）時期，膠東沿海就有人類活動遺跡。此後，土著人形成部落，這就是東夷人。考古資料顯示，遠古時代膠東文明是自成體系的，從對煙台、威海發掘到的膠東古代文化遺址的分析，可以得出這樣的結論：這裡各階段的文明是一脈相承、不斷發展的，至夏，已經發展爲當時較爲先進的岳石文化，並由此而形成了夷夏文化對峙的歷史格局。〔註8〕《竹書紀年》謂夷有九種，其中嵎夷和萊夷，是夏朝時期臨海而居的半島居民，並且最終在商周之際，建立起萊夷古國。當時，萊夷國雄立於山東東部沿海，北至萊州灣，東、南達膠州、膠南，基本上統一了膠東夷人。蒙文通在《古史甄微》中，稱東夷爲海岱民族，中國古代民

〔註 7〕楊義，《文學地理學會通》〔M〕，北京：中國社會科學出版社，2013 年，頁 3 ～4。

〔註 8〕張富祥，《東夷文化通考》〔M〕，上海：上海古籍出版社，2008 年。

族三大族系之一。西周時候，隨著齊國勢力的擴張，萊夷勢力步步退縮，最後，縮至都城在今龍口歸城，史稱東萊子國。萊子國疆域範圍，即今膠東半島。公元前 567 年，萊子國被齊靈公滅亡。自此，山東沿海均屬於齊國疆域，萊夷也完全同化入齊人當中。《史記‧齊太公世家》記：「太公至國，修政，因其俗，簡其禮，通商工之業，便魚鹽之利。」〔註9〕這裡，作為基本的建國戰略，齊國發達的根本與基礎，就是對東夷文化的認同和發展。《史記‧魯周公世家》，通過對比齊國包容東夷文化和魯國對收服的小國「變其俗，革其禮，喪三年然後除之」〔註10〕的政策差異，闡述正是這種態度差異決定了齊魯兩國不同的發展道路、歷史形態及其人文特徵的觀念。對於膠東夷人的這一段歷史，以及歷史背後的心路，是張煒作品一再發掘的資源。在《芳心似火》之《東萊和西萊》中，張煒表達了對那一段歷史的理解：西萊到東萊，先是萊國地理疆界縮小了，後來齊國更在名義上取代了萊國；但是，萊國的政治文化精神同化了齊國，它的經濟成為齊國的支柱，它的特徵就是齊國的特徵；強盛時定都臨淄是擴張版圖和控制領土的考慮，東遷只是回到原來的領地；即使退縮到歸城的萊子國，這裡的文化也並沒有呈現衰落的徵兆。無論強盛還是東遷，蓬黃掖一直是萊國的中心。齊文化的「崇物利、卑義禮」、「重兼容、輕一統」，「經世致用、勵精圖治的務實精神」、「自強不息、積極有為的奮鬥精神」、「厚德載物、博大寬容的仁愛精神」等都有東夷文化的基因，承藉著齊文化上述特色和齊國煊赫的富有聲望，膠東半島的文化也漸為正統所接受。〔註11〕

考古和古文字研究證明，東夷人最早發明弓箭有關，在渤海沒有陸沉之前，廣袤的膠東－遼東平原上，曾經存在過一個游牧部族，他們擁有異於中原農耕文明的文明體系。他們身形高大，背負長弓縱橫馳騁，民風強悍、好戰尚武。早在 1980 年代的《古船》中，開篇張煒就交代了這片土地和遠古時代的東萊子古國的密切淵源——那截鎮上人已經用它燒了幾輩子磚窯的不起眼的夯土城垣，竟然是東萊子古都遺址，是重點保護文物。村民知道自己都是在東萊子國裏生活。陽光下的甲冑、戰馬的嘶鳴似可視聽，那輝煌卻與當前的暗淡生活再無半點瓜葛。不僅如此，歷史殘留下的一些惰性和悖反的渣

〔註9〕 司馬遷，《全本史記大全集‧第 1 卷》〔M〕，北京：中國華僑出版社，2011 年，頁 212。

〔註10〕 同上，頁 224。

〔註11〕 趙宗誠，《神仙思想與道教》〔M〕，《宗教學研究》，1984 年，頁 6。

滓，卻可能隨時被潮流捲起。2011 年，在談論《你在高原》的寫作時張煒曾說，自己這些年來隨身攜帶兩本書，那就是王獻唐的《山東古國考》、李白鳳的《東夷雜考》。《你在高原》中有許多對夷狄征戰的理解與表現。《人的雜誌》中，一個重要的敘事線索，就是寧伽竭力解讀故地和家族的隱秘。寧伽把這個當做中年的功課：將自己的地質學與考古、東部的遊歷，與基於葡萄園的晴耕雨讀事業，與他潛心探求的萊子古國這些事情合成一體，想由此弄明白自己的來龍去脈和出生地的那些隱秘。他用已故風流畫家萬磊所贈畫作，換來關於東萊子國的秘籍，並且和同樣來自東部的女孩淳于黎麗一起研讀這份秘籍，將枝枝蔓蔓的古文字，化為家園、城垣、駿馬弓箭以及石器和刀，化為軺轆車輛和國王、大臣、盛裝使者，從古地圖上毫不費力地指認犬牙交錯的疆界，把缺苗斷壟的城牆在心中重新銜接。他研究萊夷人遷移路線、遷移與定居中遭遇的戰爭與對抗：在膠東半島的、在黃河中下游的、在東北的……他看清戰敗後，翻越老鐵山穿過內蒙草原東北平原再到外興安嶺這一有計劃化整為零投向海外的大舉措。他根據俄國學者的研究，深入瞭解萊夷人遷移到貝加爾湖之後的歷史遭遇。他通過將萊夷人和其他被同化的土著對比，得出強悍的桀驁不馴的血液的重要性。面對秘籍，寧伽「似乎身上有一種奇怪的、執拗的使命感……甚至覺得自己就是一個由神秘力量所控制的、一條生命長鏈上的一環。我注定了是一個接觸隱秘的人。」為什麼會擺脫不了這種誘惑、甚至將之作為精神上的歸宿或是寄託？有一個直接的原因就是：寧伽這種主觀的對東萊國歷史、對稷下學派之後出現的「百花開放之城」思琳城、對這裡淳于與曲姓的淵源的追尋，帶有明顯的執拗地尋根問祖的傾向。寧伽眼中那些遠古的先人們在那麼大範圍的空間遊走，正是因為「他們具有開拓和遷移的秉性，不斷地尋找。他們堅強不屈，在強暴之下也永不屈服……我渴望的就是這種家族神采。但願我的不安和尋找、那種難以遏止的奔走的渴念，正是由這個遙遠的、與我有著血緣關係的部族所賜予的。我將在這場追趕中確立自己的修行。」〔註 12〕如果說堅持家族血脈追尋有些鑽牛角尖難擺脫狹隘的嫌疑，那麼，反抗壓迫、追尋正義當然是正當的目標。所以，張煒就在這個目標之下，讓他的主人公的思想行為顯得正義凜然理直氣壯：「不停地走，走，尋找最後的一點希望，尋找立足點，尋找自己可以作為家園的那一塊陌土……面對強暴，他們永遠只有一個拒絕，於是只有遷徙，只有潰散

〔註12〕張煒，《你在高原‧人的雜誌》〔M〕，北京：作家出版社，2010 年，頁 113。

和流浪。」〔註13〕這裡面還有另外的深意：當故園不再可供期待的時候，將尋找的目標從故園轉移到高原，就有了充分的理由：大地作爲最終棲息地，哪裏能夠安身立命，那裡就成爲家園。

《人的雜誌》中，呂擎反思當年的南部山區遊走最後被打敗的原因，「從一開始就存在，那就是——對這種行爲的不自信。」「比如，爲什麼『意義』之類一定是在遠方，特別是在高原呢？還有，爲什麼這麼多人都選擇了同一種方式。」〔註14〕其實，寧伽的追尋與呂擎的思考，性質上是相同的：從理論和從實踐中、從遠古和從自身，尋找支撐、確立意義。他們要做的，是與身邊別人完全不同的事情，甚至是完全相反的選擇：價值意義不光是爲了展示給別人，也要用來說服自己、強大自己。就在這些和歷史精神的遙相呼應中，寧伽自己屢次挫敗於和現實的遭遇，卻屢次能夠再次站起來繼續下一次的碰撞。我們讀《你在高原》，看寧伽從大學時段到步入中年，十多年的時間裏，在膠東半島這一地理範圍之內的左衝右突，正如他黃夜面對秘籍，於其中讀到的歷史上萊夷人在長達多少個世紀的時段和偌大的地理範圍內的遷移征戰的感受。2008 年張煒在《芳心似火》之《遊走》中，對曾經奔走於貝加爾湖以南的強悍的游牧民族萊夷人跟農耕文明相比那沉在血液中的游牧的野性，正面加以認定：一經觸動就要遊走，即使忘卻先祖的來路，仍舊人人都有遠行的心；齊被秦滅，臨淄不再是國都，遙遠的秦都咸陽就吸引他們前去，就有了方士們在秦國的活躍。〔註15〕

在東萊古國和齊國的對抗關係中，主人公自身的夷族立場當然顯得十分重要。而一旦脫離這個背景，在更爲深廣的歷史和地理空間裏，在這個屬於齊地的地方，齊國曾有的百家爭鳴的思想輝煌與經濟國力的繁榮強大，毫無疑問是值得驕傲甚至炫耀的歷史資本。《古船》中，人們對河道的淤塞耿耿於懷時，就去聽老李家的和尚講古。老和尚有深厚的歷史地理文化造詣，對膠東歷史名人及其貢獻隨口道來：齊魏爭霸中是窪狸人孫臏助其一臂之力齊威王才一飛衝天，秦始皇來過窪狸修船訪問三仙山，孔子派顏回冉有來此問禮，窪狸人墨子的飛箭銅鏡威力無窮，鎮上高僧曾收服蝗災……鎮人聽不懂老和尚的古奧言辭，但是大概其明白了久遠的歷史裏並不是外地人來影響他們，

〔註13〕張煒，《你在高原‧人的雜誌》〔M〕，北京：作家出版社，2010 年，頁 248。
〔註14〕同上，頁 47。
〔註15〕張煒，《張煒散文隨筆年編 14‧芳心似火‧遊走》〔M〕，長沙：湖南文藝出版社，2013 年，頁 46～47。

而是他們的先人對外界有過那麼大的影響，他們也就在激動之餘，對因河流淤塞導致的與外界的隔絕釋然了。

　　齊文化理論駁雜，從姜尚、管仲、晏嬰、孫子，到黃老刑名、陰陽諸家，並無清晰的思想傳承體系，但是卻能夠有異於其他文化並且長久存在：齊文化大膽標新、致力於理論創新，在形而上層面上思考天道、人道、天人合一；齊文化有俯仰天地的人文情懷，發現人、尊重人、愛護人、關心人，研究人與人、人與社會、人與天地關係，以人為中心；齊文化還表現出奮發有為的積極進取精神，外聖內王，修齊治平，《易》「天行健，君子以自強不息」以天道喻人道，鼓勵人奮發有為。在「百家爭鳴」的春秋戰國時期，齊文化內部也是各持己見、互不相讓，與儒法等學說更是相互攻訐，紛爭不已。虛構的小說中，張煒對古代文明的追慕，是通過主人公的思想行為加以表現，非虛構作品中，張煒直接通過對齊文化的分析，把對齊文化和東萊子古國的愛慕「芳心」捧了出來。在《稷下學宮》中，張煒對由齊桓公田午時代創立、截止於齊國終結者齊王建、總共歷時一百五十多年的稷下學宮的歷史價值讚歎不絕：沒有萊國好議論的民風、方士和商賈的奔走、半島遊士頻繁的訪談和聚會，就沒有稷下學宮的興盛；沒有稷下學宮的興盛，也就沒有齊國的興盛。他對那些「既有學術、卻無螺殼，一個個既成赤膊之勇，又有丘壑之象，發時代最強烈的聲音，再大的喧嘩都掩藏不住」〔註16〕的稷下先生們心嚮往之，並斷言：稷下學宮是富庶齊國最大的排場。張煒欣賞那時的寬袍大袖「袖中藏物」、以包袱包裹東西這些仔細謹慎和舉手投足的美好自然，從中感受到那種不同於時下浮泛匆促風氣的雍容氣度。

　　秦統一後設置膠東郡，治所在即墨，此後膠東建制幾經變換，治所也先後遷掖縣、黃縣、登州。冷兵器時代，這裡一直是兵家必爭之地。《懷念齊國》中，張煒反思為什麼曾經文化繁榮經濟富庶的齊國沒有統一中國，而是農業文明為主的秦國以勇敢野蠻取勝，而使得它的農業治國思想和中央集權制沿襲千年。無論歷史如何，張煒個人還是讚賞從沒有躋身正統的齊國文化：「作為一種被消滅了的亡國文化，後來只有在民間生生不息……這種文化既與冰冷的宗法專制主義格格不入，又與嚴整而溫情的儒家文化難以融合。它是一種工商文明，與更熱烈更浪漫的濱海文化融合一體，水氣和神仙氣撲面而

〔註16〕張煒，《張煒散文隨筆年編14‧芳心似火‧稷下學宮》〔M〕，長沙：湖南文藝出版社，2013年，頁179。

來。」〔註17〕《殘忍和氣派》是更進一步的比較：秦王寢陵的陪葬坑顯示著兇殘，齊國君墓大批殉葬的駿馬炫耀著奢華。臨淄城能夠「車轂擊，人肩摩，連衽成帷，舉袂成幕，揮汗如雨，家敦而富，志高氣揚」〔註18〕，因為這裡齊聚沿海萊夷的物產、天下聞名的大商賈、稷下學宮的聲望、最為自由開放的意識形態（《最豪華的都市》）；管仲擴大消費來發展和刺激生產的務實經營，直接刺激了臨淄的經濟飛速發展，但是泛性心理往往與激活膨脹的消費傾向緊密關聯。（《最老的凱恩斯》）齊的強盛如過眼煙雲，思考其失敗，張煒並不盲從歷史定論，《稱霸者》中他以一家之言談論精力旺盛能夠大處著眼小處放手的性情中人齊桓公，與周密敬業、順勢迎合、支持泛性縱慾刺激消費的管仲的得失功過。他惋惜與民眾沿著不同軌跡運行的《狂歡集團》，物欲的燃燒，最後燒成大地一片焦黑；也慨歎齊桓公、齊宣王的奢華，物質主義沸反盈天的時候，想不到有一天毫無節制的揮霍把精氣完全耗盡（《恣意的代價》）。

二、神仙文化傳統

　　「神仙」之名出於中國。中國的仙有五等，即天仙、神仙、地仙、人仙、鬼仙。神仙者有特殊能力，可生而不死。神仙學說，神仙理法古稱丹術，強調通過修煉，成仙了道，返本還真。中國的神仙思想由來已久。膠東半島周圍浩瀚無邊的海洋、半島山海間飄渺的霧氣，極容易令人產生無盡遐想。海洋氣象變幻莫測，時常可見海市蜃樓奇觀。張煒最早寫到海市蜃樓，是在1991年的短篇小說《仙女》中，表現了海市蜃樓景觀在莽野之人和孩童心中的深刻影響。少年「我」和園藝場的兩個冷漠的光棍工人貞子和小奇，在相互幫助中逐漸由陌生到結識、熟悉，相互關心、幫助，彼此當做朋友，三人一起趴在灌木叢，凝神觀看，直到那美好的景象重現。《海客談瀛洲》之「兄弟行」，寧伽和紀及從成山頭分手分別前行，寧伽在海濱與海市蜃景不期而遇。海市是海濱時常會有的景象，但是可遇而不可求。沒有科學解釋的年代，當眼前憑空出現如此虛無飄渺的景象，怎能不讓人疑為仙境？時隱時現的海市奇觀引起了古人的遐想，有了仙境憧憬，才會有秦始皇的不死奢求、出海求仙的舉動，也才有了膽大妄為的徐福的作為。

〔註17〕 張煒，《張煒散文隨筆年編14・芳心似火・懷念齊國》〔M〕，長沙：湖南文藝出版社，2013年，頁165。

〔註18〕 張煒，《張煒散文隨筆年編・芳心似火・最豪華的都市》〔M〕，長沙：湖南文藝出版社，2013年，頁171。

　　神山仙洲、奇珍異寶、靈丹妙藥、金宮銀闕、可望不可及的仙家園地，
都是人爲製造出來的世界，但是卻表達了古人對於理想境界的美好追求。海
上三仙山、蓬萊山的仙境神話，是古人對自然現象和人文現象的解釋。而從
古至今，蓬萊三山的傳說更甚至進入中華文化和文學，深入民族的內心。人
們詠及海洋，就會想到海上仙山和蓬萊仙境。中國有許多神話傳說，但是能
把一種海濱傳說擴散到整個民族並且通過文學千古流傳，則不多見。仙人的
不死神話，對一代代希望長生的人充滿誘惑。至春秋戰國時，燕齊一帶的方
士，將其神仙學說、方術，與鄒衍的陰陽五行說揉合起來，形成了一整套神
仙理論，後世稱爲方仙道。

　　方士們從鄒衍的「大九州」獲得靈感，又從海市蜃樓等海邊現象、海島
奇觀啓發了想像力，幻想尋找海外天地神仙洞府，並追求神仙不死爲目的。
他們以神仙長生思想及方術，活躍於社會和貴族上層。從戰國中後期到漢武
帝時，海上仙山傳說不僅吸引和打動著這裡的居民，連秦皇漢武也爲這詭秘
的傳說打動，不惜親赴海邊尋求仙山蹤跡。齊威王、齊宣王、燕昭王、秦始
皇、漢武帝，都曾派方士到傳說中的海上「三神山」尋求神仙及不死之藥，
且規模越來越大，齊人徐福更是以「求仙藥」名義，攜三千童男女五穀百工
東渡日本，「止王不歸」。徐福求仙和東渡的故事，是在中國以及整個東亞歷
史上都有深遠的影響的事件。種種神話傳說及思想，甚至對於後來中國皇權
的神化，都起到了推波助瀾的作用。

　　歷史地理學認爲，發現往日、規劃往日、利用往日、重塑往日，體現出
的都是今日。〔註 19〕毫無疑問，當往日成爲今日的鏡子，今日的一切都將無
以遁形。縱向梳理中不難發現，海上神仙傳說、方仙道、徐福求仙、道教發
展，這些中國歷史上的重要事件，都是在膠東半島的地理範圍和歷史文化中
積澱下來的。膠東半島以生命意識爲內核的文化語境、多元開放的思想心態，
提供了道教發展的溫床。方仙道是後來道教服食丹藥成仙論的思想淵源，它
同老莊主張的自身修煉長生論，殊途同歸。方仙道所信仰的神仙說，也就是
以後道教最基本的信仰，方士們所行之術，也爲道教所繼承和發展。後來長
久的歷史發展中，神仙學說與三教交叉，尤其是與道學之間經常是混同的。
可以說方士、神仙家、陰陽家、道家，存在直接的前後因緣承繼關係。經過

〔註19〕關維民，《歷史地理學的觀念：敘述、復原、構想》〔M〕，杭州：浙江大學出
　　　　版社，2000 年。

現代科學和理性篩除，神仙觀念中的一部分內容距離今天人們的生活越來越遠。但毫無疑問，還是有很多沉積在這裡的人們意識與潛意識的深層，根深蒂固。其中，就有徐福求仙這一歷史事件。這也是張煒的興趣點，僅就《瀛洲思緒錄》、《海客談瀛洲》、《刺蝟歌》、《芳心似火》都有大量文字牽涉，就可見他對事件本身及其影響的執著追索。

1990年代中期，張煒在龍口掛職期間，做過徐福東渡考證，1996年，他主編的《徐福文化集成》由山東友誼出版社出版。這段經歷和研究收穫，使他對歷史的追問和思考、對徐福其人內心的探問進一步加深。這一基礎之上，也才能塑造出《瀛洲思緒錄》中的徐福。小說中，張煒以此岸遙想和彼岸訴說相呼應手法，表達了對遙遠古人的理解，張煒對膠東夷族歷史的追問，也始自此時。那個在老鐵山海角沒有陸沉之前，往來於北到貝加爾湖南岸、東到高句麗半島、南至膠州灣的巨大陸地的游牧民族，是徐福的族人。他們曾經在歸城建起強大的萊子國，可是因為孤竹和紀兩個胞族分分合合，加上與周的戰爭，使得他們退守膠萊河谷以東。西部西北部來的狄戎族成立齊國，和西部狄戎的另一個分支秦國的爭霸結果，在膠東產生新的分封和吞併：作為東萊子古國貴族後裔，對比較落後的部族取代了比較先進的部族的現實，對於那種戰勝與被戰勝的方式，徐福都有深思。他思考來處，也在籌謀去處。他要極力掙脫命數。於是，一個深知生命奧秘和秦王的遠慮近憂的千古智者，以神仙之道、陰陽之術偽裝，以大冒險得大快感。然而，一個人的理想和現實究竟能夠在多大的程度上吻合？在完美的理想和眼前變味的現實、在堅守和屈就之間的，仍是徐福的命數：在最不適宜做新郎的時候一再成婚，在最不願意做皇帝的時候戴上王冠，可能還要在最不願意的時候死去。不得不說，張煒的這種思索是有深度的存在追問，也是最切合的自我完美化解釋。還在膠東的時候，徐福早已在與卞姜的深情之外，發展出與臨淄區蘭的感情。同時擁有兩個完美的女性，背後有男人可以三妻四妾的習俗支撐，在個人道德和情感上，則是需要理由的。稱王一事也是如此，需要理由。為了那些只為徐福而來的部屬？為了萊夷復國主義？為了？總而言之，這裡張煒的徐福解讀，更多是圍繞其東渡，而非求仙展開：東渡的目的、東渡的過程、東渡後的種種。張煒對徐福的認定，是基於對人性的審視，和對道德完美主義的質疑。

非虛構的《芳心似火》中，張煒列舉了對這一場大規模的有策劃有組織有準備的入海舉動的三種理解：騙秦始皇的盲目的求仙活動；為了躲避秦朝

弊政有預謀的海外移民；到達日本並在那裡安家落戶。張煒認定：海上仙山本爲傳說，徐福入海求仙長達 10 年之久，應該摸透秦皇心態，所以，毫無疑問這是一場有預謀準備充分的海外移民活動。《芳心似火》之《徐福》中，更補充徐福除了多次的出海遠航經歷、精通大九州學說和方士的技術，還應當有高明的表達力，足以說服或者說騙得了秦皇，以遙指「三仙山」爲秦王尋「長生不老藥」之名，庇護大批學人，騙走大量輜重，乘大船遠涉重洋，最後到達瀛洲。與此呼應的，有《人的雜誌》中，將強秦的兵馬俑面向東方，理解爲是示威也是嚴陣以待。秦在咸陽殺戮儒生，仍然有一批學人東遷，經齊進入思琳城。而齊國的稷下學派，在強秦未來之前已經轉移到思琳城。《海客談瀛洲》以徐福東渡考、紀及的古航海研究《海客談瀛洲》、「我」的《東巡》寫作、王如一編輯《徐福詞典》動輒「得一詞條」、霍聞海寫自傳，數條線索並行，科學考察的世俗化，學棍的瞎掰、對歷史的多種理解與無邊想像，充滿在這部小說裏。有道理和沒道理，科學和荒誕、對徐福事件的各種不同理解和態度，都得以展示。儘管歷史本來就無解，但是現實中，歷史文化往往就是這樣荒誕地處於被放在刀俎之下任意取用甚至歪曲的處境，是歷史文化之大不幸，也是現實精神思想之大混亂的映像。

　　歷史記載漢亡後，官方的海上求仙宣告結束。但是，神仙信仰和求仙的民間的影響，卻一直存在。《刺蝟歌》中寫了先有霍老爺、後有唐童的兩次當地有影響的「新」海上求仙。如果說圍繞前者的各種傳言都帶有神化色彩，那麼後者的舉動則更多是鬧劇成分。但是，無論是霍老爺還是唐童的舉動，卻都投射出徐福海上求仙事件在當地口耳相傳的廣度與深度：即使物質現代化和科技化程度如此之高，唐童還是會聽信徐後腔的吹噓，在求仙思想影響下造樓船甚至和珊婆一起登船去海上尋找傳說中的仙島。對仙島的憧憬、對自己能夠找到仙島的狂妄自信，都是因爲神仙思想已經深入他的意識深層。

　　漢武帝以後，方仙道逐漸與黃老學結合向黃老道演變。後來的道家承襲了方仙道神仙方術、巫術及其人員基礎。漢成帝時，齊人甘忠可作 12 卷《天官曆包元太平經》道書，將眞人與天帝神仙組合成一條脈線，傳達神仙不一定是神人，得道傳道即可謂眞人觀念。最早的道教經書《太平經》提倡的自我修煉養生道術，也奠定了中國道教基礎。晉朝以後，山東道士形成清淨修煉趨勢，往往到海濱地帶尋找青山幽谷、休養道術。金代道教實力最強大的全眞教，誕生於山東海濱，之後傳遍北方。王重陽力主「澄心定意，抱元守

一，存神固氣」創立全眞教，力圖提升生命的自由境界與精神品質。他於金世宗大定七年（1167）隻身一人寧海傳教，膠東海疆以其深邃清幽、有類仙窟的脫俗境地，成爲其傳播和修煉的風水寶地。王重陽背依昆崳，面朝大海，修煉心性，先後收馬鈺、丘處機、譚處瑞、劉處玄、王處一、郝大通、孫不二七人。在丘處機的推廣下，全眞教以昆崳山爲中心，發展到文登、榮成、威海、福山、棲霞、海陽、萊陽、招遠、萊州、即墨、嶗山，遍佈膠東半島：膠南大小珠山、黃縣盧山、萊州雲峰、招遠羅山、嶗山等群山雲海之中，成爲「群仙」出沒之鄉。自此，道教在山東一直保持著強大的主導地位和地盤優勢，全眞教也發展成爲道教的兩大派別之一。全眞七子都滿腹經綸，常以詩詞歌訣宣揚教旨，也因此得到教眾敬服歸附。王重陽《孫公問三教》將全眞教三教合一特點解釋清楚：「儒門釋戶道相通，三教從來一祖風。悟徹便令知出入，曉明應許覺寬洪。精神氣候誰能比，日月星辰自可同。達理識文清淨得，清空上面觀虛空。」〔註20〕丘處機《修道》指出修身煉氣的內心作用：「煉氣清心士，干雲拔俗標。心如山不動，氣似海常潮。」〔註21〕《海上觀濤》、《海上抒懷》都體現身處海疆的道派獨有的玄妙情懷，其中「海上風清冷，天根水杳茫……獨立明千古，周行視八荒。天星非有落，地脈杳無疆。幻化漚千點，浮生夢一場。精神隨手變，花木暫時芳」〔註22〕更是寫出山海間修道得悟的自適：仙風道骨，在海岱之間眞正找到歸宿。《芳心似火》之《海邊五神》，張煒指出全眞教之所以到了膠東才紮下根脈，並由丘處機將其推向全盛，正是因爲這裡久遠而深入骨髓的神仙傳統。這是在秦始皇之前就有的傳統，齊國八神中，五位在東部半島的沿海，靠近渤海和黃海：陰主在三山島，陽主在芝罘島，月主在龍口萊山，日主在榮成成山，四時主在膠南琅玡。秦皇漢武的參拜祭海，更加認可和鞏固了這裡的神仙信仰。秦皇三次東巡後，經過秦皇肯定的包括陽主在內的天主、地主、兵主、陰主、陽主、月主、日主、四時主進入了國家禮祠範疇。膠東沿海素有海神崇拜，而且海神崇拜逐漸將海神人格化。山東沿海民間對於天后（還有媽祖、海神娘娘等稱謂）十分崇拜，在這裡天后作爲不是主宰降災、而是護祐救難的神靈，得到人們的

〔註20〕〔金〕王重陽，轉引自王賽時，《山東海疆文化》〔M〕，濟南：齊魯書社，2006年，頁436。
〔註21〕同上。
〔註22〕同上，頁393。

敬奉。壽光、青島、文登、煙台、昌邑、日照、龍口、即墨、膠州都有天妃廟、天后宮。之罘島上的陽主廟香火最旺，文革被毀，後來得到修復。成山頭的日主祠，有著名的秦皇石橋。海裏的幾組礁石，傳說爲秦皇鞭石所成。傳說光大了偉人的能力，也顯示了向海拓展求索的意向。

　　宋元時期，海神崇拜之外，還摻入龍神崇拜。人們將之奉爲雨水之神加以祀奉。《刺蝟歌》中，民間傳說雨神的鮫兒被旱魃劫掠，雨神不再安心行風佈雨，披頭散髮四處尋找自己的嬌兒，以致連年乾旱。乾旱年頭膠東民間少有求雨的習俗，倒是經常打旱魃。那是因爲，大家信奉捉住旱魃，就能幫助雨神找到鮫兒，一切迎刃而解。所以打旱魃，是人們的神仙信仰與路見不平的豪氣結合的結果。正因爲這樣的理直氣壯，所以每次打旱魃，義憤填膺的人們都會失控。還有，《刺蝟歌》、《鹿眼》和《無邊的游蕩》都有對島嶼的島主信仰的描述。唐童利用當地的島主信仰，接受黃毛建議從島上選美，用三個美女分別統治三叉島作爲旅遊開發的噱頭。《鹿眼》中，眞正的島主是厭棄凡俗污濁的。逃脫老族長淫威的金娃成爲眾生合樂的島嶼的島主，可是因爲恥於和入侵的人類爲伍，金娃再次投海，卻因爲無乾淨之地可以投靠，一直漂遊。《無邊的游蕩》島主龜娟和毛銼本來是人們懼或者愛的島主，是民間的信仰，卻都被扭曲爲牟利的手段。

　　對於道教，張煒也偶有論及，《芳心似火》之《不息的丹爐》就表達了對煉丹的理解：人的急躁不安歇斯底里主要因爲生命的焦慮。人發現自己比山脈河流，甚至自己製造的房屋板凳壽命都短，就會不甘地折騰。面對蒼茫生命向上仰視，產生了宗教；向下俯視求助於山川大地海洋，就有了煉丹和求仙。《齊國怪人》提出考察齊國的山水才能理解它的獨特文化。在這個多山的半島犄角上，山的褶皺也形成文化的褶皺，裏面夾雜各種奇特的人物承傳如道教的丘處機。

　　對膠東文化中由神話思想衍化發展出來、在民間廣有流傳的方術體系（包括方內道與方外道，前者包括讖緯、五行、卜筮、雜占等；後者則包括服餌、房中），張煒也多有關注，小說中常有表現。《古船》的張王氏給人算命、《你在高原》的毛玉擅長算命，放蠱、《古船》的趙炳信奉房中術、《海客談瀛洲》的霍老服用丹丸、迷信男女雙修。在批判性表現的同時，張煒也展示了這些方術體系蘊含的諸種神奇及由此紮下的民間基礎，這正是其能在民間長久存在的原因。

第二節　民間的豐腴沉積

　　人類史上，各種文明文化的活動空間通向整個世界，即使它們的前途命運相互交叉，它們的來處卻仍然很明顯，並且在那裡一定還基本保持著原先的內涵，即使他種的文明文化進入到這裡，至多會稍微沖淡原有的文化濃度，卻不會動搖它的主體地位。也就是說，在地球上，一直存在著文化邊界，存在著持久的文化區域。文化邊界或者次文化邊界將某些區域分割，這些邊界是文化間無法癒合的但又起著作用的傷痕。一個人可以跨越一座山，儘管在跨越邊界時，可能有些困難要克服，逾越和新的探索總歸能夠實現。特定空間產生的文明文化，卻始終牢牢固定在確定的區域內，而這個地理區域又是這種文明文化的實在性的不可或缺的組成部分，文明無法帶同它們一起遷移。

　　膠東半島自古以獨立於大陸之外的地理和文化姿態示人，這裡不大的地理空間，自古就和內地呈現迥異的自然和文化形態，這種獨異性，構成對張煒深深的吸引。外部看去有著地理和文化統一性的這塊土地，是包含了山地、丘陵、平原、海濱等地貌的綜合體。中心的山地把半島分為南部和北部，雖然南北空間距離不大，但是因為地形地貌不同，物產和謀生手段就差別很大。加上交通不發達的年代交流一定程度受到制約，五里不同音、十里不同俗，各處居民的生活質量差別巨大，貧富差距懸殊。

一、半島民俗習尚 [註23]

　　民俗泛指一個國家、民族、地區的民眾在生產生活過程中所創造、共享、傳承的一系列物質的、精神的生活習慣，它們具有普遍性和傳承性，它們增強了認同感，培育了社會一致性。民俗包含以下幾大部分：生產勞動民俗、衣食住行民俗、歲時節令民俗、人生禮儀民俗、信仰禁忌民俗、遊藝競技民俗。依附民俗產生的文化，是極有韌性、富於穿透力和感染力的，是獨特的地緣文化歷經歲月打磨出的存留物。在本質的意義上，民俗是一種靜態的過去的傳統，更是一種活生生的當下生活。換言之，「體現於特定的當下的『民』身上的『俗』是歷史的沉積，也是正在沉積下去的現實。」[註24] 民俗在社

〔註23〕此節部分內容，見於本人發表 2012 年第 3 期煙台大學學報哲學社會科學版的《在靜態與鮮活的張力之間——論新時期以來膠東鄉土題材小說的民俗書寫》。

〔註24〕路翠江，〈在靜態與鮮活的張力之間——論新時期以來膠東鄉土題材小說的民俗書寫〉〔J〕，《煙台大學學報》（哲學社會科學版），2012 年，頁 7。

會生活中的作用和傳播往往是潛在的。民俗既影響作家的創作，又構成作家創作的內容本身。每個時代思潮湧動、人心向背、藝術家的立場與構思，都會通過文學中的民俗文化及時地反映出來。充分表現了獨特民俗的文學，同時一定是具有濃鬱的地域色彩的。魯迅曾經羅列使作品具有濃鬱的地方色彩的三個具體的方案：風景、動植、風俗。〔註 25〕魯迅自己在創作中，十分看重以意識甚至潛意識、集體無意識的形態，內化為民眾日常生活的那些講究和經驗，那些民俗。

　　膠東半島歷來是民俗文化意味濃厚的一個區域，當年姜尚分封到齊地，還要「因其俗」的。長久歷史中形成的古老的半島民俗豐富多彩，真正是五里不同音，十里不同俗。就某個具體的風俗而言，它會受多方面因素的影響而變動；總體上，半島民俗是以傳統作根基，這就使它在傳統牽制下具有節奏緩慢、變化週期長等特點。膠東半島的社會生活，從衣、食、住、行，到歲時節令，到人生禮俗，以及腔韻獨特的秧歌、大鼓、琴書，都已成為作家筆下津津樂道的話題。張煒「半島」世界中經常描寫鮮活的勞動和生活場景，將半島人生的得與失、苦與樂，從物質到精神做了藝術的再現。這種表現除了文學的審美意義之外，還具有史料的價值和民俗的意義。

　　膠東半島自古就是農業社會為主，農業社會裏的人類生活，有獨特的農作方式、生活方式和觀念。膠東的農事，是兩年三熟制。春天是播種時節。除此之外，春暖花開一派生機的四五月份、秋高氣爽的九十月份，這兩個半島最好的季節，則是兩個收穫和播種並行的時節：夏種夏收和秋種秋收。在傳統農業社會為主的半島生活當中，這是最被看重的、最好的兩個季節。張煒 1977 年寫的《玉米》，重點表現了麥季雨後種玉米，田地裏集體勞動的熱鬧場面：禿頭老邊、熱鬧大老婆老魚、幹瘋了的老把式、賣力推肥的小夥兒、憋紅了臉想數來寶新詞的中年男人，還有中年女人老魚和棒小夥子摔跤——那些播種時節，是帶著希望的快樂時光，是可以百無禁忌的時刻之一。1984 年的《蓑衣》寫的是秋收秋種時節，一個叫小格的女孩，因為家庭的貧困，在致富的達子面前自卑。達子以鼓勵小格編蓑衣，表達對小格的愛慕讚賞。這是一個男人對女孩的珍惜，也振作起一顆自卑無所適從的心。

　　農業是所有產業中最自給自足的，從山村之間的以物換物到農村的交流

〔註25〕魯迅，給羅清楨，《魯迅全集第十卷》〔M〕，北京：人民文學出版社，1958 年，頁 156～157。

大會都是這裡的獨特景象，極端貧窮的山村，甚至婚姻中也會採取這樣的交換——換親。換親的普及，是鄉村的貧困和性別失衡所致。換親的結果，往往是悲劇。家底薄、身體殘疾、成分差，導致貧窮的鄉村光棍比比皆是，為了婚配他們及家人會願意傾其所有。在中國鄉土社會裏、兩家甚至三家以上互換女兒為媳很普遍。據記載，最特殊的，在中國農村有過九家十八轉的換親行為。〔註26〕而重男輕女男尊女卑的社會觀念，是導致為解決家庭男性婚配問題而用女兒換親盛行的根本因素。《醜行或浪漫》中蜜蠟逃亡途中，為她蒸了一大鍋薯麵饃饃的老婆婆，跟她講過孬人的孩子換親的悲劇：妹妹嫁過去生米成了熟飯，那邊就不再提閨女出嫁的事，哥哥思前想後沒有活的心思，就跳了崖。同樣性質的，還有《你在高原》中，寧伽和梅子在山裏遇到了「打夫妻工」的女人。為了養活自己家裏受傷喪失勞動能力的丈夫以及孩子，這個女人來到這個光棍的家裏，給他做五年妻子。她滿足於這邊的男人對自己的心疼，有時卻會追問自己是不是沒有良心的女人。這就是窮困山村的生存本相，什麼都可以用來交換、作為生存的條件。買賣婚姻、甚至販賣人口在這裡也存在。寧伽和武早去南部山區尋找釀酒設備，在四兄弟的方方正正的房子裏，看到牆上印在塑料薄膜上的美女掛曆拆頁，是用二十八張狗皮換來的——這家的老二花了錢，還送上五十多張狗皮，買過一個收狗皮的用繩子綁來的戴眼鏡的閨女。如果說這些婚配與兩性關係是生活所迫，那麼，在金錢的誘惑下，靠出賣肉體換來大把的鈔票，家裏蓋了高高的新瓦房的荷荷、小華們和他們的父母那裡，則是被金錢改變了他們原初的淳樸。荷荷的父母甚至在女兒瘋了之後把她送到慶連家就不再過問，他們不知道可能也不在意，在村人眼裏，他們家的高門樓正是恥辱的標誌。

　　張煒小說也記載了海邊村莊那些漁人的生活，他們熱火朝天的打漁場面，他們在海草房裏冬暖夏涼的生活，在海邊的漁鋪裏的各種趣事。1986～1987 年的《海邊的風》中，遠離村落與人群、海邊獨居的鋪老老筋頭和他的老少朋友千年龜、細長物，在人禍肆虐的年代，想辦法將人們引到海上，以大海富饒的出產，讓接近它的人們得以遠離陸地食物匱乏導致的死亡。老筋頭的海上理想國圖景，同村裏的折騰、大躍進大搞「創造」到餓死人形成鮮明對照，寫出「三山六水一分田」——佔據地球面積十分之六的大海富饒慷

〔註26〕張慧，〈現代換親研究——以 20 世紀 70 年代河南新野換親案例為考察中心〉〔D〕，湖北大學，碩士，2007 年。

慨是如何富饒慷慨。1984年《海邊的雪》,金豹一天跟年輕人幹了兩伐:教訓老剛的不孝子、不甘被小峰兄弟奪走圓木。下雪的日子,鋪老金豹和老剛在海邊的漁鋪裏勉強就著鹹魚喝酒,他們不服老卻不得不服老。但在危急時刻,甚至忘記自己的養老錢,毫不猶豫點燃了漁鋪救下海上風浪中的小峰兄弟和風雪中迷路的老剛兒子的,只有這些淳樸的鋪老。

　　獨特的地理環境孕育了獨特的生活習俗,風景、風情、風俗構成傳統鄉土小說的審美風格。八十年代,張煒筆下的膠東農村的人們作息有序,欲求淡泊,單純可愛。割草、看瓜、打場本應是辛苦的農作,在張煒筆下卻充滿詩意。農作、匠作、坊作都有其固定習俗禁忌。在張煒小說對膠東民風習俗所作的充分描寫中,農作中的春種秋收方式、瓜、果、葡萄、茱、煙田的料理,共同構成一個多彩而神秘的「膠東」世界。在張煒對民俗的表現中,他始終強調民俗存在的現實性,歷史久遠的民俗也就轉變成當下活的社會眾生相。《古船》中的張王氏,幾乎就是民俗的代名詞。在膠東幾乎每個村裏,都會有個這樣的人。她通曉很多稀奇古怪的事情,很多事情上她一開口,全村老小都會信服,甚至肅然起敬。小說中詳細描寫了張王氏奇特的做醬油手法:必須在二月二龍抬頭的日子裏為麩皮和玉米渣拌水、按到黑陶盆裏扣到炕上、之後七七四十九天清心禁欲守護,之後加水加鹽按進瓷壇封口燥曬,到秋果發紅啓開,倒出那些腥香的黑色麩皮用開水燙過,再燒開,加入茴香、蔥白、香茱、豆角、花生、蒜瓣、黃瓜、桂皮、豬皮、雞爪、橘皮、蘋果、梨子、辣椒二十多種東西,甚至從鍋邊蹦過的大螞蝦也可以丟進去,煮幾個時辰之後篩除雜物的黑水,就成了美妙到無法形容的醬油。單就這做醬油一項,張王氏就收服了村裏所有的男人女人。張王氏還會做泥老虎。泥老虎是膠東的孩子們都喜歡的一種較為奢侈的玩具。泥土捏製而成,彩色描畫,用皮革連接前後身,前後對擠發出咕咕的叫聲。家庭條件好的孩子,每人在年節時都會買一兩個大小不一的泥老虎玩耍。做醬時隨便坐在哪個男人背上打情罵俏、在窪狸大商店耍弄心眼教小孩玩泥老虎打架,只是張王氏的小伎倆;能用獨特方法做出藤上瓜、一窩猴、糊塗蛋、怪味湯、雞生蛋、家茱苦、野茱甜、山海經、弔葫蘆等滿桌令人饞涎欲滴的山珍海味,也還不是她最拿手的;她體現著膠東半島民間多姿多彩的習俗,小說中各個方面的表現,都不如三次喪儀的描寫震動人心。婚喪嫁娶本來就是人生大事,更何況《古船》中的三次喪儀中,每一個逝去的人都是得到鎮人相當敬重的人。第一次葬禮

是爲老隋家在老山前線犧牲的年輕人隋大虎操辦的。整個鎮子爲失去這個年輕人難過，他們的表達方式就是認眞嚴謹地爲這個年僅十八歲的小夥子執行隆重的喪儀。全族出動在大虎家的三間草屋前搭起葦席棚子擺上茶水茶碗，全鎮人連德高望重的四爺爺都來祭拜他，在這些事情上的行家張王氏主動指點主家、親自爲他念經、請來吹鼓手爲其超度。第二次喪儀，是全鎮人哀悼李其生的離開。這個在困難時期以他的發明救了全鎮人的老人，得到的敬重實在太多了，連行動不便的老人都由兒孫攙扶，源源不斷前來拜祭。張王氏又一次關閉窪狸大商店，來到這裡嚴格掌管禮儀事項，操辦這場窪狸鎮有史以來最隆重的葬禮：包括指導李知常、爲李其生誦唱、選墓地、看風水、定時辰，還有請吹鼓手、指導如何抬棺、燒紙錢、摔陶盆、披麻戴孝等各種大小禮儀。和張王氏曖昧一生的隋不召爲了救李知常被變速輪絞成血肉一團，令全鎮人心顫不已。他那個窪狸鎮從古到今最奇異的葬禮，交織了鎮上所有人的悲哀。一邊是鎮政府爲他舉行的隆重的追悼會，一邊是張王氏發起的盛大的道場。三場喪儀，不同的當下立場，帶來小說裏民俗的溫度與小說的「血肉氣」。《古船》中，粉絲作坊的各種坊作習俗描寫，老磨坊、打粉、曬粉，還有可怕的意外——倒缸，均爲獨特的地域文化內容。同時，「生產類習俗最能體現出一個特定社會共體的生產力發展狀況」〔註 27〕，老磨坊裏老牛拉石磨被機械化取代，這一典型的從傳統手工作坊轉向現代化機器生產的生產方式變革，顯示出巨大的社會進步。

《九月寓言》淡化了歷史背景，這個基本處於自在狀態下的民間社會裏有蒙昧、因循、欲望、暴力、醜陋、變態，也有生機、質樸、良善、親情、淡泊，它們相互交織糾結，他們最基本也最強烈的生存欲望就是對「地瓜」和「黑煎餅」的熱望，還有「打老婆」、「拔火罐」、在野地裏「奔跑」等。《外省書》中，燈影村那對老人招呼史珂進屋，將唯一一把大圈椅子搬到中間，又端來水盆毛巾和一杯濁茶。史珂很久才適應屋裏的昏暗光線，逐漸辨認出水泥灶臺、風箱、一臺老式座鐘——當年老人的爹分來的「果實」。半島農家的習俗，是餐飲上炕，酒菜端到炕上，主賓盤腿享用。當史珂盤腿坐在燈影老人家炕上的葦席上時，怎能阻止記憶中年少時的事椿椿件件湧來。

住草房（海邊是海草房）、趕集、做豬皮凍、看閹豬、吃瓜乾睡土炕、農家做醬、小孩子玩泥老虎這些張煒作品裏的膠東地方色彩，緣自他的人生經

〔註27〕周耀明，《風俗文化新論》〔M〕，南寧：廣西民族出版社，1996 年，頁 21。

驗，與他心靈上對家園和故土的眷戀有關。張煒小說中，那些鮮活的民俗書寫比比皆是，這些飽含深情的文字給民俗與民間蒙上一層神性色彩。《古船》中的粉絲作坊裏，從老磨屋老牛拉石磨磨豆子、到蒸煮成型，每一個工序都有描寫，也都帶了一層神秘的面紗。尤其是倒缸這個不幸的生產事故的產生、處理過程，以及帶來的全鎮的人心恐慌，是手工業生產年代所獨有的場景。工業化、程序化逐漸取代了手工製作之後，老磨屋和傳統手藝都將退出歷史舞臺，成為僅存在於人們記憶中的過去。這些歷經久遠流傳下來的民俗在歷史河流中先後被沖走不見了；有時，也有新的習俗出現了。民俗改變，也會帶來人們一些觀念的改變或者生成。《九月寓言》中，金祥為全村請來鏊子後，人們從此吃上了讓外村人眼熱的香噴噴的煎餅。鏊子成為聖物在全村流動，這家到另一家取鏊子，至少要出動兩個人，一進門就說：「俺來接鏊子！」本來經常遭人捉弄的光棍金祥，竟然使得一整個村子的生活方式得到改善，金祥就被看做了西天取經的英雄，甚至在死後也成為人們教育後代要長志氣的例子。民俗的變遷，折射出的內容極為紛繁複雜。鄉土浪漫的追隨者張煒從多角度思考社會城市化、工業化進程中的民俗改變，而這些民俗改變直接關聯到人們的生存狀態，從物質到精神。《九月寓言》的膠東傳統農業社會家庭生活中，男人的地位與尊嚴一直是十分重要的，即使兇悍如大腳肥肩，也會在村人面前給自己的丈夫足夠的面子，而龍眼媽在劉幹挣面前，簡直就是不敢還嘴；但《刺蝟歌》中美蒂染了紅頭髮、廖蓓扎了耳眼，廖麥隱約感覺到生命中最重要的這兩個女人穿衣打扮、生活細節的變化，卻沒想到此時她們已經向金錢妥協。美蒂私下和唐童達成的妥協不知道到了什麼程度，但是廖蓓僅憑幾聲「乾爸」或者「爸爸」，就住進了樓上樓下都是五室三廳的豪華裝修住房，開上豪車，就已經讓廖麥知道：妻子和女兒都已經向有兩世血仇的仇人示好，他和美蒂再也回不到從前了。曾經的膠東農村民風純良、人們勤儉知恥，女孩靦腆多情。但是，公司、集團很快將這裡世代的淳樸風俗破壞掉了。《你在高原》中無論是東部山裏慶連的未婚妻荷荷、還是粟米島和毛錛島上的青年男女，全部被金錢物質享受淹沒，荷荷甚至由被害者成為害人者。沒有了聚族而居、沒有了鄉村愛情、沒有了鄉土依託，被重重的現實欲望所圍困，土地崇拜向金錢崇拜投降，安土重遷轉變為農民工的背井離鄉，民風淳厚被人情淡薄取代，我們處在自然生態、社會生態的雙重危機之中，男性頹廢、女性墮落，人的退縮已經到了無路可退。《醜行或浪漫》城裏的趙一倫

家，趙一倫和妻子金梨花貌合神離，金梨花對丈夫、金梨花的情人對趙一倫
的無視，是赤裸裸的金錢的囂張：家庭中男人的地位尊嚴，被拜金的社會和
觀念排擠得毫無立足之地。拜金主義、享樂主義沖昏了現代人的頭腦，喪失
了精神追求的人類，還能不能自認爲比其他生物更爲高貴呢？

　　生活中總會出現追隨時代新趨向的一些新習俗，這些習俗如果切合人們
的生活需求，就會留存下來，比如《金米》、《九月寓言》中都表現了一種訴
苦大會式的「憶苦」。訴苦大會是土改運動中發動群眾鬥爭地主而組織的群眾
性集會，通過訴苦激起觀眾對地主階級的仇恨、憤怒，達到團結起來鬥爭地
主、分配浮財，或者組織青年參軍、投入到消滅地主階級的戰鬥中去的目的。
新中國成立以後，地主惡霸都被批鬥消滅，訴苦大會的歷史作用也就宣告勝
利結束。但是在一些地方，以前的訴苦大會逐漸改變成憶苦思甜或者單純就
是憶苦，很多老年人將這種憶苦當作全村重大的節日，年輕人也十分踊躍。《金
米》中的曲婆、《九月寓言》中的金祥、閃婆因爲擅長憶苦，就被本村人當作
寶貝，有時還會被外村人來請去憶苦。那種隆重熱烈，群情振奮，即使節日
的氣氛也很難與之相提並論。爲什麼會如此？在落後閉塞、幾乎沒有什麼文
娛活動的農村，吃苦受罪的生活是每個人和他的先人們都有深切體會的，大
家都是在苦水裏泡大的。苦是需要發洩的，聽別人訴苦，好像自己的苦也得
到傾吐，內心就沒有那麼苦了。但並不是每個人都能講得清楚，能說會道又
善於揣摩大眾心理的人在這裡十分少見。一旦有這麼一個人，他（她）遭遇
的別人即使沒有遭遇過也有類似經歷，所以一旦訴起苦來，人人都會受觸動
有共鳴。從這一角度，很容易理解訴苦憶苦爲什麼在小村冬夜那麼受歡迎：
它是整個小村的心理調適舒緩劑，永不過期。即使金祥、閃婆、曲婆要說的
內容大家都已經聽了很多遍，但是人們還是樂此不疲，聽憶苦好像喝有勁道
的燒酒、聽有韻味的地方戲，人們反覆咀嚼回味。有時還會加以評論，還會
插入自己的遭遇苦楚，人們甚至還能夠總結出金祥和閃婆二人憶苦方式的差
異。年輕人在好奇心得到滿足後，甚至受其影響會將自己日常生活中的煩惱
公開出來，對造成這些煩惱的人與事加以指責。因爲對民間心理瞭解得極爲
深入，張煒繪聲繪色而且繪神地寫出憶苦場景。讀這些片段，禁不住會想：
如果沒有這些傾瀉口，小村人恐怕會被苦難壓垮的。

　　張煒作品中還有很多其他的民俗事象，最能寫出鄉村味道，比如男人打
老婆。膠東農村男人在外豪爽硬氣，在家裏說一不二。張煒基於對於膠東男

人霸道蠻橫背後的大男子主義觀念的瞭解，在很多作品中都寫到了男人打老婆。鄉村社會是男人的社會，男性家族承傳的地方，女人只是傳宗接代的工具。《九月寓言》中最能打老婆的是心狠手黑的金友，別人打老婆是以恩愛結束，金友把老婆打得想死、去找別的男人；而《醜行或浪漫》中小油矬竟然真的把女民兵老婆給打死了；《刺蝟歌》中，曾經熱戀過美蒂的廖麥，有一天也會揪住美蒂的濃髮，抓起拖鞋照屁股就打。男人打老婆，是對其佔有、支配的要求遇挫後的反應。「三天不打上房揭瓦」就是男權思想提供的打老婆的理由。男權思想除了打老婆這一流露方式，張煒小說常常具有一男多女的人物關係陣式圖。以男主人公為中心與主體，母親、戀人、妻子、眾多紅顏知己形成一個衛星陣圖。這種設計中，女性相對於主人公，常常處於被動和從屬的處境。從性別地理的角度去看，女性要麼在某地等待男人、要麼追隨男人去某地。《古船》中小葵、鬧鬧都在等抱樸；《家族》中外祖母閔葵則集追隨、等待於一身，母親曲綪等待父親寧珂多年無怨無悔；《醜行或浪漫》中劉蜜蠟先是追隨老師雷丁、後又尋找銅娃，最終實現每日在家等銅娃下班的等待狀態；《刺蝟歌》美蒂等待廖麥，而且在此過程為他生女、建成農場；《你在高原》肖瀟貌似在果園等待寧伽、淳于黎麗等待寧伽不得而追隨「救火英雄」而去，梅子帶著兒子小寧在城裏的家裏，專為等待寧伽歸來，吳敏隨時等待呂擎帶自己出發……這種人物關係設置，既符合膠東民俗男尊女卑、男性為中心的社會實際，也是傳統文化影響下，作家內心男權主義潛意識的不自覺顯露。

民俗折射民間心態。短篇小說《公羊大角彎彎》中，童年夥伴石眼家養了配種用的大公羊，在狹隘鄙陋的鄉村道德習俗中，靠養種羊養家是低賤恥辱的，「牛蹄筋」因此嘲諷石眼。這種矛盾，加上農村大姓家族的仗勢欺人，就是石眼和「牛蹄筋」的矛盾強弱轉化的原因。空長了大角，卻因為角是彎彎的插不進仇人肚子，就是公羊的悲哀，也是無處講理的石眼一家內心的沉痛。他們遭到不公正待遇，卻毫無自衛更不用談還擊之力，此時的人，只能在心裏希望自己就是那只在被圍剿的時候，撞牆而亡的大公羊，以死捍衛尊嚴。

膠東統稱田野為「泊」，大海灘也被叫做泊。《你在高原》中，寧伽兒時和看泊的拐子四哥在大海灘上晃蕩。《開灘》寫大海灘上封灘、開灘的習俗。在秋天農忙完了後、天氣冷下來之前的某一兩天，樹木灌木豐茂的大海灘會

對村裏人開放：一聽到開灘開山的消息，人們全家出動，駕著大車小車、帶上小鐵耙子、裝簍、繩子、扁擔來到海灘上，扒摟撿拾各種乾草樹葉松果之類，把它們裝好捆紮帶回家做燒柴——一年到頭做飯、冬天燒熱大炕，全靠這幾天的勞動成果。農村長大的人，都會記得這樣的日子，那時候人們手裏一刻也不會停止忙活，同時眼睛還在盯著到處尋找下一步可以撿拾扒摟的草木多的地方。即使開灘開山，樹木灌木根還是不允許砍伐的，因爲這些固水土效果更好的東西也更耐燒，所以開灘這一天看山封灘的人要好好看住全村的人，反而更累。《開灘》寫活了「封灘封得住」的常敬：年輕時不幹人事，現在也還是做什麼也得不到別人諒解。這又是每個村子裏都會有的一兩個狠角色：逞兇好強，多次遭人忌恨算計不死，已經成爲人們的忌憚。類似的人物形象，還有《醜行或浪漫》中的小油矬、《古船》中的趙多多、看泊的二槐。大海灘逐漸被沙化、污染、塌陷侵吞之後，泊和看泊人恐怕也要消失於人們視野之外了。同樣消失不見的膠東昔日生活的影子，還有林子和護林員、捕魚的盛況和海邊的漁鋪、鋪老們。如果想到這些，人們對於常敬這樣的人，是不是也會懷念呢？

　　道家的影響很深的半島民俗中，還有一種注重調養陰陽養生的習俗。《古船》中趙炳注重養生，信奉萬物都分陰陽，他食用南方水果以益於「精氣神」，秋涼開始進補，有張王氏爲其調理身體、和長脖吳一起天天研究閉藏精氣、陰陽互補之道。他們精心研讀的，都是古小說中那些香豔色情描寫，交流什麼金瓶梅久讀生膩，一些小本子裏倒有巧段子之類的心得，還從書裏學到健身法堅持，他們讚賞頌記道家修行的口訣：「都來總是精氣神，謹固牢藏休漏泄。休漏泄，體中藏，汝受吾傳道自昌。口訣記來多有益，屏除邪欲得清涼。得清涼，光皎潔，好向丹臺賞明月。月藏玉兔日藏烏，自有龜蛇相盤結。相盤結，性命堅，卻能火裏種金蓮。攢簇五行顛倒用，功完隨作佛和仙。」〔註28〕這段講求性命雙修、陰陽相生的道家修行法則，倡導以自然爲師，根據天地萬物運行規律修煉，但是在趙炳和長脖吳這裡，就像他評價長脖吳的那句話，就是「專得邪氣」，只理解爲人體修煉，男女陰陽的平衡。趙炳講求「背了規矩，就沒有好結果」，但在對含章的態度上，卻只體現出了他奉行的另一種原則「天下有用的東西，我們都要」，他要享粗福，也要享細福的貪欲。明知太過卻一意爲之，當然是欲望驅使。《你在高原》、《海客談瀛洲》中，也有

〔註28〕 張煒，《古船》〔M〕，北京：人民文學出版社，1987年，頁174。

類似的一個人物——出生於半島的霍老，位高權重仍然信奉服用丹丸和採陰補陽的雙修，他帶情人桑子去道觀向道士請教養生術，和桑子在橡樹路上的大宅裏行走坐臥講求養生長壽。他們吃歡喜丸不老丸、洗藥澡、迷戀推拿針灸拔罐中草藥、做男女雙修功，還在這個豪華的宣淫場所將無辜的少女王小雯強行霸佔實施採陰補陽。那個關起門來十分神秘的三層樓裏的罪惡，小說中沒有直接的描寫，但是已足以令人憤怒。張煒的這些表現，令人震驚地展示出某些民間習俗的污穢內涵。正如陳思和在《民間的還原》中所說：「民間是一個藏污納垢的概念，只有側身其中才能眞正體會到民間的複雜本相。」〔註29〕知識分子必須要有足夠的精英意識，才不至於迷失。張煒正是將對膠東半島民間養生術過濾出的這些渣滓做了審視，呈現出可能造成的悲劇、醜劇、鬧劇。

二、方言俗語

　　語言因爲具有民族、地域特徵，也是文化地理學的一個重要方面。語言可以根據地域差異分出語系、語族、語支、語種。按照使用的區域範圍大小，語言可以分爲共同語言和方言；按照使用方式，語言可以分爲書面語和口語。共同語是按照統一的規範、在較爲廣大的範圍內的大眾共同使用的語言；方言是跟標準語從詞匯、語法到發音都有區別、也有別於別的地域語言的地方語言。書面語是在形諸文字時使用的語言，一般較爲凝練、嚴謹、規範、正式，由較爲熟練運用文字的人使用；口語是每一個大眾都可以隨時隨地隨便隨意地說的話，口語和一定的發音方式相關。

　　方言一般是口語化的，這種人類在長期的生活和生產中創造並積累下來的地方語言豐富生動鮮活。隨著社會的發展和「推普」進展，有些方言詞匯已經被淘汰，但是方言的語法特徵和發音方式則恒定得多。俗語是指人們在日常生活中常用的通俗性語言詞匯，方言中的俗語尤其充滿生活的眞知灼見和極強的語言表現力，具有通俗性、地域性，很多具有教育意義。

　　方言有區域性，所以往往會在和別的區域的交流中形成障礙。但是方言是完全日常生活中的語言，鮮活眞切，對身處異國他鄉的人而言，什麼也比不上自己的方言親切。可以說人與人之間的語言認同感和排斥感，都源於方

〔註29〕陳思和，《民間的還原》〔M〕，《陳思和自選集》〔C〕，桂林：廣西師範大學出版社，1997年，頁234。

言。所以，建國以後，作爲多民族多方言的國家，爲了各地區間更流暢地交流，我國一直在推廣普通話；但是推廣普通話不是爲了消滅方言，在區域內部、在自己的家庭生活中，還是提倡講方言，因爲那是持同一方言的人際最好的情感增進與交流的方式。

作家不會單純爲某一個受限定的區域內的人創作，但是，作家的創作，一定會基於某一個具體的方言區域以及裏面的人與事。而且，作家本人也一般是持有自己的方言的。所以，這就給作家的創作帶來一個難題：用文字來進行表述的時候，究竟應該如何處理好這兩重方言的關係？擺脫它們，還是拿捏好一個度？朱自清、葉聖陶、冰心、巴金、魯迅、曹禺是基本上擺脫方言影響而用現代規範語寫作的作家；老舍、沈從文、趙樹理是成功拿捏好方言的影響，讓自己的作品因此別有地方色彩和味道的作家。張煒是地地道道的膠東人，在膠東方言區裏長大。考古學、人類學和語言學顯示：膠東遠古的夷族曾經是有自己的語言和文字的古老民族，最早是和遼東半島及貝加爾湖周邊存在交流。春秋戰國時期，在和齊國的較量與相互影響中，夷族才實現了從夷語向齊方言的轉換，至唐宋才基本納入北方漢語範疇。半島行政區域的長期基本穩定和地理環境的半封閉狀態，使得這裡的方言受外界影響較小。半島內部，因爲地貌上的區分，到明代發展出「東萊」和「西萊」的方言差異：東萊是指萊州府以東，即登州府和寧海州，「西萊」則是指萊州府以西。這一語言區域分界，與行政區域相符：從明朝起，膠東半島的行政區劃界產生變化，原萊州府所隸之縣萊陽、招遠全部劃歸登州府，膠萊河東岸平原與山區交界處，恰好是有明以來古萊州府和登州府的劃界之處。膠東居民向來喜歡自稱爲「東萊人氏」，按照地域劃分，張煒正是「東萊子」。膠東人認爲「西邊人」說話「西萊子腔」，稱他們爲「西萊子」。張煒的短篇小說《面對星辰》裏就有一個「西萊子姑娘」：還在二十年前，「我」在山區和平原奔走的時候，西萊子姑娘爲我包裹傷口；而今，她和小女果果住在葡萄園裏——「我」也有過住果園的同學，「我」知道這裡的生活一切都將就，不是家的感覺。爲什麼要這樣？因爲「你糟蹋了我全部的日子，糟蹋了我的一輩子」。很短的小說，卻讓人看到：不同方言區的人，對對方而言，可能注定只是過客。可是就是這個過客，如風拂過卻改變了一切。方言差別這裡就是人與人的錯位，令人抱憾終生，卻與生俱來。對方言土語語言習慣的頑固，張煒在《芳心似火》之《土語考》中談論過。他總結歷史發現：從秦皇統一文字開始，語

言文字的統一速度和深度就加快了，造紙印刷、傳播技術使得群體語言的融合強勢無堅不摧。即便如此，在古登州還在使用中的古老詞匯如「能矣」、「甚好」、「何如」、「奚好」、「瓜齏」，本身就是地方口音土語頑固性的證明。《無言與詞費》中則以無言者可能會對樹侃侃而談的事實，表達了人的言說欲望其實是受外界形勢影響的觀點。其實他最關注的還是昔日稷門之後，在同行者或遠走、或改變、或潛隱的時候，是該收聲斂口、還是大聲放言？

當然張煒自己是放言於時代之巔的。張煒前期的中短篇小說、《古船》、《家族》、《柏慧》、《能不憶蜀葵》是主要用規範語寫作，《九月寓言》、《醜行或浪漫》、《刺蝟歌》方言口語化敘事傾向更突出，《你在高原》、《半島哈里哈氣》則已經打通任督二脈，在規範敘事基礎上，時有方言俗語的妙用。

方言口語化的敘事，帶來四平八穩的規範敘事所沒有的鮮活表現力。《九月寓言》中，肥的小村回憶、金祥請鏊子的經歷、金祥和閃婆憶苦、歡業奔向原野，還有趕鸚、肥、龍眼的內心獨白，這些段落全部都是以人物第一人稱的口語化方言敘事的。這些吃瓜乾長大的小村老小，他們的語言生動而且奇妙。張煒還常於人物古語遺留的方言對話中，顯示地域和民間的魅力。《外省書》中史珂是語言學家，他在和小村的老人的交往中，敏感到他們口語中的古語遺留：表示肯定就回答「能矣」，高興就說「甚好」，與人商量就會問「何如」，還有倆人「相摟著」、「熬冬」等等，想像一下古奧的詞語從那些皮膚乾枯蒼黑的人口中說出，就會被這裡的歷史文化打動！還有就是倆老人想要借錢給鄰居、又怕人家不領受這番好意，思慮再三他們決定還是要去說，因為人家「要就要，不要把心遞！」還有就是在每句話的後面加一個「也」，這些古語遺留現象讓史珂覺得十分妙，並且自豪感油然而生：說不好兒化和捲舌有什麼了不起，自己的方言是多麼有歷史的一種語言！《醜行或浪漫》中的鄉村普通人，甚至粗魯之人，都會開口問：「做甚？」這些來自民間的文化底蘊，是歷史沙層底下文化之金的閃光，貧窮蒼老粗魯都擋不住它的光芒。還有諸如：端量、胸脯眼見得暄了、摟物、對象、嬸嫚兒、大水孩兒、家來、仰八叉、紅糯糯粉瑩瑩的、胡謅八扯、壞了醋了、不喜見、積氣等詞的使用，方言不僅沒有成為閱讀障礙，反而在不同的讀者中產生了相同的震撼的效果：來自膠東的讀者心領神會；來自別的區域的讀者，則會被方言寫作接續起的厚重地氣和真醇感受所激動。《你在高原》還直觀展示了除了血緣關係，在族群自聚居地向外繁衍的過程中，包含發音習慣、方言詞匯習慣的共同的

方言起到的紐帶作用。《人的雜誌》中，寧伽得到的東夷秘籍，只願意和淳于黎麗分享。因爲他在根子上認可她，他和淳于黎麗有同樣的方言習慣。他倆共同認爲別的地方的人有一股「生人味兒」；他們用膠東方言裏的「人家老孩兒」稱呼和自己不是一類的人；享受只有他倆之間能夠感受到的「大叔不樂意了」這句話語間夾帶著的親昵——這裡，「咱們」或「他們」的區分標準，就是方言習慣。

方言中最爲鮮活的，是俗語。膠東人講究多，很多講究就是通過俗語表達出來，從而約定俗成的。那些俚語、俗諺、鄙語等的趣味和妙處，是只有當地人才能夠領會的；甚至有的俗語包含的，是只有附近的一兩個小村的人才知道的典故，這樣的俗語更能夠起到區分遠近親疏的作用。《九月寓言》金祥說給閃婆聽的「會聽的聽門道，不會聽的，聽熱鬧」、《醜行或浪漫》黑子對雷丁說的「你都弄不明白，咱還不懂了瞪……這會兒完了章程了吧」都是一種說話人用方言對聽話人進行的冷嘲熱諷旁敲側擊。《醜行或浪漫》中，雷丁到上村教書，最初和黑子的接洽並不愉快，就是因爲雷丁滿口文縐縐的詞兒，黑子聽了扎耳朵，他就故意用各種俗語嘲諷：「叫驢灼蹶子那都是沒閹」「天要下雨螞蟻提前知道」「書讀多了，也就讀到驢肚子裏去了」。這些看上去愚鈍的農村人運用他的智慧，終於或者逼得對方放下「北國騷韃子那一套」，或者越聽越茫然無措——一心只想搞好上村教育的雷丁，怎麼知道農村人心腸裏那九曲十八彎的小算盤？《醜行或浪漫》中劉蜜蠟一路奔跑、一路流浪，從下村到鶴鶉泊，從平原到東海邊，把口音中的「麥」從「墨」改成「賣」，「黑」從「河」改成「嘿」，改掉了登州腔，還是沒有逃脫追捕。就是因爲伍爺在下村確立起來的權威，是一個有文有武、掌管話語權的鐵桶。伍爺靠小油矬的武裝展開周密強大的天羅地網，伍爺靠辯論會上「巧話兒一串接一串，讓滿場人大呼小應，跺著腳爲他叫好」〔註30〕獲得認可、也立下規矩。爲蜜蠟開的辯論會上，二先生的質問、伍爺的追問、嘴兒的快板、吉妹兒等人的小聯唱狂轟亂炸接踵而來；一夜辯論不成，伍爺就用「害困法兒」，不讓蜜蠟睡覺地白天折磨夜夜辯論，直到蜜蠟熬不住瞌睡不再辯論甚至睡著。蜜蠟要從根上掙脫這天羅地網，就要從打破他的話語權上入手，也就是說如果沒有殺了他，蜜蠟只有被他佔有的命運，就像當初被小油矬佔有一樣。可是小油矬有勇無謀，老謀深算的伍爺面前，蜜蠟怎麼也沒有勝算。分

〔註30〕張煒，《醜行或浪漫》〔M〕，昆明：雲南人民出版社，2003年，頁178。

析他對吉妹兒、對蜜蠟的辯論會，都是只用俗語巧話兒，隻言片語就能先發制人、定性扣帽子、發動群眾，可見俗語在底層群眾中的巨大作用。《蘑菇七種》老丁的天下，也是靠「當假就是假，當真就是真」的強盜邏輯建立起來的，包括不識字的人可以做根據地的翻譯、可以為富人家念報紙、可以讀《論持久戰》這樣的奇聞。文太根據老丁哼出的話整理出的《蘑菇與書籍比較觀》最能代表其強辯：從內外因關係扯到種類作用再扯到老丁和小學校的女老師身上，那些隨口蹦出的俗語，就是可以隨意擺弄的建構這邏輯的磚石。當然，無論怎樣故作的英勇姿態，都無法改變和掩飾其鄙俗不堪的本性：這個標榜一生革命、反天反地反皇上的人，實際上只是一個一見小學女教師就大動心火、一意臆斷對方單身從此不斷騷擾「國家女師」、或者借小村女性瀉心火的流氓而已。

規範敘事中雜糅方言俗語，會收到意想不到的效果。《你在高原》之《海客談瀛洲》，王如一信誓旦旦要寫一部《徐福詞典》，並且真的熱情參與到東部城市文化立項論證，時常做魔怔狀寫出「得一詞條」。那些故作高深的文言與口語、甚至俗語、俚語胡亂搭配，收到意想不到的戲謔效果，比如「得一詞條‧君房」中，夾雜的「天貓地狗，配成兩口」和「看官」、「仨瓜倆棗」；「得一詞條‧七十二代孫」中為了拍霍老馬屁，甚至指鹿為馬將霍姓指為徐福後人霍聞海即為七十二代孫；「得一詞條‧童男女」中竟然有徐福稱督查為「老總」的歷史想像；最不文不白令人啼笑皆非的，是「得一詞條‧登瀛」中硬扯的詩體「告白」：「吾小王名如一人微言輕，吾賢妻為名媛八方奔走。夫妻間通力做一事一畢，編詞典再考證學無止境。市副秘本行唐心智高明，大手筆抓大事揮揮灑灑。眼見得功已成告慰先人，恨難邀徐福爺共赴慶典。咱這裡一而再，再而三，只記下本真事，天下流傳」。要以這樣一段典型的民間藝人說唱結束語放在《徐福詞典》中，足見王如一的真實水準，和他能夠荒唐到什麼程度。還有更荒唐的，「得一詞條‧船場」王如一表示有若有誰敢說船場不是在海灣西山之麓，就「定將其小雞巴揪下喂魚」，還揣摩徐福跟秦皇說東夷俚語「腳後跟給後脊樑蹭癢兒——挨不上邊兒」。「得一詞條‧桑島」稱徐福為咱家徐福，「看官會想」、「正是也哉」、「你道怎地」、「得一詞條‧櫻門」中標榜學士的身份地位，分析孟子的待遇，實則是為了給自己的詞典索取高額報酬、為自己呼籲提高津貼……「詞條」更有多處提到他「內人」桑子的前後自相矛盾的文字，有時將其誇成鮮花一朵、美人一個、博見多識，

有時又不免洩露心中的憤懣之情——堂堂一個社科研究員，甚至成為文學所的所長，馬上就要送去出版「會給詞典界掀起一場革命」的詞典，就是這樣臆測妄言的拼湊，真正是滑天下之大稽！半文半白、不文不白的所謂「詞條」，和王如一其人，俱都切中某些所謂的「研究」、「文化」和「學者」的肯綮，給小說中寧伽和紀及對歷史現實的嚴肅思考、歷史與現實中的悲劇帶來的沉重氣氛當中，摻加了戲謔意味，小說也因此成為多聲部的交響。比「得一詞條·七十二代孫」中對霍老的吹捧更離譜和天花亂墜的，是《蘑菇七種》中的「老丁頌」、《醜行或浪漫》中的「伍爺傳書」。那些方言化的、文白混雜的吹捧，除了讓人聞之頭暈目眩，更反映出吹捧者的高超的吹捧工夫：他們煞有介事鄭重其事地吹捧，確立起幫閒的地位；被吹捧者習慣於欺男霸女高高在上作威作福心安理得。這樣的世道人心之下究竟會發生怎樣的離奇事件，讀者也有了較為充分的思想準備。

《人的雜誌》中，書商李大睿正準備出一本手抄本「駁蠹夜書」。十三篇《駁蠹夜書》穿插在小說當中，簡直就是主調背後，眾聲喧嘩、市聲不斷的背景音樂。不論《蠹夜書》中關於社會敏感話題的極端言辭，還是那些各持一詞的批駁文字片段，可以說其中方言口語化給讀者帶來的是一般的故事背景介紹所不可能達到的聲情並茂的場景想像，並且和小說故事情節暗相呼應。可以說透過《駁蠹夜書》，張煒揭開了社會百態的一角。《論勤勞》提出勤勞有沒有讓人討厭的時候、勤勞與物質貪欲如何區分，招致：以「子不嫌母醜、狗不嫌家貧」的傳統立場將其罵作「狗肚子裏盛不了二兩油」的、「以為天上會掉餡餅，大炕自爬娘們兒，煙鍋不點自燃」的、「少跟這樣的賤物五啊六的」的、還有以為「有閒者少不得談些精神，窮漢子只好先忙活肚子」的。《傻子算帳》針對某市長生產總值連續翻番的論調，指出單純逐利卻絕口不提由此導致的污染信義喪失是啥子算帳法，這又被批駁為「雞蛋裏挑骨頭」的反動言論、應該一網打盡的白眼狼、忽視辨證唯物主義和事物發展規律，更有甚者說該文作者一定又是狗改不了吃屎的知識分子，跟他們說不著：「你手裏沒有槍桿子，瞎雞巴吵吵什麼」透露著當權者的霸道專橫。《論崩潰》中擔心社會崩潰「夠我們喝一壺的」，有將其定為攻擊組織罪應該判無期的「沒有組織就沒有一切，他媽的巴子算老幾」、還有持惡是社會激活的標誌言論的、有認定文中反映的都是雞毛蒜皮小事不足掛齒的。《愛情研究》闡述的是愛情隨時隨地都可能發生的「奇談怪論」，招致「淫棍」、「我們就光愛

老婆，就不亂搞，氣死你氣死你」、以及是否是強姦犯的聲討。《論娛樂》中基於對物質欲求膨脹和娛樂至死社會的徹底絕望的言論，被批爲指責豐富多彩的娛樂生活、把科技當作洪水猛獸以及螳臂當車蚍蜉撼樹杞人憂天，最溫和的態度也將其視爲文化保守主義。《論浪貨》把傳統觀念裏不檢點的女人的熱情理解爲困了一冬的大地瓜、錦繡山川、冬天裏窮老漢的太陽的言論，簡直觸犯眾怒群起攻之，被罵做狗嘴裏吐不出象牙、慫恿縱容色情蔓延的資產階級糟粕思想應該加以掃除。《論腐敗》對現實生活中腐敗的必然性的剖析，觸及了很多人的痛處，所以即使最大程度的包容隱忍態度，也仍會被視爲攻擊社會黑暗、被仇富的人痛恨要將之剃了毛扔進糞坑、主張均貧富的視爲同道。《社會公平之我見》結合世界發展大勢談論中國城鄉差異、貧富懸殊，被指認爲自揭傷疤不懷好意、有小道理有大謬誤、要帶大家回去受二茬罪的「王八羔子」該遭鐵拳等。《論明天》唾棄以現實的犧牲和代價換取明天的「活人祭」，被扣上散佈個人主義自由主義病毒的帽子、自私膽小鬼、陰暗角落的小小伎倆等。《論嫉恨》談論嫉恨這種人性弱點的普遍性、表現、作用，有自我認爲沒有嫉恨心理的人跳出來反對的、有威脅將資源分與他人以求平安的、有好好先生勸人寬容的、還有常懷嫉恨之心的發出憤憤詛咒的。《論體育》認爲有益有趣的體育發展成競技的、機構性的是一種違背體育精神的「虛榮」，被痛斥爲惡毒攻擊體育事業。《愛貓者說》基於對於貓溫柔細緻的性情的欣賞喜愛提出設立愛貓日，招致劈頭蓋臉的責難：資產階級情調、玩物喪志、亡國之兆、語不驚人死不休的享樂主義者、腐化無聊的生活標本。按照慣常的創作或者閱讀觀念，《駁黐夜書》是小說中的「異數」，浮現於小說主線索情節之外的獨立存在。可是如果沒有它們，我們就無從瞭解小說中的具體社會文化思潮背景——它們像是眾口鑠金、群起攻之、熱烈的批判會的原生態呈現，實際上，這些都是作者巧妙安排的小說形式：其方言口語化的、原生態的形式，最真切地還原了生活——那些常常咄咄斥人的強勢者、那些不動聲色的當權者、那些善於對人對事網織罪名的嗅覺靈敏者，還有慨歎世風人心的過時落伍心態，就是豐富複雜的生活本身。小說中寧伽經過簡單閱讀後，就喜歡上了原來的手抄本《黐夜書》那矛盾重重、蕪雜背後讓人愛恨交加的單純犀利。那些文字是出於呂擎、李大睿還是出自某個隱形槍手之手都不重要，寧伽覺得跟他（們）聲氣相通。歷史不是一再證明：阻礙這個社會進步的，正是那些指責出頭鳥的各種浮世之聲？呂擎認爲書商李大睿、有大抱

負的林藥、和寧伽都是同一類人——有開闊的視野和自我選擇的文化人的觀念，並沒有得到寧伽的認可。林藥儘管在人前做出潔身自好和保持初心的樣子，還是躲不過欲望和享受的網羅；李大睿又何嘗不是如此。他口裏說的和他們玩一玩，實際上目的還是利益——要不然他為何要費盡心思要他的小姨子製造那些色情文字、他的發行部弄什麼黃色刊物？人人過不了的關，就是「在燃燒」的欲望。和他們相比，寧伽自認只是眾多尋常人中的一個，在和自己的欲望鬥爭中即使焦頭爛額也要守住底線，他面對的是再普通不過的生活，但是這生活也不簡單：「我還將面臨無數次誘惑，每一次誘惑都是嶄新的，又是陳舊的；每一次內容相似，結局相似。沒有這些誘惑，就是死寂的星球。」〔註31〕那些規範敘事之外的方言文言雜糅，構成的複調多聲部是作品最大的收穫。透過這種方式，我們看到張煒的語言才華，對方言、文言、口語、俗語的熟悉、熟練，以及對不同的人物性格精神把握拿捏精準之下的透徹表現。

方言俗語的表現形式是聲音，沒有固態表現，但是，地名人名為它們賦予了特殊表現形式。有人將地名稱為語言的景觀，地名可以反映地方的特殊的自然與文化特點，而且一旦被命名，往往具有頑強的繼承性。透過地名研究，也可以看到張煒的「半島」側影。《刺蝟歌》的故事發生地，是叫做棘窩鎮的地方，由這個名字，我們就依稀可見一個山地與平原交界地帶、長滿荊棘等灌木的地理環境；《醜行或浪漫》的雷丁來自鶺鴒泊，那個有野鳥的原野，是丘陵平原地帶；蜜蠟謊稱自己來自十八里岕，人們並不計較其實在位置，但都明白應該是一個山溝裏地方；《九月寓言》中叫蜓鮁的小村靠海，所以才會用毒魚的名字為村落命名。《外省書》裏叫做「燈影」的小村在林子裏，是以前人們走夜路時看到燈光倍感溫暖的地方。「半島」世界人名的選取，尤其是有的人物的外號，常常也是具體地域中方言口語俗語化的結果，簡直傳神了這個人，比如《九月寓言》中的肥、大腳肥肩、牛杆、露筋，《醜行或浪漫》中的劉老懵、小油犎、老獾，《半島哈里哈氣》中的鍋腰叔、破腚等名字或者外號。《九月寓言》中的肥是吃小村的地瓜長大的孩子，父母並沒怎麼用心養育，她就像滿地肥美多汁的地瓜秧一樣，潑潑辣辣鋪散開，長得肥肥大大飽滿多汁；父母也沒怎麼用心就開口送她「肥」的名字，這樣的名字，注定就要生在小村長在小村長大也要嫁當村，到死都要在小村忙活的，村妞村姑村婦是她看得見的命運軌跡，這樣的命定的軌跡是一個人能夠隨便更改擺脫得了

〔註31〕張煒，《你在高原‧人的雜誌》〔M〕，北京：作家出版社，2010 年，頁 204。

的嗎？所以肥的初夜注定在大碾盤上被龍眼奪走，所以肥眞的要和挺芳私奔前，心底會有百般的自我拷問。大腳肥肩，——多麼貼切的一個稱呼！在廣大的農村不乏這樣的人物：長得人高馬大，豐乳肥臀，說得出做得到，很多方面不亞於男人。大腳肥肩性格的主體，是她的令人膽顫的兇狠、變態。《醜行或浪漫》中的劉老憚是正兒八經一個憚憚懂懂的老農民。自身條件制約造成的怯弱體現在他所有方面：沒有受過任何教育、窮、長得也不好，所以他因爲自卑非常容易知足、凡事鬧不明白也不求明白。他老大年齡得到美貌的蜜蠟媽當然喜出望外、對她百依百順百般縱容，妻子甚至瘋浪到連村頭、女兒都看不過眼的程度，他也沒有二話。《醜行或浪漫》的老獾，是小油鉆的父親，這個食人番後代，紅眼利爪，一旦被他抱住別想脫身。獾這種動物的四肢又粗又強壯，生長強而粗的長爪，是兇猛的食肉動物。科學家發現，考慮到動物撕咬力量和其身體大小的相對關係，這種個頭像豬狗的並不大的動物，竟然是撕咬力量最大的哺乳動物。老獾的手勁大到殺個雞鴨都不用刀——他徒手可以將雞鴨兔折斷脖子活活把皮肉撕開做的撕雞撕鴨撕兔，是伍爺最愛吃的。有這樣一個善於咬住掐準的父親，小油鉆才會打死女民兵，才會給伍爺賣命，也才會在伍爺被蜜蠟殺死後，瞅準機會奪到領導權。膠東把駝背叫做「鍋腰」，《半島哈里哈氣》中的鍋腰叔，是一個獨居的老人。隨著接觸漸多，果孩兒和老憨更多知道了這個人。他小氣、計較，但是他是他的小院、他養護的愛著的那些動物的朋友、甚至父親。大蟒蛇、小豬、甚至魚和烏龜都聽他的話。當他當作孩子一樣養大的兔子被村頭吃掉，他傷心難過，這時候就一改小氣的做派，把兩隻大兔子送給愛兔子的孩子們，使它們逃脫被吃掉的命運。這樣的舉動不禁令人感到他的鍋腰是被權勢壓彎的。破腚這個外號，記錄了一個愛爬樹的農村孩子的特徵：傳言他有一個因爲爬樹掏鳥窩被樹杈子戳得破爛不堪的屁股，而好奇的小夥伴終於有一天在老憨的帶領下，扒掉了破腚的褲子。他們大失所望地看到只有兩三道像樣的疤痕，其餘都是淺淺的、不太明顯。

第三節　張煒個人人生地理學

　　有時，地方感受價值體驗還會通過更爲神秘的心理生理方式，即通感－感知的關聯性達成。對青少年而言，通感及由此產生的共鳴是一種優勢，它幫助他們去定位或者聚焦其他事物。隨著孩子長大成人，通感削弱，取而代

之的是同樣能夠使世界豐富完滿的比喻。通感是幾種感覺的混合，比喻是幾種想法或者觀念的複合。比喻使得散亂的事物具體化，不熟悉的事物變得熟悉。因此，每一個人都是自己生活的藝術家和景觀設計師，根據我們自己的知覺和偏好，來創造秩序並構架空間、時間，以及因果關係。由這個角度看，世界的地理僅僅是由人類的邏輯和視覺、機智的眼光、裝飾的布置、美好的思想所統一出的整體。關於世界的每一個形象和每一種思想，都是由個人的經歷、學識、構想以及記憶所組成的。所有（從與日常生活緊密聯繫的、到因年代久遠以致被遺忘的）那些經歷，共同構成了人對現實的個人圖象。探索人的個人人生地理學，就使得空間進入人類經驗。

文學可以作為有關人類空間經驗的最佳線索——因為文學作品中，作家不僅描述空間，還幫助它完成。他們創造出的文學空間，會極大影響人們對空間、景觀和區域的認知和態度。在作家的創作過程中，會啟動自己所有的洞察力和構想能力，喚起關於一個地區特徵的全部記憶。而一個人在藝術作品中讀到和看到的世界，居住過、逗留和旅遊過的地區，以及構想和幻想的領域，都豐富了他關於人類與自然的理解。古代文學研究中，一直特別重視遊歷研究。在人們的習得主要靠口耳相傳和耳濡目染的前現代鄉土社會裏，人的腳步所至、目之所及，決定了他的識見和境界，所以古人強調讀萬卷書，行萬里路。今天，儘管電子和網絡提供了多種接觸世界、拓展見識的途徑，但是有什麼能比得上直接地足踏大地、眼觀其色、耳聞其聲、鼻息通納自然的芳香更讓人動容？這也是為什麼今天的學者仍然還是主張讀萬卷書、行萬里路、強調現場感的原因。從這個角度看，毫無疑問，探究作家的個人人生地理學，也是理解他的文學世界裏的空間構想及其根源的一條捷徑，尤其是對於一個從小立志做地質隊員的作家。

膠東半島地質資源豐富，在招遠、萊州、龍口、棲霞一帶，有蘊藏量和分佈都非常廣大的金礦，還有一些小型的煤礦、石墨礦，鄰近海域有豐富的石油天然氣資源。所以，建國以後這裡經常有地質勘探隊出現。一般地，在地質隊出現過的地方，很快就會有一個確定位置、儲量的礦被開採。張煒《蘆青河邊》、《古井》、《山楂林》、《拉拉谷》、《古船》、《刺蝟歌》、《你在高原》中，都有對地質勘探隊的描寫。這些外面的人給當地帶來好的或者壞的可能性，也給平原山地的當地青少年帶來新鮮的見聞，吸引他們追隨。當年，張煒就曾經是好奇地追隨地質隊勘探，在他們的帳篷周圍玩的孩子之一。他體

會到了他們的甘苦，更感受到了浪漫：住帳篷、四處遊走、千奇百怪的見聞，都是誘惑的理由，那時的他曾認爲地質隊員「是世界上最值得幹的事情」。張煒創作後來側重地理視角、創作中充分運用地理構想，跟童年這段經歷關係很大。地理學構想：「能夠使……個人去認識空間和地區在他們自己的經歷過程中的作用、去協調與他們看得見的周圍空間、去認識個人之間和構架之間的事物處理是如何受到分離他們的空間的影響……去評價發生在其他地區的事件的關聯性……去創造性地改變與使用空間，以及去正確評價由他人創造的空間形式的意義。」〔註32〕善於地理觀察、地理構想，對於作家是一個非常大的創作優勢。可以說，童年出沒於家鄉的地質隊帶來了新鮮和刺激，也爲張煒日後成爲作家提供了第一個動力。2011 年張煒在北京參加茅盾文學獎頒獎典禮一週後，向山東地礦局的地質工作者贈送了他獲茅獎的長篇小說《你在高原》，也算是向自己從小的夢想、也向爲自己的創作提供了特別視角的這個行業表達了敬意和謝忱——他認爲，地質工作者在大地上留下的腳印，「應該得到記錄、鐫刻，鐫刻在大地上。」

一、童年與故地情結

童年如果是美好的，人就會不斷去追憶；童年如果是不幸的，人也會喋喋不休地加以傾訴——心理學這樣解釋：人在童年得不到達不成的意願，會在後來有強烈的補償心理，形成戀鄉與怨鄉雙重心理的交織糾纏。

張煒的童年，是帶有很大的缺憾的童年——他出生不久，他的父親就被押送到南山工地上服勞役。母親靠爲園藝場打零工養活一家人，童年的張煒主要在外祖母照料下長大。父親不在身邊，又由家裏人躲躲閃閃的態度上，小小的孩子也知道自己的家庭與眾不同。《你在高原》、《半島哈里哈氣》中，關於寧伽和果孩兒兒時的文字，很多就是張煒和他的家庭曾經真實生活的寫照：遠離聚居村落的果園孤屋、花白頭髮終日操勞的外祖母、沒有父母約束終日在林子裏游蕩的孩子。喜歡無人的靜，在人群裏會有驚慌，「童年的經驗是頑固而強大的，有時甚至是不可改變的。這就決定了我一生中的許多時候都在別人的世界裏，都在與我不習慣的世界相處。」〔註33〕

〔註32〕〔美〕R・J・約翰斯頓，柴彥威等譯，《人文地理學詞典》〔M〕，北京：商務印書館，2004 年，頁 253～254。
〔註33〕張煒，《遊走：從少年到青年》〔M〕，桂林：廣西師範大學出版社，2012 年，頁 143。

母親的努力下，他得以進入果園子弟小學讀書。別的孩子都是來自鄰村、園藝場、煤礦，都有夥伴，只有他是來自這樣的住所這樣的家庭，平時獨來獨往，在學校受欺負也是常有的事情。張煒對在園藝場聯合中學上的兩年初中的態度，經常是矛盾的：那所綠蔭匝地的再好也沒有的校園，本應該和美好的少年時代連接在一起的，可是實際上張煒對在這裡的生活，是「有時深深地沉迷，有時又不忍回眸」。因為父親的原因，在那個「少數人特別痛苦，大多數人十分興奮的時代」〔註34〕，張煒成為這少數人之一。那時的他，天天看著學校貼滿關於自己和自己家的大字報、經常要排隊去參加父親的批鬥會，會後各種目光各種議論各種突如其來的侮辱，令他十分哀傷，甚至會獨自站在樹下想的最多的問題就是「怎樣快些死去，不那麼痛苦地離開這個人世」〔註35〕。一個孤獨的沉默少年壓在心頭的是關於死去會比活著更輕鬆的想法，該是對眼前的生活多麼絕望。《鹿眼》中，少小的寧伽在現實苦難面前無法排遣，曾經投河自盡的描寫，也應該是張煒當時心緒的真實寫照。

林中孤屋裏長大和家庭成份特殊，所以張煒的童年記憶裏，人群是不善甚至惡毒的、可怕的。他家周圍常有民兵出入。他們隨意進出，訓斥盤問父親，晚上則會在房前屋後溜達抽煙咳嗽說話，以警告屋裏人要夾起尾巴做人。不諳世事的小張煒坐起來傾聽，馬上會被外祖母按回到被窩裏。《你在高原》中寧伽一邊在屋子後面撒碎玻璃一邊在心裏暗暗說道「我們歡迎你們哪！歡迎你們夜裏來這兒挺屍」，其中抒發的，當就是那時小小的張煒對飛揚跋扈的民兵的憤恨之情。

童年也有難得的愜意。寒冷的冬天，沒有外人打擾的時候，孤單住在林子裏的一家人並沒有覺得寂寞，父親拿出一本書來讀，外祖母架起火盆，和母親在炕上的小桌上描花，用高粱秸稈的瓤和酸棗樹做臘梅。小張煒則在一邊靜靜地聽書。林子裏則是美妙的。林子裏那一片一片的綠色，教會了他眷戀大自然、熱愛大自然。在《你在高原》中，寧伽走到哪裏，童年果樹園裏的大李子樹和她散發出的陣陣香氣都會追隨他，在他的腦海鼻息之間隱現。《我的田園》寫道：「那些夜晚我神氣十足地在李子樹下舉目四望……我汲取了一片園林深長的香氣和真正的營養。」這，也正是故鄉的原野給予張煒的蔭庇。

〔註34〕張煒，《遊走：從少年到青年》〔M〕，桂林：廣西師範大學出版社，2012年，頁3。
〔註35〕同上，頁5。

　　每個人都會有自己的童年情結。張煒的童年生活教給他的是：動物比人更可靠、更容易親近，自然世界比人類世界更加令人舒適放鬆。這種感受應當是在他的人生經驗當中一再得到驗證，所以才會在喧囂的市聲中感到孤獨，在人際彼此隔絕互不信任：「待在了同一座城市裏，卻像隔離了萬水千山，這段距離常常需要我們花上一生去跋涉而不能抵達。」〔註36〕這和顧城「我覺得你看我時很遠，你看雲時很近」，是同一種感受的不同表達。

　　張煒最珍惜的是兒童跟小動物相通的善良眞純、童心童趣。《憶阿雅》將有情有義的動物與人類的生存法則作對比。將阿雅作爲人類良心的一桿秤，有了它，寧伽走到哪裏，做事都不會失掉準繩。童心是眞純的。但也是最容易破碎的。在一個人走向成人世界的過程中，眾多的誘惑、或者壓力，必將磨去人的童心與善良，甚至使人變得可怖，甚至自己都認不出。《鹿眼》中，父母老師鄰居同學眼裏的廖若是好孩子，可是誰想得到就是這個好孩子因爲無知，在誘惑、嫉妒心作怪之下，與包學忠合謀殺了同伴洛明。張煒將廖若與瘋子一起回歸林子與原野作爲結尾，也呼應文前有關蒲公英種子的文字：廖家的鋼琴聲把三個孩子「越引越遠，他們像蒲公英的種子一樣在風中飛昇，只等有一天回到泥土上生根……這樣的念頭只是一閃而過，又有些自責。不過有誰比我更瞭解這個平原呢？」〔註37〕這是怎樣一片平原呢？這片平原的泥土，會生長出不同的種子，不同的芽苗。正如生長出完全不同的各類人等一樣。不會是完全的善，也不會是全部的惡。每個人都難擺脫美醜善惡交織的人生，就如同有缺點的兔子。寧伽小時候那個老人和女兒跳崖後去了小島的夢、廖若的小島夢、唐小岷的島夢全都破滅——而且，就連島嶼已經骯髒，公司在那裡的各種機構掩藏了醜陋罪惡，傳說中的金娃也離開了島。唐小岷在大家其實已經全都不配去小島、「只有洛明配去，所以他就離開了」的認識，才會毅然上告，以此捍衛自己人性中沒有泯滅的良知，也以此修補破碎的童年夢。張煒像捧著金子一樣，捧著這點寶貴的初心。不獨《鹿眼》，整個《你在高原》最抓人心的，就是主人公寧伽中年人的徘徊中，那種執拗與迷茫交匯的情緒。這情緒是存在本身的徘徊探索帶來的無所適從感，與難能可貴的初心的會合。寧伽不是在理性、意識、或者使命責任等等支配之下，而是在這合流的推擁下向前，不由自主、不可抗拒。

〔註36〕張煒，《你在高原・憶阿雅》〔M〕，北京：作家出版社，2010年，頁421。
〔註37〕張煒，《你在高原・鹿眼》〔M〕，北京：作家出版社，2010年，頁43。

　　《人的雜誌》中，寧伽說自己是「一個用自己的一生走向一片土地的人」。他走向的土地，是安頓心靈之地，這土地最初是故園，後來是山地，再後來是葡萄園、平原，再後來，就是高原。而張煒的創作，也在始終關注一片土地，這片土地，就是他的故地。「我時常覺得，我是這樣一個寫作者：一直在不停地爲自己的出生地爭取尊嚴和權利的人，一個這樣的不自量力的人；同時又是一個一刻也離不開出生地支持的人，一個虛弱而膽怯的人。」〔註 38〕張煒對出生地龍口，或者叫做登州海角，懷了一種故地的優越性和尊嚴的獲得，一定要加上自己的一份努力才行的自信。張煒的創作從始至終深刻地介入那裡的生活。其實，故鄉是觀察世界的基礎。故鄉的範圍在嬰兒時代，是起居室和花園；走出家鄉的人，方言的範圍就是故鄉的領地；世界範圍內，故鄉就是國家或者民族；宇宙角度，我們視地球爲故鄉。一個雲遊四方的人最思念的是故鄉，而一個從不出家門的人很少會產生家的眷戀。同鄉會的魅力就在這裡──我們出生的地方，對我們有一種神秘的力量。人的根和身份，只有來自本土文化群體即自己的故鄉。這個由自然環境、家庭環境和鄰居組成的、離孩子們最近的地理群落，不但會成爲孩子學習的環境，而且也成爲兒童時期學習的全部課程。

　　「誰沒有故地？故地連接了人的血脈，人在故地長出第一絡根鬚。可是誰又會一直心繫故地？直到今天我才發現，一個人長大了，走向遠方，投入鬧市，足跡印上大洋彼岸，他還會固執地指認：故地處於大地的中央。他的整個世界都是那一小片土地生長延伸出來的。」〔註 39〕張煒重視故地，莫言也有過「故鄉是血地」的說法。張煒的田園故地情懷，與古代文人傳統中不絕如縷的山水意識完全不同。古代文人在亂世，最佳選擇就是規避現實，寄情山水之間，在沖淡、隱逸中物我同一，這本質上是一種迴避，逃逸社會責任而獨自逍遙。張煒的故地情懷則是基於對社會甚至人類的責任感。張煒的小說，寄希望從大自然的生命律動和洋溢的生命激情中汲取力量，去抵制、蕩滌世俗社會的骯髒與醜惡。故地情懷帶來深沉的家園意識和守護家園的執著。當「我」在外面的世界中失望而返，故園是「我」唯一的歸宿──過去、

〔註 38〕張煒，〈我跋涉的莽野──我的文學與故地的關係〉〔J〕，《作家》，2001 年，第 1 期。

〔註 39〕張煒，《九月寓言·融入野地·代後記》〔M〕，北京：人民文學出版社，2005年，頁 297。

現在以及將來唯一的、共同的家園。《柏慧》深沉熱切的家園意識，一重指向抽象的精神意義上的，一重是具體的地理意義上的。前者是精神家園，是心靈以良知、正義、勇敢、尊嚴、純潔、愛心、眞誠等神聖原則構築的一方聖土。張煒認爲，只有立足於這些原則，人才成爲人。小說還通過徐福出海避秦的傳說，來與現時的精神潰敗景觀和喪失精神家園的可怕圖景進行對照，試圖以古人對精神家園的悲壯守護，感召、激發人們，喚醒人們的精神家園意識。家園的另一種意義是具體的地理意義上的，它大而言之是自然，小而言之是那個美麗、和諧的葡萄園。這種家園的意義絕不低於抽象的精神家園。那些對於自然家園的詩意描寫文字，是《柏慧》最絢爛華美的部分之一。葡萄園沒有膨脹的世俗欲望，有的只是果香濃鬱、規劃合理的生存環境：「來葡萄園的第一年養了幾隻雞，現在已經發展成一個龐大的雞群。長長的籬笆上爬滿了豆角秧，還有南瓜秧。園子邊角地頭種了甜瓜、西瓜、花臉兒豇豆和紅小豆，還有蓖麻、芝麻、向日葵。茅屋前邊是一大叢美人蕉和一大叢蜀葵……」〔註40〕迷人的自然烏托邦是「我」理想的居住地。神聖化、浪漫化、詩化的葡萄園鄉村生活，反襯著當代城市生活的平庸與無聊。然而，這美好的家園正面臨著威脅，遭受著亙古未有的侵犯和傷害。海上的鑽井改變了海水的顏色，打魚人被迫一再東遷；陸地上的礦井嚴重地毀壞著平原，土地下沉，海水倒灌，莊稼、果林、喬木樹和郁郁蔥蔥的灌木，還有各種動物，都被淹沒了。家園被瘋狂侵犯和無恥剝奪，使得「我」萬分憤怒：「如果海潮騰空，把我們大家一起淹掉，我一點不吃驚不怨怒。這是美麗的大自然的暴動。」《柏慧》中，張煒通過追憶，假想了「融入」這種與土地結盟的「詩意棲居」。然而眞實的情形是：人與寄居的大地，關係是對抗性，合一、融入等都是歷代文人的理想。小說中其實也透露出：棲居永遠無法建立，精神的流浪是「我們」的存在形式。這也正是《你在高原》的主旨。當左衝右突都沒有出路，故園不再可以期待，人的選擇和人地關係都需要重新調整；即使放棄，也並不是絕望。

二、苦難與創傷記憶

「人在很長的一段時間內，總認爲自己是世界上受苦最多的人——雖然有的從來沒有這樣說過，但心裏是這樣看的。當然我們也知道，只要是把苦

〔註40〕張煒，《柏慧》〔M〕，北京：中國社會出版社，2004年，頁137。

難掛在嘴上的人，一般都有些可笑。所以他們閉口不說，卻要自覺不自覺地將自己與他人的經歷做比，結果很少發現有誰比自己經受了更多的痛苦。」〔註41〕當然這是一種曾經的認識，年齡增大，新的覺悟就會來臨。但毫無疑問，這確實存在過的心態和處境：「對於苦難的真切的感覺，痛心疾首的憂患，都源於生命的深層，它永遠也沒法偽裝。這種顫慄和恐懼像影子一樣難以擺脫、難以遺忘。」〔註42〕受難情結，使張煒保持了一道對人生苦難持久的理性注視的目光。

張煒受難情結的形成有著個人極為獨特的歷史淵源。張煒曾許多次提到他有一個「不幸與哀傷」的童年和少年時代。這一切，在張煒的很多小說中都有影子，那些有明顯的自敘傳色彩的小說中，暴力極大地引發了張煒的恐慌，而對暴力的厭棄，給張煒創作直接造成影響的是：對暴力的戒懼，直接引發了張煒對雄渾粗獷事物的戒懼；他筆下所描繪的故園場景，大都是小花小草小貓小狗之類缺乏力感的事物。

受難情結還帶來了張煒小說一種情感基調：痛苦。外祖父、父親個人命運與追求的悲劇性，給他們自己和家族造成了無盡的痛苦、焦灼。張煒在他的一系列小說中，以連續、交叉的方式呈現了同一位父親的形象。關於童年時父親歸來帶給「我」、母親、外祖母、老爺爺及原來靜謐的林中生活的衝擊的記憶，都不堪回首；「我」的現實生活亦為過去的陰影所籠罩，「我」的大學生活、03所遭遇無一不因父親的陰影而遭遇改變。「父親所象徵、隱喻和代表的一切太沉重了，沉重得無法也無力提起，」〔註43〕這是張煒在《柏慧》中的一句嘆歎。張煒的部分文本中，父親的缺席，體現了作者潛意識中對父親存在的否定；到了家族系列小說的敘境中，便成了一種顯意識的弒父的衝動。「一切災難都是那個男人——所謂的父親帶來的，他在我看來是十惡不赦的。我真恨不能殺了他，儘管弒父之罪深不見底。」〔註44〕弒父這一情緒，與作者童年的創傷性記憶有明顯的關聯。對父親的仇恨，源自一直存在於「我」（寧伽）心目中理想父親形象的英勇、俠義、果敢、浪漫、溫情想像的徹底幻滅。外祖母和母親描述中的父親，和現實中眼前歸來的父親，產生了一種

〔註41〕張煒，《遊走：從少年到青年・序》〔M〕，桂林：廣西師範大學出版社，2012年，頁1。

〔註42〕張煒，《問答錄精選》〔M〕，濟南：山東友誼書社，1993年，頁71。

〔註43〕張煒，《柏慧》〔M〕，北京：中國社會出版社，2004年，頁106。

〔註44〕張煒，《懷念與追記》〔M〕，北京：作家出版社，1996年。

巨大的悖反。磨難已使父親形象中沒有任何溫情與人性的東西，抽去了人倫的親情，也抽空了健全的人格和精神。他將所有遭受的人生打擊、非人折磨的陰霾，轉嫁到了對他滿懷牽掛與期盼的妻兒身上。少年「我」即已直面生命中不能承受之輕，痛苦之深重無法估量。《鹿眼》中，當父親殺了寧伽養的野兔、當看到媽媽遭受痛苦甚至服毒，寧伽對父親的殘暴厭棄到極點，一次次流著淚詛咒父親死去，可內心又有「再這樣講要遭雷劈」的恐懼；因此，憎恨他，又可憐他，希望他不痛苦地消失。「在那個夜晚我真想不出人這一輩子該做些什麼、該怎麼活下去、怎麼長大……難道真的有個不同於前一天的明天嗎？」〔註 45〕誰會相信如此可怕的徹底的絕望，竟來自一個十幾歲的孤單少年心底。

苦難以及留下的創傷叫人絕望，苦難也會超度人。張煒寫到自己十七歲從家裏出來的諸多艱難，但是極度的沮喪哀怨仇視並沒有壓垮他，而是磨礪出更加柔韌、承受力更強的心志。正因為體驗了真正的孤獨、饑渴、苦難，他後來的人生才有了超越這一切的可能性。當他撲進清澈透亮的水流裏，先飽飲後仰臥在水裏，清澈的水、熔岩河床、半透明的小魚，像一些富有靈性的東西給他安慰。享受著這些自然的撫慰恩賜，張煒細細體味人生際遇和親人們的處境、自己的責任，才會有人生真正的恍然大悟：「我還有很多時間可以成長，可以往前趕路。」〔註 46〕這樣的信念下，他很快就登上了想要翻越的山嶺。這樣的感性經驗，用在人生的很多緊要關鍵時刻，都會給人支撐下去的勇氣和信念。

小結：「愛」與「懼」的凝聚

現實世界中，與地方感以及個人和群體的空間建構聯繫在一起的，是領土性概念。動物、人──個人和群體，都會認同並保衛各種空間範圍的領土，但是在前者那裡，是因為出於本能的必須，後者則更多是因為感情因素，是因為喜歡，深愛，所以誓死保衛。綜觀張煒「半島」世界的保衛意識和領土感，都是基於深深的愛，以及所愛遭到侵犯威脅之後的被動生成的應激反應。《你在高原》、《刺蝟歌》、《古船》、《醜行或浪漫》中都有頑強的保衛意

〔註 45〕張煒，《你在高原・鹿眼》〔M〕，北京：作家出版社，2010 年，頁 282。
〔註 46〕張煒，《野地與行吟・我曾經一個人在山裏奔波過》〔M〕，北京：中國社會出版社，2007 年，頁 37。

識，保衛家園、保衛信仰、保衛正義、保衛貞潔……之所以如此鄭重其事，是因爲威脅無所不在，是因爲擁有的逐漸喪失殆盡。張煒被稱爲「大地守夜人」〔註47〕的緣由，正是因爲「敲擊梆子的聲音，除了具有報時的作用之外，更重要的還是喚起村民們對災難事件（火災、失竊、遭強盜等）的經驗和記憶。」〔註48〕

恐懼是由一個個獨立的個體感受到的，因此恐懼的感覺是主觀的。在看似正常普通的地球生活中，其實充滿了恐懼。恐懼中，對比較顯眼的事情產生的反應是警覺，對危險的預感則表現爲焦慮。恐懼來自有威脅性的外在環境，即使自己的眼睛看到的和諧寧靜的圖象，往往也帶有很大的虛妄性，因爲一定的空間的安全感，同時就意味著更大的空間裏的不安全。比如一隻從窩裏出來的兔子，窩是它的安全地帶，但是外界的誘惑終於誘使它出來。外界有誘惑，更存在讓它警覺的威脅，所以兔子一出窩，往往就會先要四處觀望，這就是恐懼感造成的本能反應。捕食性動物的安全感，永遠比被捕食物種更強。同物種動物的恐懼有一致性，也有很大差異。恐懼的種類和程度，都會因外界或者自身處境改變，有些焦慮和警覺是習得的，有的則是本能的。比如我們經常看到城市的鳥兒不怕人，在離人不遠處蹦蹦跳跳啄食，這就是後天習得的。

人類對外界環境的威脅性的恐懼，使得人造的邊界無處不在：房子、牆、籬笆、村莊等。這是最原始的防禦，用來保護和防衛。可是，有時這些也並不能限制住威脅。張煒從小到大，經歷過在各種處境最眞切最迫近的「恐懼」感受。《你在高原》中，即使寧家在偏離人群的果園孤屋定居，仍然擺脫不了專政的干擾、無法阻止民兵隨意進入小屋，對男主人訓斥辱罵捆綁毆打，對一家人形成巨大的心理壓力，甚至小孩子寧伽夜裏聽到外面有聲音鑽出被窩傾聽也會被馬上塞進被窩裏去。草木皆兵的外祖母相信小屋裏任何的風吹草動，都逃不過外界的眼睛。六歲以上的孩子已經能夠準確感受到家人懷疑和害怕誰，意識到他們的父母、祖父母或其他看護人的無能爲力。這種情況下，就會生出對於給他造成困擾的人的憤恨。

孩子會害怕離開母親、怕黑、對黑暗的恐懼是因爲失去方向感、產生隔

〔註47〕 張新穎，〈大地守夜人〉〔J〕，《上海文學》，1994 年 2 月，頁 73～78。

〔註48〕 張檸，《土地的黃昏——中國鄉村經驗的微觀權力分析》〔M〕，北京：中國人民大學出版社，2013 年，頁 30。

離感，每逢這時候會胡思亂想。張煒幼時他的母親要去果園做工，所以他是外祖母帶大，這時候外祖母就起到了母親的作用。而且，因為母親的離開，被遺棄的潛在可能性，成為孩子心底的恐懼。因為害怕外祖母也會同樣離開，所以他就要纏住外祖母，他在外祖母身邊、在外祖母身上爬上爬下，問東問西，這是一個尋求安全感的孩子的補償性反應。後來聽說外祖母會死、自己也會死，他甚至大哭起來。另外，七八歲以前的孩子經常分不清夢與外在事件。夢常常也是恐懼景觀，它們往往受民間傳說和成人信仰的影響。

外祖母經常給張煒講一些奇奇怪怪的精怪傳說。這一類傳說中，往往會有對兒童的伴隨著道德威脅的身體威脅：你要不怎麼樣，就讓什麼把你叼走。對這類精怪傳說的恐懼，張煒小說中常有提及：大人會教育孩子別到林子深處去，看了不該看的東西就會長不大了，就會癡傻了；還有誰家的孩子進了林子好幾天沒回來，找到的時候人已經廢了，被狐狸戲了等等。這時候的林中故事意味著危險。外祖母沒有意識到這些驚悚事件，在一個林中長大、天天出入林間的孩子心底，到底會激起怎樣的反響。人們的心目中，林中世界，與舒適的村莊世界相反，是一個黑暗、混亂的非人世界，是被遺棄之地，有危險的野獸出沒、參天大樹後面不知道隱藏了什麼。這些超出普通孩子的日常生活經驗的景象，都讓人感到恐懼。但是，對於一個從小在村莊之外長大的孩子來說，一切迴然不同，或者可以說正好相反。當村莊成了陌生的令人疑懼的所在，林子裏則是熟悉和親近的一切。《你在高原》寧伽從小跟著媽媽在林子裏採蘑菇，見識到美麗的小動物和植物，得到的現實教育就是林子裏會有美好的東西。通常孩子在林中最怕的就是迷路，《刺蝟歌》中小廖麥從小在海灘林子裏荒原上游蕩，迷路了也毫不慌促，因為他相信紅蛹可以為他指路——當然是他自己主觀沒有意識到的林子生活經驗幫助他走出林子。但是他確實是不驚慌，在林中就如同在家中。《半島哈里哈氣》果孩兒只和居住在鄰近小村的老憨來往，後來在老憨的帶領下，進入過鍋腰叔、三勝家裏。除此之外，他的活動區域就是林子，正因此，老憨才會半套近乎半挑釁地說果孩兒和林子裏的動物有一腿。即使和林子如此親近，在得知林中精怪的傳說之後，小孩子的心裏還是無法淡然處之。事實證明，人所獨有的形而上的恐懼，在任何年齡、世界上任何地方，都不會被消除。所以《抽煙和捉魚》中，孩子們會聽信玉石眼「狐狸老婆」的故事，對那個做了狐狸的老婆的男人感到驚恐，但是他們同時又按捺不住強烈的好奇。畢竟，好奇和冒險是健康、

精力充沛的男孩子的兩大天性。好奇心又讓人焦慮。而所有這些焦慮，都來自那個不熟知的環境——大林子，和它深處的故事。

孩子對學校充滿恐懼。因為那裡的陌生人也許沒有同情心，自己的弱點、缺點就會顯現無遺，並會因此遭到嘲笑。「人不是被事情困擾著，而是被對該事情的看法困擾著。」〔註49〕活在別人的看法裏，是張煒「半島」世界兒童共同的困擾。正因此，張煒幼時對學校的複雜態度，他也曾一再談及。父親遭遇到的，會牽連到孩子和家人。這個時候，孩子會害怕成為成年人，哪怕是父親這樣的親近的成年人。孩子更會恐懼父親的悲慘、他的可恨的性格都在自己身上重現。這種恐懼，正是萌生張煒作品中一系列「弒父」情節的心理機制。

令人恐懼的外界景觀，總結起來大約有兩種類型：一種是對世界接近崩潰的恐懼，比如恐懼人的死亡、恐懼被疾病、乾旱、暴風雪、洪水火災、暴民等威脅；還有一種是將邪惡力量人格化，即感覺到敵對的力量擁有不可戰勝的意志——在現代科學觀念確立之前，人們就是這樣將自然力量看成有生命的存在，視為神或魔、善或惡的精靈。這兩種狀態在膠東日常生活中，都有遺存。

自然災害中，洪水、地震、蝗蟲都沒有事前的預警，自然界的變化莫測，正是人們恐懼的來源。除了驚慌，人們無以應對。乾旱則是人們可以看到的循序漸進，這一過程中人們越來越焦躁，焦躁的結果就是要尋找控制感，沒有能力控制自然的人們這時候只有求助於神秘的儀式。如求雨、驅除旱魃等，這一過程中不管有什麼阻礙的力量出現，都會被毫不猶豫地推開。沒有什麼會比恐懼驅使下的暴力更具有破壞性。由於無法將憤怒合乎情理地發洩到自然身上，那些這個時候出現的人和事，就成了替罪羊。結果，呈現在人們面前的是一個更加動盪不定的世界：所有現存的和諧全部被打亂，社會和諧、人際和諧、身心和諧都處在危機當中。這就是憤怒、無助、驚慌的村民面對自然威脅的絕望反擊。《你在高原》、《刺蝟歌》中的打旱魃：被自然界的乾旱和公司集團的掠奪破壞激怒了的村民，已經沒有理性，所以小白、寧伽和紅臉老健、葦子、兔子們發動群眾的初衷，已經被村民拋到腦後，他們只想要發洩憤怒，只是絕望，不計後果。天災固然可怕，人禍尤其慘痛。那些理性喪失造成的可怕景象，留在檔案記載中，也沉澱在一代代人的心底：比如《古

〔註49〕時勘等，《災難心理學》〔M〕，北京：科學出版社，2010年。

船》中關於土改和還鄉團清算的血腥場景描寫；《刺蝟歌》中唐老駝唐童父子和老饕之類的橫行，憤怒的人群失控衝擊集團的場景；《你在高原》中寧珂、曲瀫、口吃老教授們的遭遇，霍老、岳貞黎、繆們兒的荒淫，荷荷、帆帆、淳于陽嘉的悲劇。

　　膠東的民間信仰使得人們相信神靈、祖先的魂靈幽靈、精怪無處不在。他們會教育小孩子不要到陰暗的樹林裏、人跡罕至的荒野上、甚至古怪的人的家裏，他們認爲那裏都會有神怪幽靈。他們認爲越是遠離人類的住地的神怪，越是對人有危險。尤其是那些幻化爲人的類人的神怪，更是心懷惡意，會奪取人的精氣，或者附體於人要求非分的東西或者供奉。這是人類從原初的荒野上創造出的人格化恐懼景觀，提醒子孫只有時時警覺才能遠離周邊威脅，維持他們的世界的穩定。村民們眼裏平和的村莊生活那些不確定性和壓力，說到底，是人類的豐富的想像力爲惡靈的出沒提供的空間。迷信其實是一種方法，通過它，人們在不確定的環境裏創出一種可以預期的幻象來降低焦慮，適應威脅，即使威脅還仍然存在，恐懼卻一定程度得到緩解。比如對於自己的失敗或者損失，是理解爲自我的過錯，還是外力導致的更讓人能夠接受？自然如果是因爲神靈鬼怪所致，那麼人自己就可以開脫責任。山地和深林，是超出人類活動範圍的領域。荒野、原野、野生動物，「野」的含義，就是不聽使喚無法駕馭。因此，人們就將野生動物視作和人類敵對的，不應該被善待的一方。這樣的理解之下，把邪惡的屬性加在動物身上就成了自然的做法：想像中，所有的鬼怪都有爪子、有毛茸茸的尾巴、尖尖的動物的嘴和鋒利的令人膽寒的牙齒。這種觀念根深蒂固，以至於我們今天還是會把殘暴的人叫做「禽獸」。其實，真正的壞和作惡，倒不一定非得用利爪和尖牙：《你在高原》中，農場老看守基於畢生所看到的罪惡，終於得出結論：人壞起來，禽獸不如！

　　在民間信仰中，法師會在恍惚狀態進入天地兩界，帶回一些關於那裡的地理環境知識——天堂是美麗溫暖的，而地獄是恐怖冰冷的。在人們的想像中，陰陽兩界的地理特徵越來越活靈活現。《抽煙和捉魚》中，玉石眼爲小孩子描述出的「狐狸老婆」在林子裏當狐狸的老婆的種種情景，孩子們想像出的「狐狸老婆」的老窩的情狀，結果證明都只是構想而已——由此可見，恐懼感是人們依據現實構想出來的，人們卻無法擺脫它。《刺蝟歌》中，人們想像中杜撰了財大氣粗的霍老爺的二舅是驢，就在敬畏中抬高了霍老爺。而傳言霍老爺和林子裏的河鰻、白楊樹、刺蝟精、狐狸精等的情愛故事，更是神

化這個人。霍家的家丁都是土狼子孫，與《醜行或浪漫》中紅目尖牙的老獾小油桎是食人番後代的交代，是對這樣的家族歷史上強悍狠辣威懾作用的誇大，都是一種歷史恐懼景觀的社會心理折射。《刺蝟歌》中珊婆這個接近於女巫的形象塑造當中，就包含了廖麥從一個男孩到男人的半生經歷中，面對一個強大神秘的女性的深深恐懼和反抗。張煒筆下有一類複雜神秘的女性，張王氏、大腳肥肩、慶餘、珊婆、貐嫚、毛玉，其中，珊婆的蘊含是最複雜的。世界範圍內的人類歷史上，有很多對女巫的想像和恐懼。巫，就是那些具有超自然的能力，能夠通過它對人形成某種傷害的人，女巫尤其令人驚悚。她往往在以周圍人難以察覺的方式起作用，比如會扮成人所熟識的人，甚至對門鄰居，深藏不露做了許多害人的事情，所以更加令人恐懼。她是好色的、貪婪的、亂倫的，傳說中總是與野生動物有密切關聯。多數灌木中的野生動物都被認為是女巫的夥伴，它們的共同特點是黑色、醜陋、危險。她在黑暗中或者秘密的地方，破壞或者顛覆人們最深信不疑的東西——尊重生命、財產、性行為規範的社會觀念，都會被她破壞掉。張煒在珊婆身上，就寄託了很多這樣的認識。廖麥小的時候，就知道這個女人是個什麼都不怕，什麼都敢做的響馬。她會把廖麥強行按到自己的胸脯上，以摸自己的胸脯為交換條件強搶廖麥的紅蛹。廖麥還在海邊親眼看到過珊婆為海豬接生，對風浪中那血腥和生育的掙扎的驚懼，也是廖麥對珊婆的印象之一部分。成年以後，廖麥逐漸知道了這個女人的來歷：她要做好大姑娘的時候，她會言行一致地為了良子守身如玉；她要放棄的時候，她會放縱到讓村裏所有的青年都為之神魂顛倒；即使在身為姑娘家時，她豪爽到可以隨時堵住良子，讓對方脫了褲子檢查；她的調教形成唐童對她從身體到精神的依賴信任。對良子由愛不成而生的恨毀了她，在林子裏和人際社會，她都是桀驁不馴我行我素的；在她身上野性和欲望都是極致的；當野性消散，欲望就浮出水面；當情慾消散，物欲就更加突出。後來，在廖麥對美蒂食用淫魚上癮無可奈何之際，面對湖裏的淫魚，他想到一個人——這個人當然就是熟知林子荒野各種隱秘、因而能夠用它來謀求個人好處的人。除了唐童，誰會如此對美蒂用心思？除了和唐童有著怪異關係的珊婆，還有誰和這片荒野山川的野性更加合契的？這個為了財物用七片葉子毒死老海盜的毒辣女人，和她的「土狼」乾兒子們做了唐童強硬的後盾，她和她河口的一片土屋的隱秘，可能永遠不會有人知道。在毛哈的遭遇、自身的遭遇、平原的遭遇面前，廖麥終於挺身而出，站在珊

婆面前警告她：你的乾兒子被雷公號上了，唐童也被雷公號上了！那其實是一個被逼到無路可退的人克服恐懼的反抗宣言。

怕鬼是因為對「怪異」無法解釋，對未知充滿恐懼。對前現代人來說，自然神靈與祖先、祖先與鬼、鬼與女巫、女巫與兇手、兇手與強盜、強盜與野獸之間，沒有截然的區分。也就是說鬼常常是一個中介概念：向上向好的方面，可以導向超自然層面的神魔；向下向惡的方面，可以導向自然和人類層面的野獸、兇手、強盜。相信有女巫和鬼，就表明人際關係的脆弱。人們相信河裏有淹死鬼、荒宅、老磨屋、鄉間小路、村邊到處都有鬼魂，冤死的人的鬼魂不會離開。張煒經常表現這種民間崇拜的普遍性：《你在高原》橡樹路這條城市裏最高權力者的聚居地，卻有傳言白條的家裏，經常出現淫邪的鬼怪。甚至他們自己也對此信以為真，還找來嫚們兒驅鬼。可是心魔不除，一切都是虛設。與此相似的，還有荷荷瘋癲狀態下說出的大鳥的荒淫舉動。如果說這是窮奢極欲者的酒色癲狂，那麼在社會的底層下層，還有被侮辱被損害者的信仰：呂擎們在山區，被安排到一個空屋，村長告訴他們那裡有怪：村民們堅信那對被欺凌而死的屈辱的母女的冤魂，時常在這裡作祟。《九月寓言》中，小村祖先的鬼魂會在村邊轉悠，叫做「戀村」。在鄉村社會，這些想像中的鬼怪故事，說的遍數多了，大家就都信以為真了。《醜行或浪漫》蜜蠟就是這樣。逃跑的路上，蜜蠟夜晚在野外窩棚得到一個老人的指點要她遠離，因為小油矬佈下了羅網捕捉她。面對說自己是鬼的老人，蜜蠟驚恐萬分跑開了，鄉村教育使她相信：那真的是一個善意的鬼。

人類的很多恐懼是在成長過程中，從生存環境得來的，有的恐懼只是存在於兒童階段，有的則會伴隨終生。人的生命週期的不同階段，會有不同的恐懼產生或者消失。張煒十七歲離開家，在山裏遊走流浪，他從小接受的一些恐懼教育曾經深深困擾過他：因為想到別人說山頂石屋的建築材料是從墳堆扒來的，夜裏嚇得不敢進屋，就在外面游蕩到天明。深山、半夜，沒有人可以求助、沒有可以緩解緊張與恐懼的任何機會與理由，只有恐懼隨著山風隨著夜露隨著孤獨在一個十七歲少年的心裏在天地間越來越膨脹。有過這樣的經歷，再寫什麼驚悚和靈異的事件，就會有足夠的想像力。

鄉村暴力也是令人恐懼的因素。前現代社會的土匪、強盜，令人害怕；現代社會那些穿制服的幫兇，有恃無恐，而且更具有破壞性。這些都打破了人們的平和鄉村想像。《刺蝟歌》、《你在高原》都表現了這種令人髮指的恐懼

景觀。但是實際上，現實中的鄉村兇殘和殺戮，比人們意識到的更易於被接受。而且，不僅是人們理解中兇殘的人，才會有兇殘的殺戮。《刺蝟歌》中一直被追殺的毛哈，就將珊婆的一個乾兒子用水草勒死並且緊緊地束在無人發現的海底；《醜行或浪漫》蜜蠟把槍刺深深插進伍爺的身體裏面。他們事後都沒有對這一行為的意外和驚恐。對於為什麼在鄉村暴力一直會存在，有這樣的解釋：人們認為這和鄉村經常會進行的屠宰，以及人們在屠殺或者觀看屠殺的過程中，由此消解掉對死亡（殺戮）的恐懼有關——人們會因對動物死亡司空見慣，進而對他人的痛苦麻木不仁。這種說法不見得完全正確，但是嗜血的習俗確實會抵消人們的死亡恐懼。《九月寓言》中，有細緻的關於閹豬場面的描寫：豬在嘶叫掙扎疼痛，人們卻把這當作一個樂子。

張煒的「半島」世界，人們以農耕為主，兼有漁業林業等產業。農業社會裏，農民總是設法為自己建構一個世界：人們喜愛的、需要的植物，在人類的照料下茁壯成長，人們的食物充足可靠。安和的田園，就是人類——文明人的追求。但是農業也存在威脅——在播種、在收穫的季節，如果氣候不適宜，那麼人們就會受到飢餓的威脅。《九月寓言》中，收穫地瓜的季節，下連陰雨是小村人最擔心的事情，因為地瓜乾曬不乾就會黴變，口味就會變苦，那時候，老人們就會發出呼號：老天讓小村人吃苦食哩。所以，農村裏的人們，始終對於周圍環境缺乏信心。前現代社會幾乎各個地方的農業社會都會受到食物不足的威脅，飢饉造成的那些令人恐懼的自然景觀，以及留在人們心底的恐慌，會在代代口耳相傳中得到強化和鞏固。《海邊的風》中老筋頭和他的老朋友千年龜、小朋友細長物在餓死人的歲月將人們引到海上來，避免了被餓死的慘劇發生。《古船》中關於趙炳拜別家裏的病妻去處理村裏餓死人的狀況，被人們認為有大仁義；李其生發明了發糕救了全村人，他的妻子嘴裏卻緊緊咬著破蚊帳死去的描寫，更加強化了人們關於自然災害時期的種種極端印象。《刺蝟歌》中也有有關人們餓到吃土、小廖麥看到滿街死人的景象。食物短缺、饑荒，總是和相對較好的時期，令人沮喪地交替出現。所以，一旦有什麼動向會讓人聯想到曾經出現的飢饉恐怖景觀，老人們就會格外緊張，他們的預言又會激發出整個村落社會的緊張氣氛。「人類無法生活在持久焦慮的狀態中。他們需要擁有一種控制感，哪怕這種控制感不過是一種錯覺。」〔註50〕

〔註50〕 〔美〕段義孚，徐文寧譯，《無邊的恐懼》〔M〕，北京：北京大學出版社，2011年，頁61。

　　每個人在童年時都會覺得有很多美好的東西，但是滿足好奇、尋找安全就是人的生存過程。有時候好奇心滿足了，可是更大的恐懼到來了，甚至會以排山倒海、壓倒一切的氣勢：大家都知道了美好的世界不是真實的。但《鹿眼》中精神分裂的廖若感到迷茫和惶惑，發自內心的恐懼是由於犯罪感。而緩解這恐懼，唯一的辦法就是自我放逐：放棄完美的島嶼那個理想王國，放棄正常生活。對他而言，空間、時間都不再確定，人人都不可信賴。醫治精神病人，往往就是把他關在固定的場所，讓他那些天馬行空無所依據的想像逐漸在框架住的環境裏，有條理地回歸常態。可是在廖若，有限的空間就會讓他在想像中把自己的罪惡放大，更加無處可逃，闊大的世界卻會分散他的注意力，讓他輕鬆。他的安全和恐懼的對應，和常態社會錯位了。

　　人類最大的敵人，還是人。安全感、恐懼感的最大來源，都是人，尤其是在現代城市。城市是人們為了追求物理完美和秩序而設立的。但是，卻最終淪為讓人恐懼的地方。磚塊和石頭的建築沒有帶來安定感，反而像迷宮。彙集的噪音讓人緊張焦慮。隨著城市發展，建築的安全、交通的問題、火災的可怕，都會成為城市居民的心理陰影。惡意是人的本性，會使人迷失、驚慌。對作為物理環境的城市的恐懼，與對城裏人的恐懼，不可能完全區分開。有產階級認為社會的底層是暴力、罪惡的源頭，他們害怕窮人的暴力傾向、厭惡窮人的低級趣味：暴民、烏合之眾、群氓、下層人。上層和領導者會創造新的城市恐懼景觀來對抗他們認為對自己構成的威脅：法律、刑罰等懲罰景觀，還有關禁閉的地方，這些場所與行為是文明還是惡魔行徑，全看你持的態度。城市裏的現代人被恐懼困擾：老年人害怕搶劫成為困在家裏的囚犯、年輕人恐懼於無形的未來，產生不舒服感，他們中的很多人認為未來一定是衰敗、生態危機、種族衝突、世界饑荒、核事故。這樣的恐懼使得他們傾向於假設存在一個更好至少更加安全的世界，在遙遠的歷史空間，或者在遙遠的地理空間，於是產生出烏托邦想像。細究張煒的「半島」世界，為什麼對歷史文化如此癡迷，又為什麼對半島如此鍾情，原因就在這裡：對現代都市、對物質科技現代化的種種弊端的疑懼，使得他分別向未被文明浸染或者充分浸染的地方以及遠古文明尋求精神支撐。兩種取向在張煒的「半島」世界十分鮮明：一個是向上伸向歷史文化空間，想要抓住長空中彩虹的七色塡補眼裏的蒼白、一個是向地理文化空間，要尋找可以落地生根得到滋育的落腳點。兩種取向撕扯之間，就是被忽略的現實城市生存空間。

　　張煒對美好世界有明確的地理指向——融入「野地」。人類學認為，那些無憂無慮、相處融洽沒有恐懼的社會，是人們不知道什麼是邪惡的地方。人們從豐饒的熱帶雨林、高低起伏的獨立的島嶼、人口稀少的草原的研究中發現，未受驚擾的自然提供給生存的基本需求，人在這裡的恐懼成分如害怕、懷疑、焦慮都在減少。人與人的矛盾很容易化解掉。現代社會人們感到緊張和苦惱的主要原因——對時間的敏感，在這裡極為淡薄。人們不用擔心趕不上車船，不能按時完成某個目標。與存在的當下相比，過去未來顯得無足輕重：「一群人，在一個不為人知的地方，過著一種極為討人喜愛的生活。」〔註51〕他們依戀自己的生活環境，不是把自己的意志強加到環境身上，而是和環境恬然相適。這也是張煒《聲音》時代的「蘆青河」，《九月寓言》中「登州海角」的小村，《刺蝟歌》中的以前有林子的「半島」，以及《你在高原》中「高原」的理想生活。

　　面對眼前欲望喧嘩的世界，張煒明確表示自己屬於過去，對於眼前的熱熱鬧鬧的社會，自己只有外來人的感覺。那種只有依靠幻想才能回到故地的哀傷，讓他愛而生恨：故地成了神話消失的地方。他甚至提出作為一往情深的挑剔者，文學家要承擔葆有詩意的人生、限定瘋狂的技術的倫理高度。他無限神往於齊文化的繁榮、古萊子國的氣度。其實，認為過去比現在更好更安全，對過去的完美化的懷念，是一種美麗的神話；同樣，認為我們這個時代變化比別的時代更巨大，也還是一種典型的時代自我中心主義。這兩種觀點，都是主觀化的和不完全可靠的。

〔註51〕〔美〕段義孚，徐文寧譯，《無邊的恐懼》〔M〕，北京：北京大學出版社，2011年，頁33。

第三章　「半島」世界的烏托邦空間

　　同爲膠東作家，陳占敏對張煒的文學道路和追求有較爲深入的瞭解和理解，他有一篇作家論《從蘆青河走向高原》，對張煒以憂心寫芳心的行文，和張弛有度地營造的藝術空間有較爲深入的解讀。如陳占敏和很多研究者關注到的，張煒通過 2010 年的《你在高原》表現出的「蘆青河－高原」的地理指向和精神指向中，有一個在半島－回半島－戀半島－離半島去高原的歷程。這裡應該注意的是，高原指向只是一種精神指向，是作家在小說中結構出的一個理想去處——他處，這並不意味著作家從此對於「半島」世界的遺棄。我們在張煒 2012 年的《半島哈里哈氣》中，看到作家仍然一如既往地寫半島，而且是完全回到半島、回到童年、回到故鄉。從這個意義上，《半島哈里哈氣》可以說是一次半島烏托邦宣言。我們也可以由此斷言：只要眼前還是這樣的現實，即使烏托邦理想依舊虛無和脆弱，張煒也要永遠給這片平原「做秘書」。包含這平原的半島空間，那些比陳芝麻爛穀子更久遠深邃的事情，張煒沉浸其中，不離不棄，遊走言說。

　　不止一個人談論過張煒創作中的烏托邦理想。謝有順在 1995 年的《大地烏托邦的守望者——從〈柏慧〉看張煒的藝術理想》探討了張煒從《九月寓言》到《柏慧》文學理想的烏托邦性質，栗丹 2012 年的《家國想像、現代誘惑及精神烏托邦——從權力敘事的角度評張煒新作〈你在高原〉》探討了張煒在對「現代」的批判中確立的傳統固守姿態和文化幽懷傾向，房偉 2010 年的《另類的烏托邦——張煒〈九月寓言〉的新民族文化想像》認爲張煒以浪漫回憶建立起的民族家國敘事想像是一種政治烏托邦，曾平《烏托邦的終結——評張煒的長篇小說〈刺蝟歌〉》關注到張煒構築出的野地烏托邦和愛情烏托邦的終結。

2011 年 8 月 15 日，張煒在萬松浦書院與河北作家代表團文學座談說過：「對時間的線性理解也會影響作品的結構，影響作品對社會現實的把握，影響到人物的塑造，影響到個人的哲學思索，這些綜合起來就破壞了文學的目標。」〔註1〕正是基於對線性的進化的時間的懷疑，使得張煒堅持他的大地烏托邦理想。張煒說自己多少年在做的，就是把海濱林子、把半島原來的樣子，以及人們曾經的生活情狀記錄下來，期望將來有一天，有個偉大的人將其復活。張煒自己知道這夢想的虛幻性，這或許永久只是個夢想，可是人類走到今天不是全靠有了夢想才能去追夢的嗎？而他對抗眼前外界的喧嘩的方式，就是不斷靠想像回到過去：將欲望喧鬧的迷茫當下人際的紛繁疲累，與記憶中融入自然的欣悅對比，一切不言自明。

張煒的「半島」世界，是依託膠東半島的地理和文化生成的藝術世界。半島上的山與海、人與物、愛與恨、生與死、怨與癡、古與今，盡入張煒筆下。這個世界的空間範圍，是張煒小說的主要人物「來」和「去」的遊走圍繞的中心，隱喻意義也在此過程生成：離心、向心，都是以此爲中心，儘管從世俗的視角看去，這裡根本原就是偏離中心的外省，但正如張煒所說的：你的心在哪裏，那裡就是中心。這個和文字也和生活較真較勁的作家，最不會厭煩的，就是對形而下的生活的密切關注、和對其背後形而上的意義與價值的思考和發現，四十年持之以恆。

第一節　「半島」情境

在託名王昌齡的《詩格》中〔註2〕，指出了詩歌創作中物境、情境、意境的差別。以物境見長的詩歌，可得外境之形似，遂使得物境之界偏於客觀；以意境見長的詩歌，可得其意趣，遂使得意境之界重主觀內心；以情境見長的詩歌，深得其情，最是順乎天然自在的人情的營造。情是內在主觀的，境爲外在客觀之物，情境即以主觀統領的客觀世界。儘管中國的古代文學傳統

〔註 1〕 張煒，《張煒散文隨筆年編 18・求學今昔談・線性時間觀及其他》〔M〕，長沙：湖南文藝出版社，2013 年，頁 124。
〔註 2〕 王昌齡《詩格》，有：「詩有三境：一曰物境。欲爲山水詩，則張泉石雲峰之境，極麗絕秀者，神之於心，處身於境，視境於心，瑩然掌中，然後用思，了然境象，故得形似。二曰情境。娛樂愁怨，皆張於意而處於身，然後馳思，深得其情。三曰意境。亦張之於意而思之於心，則得其真矣。」

一直是重視意境而輕視情境，但是這毫不妨礙情境成為抒情文學的基本要素的事實。人有七情六欲〔註3〕，「喜怒哀懼愛惡欲」和對色、形貌、威儀姿態、言語音聲、細滑、人想的欲念，是生而向死的個人和整個人類社會的自然流露。文學造就情境，就是直接表現人和人類社會的真實情狀。

其實，古今中外很多人都意識到情與境的重要關聯。情感因外界觸目之物各異而有別，所以劉勰說「情以物興」〔註4〕；不同的感情感受要借不同的外物得以抒發，所以劉勰又說「物以情觀」〔註5〕。特定的情感只有和特定的物境相互合契，才能產生出互動和諧的情境，正如辛棄疾《賀新郎》所言：「我見青山多嫵媚，料青山見我應如是。情與貌，略相似。」〔註6〕西方的波德萊爾曾用「對應體系」一詞來稱呼這種「略相似」。艾略特也在《哈姆雷特和他的問題》（Hamlet and His Problems）這樣說過：「在藝術形式裏表達情感的惟一方式是尋找一個『相通的客體』；換句話說，一組事物，一種境況，一系列事件將可成為某一特殊情感的具形；這也就是說，當這些作用於感官經驗的外在事物被寫出之後，情感也隨著被召喚出來了。」這個「相通的客體」，接近於中國文學中涵蓋萬物的「境」。

張煒創作中一直注重情境的營造，他的情境追求既有生活又充滿詩意。隨著張煒的文學視野一步步打開，他的文學理想也越來越高遠，正如王國維說過的「眼界始大，見解遂深」。張煒「半島」世界的空間情境及其隱喻意義，從 1973 年到 2013 年，歷經了「蘆青河」－「登州海角」－「半島」－「高原」的拓展與轉換。在大約 1985 年之前的中短篇小說和長篇小說《古船》裏，張煒沉浸在「蘆青河」情境當中：張煒的蘆青河情境是純美和諧的，這個空間的自然和人性淳樸動人，一些人在一個別人不知道的小地方恬靜地生活。蘆青河這一自然形象的意義，在於它一直具有象徵或隱喻的功能。在小說中，它經歷了幾個歷史時期：曾經河水豐滿，浮舟載船；後來水源枯竭，河底暴露；1980 年代地下蘆青河奔湧而出，曾經的繁盛景象似可望重現。河是土地的血脈，是生命的泉源，它連結了山谷、平原和大海。張煒的「河」就在入

〔註3〕《禮記·禮運》：「七情：喜怒哀懼愛惡欲。六欲：生死耳目口鼻。」
〔註4〕 劉勰、王運熙、周鋒，詮賦，《文心雕龍譯注》〔M〕，上海：上海古籍出版社，2012 年，頁 43。
〔註5〕 同上。
〔註6〕〔宋〕辛棄疾，《辛棄疾詞集》〔M〕，上海：上海古籍出版社，2010 年，頁299。

海口處，也染上了海的豪氣與勇敢。因此，河流暢通，奔騰入海暗示生命的強盛，河流滯塞則可能生命枯萎。1986 年到 2000 年之間，張煒的「半島」情境拓展爲包含了小平原和南部的山地的「登州海角」〔註7〕。這裡自成一統的世界自有其興衰榮辱、愛恨情仇的歷史與現實，相對於河的世界，它更豐富駁雜。「登州海角」階段，張煒短篇小說數量減少，逐漸增多的中篇小說表現的往往是更深入的人生發現。《九月寓言》、《柏慧》、《遠河遠山》這幾部長篇則沉浸到小平原和山地的褶皺當中，發掘那些觸動心弦的物境。《九月寓言》是土地青春的輓歌，《柏慧》中的小平原，是當年徐福的誕生地，也是萊夷人的撤退地，是「我」「最後的歸來之地」——它「處於登州海角，從地圖上看，這是一片大陸的邊緣地帶，小得不能再小，是插進大海的一個犄角」〔註8〕。當年萊夷人面臨強大的狄族和戎族的進逼時穿越老鐵海峽的悲慘撤退，後來，秦王東進，稷下學派經歷精神上和心理上的臥薪嚐膽以求仙爲由周詳準備後永遠地撤退，「我」忍受侵犯最終也要迎來離開登州海角這一天。這種古今鉤沉，揭開了張煒精神血緣追索的新創作動向。細細梳理《柏慧》，不難發現，後來《家族》中寧伽的青少年生活經歷對精神與血緣家族的追問、《橡樹路》寧伽在雜誌社的遭際見聞、《海客談瀛洲》對徐福東渡時與現實中惡勢力下的掙扎、《我的田園》支撐東部葡萄園的苦樂與得失、《荒原紀事》對這片平原到底屬於誰的質問、《刺蝟歌》廖麥的山區遇到老媽媽等內容，都從這裡肇始。從這個意義上可以說，《柏慧》是「半島」世界大樹的根脈所在。中短篇或者其情節設計成爲後來的長篇構思的局部或者展開的基礎，並不意味著張煒的題材和視野的局限有限，正相反，這說明張煒對某些題材領域的深思與發掘從未停止過。有什麼會比濃鬱的興趣和執著的盤桓更能夠帶來收穫的？持之以恆，就會走向超越和深邃。張煒短篇小說大多創作於 1973〜1996 年之間，其中 1976〜1981 年寫的《鑽玉米地》和 1987〜1989 年《玉米》寫到玉米地裏的眾多樂趣，不論是場景展開還是人物構成，都與寫於 1987〜1992 年的《九月寓言》中有很多近似之處，後者有了更加細緻詳盡的展開。變前二者的粗線條近鏡頭爲後者的細筆描繪和全景抒寫，也得到更加深邃沉重的

〔註7〕儘管 1988 年開始進行《你在高原》的創作，但是，直到 1994 年的《柏慧》，還可以看到作者糾結的是「登州海角」的過去與現在，所以，到 2000 年張煒在《外省書》思考外省與中心的問題視野拓展到小平原外之前的這個階段，都可以劃歸到「登州海角」情境階段。

〔註8〕張煒，《柏慧》〔M〕，北京：中國社會出版社，2004 年，頁 50。

啓示。1976 年的《鋪老》、1987 年《問母親》和 1989 年《四哥的腿》中的海濱生活、林中景象、童年游蕩，後來都成爲《你在高原》中物境的基礎。1989 年 11 月的《逝去的人和歲月》和 1990 年《頭髮蓬亂的秘書》就是張煒開始《你在高原》構思的產物。前者中性情大變的暴戾的丈夫，帶給自己和家人無盡頭的痛苦和折磨，後者中十幾歲離開的中年人回來給平原「做秘書」。「半島」情境由《你在高原》揮揮灑灑潑墨而成，又在《半島哈里哈氣》中得到進一步的完滿。《家族》中「革命成功了，我們家卻失敗了」的歷史，和寧伽與導師朱亞在東部平原勘察「大開發」項目論證中對抗權力與時俗的慘敗，歷史和現實都在陳述一個事實：血脈的承傳不僅限於生理上，正與邪的較量在城市鄉村隨時隨地發生，最終勝利的，不一定是正義。《橡樹路》中對上輩人的審視、對同齡人的深深的體恤和自身在城市與單位的經歷，促進了寧伽的思考和靠近橡樹路、告別橡樹路的選擇。《海客談瀛洲》寧伽和紀及在對徐福東渡出發地做論證過程中，逐漸撥開歷史和現實的迷霧，看清權勢威壓下的生存與反抗。寧伽的《東巡》和紀及的《海客談瀛洲》是對歷史的平行文本，以嚴謹客觀對抗著王如一等人對歷史研究的世俗化粗鄙化。爲了信仰或者某種追尋，艱辛、犧牲無處不在，血腥與醜惡卻常佔了上風。《鹿眼》中年寧伽在自己的出生地——東部平原流連，看到比魯迅「沒有吃過人的孩子，或許還有」更可怕的現狀。他從自己和孩子們身上理解到：平原的泥土，會生長出不同的種子；每個人都是故事裏那只有缺點的兔子，永遠也獲取不到去仙島的機會。《憶阿雅》中由父輩們——父親、口吃老教授等當年被投身的革命和身邊的人網羅捕捉，得出他們就是阿雅的理解。而由不僅位高權重、養尊處優的岳父母和柏老是隨風搖擺的山草，阿雅也是山草，得出所有生命的歸宿都是一蓬山草的存在之思。莊周的遊走、林蕖的遊走、我的遊走、呂擎的遊走——不同的人生內容，相同的遊走姿態，是對存在有限性的盡力掙脫。《我的田園》寧伽告別城市來到葡萄園三年，和四哥、萬蕙、鼓額、肖明子組成葡萄園家族。寧伽在現實與歷史的糾纏中，謹記毛玉臨終的囑咐「抓緊時間做眞人，時間比飛車還快」。《人的雜誌》的結構是以寧伽研究東萊子古國歷史、籌劃雜誌等情節和《駁蚤夜書》內容展示交錯推進。兩條線索平行推進，展示同一主題：醜陋蕪雜的現實，規定了詩意棲居夢想無法擺脫的擱淺命運。《曙光與暮色》裏，東部平原的葡萄園失敗後，人生的沮喪時刻，寧伽在俗世紛擾和莊周的選擇的啓示下，最終決定「該從頭來好好收拾一下」，「人活

著就要不停地撞牆，或者把牆撞倒，或者把自己撞碎。」〔註9〕《荒原紀事》與以往敘事節奏不同，開篇即進入緊張的對峙，村莊團結對抗「集團」的吞併與污染失敗。憶及三先生跟班講的煞神老母與烏姆王合謀毀掉平原的寓言神話故事，寧伽結合一個真實的平原正在消失的事實，產生難道真的有一場有預謀的出賣、且早就開始的思索。《無邊的游蕩》寧伽在平原遊來蕩去的時候，發現了事實真相：金錢、權勢壓迫誘導下，愛情變了味道。岳凱平和帆帆去了高原，在戰友幫助下辦起了一個新的農場。寧伽還是難以停止東部的遊走：從山地到平原，踏遍了那裡的每一個角落。整個《你在高原》，就是「半島」的立體空間生存鏡像。《半島哈里哈氣》的「半島」情境，構成《你在高原》的補充：寧伽兒時的生活經歷，和果孩兒應該是相似的。在自然間自由成長與從人際獲得錘鍊的交叉作用下，果孩兒不由自主地長大了。與豐富豐滿的「半島」情境相較，「高原」情境只是一種粗線條的勾勒，那裡一切渾然天成，自成一體，天人合一，地廣人稀。從地理指向來看，基於實在地理經驗之上的「半島」情境，是有較為堅實依託的，可是最終難以擺脫破滅的厄運，陌生的「高原」就一定是理想所在嗎？不可否認，《你在高原》的「高原」描述是模糊的，沒有任何情節與線索能夠證明高原歸宿這一選擇的必然性、慎重性：沒有理想人格、沒有理想生活方式，只有想像中人與自然關係的和諧，以及對現實不滿的反撥。而且，同樣從地理維度考慮，「高原」本身，就蘊含了高而且遠的意義。高原太高太遙遠，令人不是親近而是畏懼，面對這一「家園」之外的「家園」，如何由陌生而實現心靈的皈依？如果這一層面的意義得不到落實，那麼，儘管認定自己屬於野地，只有與泥土及其滋生的一切面對才會安逸，還是無法擺脫虛無的主觀設計性質：「我夢中還有一片高原，那裡會是真正的蒼莽，它將接受一切溶解一切嗎？我將在它的懷抱裏變成一撮土末，平平淡淡地匯入永恆嗎？」〔註10〕

一、抒情性與詩化

　　《你在高原》中，主人公寧伽專業是地質學，又因愛寫長長短短的句子，他的視角和發出的歌吟，使小說創作獲得極大的自由：寧伽時而前行時而回顧，時而深入谷底探源溯流，時而登躍峰巔指點江山，這就形成《你在高原》

〔註9〕 張煒，《你在高原‧曙光與暮色》〔M〕，北京：作家出版社，2010年，頁477。
〔註10〕 張煒，《你在高原‧我的田園》〔M〕，北京：作家出版社，2010年，頁359。

不是線性的規行矩步,而是放射型循環往復的結構特徵。那些從古至今在這個特定的空間裏不屈的掙扎者,和主人公寧伽在「半島」情境心靈上窮碧落下黃泉般的思索和追問,同樣證明:所謂的善惡有報、披沙揀金、撥雲見日之類的美好的願望,只能是某一瞬間的所得;每個人、整個人類的發展,都是在非理性的人生本質裏,混沌狀態中,曲折地無規律地摸索前行。

中國抒情文學傳統擅長以「賦」、「比」、「興」、「融」四種結構方法,使得感情獲得物質表現形式,謝朓所說的「好詩圓美流轉如彈丸」,就是情與境不離不棄交融的結果。中國現代文學思想與古代文學思想最大的差別,就在於提高了敘事文學的地位。進入近現代,王國維、胡適、宗白華、朱光潛等人引進西方文藝思想,使得中國現代文學在中國抒情文學傳統和西方敘事文學傳統的結合當中產生。在現代文學敘事文學得到長足發展的同時,並沒有失落注重抒情的傳統。魯迅、巴金、曹禺、沈從文、張愛玲、蕭紅都是現代敘事文學優秀的代表者,他們各以自己的抒情方式達成作品的詩意情境。張煒從古代文學和西方文學中汲取了充足的養分,一直重視敘事文學作品的抒情性和詩意美。他常常以冥想、傾訴、歌吟、鋪排等方式抒情,抒情中注重詩意美,形成特有的抒情方式。

張煒「半島」世界中一直有一個歌吟者的形象側身其中。這個歌吟者最初吟唱的,是對時代和青年生活的詩意「讚歌」。《聲音》中「大刀唻——小刀唻」、「大姑娘唻——小姑娘唻」就是少女擁抱生活態度及其激起的迴響;《夜鶯》中胖手穿了新衣在大麥草垛上縱情舞唱、感受「豐收」,對著場院大聲呼喊「美就是生活」,也是源於沉浸鄉村文明讚美青春的激情。而《九月寓言》及之後的《柏慧》、《我的田園》則是大地和鄉土文明的「輓歌」。那些激蕩了農村青年心脈的生活方式和生活內容,是金色的夢,可是它們與它們依託的肥美豐饒的大地一起,在種種侵吞進犯的強力下消散遁形,只剩下滿目瘡痍。《醜行或浪漫》、《能不憶蜀葵》、《外省書》、《刺蝟歌》則是更加沉痛的「悲歌」。城市和現實不是歸宿,大地和鄉村理想也永遠回不去了,在向城而生的大潮中,孤獨漂泊的人要逆行到哪裏安妥心靈?於是,「悲歌可以當泣,遠望可以當歸。」〔註11〕在一步步思索探尋中,就產生了「長歌」當哭的《你在高原》。魯迅說「長歌當哭,是必須在痛定之後的」。《你在高原》中的歌吟如泣如訴,時而激越時而纏綿、時而節制時而放縱,將一個有些缺少果斷和行

_____

〔註11〕徐仁甫,《古詩別解》〔M〕,上海:上海古籍出版社,1984年,頁113。

動能力、不斷摔倒碰壁，卻能堅忍不拔、愈挫愈勇的主人公在時代中的奔波求索凸顯出來。他不具理想人格，但是勇於面對。「歌吟」是張煒文學世界的理想主義浪漫主義氣質與氛圍形成的主要因素。而理想主義和浪漫主義，正是張煒烏托邦理想的兩塊堅實的基石，理想主義和浪漫主義能夠走多遠，他的烏托邦就能建構到哪裏。

　　張煒營造「半島」情境經常用的抒情方式之一，是鋪陳渲染。最早極盡鋪陳渲染能事的，是《九月寓言》，後來的《柏慧》、《醜行或浪漫》、《刺蝟歌》、《你在高原》，逐漸將之發揮到更加極致。《九月寓言》中，秋日小平原地瓜地裏迷人熱烈的勞作景象、肥深夜游蕩的無盡心事，都在不斷的鋪陳中牽動人心；夜晚小村青年的狂歡、憶苦的場面在濃墨重彩的渲染之下，美麗動人誘惑無邊。《醜行或浪漫》蜜蠟好一場無盡的遊走，腳下的路和作者設置的一個又一個波折坎坷，跟歲月一樣長到不見盡頭，可是劉蜜蠟始終沒有失落沒有厭倦沒有停息，就此映襯出蜜蠟身上大地賦予的能量之巨。《刺蝟歌》對林子裏的事物從實有到傳言全都細筆刻畫，才有了林子和原野的魅惑力。《你在高原》中張煒最沉迷的就是鋪陳渲染膠東半島山河之勢。張煒小說中，對於人物的外貌，即使主人公的外貌，極少有如此詳盡周至地描寫。他常常只是賦予人物一兩個顯著的外貌特徵，因此我們的閱讀中只能感覺到一個面目模糊的身影。《你在高原》的寧伽，我們只是知道他是一個步入中年、中等身材、頭有了白髮臉上有了皺紋的男人，至於他體態、膚色、五官、衣著，作者都沒有交代。究其原因，皆因作者更關注人物的精神世界與靈魂層面，在作者的心目中，這個人物的長相外貌與他的心靈和實際作為並無直接的關係，因而是無關緊要的、可以任意的。這種勾勒大致的外貌塑造，還有一個好處，就是給讀者一種印象：寧伽形貌不具備特殊性，普通到可以是芸芸眾生浩浩人流當中的一個。他是你是我，甚至是我們的組合。人物、甚至主人公的外形塑造是如此的粗線條勾勒，但是對於眼前的自然界，張煒從來不吝長篇累牘的細細描畫，細緻到一隻蜂的振翅、一片葉的飄落。《你在高原》每一章都有大量的鋪排膠東半島自然景觀的文字，將寧伽或者其他人物自然遊走中目之所及、足之所至、耳之所聞、鼻之所嗅細細道來不加節制。自然界完完整整的景象呈現，就形成印象深刻的地域地理認知，從而實現真正為「半島」世界的自然面貌賦形勾神。由此，讀者把握了主人公的心理歸屬感，體會到作品氣勢與格局的闊大壯美。同樣精心地大費筆墨的，還有人物的心靈獨白、

喃喃絮語、嚶嚶囈語等主觀情緒的抒發，常常是經篇累牘，而且還可能會不斷轉換角色抒情。那些連綿不絕的心語抒懷，經常抒寫得恣肆放誕、酣暢淋漓或纏綿悱惻、九曲迴腸。這種抒情方式，收穫的有人物精神層面的豐富複雜性，以及作品的詩意化和精神性。

　　抒情性和詩意美是緊密關聯的。在消費性敘事膨脹到無以復加的今天，張煒認為詩仍然處於光榮的高地。「它更多時候是作為光榮的伴聲而存在的。一場合奏，更雄壯更豐富的現代藝術合奏中的伴聲──不，是領唱，是高音，是時而被淹沒時而又激越起來的那幾個音符。現在聽起來，它真的不太連貫了，只是斷斷續續，但它存在著。有它的存在，就有高貴的記錄，有永久的嚮往──文學永遠嚮往著詩意，就像旅人永遠嚮往著歸宿一樣。」〔註 12〕張煒散文的詩思和情致自不用提，在「現代小說是膨脹的詩」的觀念之下，張煒特別重視敘事文學的抒情中詩意美的達成。張煒小說的詩意最初是小詩式的淡淡的輕靈的美，經歷了《古船》向理性和現實的短暫靠攏後，詩意漸漸回歸，並且開始融入大開大合、激情熱烈的詩意美（《九月寓言》）、以及含蓄深沉雅致內斂的詩美（《刺蝟歌》）。而《你在高原》，如果說它的整個結構是一棵枝繁葉茂的樹，那麼，詩性就是枝葉花間流淌的氣韻，就是張煒一直聞嗅得到的大李子花濃鬱的香氣。張煒「半島」世界詩意濃重的抒情，除了通過描寫美麗的自然景致、渲染纏綿的情致形成詩美，還有其古奧有韻致的語言也是追求唯美的烏托邦氣質的烘托元素。張煒小說的語言特別是人物對話，是民間鮮活語言、膠東古奧口語以及文人敘事的雜糅。這當中就常常生成一種詩意的語言陌生化，如《九月寓言》龍眼救活了母親後，大聲喊叫著：「媽媽活了，我無比歡欣！」〔註 13〕這種本來非常文人化的表達，安放在一個小村青年身上，便呈現出一種以自然為高貴的想像美，一種語言陌生化所帶來的感性情感觸動和鄉村浪漫；同樣的韻味，還體現於爭年和香碗「你無比的好」的情話中。還有值得一提的是，1996 年（上）發表於《上海文學》、（下）發表於《人民文學》的長詩《皈依之路》，以 15 章與《家族》的 15 個散文詩形式的獨白對應互文，有的部分甚至一字不差。小說中的詩歌插入，給出了另一個輔助性的表述手段，也為讀者提供互文性的理解可能。張煒自己說過，他是先有了《家族》中的散文詩，後創作出《皈依之路》。他以結構

〔註 12〕　張煒，《張煒散文隨筆年編》〔M〕，長沙：湖南文藝出版社，2013 年。
〔註 13〕　張煒，《九月寓言》〔M〕，北京：人民文學出版社，2005 年，頁 117。

現實主義的原則，借鑒中國古典小說的「有詩爲證」結構方式，用了西方書卷小說的散文詩樣式穿插進去。

上個世紀九十年代以來的文藝時代，是一個敘事的時代。市場化、商業性的考驗面前，敘事性、故事性成爲各種文藝形式最爲青睞與重視的方面，文學的詩性與作家的責任讓位於市場經濟。張煒其實是個善於營構故事的作家，《古船》、《醜行或浪漫》、《刺蝟歌》都是成功的敘事性作品——只要張煒願意，他可以繼續以故事營構得到更多讀者的認可。但是，我們看到，自「人文精神」的討論之後，張煒始終堅持人文知識分子的立場進行嚴肅的思考與心靈寫作，即使作品一再面臨爭議依然不悔。尤爲可貴的是，他一直強調守成是作家的天敵，始終將超越作爲自己的目標。自《古船》確立起文學地位以來，張煒一直在新的嘗試與探索中。《九月寓言》、《柏慧》、《你在高原》中，張煒不是將小說的故事敘述而是將自然描述和心靈袒露提升到了一個與現實的故事敘述同等甚至是更加重要的地位。在登州海角的靜夜中，在習習海風的吹拂下，在葡萄園的果香裏，「我」綿綿不絕地嚮往與追索。一個詩意的自然，一份靜謐的生活，一顆渴望的心靈……一個令人驚異的現象產生：故事性淡化的同時，小說主人公的內心世界得以向讀者充分打開，隨著主人公性格的精神性得到強調，作品的詩性、作品裏的抒情性、藝術美也得到了提升。在敘事的年代裏，反其道而行之的張煒，以他的大膽之舉證明著敘事的年代裏文學的詩性的價值。這也是陳曉明將《你在高原》稱爲漢語文學的高原，將張煒稱爲「絕對浪漫主義者」〔註14〕的原因。

二、敘事與空間化

張清華指出了世紀末的狂歡造成的喧囂，帶來文學審美中的「混亂」美現象，並敏感到了張煒的創作動向：「就連風格一向持重謹嚴的張煒、王安憶等作家，也顯露出對喜劇景觀與怪誕美學的興趣。如張煒的幾部長篇《能不憶蜀葵》、《醜行或浪漫》、《刺蝟歌》中，都有明顯的怪誕氣息，後者中甚至還夾雜了喜劇乃至鬧劇的景觀，文體也呈現了在張煒小說中不多見的詼諧與滑稽意味」〔註15〕，並認爲這是作家體驗到荒謬而不可抗拒的「歷史無意識」

〔註14〕 徐海瑞、劉穎峰，《作家不光虛構故事，還應是記錄者》〔J〕，roll.sohu.com/20130112/n363210312.shtml，搜狐網，2013-1-12，03:24。

〔註15〕 張清華，〈新世紀以來文學的喜劇趣味與混亂美學——一個宏觀的文化考察〉〔J〕，《東嶽論叢》，2011年2月，頁12～17。

而傳達出的時代訊息。張清華還以余華對《兄弟》「慘烈的悲劇和狂歡的喜劇熔於一爐」〔註16〕的自我解釋為例，表明作家們內心對此的迷茫與不確定。對這種當代作者讀者都不十分習慣的新的敘事動向，張清華寄予了提煉混亂為美學的期望。張煒《你在高原》完滿達成了這一期待。這於張煒自己，是一個大膽又冒險的嘗試；對於當代文學而言，則是一個新的領域的正式開啓。行至《你在高原》的張煒，認為有深度的小說應該能夠聽到各種交集的嘈雜聲。嘈雜、噪音是表述生活裏的碰撞交織造成的繁瑣，而作者本人是冷靜和清晰的。他認為現代小說如果不具有這種多元交織的繁瑣，往往會顯得思想蒼白。個人思想豐腴飽滿的作家，會以極強的掌控力，把一切化進和諧的語境。

2012 到 2013 年，張煒三套年編的出版，為張煒研究提供了更加清晰的透視可能：在年編清晰的時間順序之下，我們看到張煒「半島」情境的拓展伴隨著敘事美學從「純淨美」到「變聲」、「混亂美」的衍變軌跡，同時從單聲部到複調到多聲部的敘事衍變。張煒最初對純美的「蘆青河」的歌頌，表現為對純淨的真善美的由衷讚美，假惡醜的抨擊。張煒說在 1985 年「他意識到寫作蘊含著『時光的奧秘、心的奧秘、生命的奧秘』，任何生命在時光隧道中，都是無形、無色、無味的混沌與虛無，都是轉瞬即逝的荒謬與怪誕，唯有用語言才能將時光隧道中的生命捕捉，進而固定成文字，這樣生命便得以重生。於是，他用各種文體——小說、散文、詩歌等，不斷地為虛無、混沌的生命賦形，才創造了世界上一個又一個嶄新的生命。」〔註17〕後來的《蘑菇七種》、《瀛洲思緒錄》、《九月寓言》、《柏慧》、《能不憶蜀葵》、《外省書》、《家族》、《醜行或浪漫》，都體現出敘事美學的道德複雜化嘗試。問題是，當道德標尺真正寬泛，作家就會在不知覺或者說無意識的情況下喪失準繩。《刺蝟歌》中塑造了一個唯美主義者廖麥。廖麥對於妻子的背叛十分震怒，於是他打罵妻子並且要離開。可是，換一個角度，在美蒂眼裏，廖麥和修有了孩子是更致命的打擊。美蒂多年甚至可以說一生都是以家庭為一切，這些年所有的一切無論是拼命還是忍讓屈從，都是為了愛情。廖麥的攤牌斬斷了美蒂所有的期

〔註16〕張清華，〈新世紀以來文學的喜劇趣味與混亂美學——一個宏觀的文化考察〉〔J〕，《東嶽論叢》，2011 年 2 月，頁 12～17。

〔註17〕徐海瑞、廖潔，〈《萬松浦記・張煒散文隨筆年編》研討會在京舉行〉〔J〕，《紅網》，2013/8/30，http://hn.rednet.cn/c/2013/08/30/3130533.htm。

望，就如同她斬斷自己的縕麻一樣的濃髮一樣無法復原。而廖麥的邏輯是：在對方錯誤在先的情況下，自己就是受害者是應該被同情的，所以自己的錯誤就是相對小、甚至是微不足道可以被諒解的了。這是從魯迅的《傷逝——涓生手記》開始，男性就採取的一貫做法：爲了要擺脫不如意的現狀，總要以過得去的體面的理由，或者說對方的過失作爲藉口，將不再跟得上自己的步伐的女性甩掉。張煒無意當中展現了人性的、也包括愛情烏托邦的虛幻與不可靠。《你在高原》是典型的「混亂」或者說多聲部敘事。《你在高原》是從 1988 年構思，到 2009 年底修改定稿，歷時二十多年寫就的長河小說。〔註18〕這期間，中國社會經歷了世紀末的狂歡頹廢與新世紀的惶惑興奮，現代化全球化帶來的各種問題越來越嚴重：城市化導致的城市問題、現代化給鄉土社會的毀滅性衝擊，文化思想界各種變動，很多狀況都不是創作初時的構思能夠完全掌控和把握得了的。但是張煒既沒有被各種困難嚇倒，也沒有耐不住寂寞迎合時下的風氣，始終在調整中堅持，在修正中前行。時代大局是混亂無章的，以輕靈的文學可能不足以表現其風貌，就如同當年必須要用鬧哄哄的大街、慌亂的人群和坦克的橫行來表現二戰一樣。

　　《你在高原》寫作當中，張煒只有在 1996 年透露過一些訊息：《關於〈古船〉答記者問》時，他談到目前正在寫的長篇，是多年的一個設想，正設法動手幹，這個設想或許有些自不量力、野心勃勃，但是在一邊改定，一邊把它發表出來。它比《古船》、《九月寓言》要長得多，因爲長，涉及的歷史長、事件和知識也多，現在全力投入這場馬拉松長跑。張煒自己說的這種自不量力和野心勃勃，應當就是指爲時代及其走向做文學描述。表現過去的經過時間沉澱和印證的東西，更容易確立標尺，得出結論；而表現正在行進中的，甚至是未來的趨向，是有風險的。但這也是作家和知識分子應該承擔的責任。

─────────────

〔註18〕根據作品提供的信息，《家族》下筆於 80 年代末，綴章寫於 1994 年，2004 年三稿；《橡樹路》初稿於 1992 年 5 月～2008 年 12 月 1～3 稿，2009 年 12 月 2 日四稿；《海客談瀛洲》初稿於 1991 年 8 月～2008 年 4 月 1～4 稿，2008 年 11 月～2009 年 12 月 5～6 稿；《鹿眼》1991 年 7 月～2006 年 6 月 1～6 稿，2009 年 1～12 月 7～8 稿；《憶阿雅》1990 年 9 月～1995 年 10 月，2009 年 10 月三稿；《我的田園》1990 年 4 月～2001 年 11 月 1～3 稿，2009 年 11 月 5 稿；《人的雜誌》1991 年 10 月～2006 年 8 月 1～3 稿，2009 年 10 月 4 稿；《曙光與暮色》1992 年 3 月初稿，1997 年 5 月 2 稿，2009 年 6 月 5 稿；《荒原紀事》1992 年 1 月～2007 年 5 月 1～4 稿，2009 年 7 月 5 稿；《無邊的游蕩》1992 年 12 月～2007 年 7 月 1～3 稿，2009 年 11 月 18 日 5 稿。

正如諾貝爾文學獎獲得主，前南斯拉夫作家伊沃・安德里奇所期望的：在將來，真正的作家是那些能夠描繪出自己的時代、同時代人及其觀點的人。張煒在和自己的時代一起，摸著石頭過河，這真的是一種大勇。當然，之前創作中的思考和成功的經驗，都會作用於進行中的工作。《古船》對歷史的反思、《九月寓言》對土地之愛、《外省書》對現代化的憂慮、《醜行或浪漫》的亦莊亦諧、《能不憶蜀葵》的謔而不虐、《刺蝟歌》的荒誕不經，這些都在《你在高原》中得到延續；正在進行的其他社會工作也會促進創作和思考的深入，比如 1980 年代末開始張煒在龍口掛職任副市長，負責撰寫和編輯《徐福文化集成》，在面對很多學術和非學術的干擾的同時，也讓他對徐福和與之周旋的秦皇都「熟悉的不得了」，這對寫作《你在高原》也有巨大的幫助。

《你在高原》十部小說 450 萬字，各部均能獨立成章，放在一起又達到雜花生樹〔註 19〕的整體效果。讀完整部作品，就如同跟隨主人公寧伽一起經歷了他十多年間磕磕絆絆的遊走、左衝右突的生存與奔忙，那種讓人觸目驚心心有餘悸又無可奈何沉痛迷茫的現代人的生存焦慮，會讓人不得不認真思考生存的目的。《你在高原》的結構，引起過很多人的關注，有人稱之為長河小說、有人稱之為俄羅斯套盒式結構、還有人把它比喻為別墅群、群山。張煒自己，把它叫做「走廊連接著許多房間的關係」，因為這樣可以表達「空間感和宏偉感」〔註 20〕。比較而言，還是陳占敏的「雜花生樹」結構更加形象準確。〔註 21〕《你在高原》在龐大的體量中，向相關的藝術門類大膽延展、極大拓寬小說的敘事表現力，在小說敘事結構方面的嘗試，更形成了每部小說細密的肌理，和整體上橫看成嶺側成峰的結構特點。

《你在高原》的「雜花生樹」有機體中，《家族》可以看做是大樹的根，它紮向土壤的深層，尋求精神血脈最原初的根基所在，又竭力向上輸送著掙扎的意志與求生的養分。《橡樹路》、《海客談瀛洲》是大樹粗壯有力的主幹。《橡樹路》與《家族》銜接，釐清精神血脈的承傳；《海客談瀛洲》在遠古與當下的對照中顯示出精神家族分流的必然性，也就為《你在高原》之樹下一

〔註 19〕 張煒，《遊走：從少年到青年・陳占敏，從蘆青河到高原》〔M〕，桂林：廣西師範大學出版社，2012 年，頁 193。
〔註 20〕 張煒、朱又可，《行者的迷宮》〔M〕，上海：東方出版社，2013 年，頁 31。
〔註 21〕 2011 年 11 月，在魯東大學召開的張煒作品研討會上，馬海春稱《你在高原》為別墅群式結構，任現品稱之為俄羅斯套盒式結構、王萬順稱之為長河小說，筆者認為稱之為樹形結構更準確。

步分支杈做好了鋪墊。大樹靠下的枝杈最接近主幹，在雜花生樹或者碩果累累時，會被壓彎甚至垂向地面。《鹿眼》、《憶阿雅》就是大樹最先分出的兩個支杈，這兩部小說都是持了返觀的姿態，《鹿眼》返觀的是童年、痛惜的是純淨的童心的失去；《憶阿雅》返觀的是故鄉原野，是忠誠和背叛的永恆主題。《我的田園》是大樹向上的枝杈中最中心直指向上的那一支，向下以追索家族謎團與大樹主幹血脈銜接，向上則通過編織田園夢探索未來可能性。《人的雜誌》是幾乎與《我的田園》並列的另一枝杈。《我的田園》更多是反映現實生存層面，《人的雜誌》則側重於精神層面的寫照，上窮歷史與來處、下究眼前與去處。《曙光與暮色》是靠近《我的田園》一側的又一個枝杈，是又一次現實中的慘痛碰壁。《荒原紀事》是靠近《人的雜誌》一側的又一個枝杈，在虛實隱約間以寓言類比平原的被出賣與毀滅。《無邊的游蕩》是樹形結構的枝杈中，彎曲向上，長得最高的一支：不同的選擇，決定了平原的女兒們能不能夠有未來；而因爲沒有探尋到光明和出路，主人公寧伽不屈的尋找仍在繼續。主要枝杈的分佈如此，在主乾和枝杈上，又錯生各種枝節，豐滿了大樹的形體、比如《海客談瀛洲》中《東巡》和《得一詞條》作爲小說裏的對照或者平行文本，是派生出的丫杈；《人的雜誌》中的《駁蠹夜書》和解讀秘籍，也是作爲豐富性襯托性的枝杈；《荒原紀事》中的寓言，是幾乎從這一枝杈根部並生出來的丫杈。枝枝蔓蔓的結構，對於作品是豐富飽滿，甚至有些複雜，對於讀者，閱讀就不再僅僅是一件簡單有趣的事，而是艱巨的工作了。羅蘭·巴爾特提出，創作中，作家往往處在一種「悲劇性差異」裏：他要在「所見」的公民世界自然發展出的「將作家排除在外的活生生的語言」〔註22〕，和從先前歷史中「繼承來的寫作方法，對此他並不負有責任，然而這種寫作卻是唯一他可以加以利用的」〔註23〕之間，做出抉擇。從來不爲閱讀寫作的張煒，認爲作品是爲那部分有品位的讀者準備的，他自己的認眞和不斷超越自己，目的就是不讓讀者失望。可是，這裡面的風險實在是大，尤其是在消費性成爲時代特徵的時刻。馬海春曾以百千萬概括《你在高原》：人物上百，故事上千，心眼兒上萬；他又以各個獨立又構成整體的別墅群比喻《你在高原》的結構。他以自己是做了十萬字讀書筆記才和這部作品碰撞出火花爲證據，認

〔註22〕羅蘭·巴爾特，李幼蒸譯，《寫作的零度》〔M〕，北京：中國人民大學出版社，2008 年，頁 44。

〔註23〕同上。

為閱讀《你在高原》是一次讀者和作者的較量。

　　作家長期沉浸自然、山中游走，有對樹的生命姿態的膜拜和形體儀態的讚賞，才可能有《你在高原》嚴整的樹形結構設計。張煒崇拜自然，在他眼裏自然的一草一木都有神性，都是人可以獲得啟示的來源。他自己能融入自然，希望自己從根本上就是抓牢一小片泥土的一棵樹。他自己當然成不了一棵樹，他還想遊走，但是他可以培育出一棵參天大樹，讓它代表自己，抓牢泥土站在那裡。讀《你在高原》的每一部、每個部分，會不禁對故事的層錯感讚歎不已。就像翻山，有時進入內部褶皺、有時攀上一個山頭、最終到峰頂，俯瞰全貌，獲得成就與滿足感。《你在高原》是一座大山，得做好充分心理準備才能翻越。而且，並不是所有的閱讀都是當時能完全消化得了的，閱讀收穫和無法解決的困惑時常交纏一起，猶如翻山後多日，攀登喜悅和肌肉拉傷仍同存一樣。

　　《你在高原》這株大樹還有一個最大的特點，就是自成一體的嚴整性和開放性的結合。樹是獨立的整體存在，同時，根還可以無盡延伸向下，生長伸展的枝葉則意味著探索向上的可能性與空間，這就形成它的開放性。在這種開放性上，兩個向度都可以繼續有更多的敘事可能性。事實證明，張煒很快將這種可能性變為現實。《半島哈里哈氣》是「半島」情境的延伸，也是《你在高原》向下返觀向度上的新成果：回歸童年，同時也回歸敘事的單純樸素和風格的清新。它是張煒大汗淋漓的重體力勞作之後，從混亂美學的冒險巔峰退潮，調整創作節奏、喘息待定狀態的新收穫，或者說新嘗試。《半島哈里哈氣》的結構，沿襲借鑒了《你在高原》結構上同一主人公貫穿，每一部故事各不相同，從而達到全方位呈現主人公生活情境的目的。兒童視角、口語化寫作、簡單有趣卻並不輕鬆的故事，奠定了《半島哈里哈氣》純文學兒童文學作品的地位。張煒十分敬重的老師蕭平，就是以《三月雪》《海邊的孩子》等兒童文學奠定文壇地位的。兒童文學需要這樣嚴肅認真的作家，我們期待張煒今後也會在這個領域有更大的建樹。

　　好的小說家往往具有深厚的音樂造詣。運用音樂思維方式構思的小說，可以是充滿張力的交響樂結構、複雜的複調多聲部結構、或者纏綿的抒情小夜曲結構。透過《你在高原》的結構，我們看到張煒深厚的音樂素養：《你在高原》結構上對音樂的模倣，極大地拓展豐富了表現力。他將複調音樂和主調音樂結合使用，聲部和鳴造成巨大的聲勢和無可比擬的感染力。寧伽寧珂

父子兩代的命運，分別是向歷史縱深的追述和沿著事件發展的順序，是沒有主次輕重之分的複調；寧伽的左衝右突和徐福的籌謀，是現實與遙遠年代呼應的複調；寧伽的人生與思考這個主旋律，和白條、莊周、呂擎等人作爲輔助性存在，是一個主調結構；寧伽的今天和童年、青少年遭際，是互補和互證的主調與和聲的關係。

「同存性介入其中，使我們的視點在無數的主線中往外延伸，將主體與所有可以比擬的事例聯繫起來，使意義的時間流動複雜化，並使難以置信的『一個接著一個的亂七八糟的事物』的無限延伸發生短路。這種新的小說形式，現在必須在涉及一種明確的歷史構造和歷史投射的同時，還必須設計一種明確的地理構造和地理投射。」〔註24〕愛德華‧蘇賈這段話似乎就是爲《你在高原》而發。張煒以膠東半島大地爲依託和投射，通過樹形結構，不是將主人公寧伽的人生按照時間的順序直敘出來，而是以寧伽立足於大地的生活空間作爲觀照對象，將敘述空間化。這種時候，寧伽不是傳統意義上小說裏的焦點人物，或者說不再被認爲僅僅是在一往無前的情節結構方面、線性發展的故事模式中的部分，而是被當作無限的立體空間裏，無數故事可能性中的「無窮小的部分」，這一個點「好比是星光一般四周放射的各種故事主線的中心。這樣一種意識的結果，就是我們始終不得不考慮諸種事件和諸種可能性的同存性和延伸性。」〔註25〕而對「同存性」的深刻理解，當然是與對存在與歸宿的思考緊密關聯。

第二節　遊走與追尋

2007 年 4 月，張煒在北京師範大學的演講，命名爲《在半島上游走》。張煒堅持遊走對創作的必需性，並以此掃除疲憊，改變感覺：「去看去走，累也值得。空間感不是簡單地去寫寫『大自然』就會具備的，而是來自生命對於實際的、地理空間的摩擦和感受……經過了大山實際的摩擦，充滿了苦累，最終才能做成一件事。這樣的經歷，寫與不寫，空間感都在那裡了。作家只想有空間感，拿出十頁來寫大自然，那也不行。讓地理空間撐開人的心靈，

〔註24〕〔美〕愛德華‧W‧蘇賈，王文斌譯，《後現代地理學：重申批判社會理論中的空間》〔M〕，北京：商務印書館，2004 年，頁 35～36。

〔註25〕〔美〕愛德華‧W‧蘇賈，王文斌譯，《後現代地理學：重申批判社會理論中的空間》〔M〕，北京：商務印書館，2004 年，頁 34。

就要回到真實的土地上、山脈上、河川上。」〔註26〕張煒認為，作家有了空間感，才能在作品中結構出有真實感的空間。

張煒的膠東半島遊走路線大致如下：以龍口為中心基地，繼續少年時期就開始的四處遊走，把行走的路線輻射出去，往南到蘇北連雲港，往西到徐州、過黃河，走累了就回到大本營。張煒少年到青年時期，也就是從 1973～1978 年，在張煒十七歲到二十二歲之間的五年裏，曾一個人在龍口南部到棲霞、招遠之間的群山中游蕩。當時，為了躲開政治觀念的歧視壓迫和可能的抓伏開山，家人決定把他送給別人家做養子。可是少年的心是敏感不可琢磨的。被送走帶來的強烈的被遺棄感，造成的委屈、憤怒，終於令一個少年毅然決然選擇了不合作的拒絕與逃離，一個人在山間游蕩漂泊——這種曾經的遭遇注定影響張煒一生：寧願犧牲現實的安寧順當，也要精神的自由，而這種決然也是張煒很多人物的精神狀態。張煒後來說過，那個時候幸虧有對文學的熱愛支撐著他。山中游蕩，他結交了一些有同好的文友，過早地咀嚼苦難的意外收穫，是令他很早就開始品位文學與人生。

這五年的砥礪，堅定了張煒用文學照亮人生的信心。當年及後來無數次翻越膠東半島中央山脈的直接收穫，就是在《你在高原》中共計大約十四次充分的進山描寫，每一次，都不相同。「

一、地理遷移與路徑

張煒踐行的遊走，就是楊義提倡的人文學科研究五學——眼學、耳學、手學、腳學、心學中的「腳學」。因此，「遊走」從地理定位上來說，是一種人的地理遷移。「半島」世界涉及的地理遷移，種類數量都很多，暫時的或者永久的、單向的或者往返的、有目標的或者漫無目的的等。遊走的路線選擇，自然會受地形影響。地區的形態結構會決定道路軌跡，並使之成為人可能選擇的路線。大多數情況下，人們確定自己的行走路線會以便利、無障礙作為標準，但是，也有例外。大河、山脈、沙漠、海洋通常被視為障礙，但有時出於特殊的需要，也會選擇它們作為自己的路線。因此，地形對路線的影響只剩下一種可能性，那就是人類的主觀選擇。人並非總是被動地服從，選擇或者不選擇、或者變換路線的原因，可能是為了便捷、可能是為了躲避危險

〔註26〕 張煒，《張煒散文隨筆年編 18‧求學今昔談‧線性時間觀及其他》〔M〕，長沙：湖南文藝出版社，2013 年，頁 130。

——一般是避重就輕，也可能爲了特殊原因，會避輕就重。

當自然空間成爲生存環境，這個空間是否適合生存就成爲重要的衡量標準。傳統農業社會的生存法則是安土重遷，人們在某一個地方的生存成爲習慣，即使這裡並不宜居，但是人們仍舊會堅守在這裡，遷移只是實在迫不得已時的無奈選擇。《橡樹路》中，呂擎們所到的南部山地窮困異常，資源匱乏、物質奇缺，原住民世代居於此，個個見識淺陋卻從不以爲然。有的村落只有幾個人出過山，有的老人甚至還會問「城裏的鬼子走了沒有」這樣的問題。閉塞、落後於外面的時代好幾十年，卻沒有人想要離開，正是習慣的巨大力量使然。這種情勢下，除非當空間的物質供給在意外災害面前降落到生存的底線之下，生存受到威脅，遷移才在所難免。事實上，被動的遷移不見得是想像中那麼可怕，很多時候帶來的是意料之中的改善。遷移的路上當然是歷經艱難。一般爲了生存的人口遷移規律，是山地人群遷往生存更加容易的丘陵、平原、村落、城市。《九月寓言》中被當地人叫做「蜓鮁」的小村人的祖先，就是從外地——主要是山地遷移流落而來。金祥的祖輩、劉幹掙的祖輩都是走啊走，從山地奔向平原。他們路上想歇涼沒有樹蔭、喝口涼水找不到井。他們走過走不完的山梁坡地，餓死了一些子女（金祥爺爺的十六個孩子只活下金祥爹一個），最後才走到平原來。小村的村頭賴牙的先人，也是西南山地人（他吹噓爲離平原五千八百四十里），先人用擔子挑了鍋碗和孩子，終於走到北邊不遠就是大海的平原，停吧停吧就停留在此，儘管受當地人的排擠，總算紮下根。從山地到平原一路走來，有多少個人就有多少種艱辛。獨眼義士老鱉付出半生追尋他的負心嫚兒，在山裏被輩分高的老婆婆強留下，從做兒子或者做丈夫中挑選了做兒子，後來雖掙命逃脫卻終生要背負那個固執地要捉拿叛娘的兒的家族的追捕；流浪讓他的雙腳磨出一層鐵殼，追尋使他失去一隻眼睛。這部分內容著墨不多，卻是抒寫小村精神來路與歸宿的重要信息：不停歇地追尋是他們的天命，停吧停吧只是內心的渴望，落定只是暫時。《九月寓言》的憨人媽和龍眼媽這對知己都是從南山嫁過來的，她們一起打豬草，一起哭，互不相擾地回敘過去，罵男人卑下無恥。憨人媽在山裏還有牽掛，每年秋天殺尾都去南山跟一個男人過幾天。龍眼媽的媽媽被本家伯父餓死，家裏的一切被伯父霸佔，之後，伯父逼她嫁到了平原小村。本家伯父爲了只不過是石臼子、小碟、泥缸、草墩兒一類的東西而不惜讓龍眼媽的媽媽活活餓死，可見山裏物質的低下使得山民嚴重地重物質而輕視人。小

村生活也並不如意，龍眼媽受不了催逼喝了農藥自殺，卻沒想到反而因此嘔吐出多年積鬱腹中的乾硬東西活了下來。可是，活下來不見得就是幸事，要繼續的是不斷的艱難歲月和苦難遭逢。即便如此，無論怎樣，得承認遷移到平原就能夠有足夠的衣食這個事實。

　　也偶而會有逆向的遷徙，從平原、或者遠方的回歸，但這往往是出於極為特殊的原因。《九月寓言》中，歡業殺了金友，提上小包袱直奔野地，順著小村人遷徙的相反方向馳去，直到加入到流浪漢行列裏。《醜行或浪漫》的劉蜜蠟，殺了伍爺後逃向山那邊。《橡樹路》的許艮，步入老年才意識到城市不是他的歸宿，返歸東北的深山與魚花相守。莊周看透城市人性的骯髒污濁，懷著對好友的愧疚出走，一度在山裏採礦，歲月艱辛，卻可以將所得報酬寄給遭遇淒慘的凱林。中年寧伽數度離開城市進入大山，每一次山行都有新的啓示。

　　現代社會的遷移，一般是基於科學和理性的規劃。向城而生、向城而居是世界性的趨勢。這種情形下，島嶼、山地這些相對封閉落後的地理空間，都是輸出人口的所在，大批的青年流向山外島外的繁華都市，山村和島嶼只剩下老人。《海客談瀛洲》寧伽和紀及投宿鄉村，蒼黑的鄉村街巷裏只有同樣蒼黑的老人留守。但是，即便遷徙到平原甚至更遠處，山裏出來的孩子，對這裡的感情是永遠不會消失的，即便曾經在這裡並不愉快。他們會像《橡樹路》中的寧伽，一旦有機會就返回山地。《你在高原》中那些詳細的地形、水文和植被描寫，是寧伽眼界中的事物，也是還原了的夢中景觀。也會像《醜行或浪漫》中的趙一倫，聞嗅到南瓜餅的味道就思戀故鄉與童年。像《能不憶蜀葵》中的淳于，在城市的逼迫下退回到自然的懷抱；像《外省書》中的史珂，最終回歸故土和原初。

　　居住習慣在城裏人那裡，同農村人一樣根深蒂固，遷移也非易事。《橡樹路》展示了炎熱讓城市空氣裏嗆人的柏油味道越來越濃，噪音、煙塵再加上悶熱，城市實在不宜居住，人們卻在這裡一年年熬過，過鈍刀子割肉般的生活。《我的田園》中寧伽舉家東遷的動議，遭到城市長大的妻子梅子的阻力，而梅子頑固堅守城市，也是受老一代影響。《曙光與暮色》中的小冷，闔家居住在城市的棚戶區，家裏狹小逼仄，充斥著酸腐的味道，這就是普通城市底層市民習慣的、也不會放棄的城市生活。但是，也還是會有多種多樣告別城市的遷移最終得到實踐。《你在高原》中，肖瀟生長於城市、父母家人都在城

市，但是她先於寧伽來到登州海角的果園，她的逆向遷移是因爲單純，她的字典裏沒有世俗裏太多的物欲得失算計，只是單純的生活觀念。莊周這個橡樹路上的王子，一步步地認清父親、歷史、現實、自己和妻子的缺點污點，於是拋下城市、老父母、嬌妻幼子一去不回。徹底的絕望導致放棄，同時放棄也是對自己的懲罰：懲罰自己不能夠明辨，懲罰自己鑄成朋友的悲劇。苦行僧式的救贖是出發點，流浪接觸到生活的底層，途中發生人命案，就成了真正的逃亡，而逃亡讓莊周得冉冉失冉冉，他們之間排除物質名利的感情令人動容。呂擎們在做了充分的準備工作後，終於將城市南部山區之行付諸實行。呂擎、陽子、餘澤、莉莉在貧窮落後的山區做力所能及的事情。與現場感相比，字面理解到的辛苦、艱難、波折、磨礪，都顯得單薄。他們在山裏接受精神和肉體的歷練，是一種苦行僧式的自我放逐與自我提煉。京城來的小白，這個最初的理想主義者，反省自己的人生除了愛一個人過自己的小日子沒有其他價值之後，正義責任感讓他參與到幫助平原人捍衛自己家園的行列。在平原的挫敗，不再能夠打擊倒一個追求不息的靈魂，他決定放棄都市生活，追隨朋友去高原。另一個橡樹路的英俊男人岳凱平──於凱平，最終也離棄城市，和心上人帆帆一起相攜去了高原。學者許艮毅然決然拋下名利和城裏的冷傲的妻與疏遠的子，去東北山裏尋找他的魚花，親親熱熱相守過日子。他的逃跑，是放棄城市選擇鄉野，也是卸下功名利祿返回人性本真。富豪林蕖一直在世界不同國家地區遊走，他的實踐不十分成功──他人前的理想與人後的縱慾，讓人聯想到魯迅筆下的魏連殳：那個恭行自己先前所反對的一切，於是厭惡自己，於是自我作踐導致英年早逝的扭曲靈魂。東部平原的另一個女兒淳于黎麗也離棄城市，追隨孩子的父親去了高原。

　　還有一種地理遷移，是真正的逃亡。《醜行或浪漫》中的劉蜜蠟，經歷了兩次、歷時二十年的逃亡；《刺蝟歌》中的廖麥，十幾年逃亡在外、隱姓埋名不敢回鄉。《你在高原》中，寧伽十四歲以後到上大學之前的時段，是艱難的山中流浪歲月；莊周流浪路上被牽涉到命案中，流浪變成逃亡；被押送山地農場勞動改造的曲浼，精心策劃了逃亡；寧伽兒時依戀的音樂老師，在魔爪的威脅下，逃入深山。《秋天的憤怒》中，當年李芒這個地主的孫子，爲了愛情，和村支書的女兒躲進了山裏，直到形勢改變才回來。《荒原》中的「我」因打人出逃，下關東十年，36歲才又回到河邊果園。每一份生活都與眾不同，每個逃亡者都是在痛苦煎熬中浴火重生。劉蜜蠟這個大自然的女兒，第

一次出逃是從小油矬家逃脫，是逃開被凌辱的命運、逃脫不喜歡的生活，尋找心愛的人和想要的生活，所以她一路追尋引領她令她敬慕的老師雷丁的蹤跡。費盡千辛萬苦，得到的卻是雷丁投河而死的噩耗。家不能回，無處投奔的女人，就將天地當成了家，就決定要一直自由地走下去。第二次出逃，則是逃命。殺了伍爺的大罪，使她逃跑路上可以幾乎不吃不喝邊走邊睡幾天幾夜，一直到終於翻過了那些又深又長的溝壑，那些高高低低的山嶺到了東海邊，她的心弦才敢鬆懈，在溝壑裏倒頭就睡。被救醒後，貼心貼肺的銅娃進入蜜蠟腦海，她開始新的尋找。自此她找了二十年，直到和銅娃不期而遇。信奉皈依了主的蜜蠟堅信：二人在城市裏的歡會，是上蒼對一個矢志不渝逃亡也是追尋了二十年的女人的饋贈。廖麥因為父子兩代人遭受的非人折磨，用炸藥襲擊唐老駝被追捕，在外逃難十多年。隱姓埋名於深山，每一次回來看望心上人都是冒了巨大的風險，直到有一天唐童聲明不再追究。逃開、逃遠，是因為身邊的生存威脅，逃離保證了生存，內心卻因難以割捨的牽念煎熬。

真正的流浪與放逐，是遊走的變體。這是一種幾乎沒有目的性的地理遷移。無論城市與鄉村，都有這樣一批人。鄉村被稱為大癡士的流浪者，在平原豐收的季節到來，從相對富裕的人的手指縫裏取得生活資本，或者靠他們的小把戲——算命、魔術、醫術或者甚至是小偷小摸謀生。他們裏面有被親兄弟佔了房產的、有精神上有障礙走失的、有同性戀者、有私奔者、有人命在身的、有逃婚的、有追婚的，有獨行的、有拉幫結派而行的。對他們中的大部分而言，流浪是一種決絕的棄鄉遠走，意味著放棄自我原來的身份，以及跟身份關聯的權利和義務、成就或過失，儘管物質上沒有保障，心靈卻從此輕鬆自由。《鹿眼》中的廖若，就是一個令人心痛的新加入者。他追隨另一個流浪者在原野游蕩，是典型的身心的自我放逐。城市裏的橋下、公園、垃圾桶邊，也到處有露宿的無家可歸或者有家歸不得的流浪漢。他們被認為弄髒了攪亂了城市，其實很多時候他們並不危險，劉蜜蠟從公園的一個流浪漢大哥那裡接受過救助，寧伽也跟流浪漢有天然的親近。他們自由散漫、聰明坦然，只是比城裏人少了幾分修飾和偽裝。

平原富饒，這裡是來自山地的逃荒者和流浪者彙集的地方。《九月寓言》中，當秋風在溝渠裏鋪下厚實的落葉，自然的節拍到了適合遷移的時節，那些中國的吉普賽人就開始他們的季節性遷徙：他們背著黑烏烏的小布捲兒，

男的牽狗，女的抱雞，在原野尋找遺落的瓜果地瓜根屑，夜裏宿在溝裏，用雞蛋換平原人的玉米餅、瓜乾饃、舊衣服。待到天漸冷了，這些寓身田野的流浪者就背負好僅有的收穫、牽上狗抱上雞，歡天喜地告別平原，踏上步步登高的回程。這些容易知足的遷移者，外出是爲了回去。《九月寓言》中的獨眼老鱉走了一輩子，一路流浪、一路追尋，也在不斷的遭逢中不斷質問自己和探求一路追尋的意義，最後確認：「眞虧了有個負心的嫚兒，要不我這一輩子找什麼？要知道人這一輩子總要找個什麼啊！」〔註27〕獨眼老鱉讓我們看到，即使一個普通不過的人，人生也需要意義，雖然這意義的確認可能很隨性和主觀。那些多思的知識者，對自己的遷移及意義，則往往有著理性的愼重和清醒。《能不憶蜀葵》中的淳于陽立，從小被南下幹部父親當做贖罪的禮物，送給膠東小山村螺蛳岕裏的前妻撫養。四面環山，坐落在一條河邊，螺蛳岕的石屋、人、一切都透著貧寒。淳于最初厭惡老媽如同厭惡那個窮鄉僻壤，可是後來懷念她如同懷念故土。淳于最早的恐懼是死亡，後來望著四周的高山，擔心會被困在大山裏；進了城的恐懼，是貧窮。他涉足商海，卻恥於向檟明承認自己的商業意圖。他設計開畫廊、思謀採煤礦、辦養雞場、養狐狸、辦美少女模特隊、爲開採傳說的寶石礦進山、投身股市。曾經一度聲勢浩大、卻最終差點淹死在商海。淳于陽立總有千變萬化令人眼花繚亂的招數、誇張、虛張聲勢，這一切的背後，其實是虛弱、無助，終生都得有保姆服侍照料。左衝右突的淳于，與城市、商業、金錢對抗得到的是黃粱一夢。因爲最欣賞的保羅·高更現實碰壁後到海島上獲得靈感，淳于也在狸島上買了暄廬，作爲自己修身養性之地。他卻沒想到自己的人生竟也如高更一樣充滿戲劇性。嗅著陶陶姨媽木瓜般的體息休息三天後，淳于想清楚了哪裏是滋養潤育他的、哪裏是盤剝吸榨他的，終於如高更「像旋風一樣卷過大地」離開。《外省書》中，史珂晚年離開京城，回到海邊故鄉這個半島犄角，在海邊防風林裏傍海而居。可是很快發現這裡也有逐利的應時的一切，這裡要被開發成「東方夏威夷」，史東賓馬莎們在這裡施展身手。空間的價值區別在這裡顯得極爲鮮明：京城是邪惡的小鬍子們、妥協的肖紫薇們的居所，當做歸宿投奔的淺山市，現在是史東賓、瑪莎們的舞臺，史珂在京城是外省人，在海濱也融不進去：我到底是誰，我的一生到底在哪處實現價值與體現意義？人生慌不得，可是大部分芸芸眾生是意識不到這點的，意識到的史珂已經進入

〔註27〕張煒，《九月寓言》〔M〕，北京：人民文學出版社，2005年，頁218。

晚景。這，賦予了這部小說哲學意義。對於潮流、時尚來說，總是局外存在
的主人公史珂，這樣定位自己：並非人生旁觀者，而是目擊者。史珂在貌似
平淡無奇、消極落魄、沒有行動力和沮喪的人生表象下，積極地勇敢地堅決
地選擇生活和思維的精神指向，思考著可能達到的深度和廣度。張煒這樣評
價他的這個主人公：史珂經歷了那麼多挫折與苦難，沒有人會比他做得更好。
將自己從多餘人角色置換成目擊者，有勇氣退到邊緣思考記錄，一種堅守和
傲骨，看上去無縛雞之力，實際上野心勃勃。這些離棄城市向原野遷移的人，
面臨了一次次背叛、失去、打碎和擊毀，也在這一過程中尋找和貼近了生命
中最重要的東西。

　　無論是有目的性的、自由的、被迫或者無奈的遊走，本質上都是一種尋
找：因為首先要放棄原來的，之後才談得到尋找——也就是說懂得捨，就是
有態度。而且，遊走與尋找，是開放的文化心態、堅韌的意志和生存態度下
的選擇。

二、離心與向心的精神指向

　　包含張煒在內的現代知識分子，始終處在城市－鄉村、歷史－未來、現
實－理想、世俗物欲的擴張－人文精神的張揚無以克服的矛盾之間，彷徨遊
走，離去－歸來－再離去。張煒「半島」世界在廣闊的思想空間裏，創造了
知識分子的「在場」感。這種在場感，是通過一類「遊走」的精神性主人公
形象達成的。巴赫金說過：小說中除了作者的視點以外，還應當建立起小說
人物的視點。對於「半島」世界的精神性主人公們，鄉村是疏遠了的家，城
市是被異化了的家，「家」成為想回去而永遠也回不去的方向……真正的家園
只存在於探尋之中，在遠方，不可知處。因此他們憂鬱、孤獨、多情，時常
耽於沉思而遊疑於行動，人到中年仍四處游蕩：「他們不可能知道我心中有一
種難於啓齒的、卻又非常真實的感覺；至今還覺得自己是那個在荒原小路上
徘徊的少年。」〔註28〕「在路上」與「游蕩」構成他們的主要存在狀態——
分裂：人身在城市、心在千里膠東；身體疏離鄉野，精神與靈魂卻始終在
場。在這些精神性主人公身上，張煒挖掘出傳統價值的當代意義：現實壓力
下，那些具備憂國憂民的入世情懷，並堅持對道德理想的追求的知識者，往
往形成典型的萎縮型人格。他們身上最鮮明的精神特質，往往是不融流俗卻

〔註28〕張煒，《你在高原‧鹿眼》〔M〕，北京：作家出版社，2010年，頁64。

又遊疑彷徨。他們想得多，卻也顧慮多而行動能力差；知道不想要什麼，卻不明白該怎麼做，因此只能在邊緣的地位和處境中掙扎，不足夠憤世嫉俗，也永遠做不到真正的逍遙，卻時常主動避讓與退守，即使奮爭，也往往是一時的意氣。

萎縮型人格在人物身上那些看似自相矛盾的思想行為表現，其實也正是生活本身、人性本身的豐富複雜：「儘管某一個人的行為十分矛盾，那也只是因為沒有人在兩個不同的時刻能完全一樣……自我的連續性是一種神話。一個人就是一個原子，他不斷地分裂和重新組合。」〔註 29〕如果要深究的話，人物形象的萎縮型人格特徵，是基於作家自身的困惑——儒家道家對作家的矛盾影響所致。張煒曾說過：「我覺得我踏上了一條奇怪的道路，這條道路沒有盡頭……我發現自己一直在尋找和解釋同一種東西，同一個問題——永遠也找不到，永遠也解釋不清，但偏要把這一切繼續下去。」〔註 30〕

張煒的這些精神性「遊走」主人公都是知識者，他們往往只有一個大概的形象，基本沒有明確細緻的相貌體徵，神采丰韻、五官衣著是模糊甚至含糊的。這樣故意模糊人物肖像的傾向性，背後是基於作者這樣的創作觀念——強化人物的精神氣質、突出人物的精神特徵。這樣的人物在「半島世界」中成系列地存在。我們即使得不到人物的神采衣著的任何提示，卻依然可以想像其嬉笑怒罵，判斷其品位趣味，行為可能性，就是因為作者沒有寫其形，卻畫出其神——以古代的徐福和現代的寧伽為首，他們都是在不明中嚮明，在選擇和努力中、在遊走與漂泊中、在與世界與他人的碰撞中，賦予自己的人生以價值，也在反省中超越。確定的和不確定的家族昔日的榮譽恥辱，都曾是他們遊走的動力；他們周圍的小圈子與大圈子，造成他們的離心或者向心。因為是遷移，就有「離」與「向」的方向性。無論離心或者向心，「半島」世界都是現實的和精神烏托邦的中心、核心。

張煒「半島」世界的精神性主人公的「遊走」，也有多種方式。在那些第一人稱主人公小說裏，「我」常常有不斷的地理遷移軌跡，無論這種遷移是理性的還是衝動的，短暫的遊走、還是長久的定居，主動的抉擇還是被動的置

〔註 29〕布萊希特‧約翰‧威利特，《布萊希特論戲劇》〔M〕，倫敦，1964 年，轉引自凱瑟琳‧貝爾西，胡亞敏譯，《批評的實踐》〔M〕，北京：中國社會科學出版社，1993 年，頁 113。

〔註 30〕張煒，《張煒文集 6‧一輩子的尋找》〔M〕，上海：上海文藝出版社，1997 年，頁 140。

入，都是由主人公的精神指向所決定的。最典型的是《你在高原》。《家族》中，寧吉終於爲南方的醉蝦吸引，一去不回。騎著大紅馬，放棄了家中的富裕舒適生活遊走到遙遠的南方，這樣的遊走是純粹地拋棄了歷史包袱、並不渴望回歸的，是一種對生命自由狀態的主動尋求。所以儘管爺爺寧吉的出走，當時留給弱妻幼子的是災難，但是，的確如小說中所言：「無論一位騎士給一個家族留下了多少坎坷，他帶來的豐碩的精神之果卻可以飼喂一代又一代人」〔註31〕。寧珂、寧伽這對父子，也先後離開祖上發跡的大山，在精神追尋的執著不悔以及由此造成的人生遷移上面，跟他們的父親、祖父相比，有過之而無不及。寧珂的遷移腳步，被動和主動的交替（被叔伯爺爺寧周義帶出山地，追隨革命進入山地，堅持信仰被強制到山地勞動改造，放回平原監督勞動），寧珂在坎坷人生之路的遭際面前，最鮮明的態度是從不屈服不妥協。《你在高原》十部當中，寧伽半生的遷移，除了十幾歲進入南山的游蕩是迫不得已的選擇，其他的遷移則一直是主動選擇：《家族》中寧伽和導師朱亞認真對待東部平原「大開發」項目的勘察論證，希望能夠保住那萬畝槐林；《橡樹路》寧伽借去東部環球集團談雜誌贊助問題之機進黿山山脈；《海客談瀛洲》寧伽和社科院的紀及一起，先後兩次東部行，一次從北部進山區，然後從南向北、從高到低順著大河流向勘察，第二次是重走秦王路，沿膠東海岸環形，勘察了古港和海濱；《鹿眼》中寧伽流連在東部平原和海濱，和這裡的成年人、未成年人的接觸中，還原出膠東今昔生活的本相和百態；《憶阿雅》寧伽14歲被送到山裏義父處時逃脫，獨自在山裏游蕩多年；成年的寧伽從城裏兩次東部行，一次是到東部農場瞭解口吃老教授的事情，另一次是在梅子伴隨下回山區尋找義父，同時走過父親們修建的水利工程；《我的田園》寧伽告別城市來到葡萄園勞作三年，後來按照毛玉的指引去西部大山裏尋找飛腳消息、尋找小慧子；《人的雜誌》寧伽在東部平原經營葡萄園，爲辦酒廠，他跟武早去南部山區尋找在大山縫隙裏廢棄的酒廠；《曙光與暮色》寧伽得知莊周在東部山區，以考察名義進入尋找，並加入採礦隊，爲救加友又一次在山裏逃躥；《荒原紀事》寧伽在海邊沙島尋找小白，在出產黃金的南部山地遊走，尋找鼓額；《無邊的游蕩》朋友們先後去了西部，寧伽還是難以停止東部的遊走，從山地到平原，踏遍了那裡的每一個角落。《你在高原》中詳細描寫的東部之行，都是從西面寧伽寄身的城市出發東行，或者是去往平原、或者是去往山地，累

〔註31〕張煒，《你在高原・家族》〔M〕，北京：作家出版社，2010年，頁31。

計下來，有十四次之多。為什麼要遊走？從童年就開始，寧伽一直在平原和山地走來走去，無法安定下來。沒有盡頭的奔波遊走，原因只有一個：他認為必須用自己的腳板去探求那些或陌生或熟悉的土地。對於這個忽略物質財富、注重精神滿足的家族而言，眼前的現實永遠是他們繞不過去的糾結。

歷史上和現實裏，政治、經濟的籠罩下「半島」世界都有令人不適甚至窒息的事件和現象。主人公們對於半島的態度，於是經歷了愛、投靠、融入、不滿、離棄的動態變化。所以就有了棄半島而去的那些人們：《瀛洲思緒錄》中古代的徐福、《刺蝟歌》中的廖麥、《無邊的游蕩》中的寧伽。他們終於放棄半島夢，或去遙遠的瀛洲，或轉向另一種生活，或追隨同人去高、清爽、地廣人稀的高原。半島原在張煒文學世界裏，就是家園、歸宿、初心，是所有一切的集合。張煒認定鄉土和大地指向，認為只有回到民間、貼近大地，才能想得遠、放得鬆。可是，在堅持了三十多年後，他最終還是選擇了從寧伽們這裡放棄。或者說，多年努力向半島、向大地盡頭掙脫，從城市退守鄉村、從鄉村退守海濱，海濱退無可退、無所遁形，只好選擇真正的撤離，轉向另一更加偏離中心、人跡罕至的所在——高原。可是，高原又是一個有待驗證的烏托邦。張煒「半島」世界的烏托邦指向一再變更，正是為了說明：靈魂棲居之地難覓，精神的流浪和放逐是當代不願成為時代風向的附庸、自我救贖無法實現的知識分子不可避免的命運。這，可以為撤離或者說離棄半島的知識者帶來新的不屈不撓的烏托邦支持。張煒認為：那種拼命往中心擠的心態，是因為文化上不自信導致的「第三世界焦慮症」，「如果你愛一個地方，這個地方就成了你的中心」。〔註32〕他讚賞不被時代的風向裏挾、有定力、不慌的態度，他認為生活不在別處，外省和中心也只是相對的概念。烏托邦不在半島、不在高原，只要心存希望，烏托邦就在那裡。

第三節　泛神論與大地情結〔註33〕

作為一種自然哲學理論，泛神論形成於 16 世紀的歐洲。雖然這種系統的哲學理論沒有產生於中國的文化史中，「泛神」的思想傾向在中國卻是古已有

〔註32〕張煒，外《省書·關於《外省書》答記者問》〔M〕，北京：作家出版社，2000年。

〔註33〕本節的部分內容，為本人發表於 2013 年《東嶽論叢》第 1 期的論文《泛神論之於張煒》的內容。

之，在民間有深厚的根基，並且對文學形成了深遠影響。從古至今，中國文學對泛神論的表現經歷了一個從「不語怪力亂神」到信鬼神為實有、再到自覺建構，或者說從鬼神敬畏，到借由神秘感吸引讀者的過程。作家的自然敬畏之心，與民間特有的嚮往日常生活情境之外有一個在空間或時間上顯著不同的奇幻世界的集體無意識契合，於是，即使經過世俗化的神仙和精怪，也還是可以承載人們的某些寄託。泛神論者身遊於宇宙天地之間，沉醉並頂禮膜拜，產生出類宗教的崇拜與信仰。當作家「登山則情滿於上，臨海則意溢於海」，他們就能夠將自然人格化、神格化，具有濃鬱的浪漫主義氣息的作品於是問世。

和大自然長期共處中，神奇的自然和民間生態風情之美令張煒沉迷，於是他以文學的方式介入民間信仰、民間生命、民間生存、民族生態和民間秘史，從而確立起自己的民間立場和泛神品格。他親近自然、平視萬物，自然界的一切生命都和人類一起，成為重要的觀照對象，沒有高低主次貴賤之分。泛神也讓他的想像力穿越人類社會和自然萬物間的界限，編織出亦真亦幻的故事，營造出奇譎神秘的氛圍。他膜拜土地，投身原野，面向大地細語心底不絕如縷動人心弦的情思。

張煒「半島」世界的泛神色彩，是逐漸強化的。「蘆青河」情境中側重表現了自然原始質樸的品質和人與自然自在和諧的關係。後來的「登州海角」情境，隨著對人性的複雜和現實污濁認識的加深、對人類單方面從自然掠取破壞的憎惡，張煒意識到了捍衛的必要，並進而把自然當作衡量人類道德的標準，逐漸建構出生態倫理意識。《你在高原》這部歷時 22 年寫作的小說中，從 1990 年代到新世紀，張煒的泛神論思想逐漸系統化：自然的喧囂折射著人性的騷動，正如《家族》中歷史和《荒原紀事》中宇宙萬物自然玄機早已證明的那樣。「現代性」無孔不入、欲望膨脹的污濁的城市無法存身；鄉村權力和資本的苟合正在對自然與鄉村生存造成毀滅性的破壞。家園被瘋狂侵犯和無恥剝奪，人類將何處安身？這些無法克服的焦慮的積累，讓張煒意識到：並非有了現代工業文明才產生了人性的貪婪與墮落、攫取與破壞，人類的生存的危機由來已久。人類的生存其實一直是在善與惡的抗衡中，在危機四伏的籠罩之下，只不過眼前的現實中更加緊迫一些罷了。

泛神傾向讓張煒的作品豐富多彩而充滿魅力，然而令人遺憾的是，到目前為止，關於張煒的泛神論思想，系統和深入的研究還不多見。很多評論

者關注到了張煒創作的神性、神秘，卻沒有人追問其源頭──作家的泛神論思想。

一、張煒的泛神論思想

泛神思想和十分普及的民間信仰關聯緊密。先民認為自然萬物皆有靈性，並由此產生崇拜。中國各地普遍存在神明、鬼魂、祖先、天象及靈物的信仰和崇拜。但是因為缺乏統一信仰體系，民間信仰具有地域性、分散性、自發性、民間性的特點，多數擁有無法以科學解釋的內容，或是迷信成份。常見的算命、看相、風水、占卜，都是民間信仰和崇拜的具體表現。膠東民間信仰包括神明信仰、靈物崇拜、植物崇拜等。膠東的神明信仰，主要是為了祈求利益與成功、或是祈福消災。被信仰供奉的神明，主要有天地神、祖先、龍王、海神、雨神、土地、山神等。膠東民間信仰崇拜祖先的鬼魂，逢年過節都要供神位、有相應的儀式迎接祖先的魂靈回家。〔註34〕張煒《九月寓言》描寫了小村祖先魂靈因「戀家」、「戀村」而在村邊轉悠，還有大癡老婆慶餘在牛杆死後，夢到牛杆和老轉兒在村頭說話的情節。《橡樹路》中既有亦真亦幻的城裏橡樹路上淫邪的鬼魂的瘋癲嬉鬧，也有鄉村環球集團北莊祖先鬼魂作景的描寫。膠東神明信仰中，也有一些不為張煒所知道的，這時候就會形成作品中對自然和文化的誤讀。《柏慧》、《你在高原》中，寧伽少年在山裏游蕩，經常在無人的大山裏看到一座座孤零零的小石頭房子，幾乎每一座房子都空空蕩蕩，他曾以為是看山人的住所，可是也不像。寧伽曾困惑這些建在光禿禿的荒無人煙大山上的房子的用處。其實，寧伽所見到的，是山神廟。在傳統鄉土社會，山神廟是山區民間供奉管山的神的地方，用石頭砌成。山民的觀念中，山神管山裏的一切，可以保祐人們免遭狼等兇猛動物傷害。鄉土中國時代，幾乎每座山都有山神廟。這些，是平原長大的孩子沒有接觸過、不瞭解的事物。膠東民間自古還有道行深的某些動物或者植物會成仙得道，從而變幻人形、給人禍福的信仰，並由此產生了靈物崇拜。狐狸和黃鼠狼被膠東民間首推為有靈性的動物，被當做仙家來敬奉。狐狸被稱為胡仙、老胡家、貔子。黃鼠狼叫做騷鼠狼子、老黃家。還有蛇、刺蝟都被認為神蟲，人們認為房子裏有蛇主家運興旺，還有草垛糧囤下有刺蝟就會總用不完。因此，膠東過年就要做盤蛇和刺蝟形的麵塑，供放於供桌、米缸、糧囤和

〔註34〕山曼、蘭玲，《錦繡風情》〔M〕，濟南：泰山出版社，2007年。

窗臺。除此之外，喜蛛、喜鵲也被認爲是能帶來吉祥的動物、海龜被海邊的人們崇拜。《刺蝟歌》中，爲野驢、花鹿、山羊、狐狸、海豹和老獾接過生的珊婆的野性和大地的野性完全同一，她的民間信仰根深蒂固。她甚至認爲在海灘平原山地一帶，一個未能篤信狐仙的人，肯定就是一個愚不可及的傢伙。深受珊婆影響的唐童，無條件接受所有的民間信仰，不僅如此，他還想要借助所有可能的神明和靈物的庇護，謀求現實利益最大化。於是就形成了這一幕鬧劇：這個貪欲無度的莽夫，在同一個講究的佛堂裏，供奉了佛像、父親的神位、狐仙。連鄉間的陰陽先生驚呼：這是在鬧玄啊！神鬼仙三大界都混了！你這人膽子比什麼都大啊！將神、鬼、仙供奉在一起是出於實用主義的考慮，一個房間多用，根本不是信仰的問題，而是出於向這些他心目中能量無邊的神鬼仙求助的直接目的。供佛像是爲了求佛幫助解決棘手的問題，父親的神位也供於佛堂，說是爲了上香方便，實則是想讓父親一天到晚和佛在一起，給他盯著點，暗中督促一下。他按照世俗的眼光看待鬼神的世界，狂妄地無知，愚蠢地精明。求佛未果，他又求狐仙，結果應驗，於是他的商業意識出發點下產生了：求神拜佛也要貨比三家，起碼不能弔死在一棵樹上的想法，於是就把狐仙的塑像也請了進來。利慾薰心、膽大包天、無所顧忌的唐童，在求神拜仙方面，也爲所欲爲。植物中，古樹是膠東人們的崇拜對象，一說古樹年深日久、自有靈性，二說樹老乾枯，裏面有精靈居住。廟中的古樹還有燒香繫布條的習俗，古樹不能砍，長島、海陽都有伐古樹樹會流血的傳說。一旦哪裏的古樹遭到雷擊或者電火燒，人們便說裏面藏有遭天譴的精靈仙家，或者古樹犯了清規。古樹枯死則被認爲是不祥之兆。桃樹桑樹枝被認爲有辟邪作用，但不應在庭院裏中栽種。《古船》中有老廟的大樹被雷劈，令人們內心惶惶然的描寫。除了崇拜之外，民間信仰中還有一些禁忌避諱，也是建立在神靈崇拜和巫術信仰基礎上的。相同的宗教信仰和民間崇拜，無疑是凝聚當地民心的重要因素。

關於創作中的神秘感和它的源頭，張煒曾經有過明確的解釋：不要以爲凡神秘必與拉美有關，膠東籍的人一看就知道事情就是這樣。膠東半島這個傳說中徐福東渡和八仙過海的地方，產生了瑰麗的神仙文化，有深厚的道教影響，這些「虛無飄渺、亦仙亦幻、海市蜃樓、非常放浪的文化」，是各類奇詭的傳說最適宜的溫床。民間信仰傳統深厚的地理與人文空間，再加上獨特的親近自然而遠離人群的童年成長環境，作者會在自然裏流連，自由穿越人與自然界之間，結構出大量的人神、人物、人鬼相依同構，甚至是人與神、

鬼、物跨越族類的情感和婚配的故事便不難理解了。

當代文學中，成名於「尋根文學」前後的這批作家們，張煒、賈平凹、莫言、扎西達娃、韓少功等顯現出集中的「泛神」傾向。追究這一現象的根源，我們看到了內外兩方面的因素。

從外界看，一方面，我國古代樸素的泛神思想影響之下，回歸自然一直是古代文化和文學的傳統，當代文學中的「泛神」傾向與中國古代容情山水的文化傳統一脈相承。這一傳統在世界「尋根」思潮啟發後，重新得到認同，張煒們在「尋根」的路途上邂逅了或浩渺或嫵媚或蒼莽或神奇的自然，從而「泛」舟其中。另一方面，不容忽略的是，文學領域中的「泛神」傾向的大發展，是與今天人類社會物欲橫流、生態環境極度惡化同步的。面對殘酷的精神生態與自然生態產生的焦慮，作家在美麗的自然烏托邦的營構中，高舉「自然神」的旗幟來尋求濟世的方案。張煒幾十年的步履遍佈膠東的每一寸土地，他眼睜睜地看著這裡自足的鄉村生活、鄉村文明、傳統價值在現代欲望與工業文明圍困下如何沒落、瀕臨絕境，如何才能斷絕這個大地之子不絕如縷的憂思？！

從主觀方面看，作家泛神論的形成，當然與個人的生活經歷相關。作為1950 年代出生的一代作者，大多都有難忘的童年鄉村生活記憶。張煒童年海邊林子裏的自然界，各種動植物與陽光大地、碧海藍天那些前現代的生活內容與環境特徵，深深烙印在作家心底，當然也影響著他人生觀世界觀的形成。當這一切被歷史的車輪無情地碾碎的時候，作家的記憶庫就成為今天人們瞭解昨日風景的窗口。於是，張煒攜帶著對於昔日五色的原野與絢爛的鄉土田園的記憶走向人們的視野，他綜合童年的生命感覺與成年人的生命感悟，以滿懷的溫情與愛護讓筆下的大自然復現記憶中的純粹、完美、寧靜、新鮮。毫無疑問，泛神成為作家童年之夢的延續，和解脫現實困境的途徑。

泛神論貫穿於張煒的文學創作，恰如張煒「半島世界」的翅膀，使得他筆下的人與自然蓬勃地長育，細膩親密的情感如花朵般層層綻開。泛神論籠罩下的「半島世界」，呈現如下四個突出的文學表徵：

首先，泛神論造就了張煒「天人合一」的文學理想。沒有泛神論，就不會有張煒這種純美的文學世界與審美境界。自然神秘、萬物有靈、鬼魂敬畏、狐仙崇拜、陰陽感應等是道家思想與民間宗教信仰結合的產物，在中國的民間，主要表現為集合天神、地祇、人鬼等鬼神系統的泛神譜系，眾多的「神

仙故事」、「鬼怪通靈」、「濟度符咒」、「丹藥方術」等，都包含著最爲樸素和
基本的泛神思想。中國文學中，從最早的神話著作《山海經》到六朝志怪小
說，到蒲松齡《聊齋誌異》、吳承恩《西遊記》，那些關於人神、鬼怪、異類
的神秘、魔幻敘述，看似荒誕不經，但其獨特的題材、情節、人物，大大豐
富了中國文學的想像空間。泛神信仰使作家突破現實與虛幻、生與死、天與
人、時與空的邊界，追問著自然與人的神秘。中西泛神思想都對張煒產生了
重大影響。在全球自然與人文生態危機日趨嚴重的情態之下，儒道和諧觀，
尤其是儒家仁愛思想、道家強調「天人合一」的宇宙觀，逐漸得到世界越來
越多的認可，甚至被認爲是工業和後工業時代，適用於解決全球化語境下人
類生存困境的普世哲學。

　　老莊哲學的「物我無間」、「萬物齊一」思想，「道」生萬物等觀念，包含
著最爲樸素和基本的泛神思想。道是人與天地萬物的原始自然之性，所以自
然性就是道的特點。道家倡導悟道修身、明物、敬天、順天，以天地的法則
爲法則，保持內心的寧靜，少思寡欲，「無爲而無不爲」。張煒細讀過老莊，
受老莊之道響很大。張煒筆下，主人公往往與包容生命和滋生萬物的野地有
一種天然的親和力，傾慕那種自由自在、寧靜和諧的生命樣態。九月的野地
「由於豐收和富足，萬千生靈都流露出壓抑不住的歡喜，個個與人爲善。濃
綠的植物，沒有衰敗的花，黑土黃沙，無一不是新鮮眞切。呆在它們中間，
被侵犯和傷害的憂慮空前減弱，心頭泛起的只是依賴和寵幸……」張煒認爲
有神論者作爲一個人更可親近和信賴，創造力也更強。他相信所有的生命都
享受著一種莫名的恩惠，「受制於一種巨大的力量，包括對它們的懲罰和恩
澤，無不如此。如果這種力量叫做神也可以。」〔註 35〕張煒所欣賞的歌德、
屠格涅夫、海明威都是泛神論者，他們也深深影響著他對自然的理解。張煒
強調對於大自然的敬畏之心，傾心地讚美大自然與自然界的萬物，他在自然
面前猶如一棵樹對於土地、一滴水對於海洋，這種精神崇拜形態，明顯來自
西方。張煒說：「無論如何，你應該是一個大自然的歌者。它孕育了你，使你
會歌唱會描述，你等於是它的一個器官，是感受大自然的無窮魅力和神秘的
一支竹笛，一把有生命的琴。」〔註 36〕

〔註35〕張煒、朱又可，《行者的迷宮》〔M〕，上海：東方出版社，2013 年，頁 271。
〔註36〕張煒，《張煒散文隨筆年編・失去的朋友・你的樹》〔M〕，長沙：湖南文藝出
　　　　版社，2013 年，頁 29。

　　道家主張天道與人道一致：「天之道，利而不害；聖人之道，爲而不爭」。沉湎自然，內省多思，修「無爲」之境，正是張煒的小說中許多主人公的共同特徵。這一追求，抱樸在 1980 年代中期做到了，但是，張煒也清醒地意識到：這遠非世紀之交以及新世紀物欲橫流的時代風氣之下，寧伽、廖麥們所容易做到的。所以，廖麥在叢林與山地如魚得水，現實生存中卻最終成爲孤軍和困獸；在自足的葡萄園裏，寧伽獲得了心靈的撫慰，與外界的抗衡中，一次次的爭取與捍衛無果而終甚至一再敗北，最終人生呈現由城市到東部平原到高原一步步的退縮之勢。雖然道家主張以退爲進，以柔克剛，可是誰也不能否認，「在時代的推土機面前〔註37〕」，魚不知有水、水不知有魚的自然之境被粉碎，一敗塗地的寧伽和被侵吞的葡萄園、野地，正在唱響著「天人合一」理想的輓歌。所以，四十年的文學探索中，張煒「天人合一」理想經歷了由最初的堅定自信到目前的悲壯堅守的轉變。

　　其次，受屈原影響，張煒的泛神論還帶來的作品中狂放自由、招搖不羈的氣質。袍袖揮灑間，屈原狂放極端的精神與靈魂在宇宙天地之間自由馳騁，由香草美人得到印證。1998 年到 1999 年之間，張煒細讀了屈原，《楚辭筆記》中展示了在這次古今心靈的相遇與映照中，張煒從「這個最長於想像的人」那裡獲得了哪些啓示，遭遇到哪種感動。被放逐的命運、人身的不自由，並不能夠阻止詩人放縱自己的神思，反而讓他投身大自然懷抱，插上想像的翅膀縱橫馳騁千古八荒。特立獨行於 1990 年以來的文壇之上，張煒的精神氣質越來越向這位偉大的浪漫主義詩人靠攏。

　　張煒視自己爲大地之子，在人際的孤獨，令他更加決絕，只願意向大地這個富於柔情、德性和力量，恩澤萬物的母親傾訴人生的全部歡樂和悲愴。《九月寓言》是張煒狂放自由的「泛神」最好的文學注解。小說中，九月那廣袤的原野默默無語，長養一切又包融一切，悲憫地注視著小村所有生命的生死輪迴、小村青年在夜晚原野的奔跑沉迷。自由不羈的追求更流淌在《你在高原》這部浩繁的、多聲部的史詩裏。張煒堅持他的「膠東」書寫，尤其是以主人公與自然、與動植物朋友的心息相通、以對於海濱的林子裏無數動植物的深情與禮讚，塑造出一個自然意義上的膠東「半島」，豐富著他的文學世界。在張煒的描述中，大地上的動物、植物等萬物以至傳說中的妖魔鬼神，無不與大地本身、與人類具有某種相通性，最終形成了《你在高原》中人與萬物

―――――――――――――

〔註37〕張清華，〈在時代的推土機面前〉〔J〕，《小說評論》，2008 年 1 月，頁 89～90。

基於整體象徵與隱喻意義上的對應性。而且，越到後來，這種追究越是顯出想像之瑰麗與思考之宏闊，直逼人類的來處與去處的大問題。這追問呼應著屈原數千年前立足天地之間不絕的質問，顯示了人類精神的力量。寧伽的血緣與精神的家族爲了自由、信仰而奔波流浪、歷盡苦難。還有其他一系列心靈獨立的知識分子形象，在大多數人的盲目與迷狂中，作爲「社會的良心」，他們關注的是人的情感與生存的意義，孤絕而堅定。這種追究和拒絕的姿態，確立著張煒文學桀驁而執著的品格。

第三，因爲獨特的齊文化的血脈承傳，張煒的泛神論帶來了作品中的地域氣息與神秘感。對於自己文化的來處，張煒非常自豪；而飄逸的、放浪的齊文化是各類奇詭的傳說最適宜的溫床，再加上獨特的親近自然而遠離人群童年生長環境——在這樣的環境流連、這樣的童年成長，不難理解張煒爲何結構出大量的人神、人物、人鬼相依同構，甚至是人與神、鬼、物跨越族類的情感和婚配。專修地質、考古、動植物學，爲他以細緻的筆觸刻畫紛繁的生靈世界做了最爲充分的準備，各種具有靈性的動物植物帶著特異的地域文化氣息而來。平原、山地、荒灘、密林，都是包容和庇護人類與萬物的所在：在那裡，人與各種生物共存，無高低貴賤，沒有中心與邊緣，大家相互依存，各取所需，各得其所。逃進林子的人從那裡帶回的，都是傳奇。

張煒著重刻畫的植物，基本上都是善與美的形象或者化身，《家族》中，白玉蘭樹的香氣彌漫時，曲予就有了深深的幸福感和某種莫名的衝動。《鹿眼》中，一個年少失怙的男孩游蕩在原野之上，是自然排解了他的惶惑與孤寂。《我的田園》中，作爲童年最深的印象，那棵大李子樹和它的香氣籠罩著主人公寧伽的人生與思想，使他無論身處何地，永遠心向田園，屬意素樸和純真的生存內容與人際關係：「那些夜晚我神氣十足地在李子樹上舉目遠望。朦朧的月色下，我能看得很遠。我汲取了那一片園林深長的香氣和真正的營養。」〔註38〕張煒筆下那些決不缺乏靈性的動物形象，大都是大自然孕育的純淨生靈，在它們面前，人類無法爲自己的貪婪、蠻橫、愚蠢、骯髒和無恥作任何辯解。《刺蝟歌》中的刺蝟、紅蛹，《家族》中的紅馬，《鹿眼》中的花鹿、《憶阿雅》中的阿雅……

除此而外，還有許多跨越族類的故事發生：《刺蝟歌》中人可以爲狼接生，蛹可以爲人指路。每個人都會有幾個野物朋友，人與野物渾然不分到甚至可

〔註38〕張煒，《你在高原·我的田園》〔M〕，北京：作家出版社，2010年，頁62。

以互通血緣——女主人公美蒂，傳說是良子和刺蝟精的後代；大財主霍公的二舅是一頭野驢。跟動植物相比，那些跨越族類的神怪，則是亦善亦惡的。在民間信仰中，不論哪一種異境，是神界仙境、天堂地獄，還是冥府妖界，其間的異類都具有「雙重性」：人性及其自然屬性。「人性」的一面，表現在異類像人一樣有物質和精神需求，這也正是其能與人溝通的基礎。一旦它們的自然屬性顯現，人類就有危險了。也有介於人性與其自然屬性之間的亦正亦邪、無法辨明的方面，比如母性的善惡。心焦的雨神尋找蛟兒的呼喚，響徹鄉里，讓所有做母親的聞之動容；子孫被殘虐殺死氣急敗壞的蜘蛛精，吃的明明是餅，缸裏的孩子卻只剩下一灘血水。《你在高原》中忠誠的阿雅遭主人誤解獵捕，「人性」的邪惡與「獸性」的忠誠的反差，令「人」羞慚。鬼魂附體、陰魂不散本來是可怖的，但是經張煒敘述來，平添幾分生活實感與世俗化的親近。張煒筆下，萬物有靈和靈魂不死是相通的，陰間成了陽間人際生存的空間拓展。《九月寓言》中死去的老轉兒戀村，《你在高原》中三先生給鬼治過病。沙妖酬謝三先生，給出了兩種選擇：自己和金子，三先生必須二選一——標準不是由「人」而是由沙妖給出，智慧清正如三先生亦別無選擇！人的主動性、在宇宙萬物間的優越性，登時遭到了瓦解。《荒原紀事》中，表面上煞神老母的愛恨情仇、以及煞神老母和烏坿王的「契約」，是三先生的跟包講述的神怪故事，實際上，故事正是眼前人際事件的寓言化：權力集團之間的爭鬥或者聯手，構成了徹底的毀滅或者攫取的嚴重後果。在這樣的勢力面前，個人的救贖或者大眾的抗爭，注定都是杯水車薪、以卵擊石的悲劇。除此而外，「老物成精」的精怪觀念在膠東根深蒂固，他們認為萬物之老者皆能成精，這些精怪往往混雜常人當中，他們的世界與人間沒有明顯的界限。霍老爺那些精怪相好、老龜幻化人形在路上行走、蜜蠟聽到的老兔子精要煙抽的故事、鋪老遇到的老魚精等等……在一個有故事的地方，小說有更多的可能。張煒小說中，包含齊文化的泛神論，以自然律和道德律的交叉，折射著人類社會，也拓展著作品的表現空間。而這些異境營造，使得張煒小說的在泛神思想下打通客觀時間與空間的維度，通向審美與意蘊的更深層次。人間與異境並非地理性概念，各自沒有嚴格的界限，甚至存在交融的情況。而異境空間意識的原型，是現實中的苦與樂。

　　第四，泛神論讓張煒將大地上的人與自然在形而上學的層面結合起來，形成了具有「神性」的「大地」情結。張煒鍾情自然與大地，小說中的主人

公在歷經漂泊後，最終往往是回到土地。《九月寓言》的大地豐美燦爛，《刺蝟歌》的林子眾聲喧嘩。所有故事都是在這片萬物狂歡的大地上發生的，無論是熱烈的肥、理想化的廖麥、還是美麗勇敢的美蒂，都在腳下這片土地上播灑過希望。原野歡歌永遠成爲回憶，「晴耕雨讀」的生活理想、寫一部「叢林秘史」記載幾代人在自然中的生存歷史和恩怨糾葛的願望，都隨著「最後一片野地」的失去而破滅。儘管如此，大地烏托邦悲劇掩蓋不住這個具有靈性和神性的「泛神」世界的光輝。

散文裏，張煒的「大地」情結得到另一種表達──「故地」守望。在城市文明中的無根飄搖，讓張煒「尋找故地」，並最終在故地堅守中達到物我兩忘的「泛神」境界。此時，張煒認識萬物的方式，是「以心知物」的藝術感悟與體驗：「寫一棵樹，也同樣需要人的深度……對人性理解的深度才有助於去理解樹性。離開了對人性理解的深度，對樹貓狗等動植物，也包括那些妖怪魔鬼，都不會理解。」〔註39〕這樣的體悟，我們在西方泛神論的鼻祖托義德那裡得到過：「人和牲畜，牧人和野獸，在出生時全都承受了有靈氣的生命」〔註40〕。張煒觀察故鄉田地中的玉米：「它長得何等旺盛，完美無損，英氣逼人……它們有個精神，秘而不宣」〔註41〕。在這種與自然、與故地的守望當中，張煒作爲「人」的渺小的個體價值在浩大的宇內不是消泯，而是得到了確認，令他欣喜：「我又看到了山巒、平原，一望無邊的大海。泥沼的氣息如此濃烈，土地的呼吸分明可辨。稼禾、草、叢林；人、小蟻、駿馬；主人、同類、寄生者……攬纏共生於一體。我漸漸靠近了一個巨大的身影……」〔註42〕

可以說，《你在高原》中對於「高原」理想的營構，是「大地」情結的延伸，當然也源自泛神論的激發。大地是最令人敬仰的神明，當眼前的大地令人失望，融入和皈依不再可行，主人公們的選擇如果不是絕望放棄，那麼一定要另尋出路。是人聲玷污了喧囂了這片土地，人性污濁已經令這片熱土不再令人流連，人跡罕至的高原就成爲最佳選擇。這裡，高原選擇的著眼點，

〔註39〕〈偉大作品應該有神性──作家張煒訪談錄〉，2011-06-07，第九屆華語文學傳媒大獎暨華語文學傳媒周之名家演講。

〔註40〕〔英〕約翰・托蘭德，陳啟偉譯，《泛神論要義》〔M〕，北京：商務印書館，1997年，頁18。

〔註41〕張煒，《張煒散文隨筆年編 4・心事浩茫・融入野地》〔M〕，長沙：湖南文藝出版社，2013年，頁22。

〔註42〕同上，頁21。

當然就是「地廣人稀」，是原始的「天人合一」，也正合乎道家「人法地，地法天，天法道，道法自然」的追求。泛神論給了《你在高原》溝通現實與理想、此在與彼岸的可能，儘管這只是一種極端主觀意念化的方案。張煒就如此與宇宙自然心意相通，用「偉大而纖細」的筆觸，謳歌「美麗而多情」的大地。

二、自然敬畏與生態倫理

　　原始人相信萬物有靈，在此基礎上他們賦予農作物、樹木乃至所有植物以生命和靈魂。篤信植物和自己的生命緊密關聯，相信植物靈魂的存在，使得他們產生一些顧忌，比如不會隨便砍伐樹木。敬畏樹神，哪怕折斷樹枝也會認爲是一種罪孽〔註 43〕。這樣的萬物有靈觀念，是世界範圍內萬物有靈論都會具有的觀念。有些國家民族甚至會認爲樹靈會變成惡鬼。但是在膠東的民間觀念裏，樹身附著的，往往是庇護性的、溫情的神靈或者魂靈。短篇小說《橡樹的微笑》中，養牲口的老黑牯墳前的五棵橡樹會笑，以此嚇走了意欲欺凌傻媳婦小憨的兜兒。這裡，樹與埋葬在此的老黑牯的魂靈的某種關聯，是造成敬畏的主要原因，而這關聯又是基於震懾邪惡、保護弱小的目的。《我的老椿樹》中，老人依靠院裏的老椿樹過活，也依戀老樹如老友。他作爲「樹之子」的身世傳奇使他得不到世俗社會的接納，但他有老樹可依、一同變老，共同迎接死神的來臨。人與樹相依、互助、共存，比人與人之間的關係簡單純淨。《你在高原》中童年園子裏的大李子樹、葡萄園裏的老葡萄樹，在寧伽的夢中，具有神性、靈性，會關愛、庇護她（他）的所有子女。那種溫馨的偎依產生的誘惑力，絲毫也不亞於母親的懷抱。

　　與今天我們毫無顧忌、功利實用的資源開發不同，原始信仰會對人類的貪欲產生節制約束作用。張煒小說的泛神傾向顯示出強烈的自然敬畏，強化著作品的詩化內核與精神力量。張煒認爲「自然界發育至今都有著嚴謹而精緻的地理秩序」，因而呼籲迷惘的現代人學古人虔誠俯身，心懷敬畏順天應人去反思在地理秩序面前曾有的怠慢或者放肆。《你的樹》中，他表達了這樣的態度：不是把自然景色和動植物作爲點綴，而應柔和寬厚對待樹木自然，是基於作者心底的問候進行描寫。他呼籲不要把樹當成你的財產，而是讓它進

〔註43〕　〔英〕詹姆斯‧喬治‧弗雷澤，徐育新、汪培基、張澤石譯，《金枝——巫術與宗教之研究》〔M〕，北京：大眾文藝出版社，1998 年，頁 111。

入你的生命，真正的尊重它。想像和大地一起呼吸，和草木做緊密相依的朋友，張煒就覺得母親在笑，無數的兄弟姐妹都在身旁。

可見，泛神論讓張煒親近自然，重視合理的生態倫理的建設，形成自然敬畏之心與萬物平等觀念，從而在個人欲望膨脹的年代得以突破人類中心主義，引領了文學的生態轉向。西方社會工業化較早，對生態的憂思也同時出現，而在中國，生態文學是遲至 80 年代後期才現端倪的。泛神論思想讓張煒對於越來越嚴重的生態危機——自然生態危機與精神生態危機的關注與表現，達到極為深刻的程度。長篇小說《古船》中，隋不召對於鉛筒的遺失產生的深重的憂患，是張煒對於物質現代化衍生的生態危機的憂患，也可以看作是中國生態文學的第一聲——那時候，幾乎所有的中國人都正在為「現代化」帶來的物質高速發展而興奮不已。幾年之後，張煒又在《九月寓言》中，呈現了人類無限制的掠奪的嚴重自然生態後果——豐美的家園被徹底毀棄，「蜓鲅」的子孫不得不再次踏上家園尋找之路。自然生態是人類直接的家園，這一再明確不過的事實，在被物欲衝昏頭腦的人們那裡，卻是盲區。張煒非常痛心於此，他痛恨那些粗野的開發，他左右求援，他發現了美國的梭羅。那個最早的生態倡導者簡樸、自由、浪漫、和諧、自如的生活打動了張煒，生態文學倡導也開始進入他的文學世界。張煒在自然當中欣賞著沙地銀狐的美麗，狼的儀表堂堂，烏鴉的精巧完美，沒有發育長大的小動物妙不可言、直逼人心的可愛。當這些在平原上絕跡，他絕望，卻不屈服。這裡有道家「天人合一」的哲學觀，認為天、地、人、神只有和諧共處才是最佳境界的樸素認識，更代表了當今生態批評的核心理念，即通過批判人本中心主義，達到對人與自然和諧共生境界的倡導。

《柏慧》、《我的田園》除了表現家園被毀、自然生態危機之外，張煒又以對精神生態危機的表現，引領著生態文學走向深化。之後，張煒寫出了大批的散文，包括在「人文精神」大討論中的那些言說。2003 年，短篇小說《魚的故事》獲首屆「中國環保文學獎」。《刺蝟歌》、《你在高原》中，張煒更加毅然決然地聲討機械工業的突進對生態與家園的毀滅性破壞，表現現代人喪失家園的無根飄搖以及對於歸宿的執著尋覓。《刺蝟歌》中的廖麥、《你在高原》中的寧伽，從小在極度壓抑的環境裏成長，生活圈子一縮再縮，最後出逃到荒野之中，咀嚼苦難讓他們的人性與意志都得到砥礪和提升。他們處在龐大無邊的、由物欲、權欲、情慾編織的世俗的圍困當中，拼力掙扎，可他

們聲音的迴響卻越來越輕，他們的陣地一再地縮小。回歸情結、逃避情結是他們共同的精神取向。最終，「詩意地棲居」只能作為心靈訴求而存在。悲憫的底色，連帶出俄羅斯生態末世論影響的影子。俄羅斯文學從費奧多到托爾斯泰、陀斯妥耶夫斯基，形成了非常可貴的傳統：在強烈的憂患意識下，他們寄希望於重建生態倫理，從而達到人類道德的自我完善，進而改變世界的末世命運。偉大的心靈，總是傳遞出相似的終極性的關懷。張煒喜愛俄羅斯文學，受托爾斯泰、陀斯妥耶夫斯基、屠格涅夫影響很大。張煒說過這是幾位「入」他的心的文學家。正是對大自然的熱愛讓他們擁有了對美的感受能力，所以張煒慶幸：在中學時期學會眷戀、熱愛大自然，讓他具有了與萬物榮辱與共的靈魂。

不僅如此，張煒還說過：「我一直認為，人不可能是這個世界上最聰明的動物，更不可能是品質上最高貴的動物……人類好像主宰了這個世界……許多時候也完全可能是野蠻的勝利。」〔註44〕於是，我們看到張煒跳出人類中心主義，在文學中走向自然。從平原走向高原，這看似是與現代文明背道而馳，但是實質上是對機械工業文明偏誤的修正。張煒希望生態角度的生存困境讓人們警醒：人類的今天令人堪憂，救贖之路是人與自然的平等和諧相處，在此基礎上進行人類道德的自我完善。從更為廣闊的文化時空背景來看，張煒思考的，是人類文明的必經階段——自在階段到自為階段遭遇的大事情；張煒的表達，因其厚重的地域文化底蘊與深重的現代生存焦灼的交織，而確立其獨特性與典範的意義。蕾切爾·卡遜《寂靜的春天》能帶給美國文學的，希望《你在高原》也能帶給中國文學。

小結：空間倫理與「大地」烏托邦

那些理想化的有關社會的憧憬，必須先有一個特定的地理時空（即使是含糊的）界定，從而首先從空間的意義上擬想出理想狀態。烏托邦（Utopia）是英國人文主義者托馬斯·莫爾創製的術語，源自兩個希臘詞：Eutopia（好的地方），和 Outopia（沒有的地方、烏有之鄉）。直到十七世紀之前，烏托邦一般均被置於地理上遙遠的國度：莊子「無何有之鄉」、桃花源和莫爾的烏托

〔註44〕張煒，《世界與你的角落·冬夜筆記》〔M〕，北京：崑崙出版社，2003 年，頁 209～210。

邦島嶼，都是封閉的與世隔絕的空間。一般而言，烏托邦的作者並不認為這樣的理想可能實現，至少是不完全以其被完美描繪的形態付諸實現。本質而言，烏托邦的功能乃是啓發性的，根據所認眞規劃和描繪的藍圖來改造社會。詩經樂土樂國、老子小國寡民、陶淵明桃花源、後人延伸出的桃花源與桃花源情結、醉鄉、睡鄉、君子鄉的共同特點，就是：對社會不滿、自爲世界設計、遠古道德約束。這些人類情境所固有的烏托邦主義的價值，至少在於：一張沒有烏托邦的世界地圖，是絲毫不值得一顧的。

歷史對地理的主宰一直持續到 1960 年代，福柯對此總結道：「空間被當做死亡的、刻板的、非辨證的和靜止的東西。相反，時間是豐富的、多產的、有生命力的、辨證的。」〔註45〕二十世紀下半葉以來，人們日益理性地承認：時間性、面向未來，不是實踐的唯一向度。人類必須同時面對多樣傳統與多樣現實建構成的深刻多樣的世界，複雜的、多樣的空間問題於是導致了當代人類實踐由時間性向空間性的轉換。人類的生存空間中，除了自然地理空間而外，其他的空間都是人參與、建構起來的，多層面、複雜、意向性人化關係。從這一意義上，人類文明史也就是不斷生成諸多意向性空間的歷史。一旦既有空間建構不適應新的形勢，就需要從現實條件出發進行超越，過程性地建構更趨合理的空間生態。這一作爲歷史主體，不斷創造、改變與再造新的空間的過程，必須建立相應的規範，才能保證新的空間向度，本質上是一種前進與超越。

與此相適應，西方當代社會理論體系中，空間批判理論正在崛起。空間性正在取代時間性，成爲人們把握當代社會的一個基礎視野。基於「哪裏有空間，哪裏就有存在」〔註46〕的理解，空間、空間性成爲作家把握、描繪當代社會的一個不可或缺的敘事線索。《你在高原》的情境是歷時的衍變，但無論整體結構、還是烏托邦轉型，都顯示出現由時間性向空間性的新轉型。這十部小說，不是歷時地呈現主人公的經歷，而是以寧伽的立體生存空間爲背景，展開他方方面面的經歷與感受層，並由單個人的立體空間關係，發散出整個時代的立體空間。讀《你在高原》，要把握這時代的脈搏與空間，實在是

〔註45〕〔美〕愛德華・W・蘇賈，王文斌譯，《後現代地理學：重申批判社會理論中的空間》〔M〕，北京市：商務印書館，2004 年，頁 6。
〔註46〕列斐伏爾，轉引自包亞明，《現代性與空間的生產》〔M〕，上海市：上海教育出版社，2003 年，頁 85。

像鐵凝所說，如同觀賞《清明上河圖》，是得付出一定的心力的。

對空間問題進行研究和思考，存在事實問題研究和理想規範確立兩個向度。

在發生論意義上，進步、進化、發展成為近現代社會主題，但是其帶來的發展問題——也就是不合理發展，引發出發展倫理問題。福柯關於空間與權利關係、列斐伏爾關於空間的政治性、哈維關於空間與資本關係的反思，都包含對發展的平等、自由、公正、和諧的追求，也就是說發展倫理觀已經是諸多空間研究者不自覺使用的規範性向度。它幫助人們意識到發展手段、發展目標等的過於功利化，以經濟、財富、效率等為核心尺度的效率中心主義、物質中心主義、財富中心主義，以及對作為發展主體與價值目的的人的倫理關懷，對發展代價、社會公平、社會責任等的關注缺失。

張煒《遠河遠山》中塑造了一個叫做賢子的人物形象，他對所有文學作品的標準，都是「實現」或者「不實現」，也就是現實還是不現實，所有不現實的他都不認可。雖然如此，這並不妨礙賢子和橙明間因為對於書寫和閱讀的癡迷而相互吸引譽為同類。橙明和小雪、小雪的老師、歪歪、疙娃、大胖、老會計、賢子、韓哥、神童的文學理解和表現完全不同，但是他們相見就引為同類、惺惺相惜、相互欣賞相互鼓勵，如同兩股水流相遇，激起的水花是相互融匯和豐滿，而不是像兩塊石子相互碰撞，以磨損為代價撞出火花。他們多樣卻相互溫暖共存，這種民間的理想的文學處境，和都市的文人相輕相互排斥壓制何等不同。尊重多樣性，就足以克服自我中心主義。合理的空間發展倫理也就在這個基礎上產生：老會計因為直覺上對素昧平生的小橙明的惜才，主動寫信為他向城裏的「青年」推薦，最終成為推動橙明步入文壇的直接原動力。鄉村抒寫的原生態與自足、現代創作與思考的內在與包容就此區別開——在文學空間的層級，它們之間生養和被滋育的關係卻不可改變。這是文學生存發展空間的同一與多樣性。文學本來就是永遠無法「實現」的一種人生選擇。橙明十幾年裏一路走來認識了很多人，他發現只要熱愛了寫作，就停不下來，男的女的老的少的，有時快樂，有時累，甚至媳婦跑了，兄弟反目，被父親趕出門長輩用棍子狠打也不會改悔。這種無視現實物利得失，注重精神滿足的人生選擇，只能是一種內心滿足，很多時候和外部世界的標準相去甚遠甚至背道而馳。

作為理想空間模式，空間烏托邦是發展的和歷時的概念。西方從前工業

文明時代柏拉圖的「理想國」，到工業文明時代托馬斯‧莫爾「烏托邦」、康帕內拉的「太陽城」，再到後工業文明時代哈維《希望的空間》中「辨證烏托邦」、凱文‧林奇《城市形態》中的「未來城市烏托邦」，中國的小國寡民的「大同社會」、樂土樂國、「烏有之鄉」、到世外桃源的桃花源、再到梁啓超「世界公民」設計，展現出這種歷時的發展與更多的可能性。當代社會存在空間樣態具體多樣：同一地域空間複雜多樣，不同人群社會空間有同有異。只有尊重這種既具有文化統一性、又具有現實多樣性事實的理想與規範，才具有可行性。其中，尊重多樣性顯得尤爲重要和迫切。空間由有倫理素養的人創造，又會創造人及其倫理體系，空間倫理就在歷史性實踐性中，走向更多可能性和更加理想化。因此，空間烏托邦，實際上可以理解爲空間倫理烏托邦——倫理和諧、不緊張不衝突的空間的達成。人類從農業文明到工業文明到城市文明的過程，以及以後的發展歷程中，「人化意向性」〔註47〕這一空間特點在烏托邦空間建構必將起著絕對的主導作用。什麼樣的空間倫理是好的合理的，判斷的標準只可能有一個，那就是人。

　　在空間批判理論看來，現代社會正在由工業社會向都市社會發展，與此逆行的充滿懷舊和幻想氣息的自然空間烏托邦到底能走多遠，是值得深思和探討的問題。在張煒的烏托邦空間構想中，存在一個由大地向生態再向哲學的轉型。張煒「半島」情境要融入的蘆青河——登州海角——半島的大地指向，更多是地理學意義上的遷移。「半島」情境是形而下的個體大地遊走的地理空間，也是由自然界激發出的關於愛情、友情、歷史、人性、哲學等形而上的心靈和精神漫遊的空間，是人類從古至今形而上的追求掙扎與回歸的見證。「葡萄園」則是張煒理想的生態烏托邦，這裡自然和人際的和諧顯而易見，集中了張煒所有的桃源想像。張煒在《柏慧》、《你在高原》中，極力向我們展現葡萄園神異的自然世界和諧之美、人際的淳樸至誠與溫暖。《柏慧》中四哥和響鈴將鼓額和斑虎都當做孩子，對鼓額就像父母對待娃娃。對待斑虎，響鈴像對小孩子，四哥則如同對待男子漢。響鈴這樣數叨它的不懂事：「你見了雞兒也不知道讓著點兒，你還小嗎？氣死我了，媽不理你了」〔註48〕；四哥則教給它處世之道：「我說啊夥計，遇上事要沉住氣，先莫要悶愁」。

〔註47〕陳忠，〈空間批判與發展倫理——空間與倫理的雙向建構及「空間烏托邦」的歷史超越〉〔J〕，《學術月刊》，2010 年 1 月，頁 17～23。

〔註48〕張煒，《柏慧》〔M〕，北京：中國社會出版社，2004 年，頁 136。

〔註49〕但是，葡萄園桃源想像的脆弱性也顯而易見。寧伽對小村的敲詐、村民的仇富毫無辦法，只有妥協；斑虎只能護得了鼓額一時，卻終沒有讓她逃脫太史奇的魔爪；更不用說擋住污染、開發等的進逼。地理意義上的被圍困，決定了葡萄園就是一個岌岌可危的孤島，而不是世外的桃源。「孤島」空間感帶來「孤島」心理感受，文學文化甚至哲學意義上的「孤島」感，揭示的其實是生存本相。《刺蝟歌》中廖麥晴耕雨讀的農場生活夢想，也是萬物相諧的葡萄園生態烏托邦的變種。高原構想則更多是哲學意義上的指向。儘管詩人羅伯特·菲亞吟唱「我的心呀，在高原」〔註50〕，儘管雷克呂認爲在各大洲眾多顯赫的陸地裏高原的地位最高〔註51〕，實際上則沒有什麼能夠證明清爽乾燥適合放歌之地，一定是烏托邦空間的最佳容身之地。但「高原」烏托邦空間的空想性質，隱約透露出張煒建造本土化的巴別塔〔註52〕的野心。

　　本質上，張煒眞正認識到了空間倫理的核心問題是人的問題，現實中縱橫交叉的空間脈絡，最終都直指著人的生存倫理和價値倫理問題，高原去向是他的大地烏托邦空間設計的一種矯枉過正。但是，張煒的高原烏托邦的簡單樂觀的盲目性也很明顯。世界有時並不是非此即彼的，現實不好，以往也並非完全令人滿意，而將來也可能更糟糕。鄉土農業社會情景想像再好，也只能滿足心理期待，因爲回不去是客觀事實。所以如果不尊重多樣性，而是單純以生態爲標準，要警惕陷入另一種糾偏出發點的文化霸權。無視資本籠罩性的控制、無視多樣化的未來可能性，只是基於生態學意義上去尋找世外桃源的努力，只是基於生態危機與人文危機共振的產物，還不足以支撐烏托邦的空間。況且，張煒的大地烏托邦有一個重點詞彙，就是「融入」。實際上，大地和人的關係中，「融入」只是一種假設。人在城市和人際社會的紛擾憂煩

〔註49〕張煒，《柏慧》〔M〕，北京：中國社會出版社，2004 年，頁 136。

〔註50〕百度百科，http://baike.baidu.com/link?url=9RxmXI7D9O3-xU3PtoJnC8-0N29JR
rfm_aHqtk7PTNd_XDoIlM3YtkffmHGW_hSujJV1PYz_yUjpz7RwDiNTX。

〔註51〕雷克呂《大地》中描述：它們自平原地帶的中間冒出來，擁有其體系下的山脈、河流、湖泊以及相應的動植物群落，而且較之較低的地區，高原地帶的氣候也始終更爲涼爽乾燥，是完美而界限分明的首選地帶。但是不可否認，高原的作用有時消極有時積極，某些特定的高原是文明發展和物質進步的天然屏障。

〔註52〕《聖經·舊約·創世記》第 11 章：持相同語言的遠古人類聯合起來，欲興建一座通往天堂的高塔；上帝發現人類的計劃，遂讓人類說不同的語言以致無法溝通，計劃失敗。試圖爲解釋世界語言和種族差異的故事，也側面展現了遠古人類的某些理想。

已經到了極限，急切地要有所偎依。可是，此時的大地同樣受到侵害無以自保，亟待人類的重視和保護。誰保護誰的問題尚未釐清的情況下，如何融入？《九月寓言》中的小村是浪漫的飛地，但那是別人的家園，而且已經破毀消逝；葡萄園在朋友們看來是浪漫的飛地、可是寧伽渾身解數使盡還是沒辦法保全這塊「我們」的家園。

張煒的大地烏托邦構想，暗合了海德格爾有關大地性的思想。當大地以幻象的形式出現時，它就成了一種非凡的、令人震驚的經驗，與俗常的、普通的經驗相區別。只有這種非凡的經驗可能成為抒情的對象，在這個基礎上，連飢餓、苦難的記憶也被賦予了一種浪漫的光輝。實際上，這種經驗從未也不可能存在於現實之中，是作家對記憶的保護造成的真實性。鄉土烏托邦的偶像崇拜絕對、完美，事實上是在以至善至美的名義，宣告尋找和思考的終結，申明絕對權力的合法性、正當性。這種情況下，很容易產生渴望達到的目標與行動的最終結果之間的混淆、價值體系的表徵和具體事件之間的混淆、以及行為準則與命令之間的混淆。還有，很多情況下，自然和道德的標尺是不同一的。自然世界的野蠻、兇殘、暴力都不是烏托邦理想的組成。從《九月寓言》、《刺蝟歌》成型的野地烏托邦，華采芬芳絢麗耀目。但是其豐富複雜性也在妨礙其烏托邦的完美，這裡是少女在懵懂中喪失貞潔的地方，珊婆的蠻性與美蒂的蛻變都在這裡公然或者悄然發生。鄉土烏托邦實質上是一種基於代償心理的想像性滿足。它的主要社會功效，就是對人的無所寄憑的焦慮心理的平撫。

在建構烏托邦理想的路上，張煒還會走下去。走向哪裏？2010 年在《大地負載之物──香港文學訪談輯錄》中，張煒談到「立足於自己的生存之地」時說的話，不知算不算得上對此的現實回應：「城市不好逃到鄉村，鄉村不好再逃到哪裏呢？……關於移居，這裡面有個深層的倫理問題，需要我們先在心理上解決掉。」〔註53〕早在 1990 年代，郜元寶也預言過，即使這片土地不再利於生存，張煒也不會離開。他會怎麼解決，我們也還得繼續關注。

〔註53〕張煒，《張煒散文隨筆年編 16・小説坊八講》〔M〕，長沙：湖南文藝出版社，2013 年，頁 233。

第四章 「半島」世界的文學文化史意義

　　當代文學發展到今天，從五六十年代的荷花澱派、山藥蛋派，到九十年代的陝軍東征、湘軍、魯軍崛起，「集團突起」的文學現象層出不窮。無論開放的、動態的、富有層面感的集團突起現象本身，還是其中的作家個體，都是不可忽略的文壇收穫。文學「魯軍」中，張煒和莫言的創作實績及其具有個人特色的地方色彩，都是既顯示了新時期文學地域特徵性的增強，也代表了中國當代文學從獨特地域與世界接軌的強大趨向。2011 年，呼聲很高的他們同時獲得茅盾文學獎；2012 年 10 月，莫言又榮獲諾貝爾文學獎，實現中國文學界多年夢想。文學「魯軍」展示了齊魯文學的極大魅力，本來也應成為近期地域文學和「作家群」現象研究的又一亮點。但是，事實是，除了莫言因為獲得諾貝爾文學獎在圈內外受到熱捧之外，「魯軍」和張煒的創作，都沒有得到足夠的關注。近兩年，「魯軍」得到文學界重視的最有標誌性的事件，是在 2013 年 9 月的第二十屆北京國際圖書博覽會上，「中國作家館」以山東為「主賓省」，舉行了「齊魯文學再創輝煌」主題論壇、「張煒新書發布會」「『文學魯軍新銳』與首都作家對談會」「趙德發傳統文化題材作品研討會」等一系列活動。可是，這些活動對學術界的作用，是石子入海，根本沒有激起波瀾。

　　張煒除了掛帥「魯軍」之外，還領軍由王潤滋、矯健、尤鳳偉、陳占敏等組成的膠東作家群落，領銜先有曲波、後受蕭平影響並以張煒、矯健領軍的煙師－魯大作家群。張煒思考的、表現的和得出的，都是既基於膠東半島、

又絕不局限於一時一地，可以在世界範圍得到多方印證，並且絕不乏人類層面的認同和迴響。因此，以張煒和他的「半島」世界爲個案，對於弄清文學與地理、文學與歷史、與現實、與人、與人類的使命的關係，地域性與民族性、民族性與世界性的關係，更好地理解文學、理解人類（包括我們自己），都有極大的價值與意義。

第一節　在膠東文化譜系與文學源流中

　　將張煒和他的「半島」世界放在膠東文化和文學的源流中考察，更容易看清他的個性。儒道互補，是中國傳統文化的核心，同時也是齊魯文化傳統、膠東文化的特徵。作爲土生土長的膠東作家，張煒對自己與齊魯文化的核心——儒道文化間不可分割的淵源有清醒認識，他說：「我對出生地的文化充滿景仰……齊文化的超然和曼妙浪漫、冒險開放，與魯文化的入世和嚴謹堅實、莊重深邃，可以說是相映成趣，互爲彌補……我的文化之根就在齊魯大地。我說過，這是我精神上的生存保證。我相信儒家文化流動在我的血液中。但我出生在海邊，常常面對的是一望無際的大海，是海霧繚繞中的島嶼，極目遠眺也分不出天色與水色。這種環境會讓我有許多幻想……我想，齊文化是一種飛翔的文化，浪漫的文化，幻想的文化。儒家文化會讓我理性地審視自己，而齊文化將把我引向很遠。」〔註1〕

　　膠東的地理人文環境影響和孕育了這裡出生的作家的氣質，家鄉也往往是他們創作中著墨最多的。儘管走出去是「全球化」大勢，新時期以來膠東作家的大部分，卻是一直生活工作在山東；或者即使人在外地，文學創作也始終圍繞故鄉的鄉土民生。於是，一方面他們以自己個體的文學叩問歷史和現實的筋脈，另一方面，他們之間的文化與氣息的相近性，將他們凝聚成文學大海湧動著的一排排矚目的浪花，不斷地拍向岸灘。

一、儒道譜系的交叉影響

　　有的人將公元前八到二世紀、雅斯貝斯命名爲「軸心時代」的那個以「精神化」爲特徵的人類智慧大爆發時代，與今天並論。這兩個時代的確有相似之處，都是多元的、開放的、活躍的，同時又是混亂、一定意義上意味著轉

〔註 1〕徐懷謙，《文學是生命中的閃電——訪作家張煒》〔N〕，人民日報，2004-05-13。

機和多種可能性的。追溯人類的精神史，我們發現，軸心時代雖然紛爭和戰亂不斷，但確實如雅斯貝斯指出的，最初只是在一定的空間限度展開的「軸心期文明」逐漸包羅萬象，成爲之後直至今日整個星球人類文明和精神的基礎和標準。兩千多年後的今天，高速的現代化帶來了新的世界觀、發展觀、利益觀和價值觀，人們歡欣雀躍之餘，卻沮喪地發現：現代化逐漸顯示的負面效應遠遠地和大大地超出預期和承受限度——各種危機和困境嚴重到甚至會影響人類的生存。文化趨同化、城市化、消費化、娛樂化，將傳統價值體系徹底摧毀。當生命不能承受之輕追隨現代化成爲全球性的經驗，是否也意味著轉機的臨近？這方面的思考，已經在全球範圍內，在不同的學科門類、不同的人群中，以各種方式展開。凱倫·阿姆斯特朗、唐·庫比特、列奧納德·斯維德勒、杜維明、湯一介等先後基於對分裂、對立、衝突觀念的反撥，立足全球意識、生態意識、對話意識、跨文化意識、親證意識、女性意識等，最終落腳於開啓另一個「和而不同」的時代——有人把這稱爲注重全球倫理重建的「第二次軸心時代」。

　　既已涉及到全球範圍和全球化這個人類共同的話題，我們就不妨從整個人類史和生存空間來考量。早在一個世紀前，日本教育地理學者牧口常三郎在俯瞰人類生存的星球時，有一個驚人的發現——歷史上，尤其是科技文明之前，很多獨特文明的源頭，竟然都是產生於半島地貌：希臘半島孕育出古希臘文明，羅馬半島孕育出古羅馬文明，阿拉伯半島產生基督教、伊斯蘭教、猶太教，印度半島產生佛教，山東半島產生了儒家學說。換句話說，支撐軸心期文明的三大文明體系，都是產生於半島地貌。牧口不認爲這是巧合。我們今天，同樣不該對這一現象視若無睹。

　　在軸心時代，中國的文化文明中心，也就是百家爭鳴的中心位置，是在當時齊國的稷下學宮：這所戰國時期的官辦高等學府，位於齊國國都臨淄（今山東淄博市）稷門附近，歷時大約一百五十年，帶動形成了天下學術「百家爭鳴」的局面，隨著秦滅田齊而結束。據記載，稷下學宮興盛時期，彙集了天下多達千人的賢士（其間，荀子曾三次任學宮的「祭酒」——校長）。

　　撥動歷史的輪盤，我們不難發現，兩千七八百年前產生過「百家爭鳴」和儒家學說的這個半島，自古至今，毓化出諸多對整個民族都影響深遠的人物：舜帝、姜尙、孔子、孟子、晏嬰、孫武、左丘明、魯班、墨子、孫臏、扁鵲、倉公、諸葛亮、王羲之、劉勰、顏眞卿、李清照、辛棄疾、戚繼光、

蒲松齡等人，都得益於這片土地的蘊育，管仲、莊子、荀子也是在這裡獲得成就。據此，我們完全可以得出這樣的結論：這片伸向海洋的大陸末端，絕對不是文化的末梢。

中國軸心時代的文明，主要是「百家爭鳴」中居中心的儒道法墨，尤其是歷百代而不衰的儒家與道家思想，它們是齊魯文化的源頭。孔子有云：「智者樂水，仁者樂山；智者動，仁者靜；智者樂，仁者壽。」（《論語‧雍也篇》）以儒家思想為標誌的魯文化，正是一種是以周文化為主、東夷文化為輔的仁者型文化；而受道家影響極深的齊地文化，則是以東夷文化為主、周文化為輔的智者型文化。儒家和道家的「交融」，形成崇德重法、積極進取、兼容並蓄、富於人道精神的齊魯文化。多重在地文化淵源、多種在地文化要素之間的交融互滲，內化為張煒思想的內在衝突與張力，並最終造就其咀嚼苦難、棄惡揚善的道德立場，和追求天人合一、自在和諧的文學理想。張煒既狀膠東半島之形、亦傳膠東文化之神；他既被故土大自然的至美所震撼，也為歷史的傷痛和現實的創痕深深地焦慮。他對故土的真誠、真情，對人生價值與意義思索的執著，對精神家園追尋的迫切與無奈，都體現出齊魯文化的深刻影響。

作為孔子、孟子的出生地，儒家思想在山東的影響是根深蒂固的：「達則兼濟天下，窮則獨善其身」將人引向的是理性的路徑，它體現了積極的入世態度；立功、立德和立言的理想人生，一直以來是一代代傳統知識分子夢寐以求的；以「仁」為本的忠恕之道、以天下為己任的憂患意識、對義與利關係的道德把握、在危難之時敢於殺身成仁的勇氣和膽識、「知其不可為而為之」的勉力等儒家傳統精神影響下，責任感、使命感、道德感、憂患意識、理想主義、英雄主義等沿襲不衰，賦予了齊魯大地風格獨具的文化內涵。《孟子‧盡心上》有言：「天下有道，以道殉身。天下無道，以身殉道。」在人文精神遭受空前威脅的時代，張煒以文學恪守崇高，關懷與人相關的各種話題、人的生存命脈和終極價值。這種自覺而悲壯的文化殉道精神、強烈的道德義憤和理想主義、英雄主義精神，直接遙指千年不絕的儒家精神傳統。對儒家文化而言，道德問題始終居於核心的地位。在張煒的作品中，道德是人的存在原則，是張煒審美判斷的重要標準，他依據道德建立了區別善惡的「道德－人性」標準。齊魯文化還包含著平穩、端莊、循序、遵命、順從、守成、老成持重等中庸文化。隋抱樸是典型的這種君子品格：背負著來自內心的道德

律令，隱忍內省；有七情六欲和感人的愛情，但道德律令的制約使他壓抑欲望、割捨情思。這也是張煒的曲予、寧伽、史坷等的共同選擇，也是作家個人道德標準的體現。

　　全球化文化與思潮導向的混亂與浮躁中，張煒說：文學不必驚慌。在節奏越來越快的文學市場化、符號化、傳媒化、大眾化、審美同質化步伐下，張煒認定：文化越是認同，文學越是需要堅持個性和獨特性，要表現出本民族的魅力和意味，文學的本土意識也顯得越加不可或缺。儒家影響的責任與擔當意識下，他把文學創作看成是嚴肅的、神聖的事業，保持自己的獨立性，力抗世俗。他走近魯迅，獲得探討現代中國人「精神話題」不妥協、不屈服的精神源泉，以及「如何在西方夾擊下的『被現代化』過程中，確立中國人的生存意義」〔註2〕。在那場不了了之的人文精神大討論中，張煒主張「人文關懷」、「道德理想主義」、「不寬容」、「抵抗投降」、「堅持操守」，張煒跟魯迅一樣，以入世之心成為「脊樑」式的作家。

　　張煒曾認真地研讀過老子和莊子的著作，張煒眷戀自然的情感取向，很容易與莊子那種「回歸自然」、「回到原始」的人生理想合拍。張煒依據生活經驗接受了道家文化的影響。童年，因為家庭出身不好而受到歧視與排擠造成的心靈傷害，使他對整個社會產生恐懼與拒斥。這樣他就必然要在人群之外去尋找一個寄託、一個心理上的支撐點。張煒說：「我想我受過道家思想的影響，但有時在作品中的表現或許並不嚴重。《古船》中或者可以說有過直接的表達。而其他的作品中可能是潛隱的。有人說我對大地的情感可以看成道家的『天人合一』的思想，這我並不知道。我對大地的情感是自然的，因為我生活在大地上，我依賴它猶如生母。」〔註3〕認為大自然中的一切是自然而然協調共生、和睦相處的，不正是「天人合一」思想麼？原始的萬物有靈論，使得叢林莽野中荒誕不經的傳說和奇聞異事多得不得了。這種民間信仰背景之下，在孤女得到老人饋贈的香根餅作為食糧才得以穿過叢林找到親人的故事中，大家都傾向於認為她遇到了神仙。〔註4〕膠東鄉村中，人們就是這樣按照自己的想像，理想化和神秘化了世界的樣貌。在人煙不稠密的時代，「燈影」

〔註2〕　孫郁，《百年苦夢──20世紀中國文人心態掃描》〔M〕，桂林：廣西師範大學出版社，2006年，頁213。

〔註3〕　張煒，《黑鯊洋·自序》〔M〕，瀋陽：春風文藝出版社，2006年，頁1。

〔註4〕　張煒，《張煒散文隨筆年編14·芳心似火·贈香根餅》〔M〕，長沙：湖南文藝出版社，2013年，頁96。

讓人又愛又害怕，因為它也許是人煙、也許是狐狸修丹、也可能是吃人的老狼幻化的、還有可能是垂頭反坐的鬼之類。頑皮的孩子受到燈影小村的歡迎，等到多年後做官歸來，卻再也找不到那個可愛的地方。吸煙的老人道出了這個「桃花源」消失的奧秘：燈影人聞出了官氣。〔註5〕正是道家「天人合一」思想與出世觀影響，使得張煒始終懷抱鄉土理想主義停駐鄉村，秉持「文學一旦走進民間、化入民間、自民間而來，就會變得偉大而自由」的觀念，而尋求民間支撐，獲取創作和心靈的自由。

《九月寓言》、《柏慧》、《遠河遠山》、《能不憶蜀葵》、《醜行或浪漫》、《外省書》、《刺蝟歌》、《你在高原》中，都存在濃重的失落與追尋情結。這種情結的根源，正是道家的追天問地精神。追天問地，不見得能夠得出明確的答案。《莊子》「知北遊」，無所謂「妙體無知」、狂屈「似道非真」、黃帝運智闡理、不近其道。這裡，道家以其知識論，以寓言演繹「離合相生」的活動，「開向異乎尋常的樸實而詭奧的遮詮行為，引至『顯現即無，無即顯現』的美學」。〔註6〕求知而往往不得其解，但是不知中，其實也有知，可以不道而道，不言而言，卻不能不求知不索道。《九月寓言》中，肥面對看不見邊的大地，發出我該去向哪裏的質問，《遠河遠山》中的老人，在人生盡頭返觀自己來路，《能不憶蜀葵》淳于陽立和檉明在城裏追求與幻滅，《醜行或浪漫》劉蜜蠟二十年的追尋，《外省書》史珂對自己同類的價值思考與歸宿尋求，《刺蝟歌》廖麥的得與失、取與捨，《你在高原》寧伽在社會網絡中的碰壁與堅持，都是道家「知中不知，不知中知」〔註7〕觀念的形象詮釋。尤其是《你在高原》，寧伽就是在以自身詮道。寧伽之「無為」遊走，並非如他的妻子一家人擔心的不務正業不求上進閒散懶惰，寧伽不是沉於自我小世界的井底之蛙，而是一切發自真知真覺的時代的「醒」者。寧伽在自身的觀意願和外界強加於身之物的兩極撕扯中，棄置「有之以為利」而就「無之以為用」，也就能夠「役物」而非「役於物」。闇於不當為，則無為；為於當為，則無不為。

張煒的善惡觀受道家影響，對老莊「明瞭」悟道，在自然間知天明物，達到引領人世又合乎天然的倡導也十分崇尚。但是對棄世、逃避、守分等消極思想，則持明確的拒斥態度。張煒大愛大恨、愛憎分明的人生態度，與道

〔註5〕 張煒，《張煒散文隨筆年編14・芳心似火・失燈影》〔M〕，長沙：湖南文藝出版社，2013年，頁104。

〔註6〕 葉維廉，《中國詩學》〔M〕，北京：生活讀書新知三聯書店，1992年，頁39。

〔註7〕 葉維廉，《中國詩學》〔M〕，北京：生活讀書新知三聯書店，1992年，頁37。

家的差異是顯然的。他表示：「莊子的哲學是一種特別負責任，又特別不負責任，最終也只能說是很不負責任的一種哲學。他使我們走向聰明，走向微笑，走向諒解，走向妥協。可是，全世界的人都如此這般微笑著，這個世界又怎麼辦呢？」〔註8〕

　　儒家和道家思想對張煒影響的具體相對比例與影響程度，我們最終無法給出明確的數字考量。但是通過對「半島」世界社會文化空間和烏托邦空間的分析，不難看出儒道思想的交叉影響。張煒曾將人分為「出發感」和「歸來感」兩種：「出發感」類型會為了理想信仰鍥而不捨，如屈原、孫中山、魯迅等；「歸來感」類型則旨在追求生存的情趣和生命的回歸，如老莊、王維、孟浩然、竹林七賢等。這是一種理解。實際上，在具體到個體的時候，也會出現「出發感」和「歸來感」集於一身的情況：在人生的不同時段、不同的境遇中，「出發感」、「歸來感」各自發揮不同的作用。張煒本身就是如此。張煒承認過：「這種回歸感和出發感交織一起，使我奔走了幾十年，而且還將奔走下去。」〔註9〕「出發感」和「歸來感」的交織，正是作家身上儒道交叉影響的結果。而且，這種心態也表現在「半島」世界的主人公們身上：對「半島」從肉身到精神的流連依附，背後正是道家影響下的「歸來感」的決定作用；而那些為護衛「半島」、理想或信仰前赴後繼、無所畏懼，則是堅定的「出發感」所致。

二、海疆文化氣韻

　　海疆是指臨海的疆界，是海岸線及其周邊領土的統稱。中國從北到南，有萬里海疆。張煒的「半島」世界以其獨特的海疆文化氣韻，顯示出區別於內地農業文明的諸多特點。1980 年代末期以來，張煒一直在堅持半島遊走。張煒的遊走，是以龍口為中心基地，輻射到南到蘇北連雲港、西到徐州、西北過黃河的大致範圍。張煒的遊走，絕對不是隨意的行走。考古學上，將這個範圍稱為「海岱地區」；從古代行政區劃和地域區別角度命名，這裡是「齊魯」大地。

　　「海岱文化」時間上縱貫公元前 8 千年到公元前 3 千年之間，正是東夷

〔註8〕　張煒，《張煒散文隨筆年編 2・葡萄園暢談錄・靈魂的刻度》〔M〕，長沙：湖南文藝出版社，1996 年，頁 233。

〔註9〕　張煒，《張煒散文隨筆年編 5・愛的浪跡・我的自語打擾了你》〔M〕，長沙：湖南文藝出版社，2013 年，頁 74。

文化最繁榮興旺的時代。「海岱地區」「海岱文化」這一立足歷史地理學的命名，注重的是這一處在最高山峰泰山與最大水域海洋之間的地理區域，其史前文化——東夷文化的特殊位置與地形造成的相應的自足性、包容性特徵。「百家爭鳴」改變了這一格局。其結果，是「齊魯文化」興起並逐漸取代「海岱文化」成爲山東半島的主要文化類型。從國家區劃和地域角度命名「齊魯文化」，因爲關注到「齊國」的「齊地」文化和「魯國」的「魯地」文化二者從分野到彼此交融的歷史與事實。「自強不息的剛健精神、崇尚氣節的愛國精神、經世致用的救世精神、人定勝天的能動精神、民貴君輕的民本思想、厚德仁民的人道精神、大公無私的群體精神、勤謹睿智的創造精神。」〔註 10〕齊魯文化這些特徵，都體現出齊－魯、儒－道的交融與互滲。

歷史經驗證明，文化的交融，總會有主有次、有融與被融的區分。在齊魯文化的交融中，單從在中華民族的文明史文化思想史上留下的深遠的影響，就可以斷定：多數情況下是魯文化的核心——儒家文化處於絕對優勢地位，齊文化經常是從屬的和被融合的。但在膠東半島，這種情況有所不同。「孔子之時，齊俗急功利，喜誇詐，乃霸政之餘習。魯則重禮教，崇信義，猶有先王之遺風焉」〔註 11〕在膠東半島，東夷文化和齊文化的根脈在此，齊文化大膽標新、張揚恣肆、俯仰天地的人文情懷，以及奮發有爲的積極進取精神，一直流傳並產生了比魯文化更大更深遠的影響。文化的影響具有這樣的地域特徵性：只要沒有外界的巨大刺激，一旦形成，會具有久遠的持續性。在膠東文化實體的內部，遠古傳統的廣泛性、社會性，使得這裡的文化底氣十足，少有邊緣或者局促感。文明承傳的穩固性、輻射性與正統性，給了這裡的文化極大的自足與自信。相對魯文化，齊文化毫無疑問更有活力和創造力。從古至今，這裡的睿智多思者在山海間體悟，於形而上層面上思考天道、人道、天人合一關係。

「齊帶山海，膏腴千里，宜桑麻，人民多文采布帛魚鹽」〔註 12〕。膠東文化中重視商品經濟、寬鬆自由、知足隱忍，是作爲膠東文學的共性體現在作家的創作中的。由此形成勤勞樸實而又創新開放的文化氣息，從現代到當

〔註 10〕郭墨蘭主編，於孔寶等編撰，《齊魯文化》〔M〕，北京：華藝出版社，1997 年，頁 31。

〔註 11〕〔宋〕朱熹，《論語集注》〔M〕，濟南：齊魯書社，1992 年，頁 57。

〔註 12〕司馬遷，《全本史記大全集第 4 卷·貨殖列傳》〔M〕，北京：中國華僑出版社，2011 年，頁 797。

代，在作家的創作中絡繹不絕。五四時期，楊振聲《漁家》、《玉君》都是取材於家鄉膠東的故事。《玉君》中寫了現代知識青年「我」和玉君在海濱背景下的曲折故事，《漁家》則展示了連陰雨裏，一貧如洗的漁家除了破屋、破床、破網、破襖、破傘，就是有窟窿的屋頂、沒有奶水的奶子、餓著肚皮的孩子。不能打漁，卻必須納稅；交不足稅，男人被警察抓走——正當他被拉走的時候，傾圮的牆體砸死了孩子，女人昏厥過去。同樣淒慘的，還有王統照的《沉船》、《山雨》。《沉船》裏農民活不下去背井離鄉闖關東，沉船導致一家四口死了三個；《山雨》中家破人亡的奚大有進城做產業工人受盡盤剝，為求生路在共產黨引導下走上反抗道路，表現出山東現代農村農民與革命史的息息相關，以及山雨欲來風滿樓的時代大勢。被稱為「泥土詩人」的臧克家，十八歲以前沒有離開過家鄉諸城。他從自己的成長記憶、生命經驗等視角切入，寫農民、寫農民與土地的血肉聯繫，入木三分刻畫不堪負重的《老馬》形象，精準概括孩子——爸爸——爺爺（《三代》）也就是無數代、世世代代中國農民人生，收穫《烙印》和《泥土的歌》中那些蘸滿血淚的文字。峻青、曲波都目睹了戰爭中生發出的膠東文化中最為深刻的英雄主義、犧牲精神，尚武傳統、豪邁氣概。長工、牛倌、窮爺們用莊稼語講的鄰里瑣事、社會雜聞、妖魔鬼怪、狐仙神話，民間口頭流傳的「說岳」、《水滸》等，形成峻青最初的美學思想和英雄認知；後來親歷抗日戰爭和革命戰爭，更讓他對英雄主義、犧牲精神有了深刻理解。他的《黎明的河邊》、《黨員登記表》、《海嘯》都是以悲壯的格調和強烈的理想化色彩，表現濰河及沿海地域、險惡嚴峻的戰爭環境裏，驚心動魄、艱苦卓絕的鬥爭。尤其是《海嘯》中，表現了在海嘯引發的飢饉威脅下，昌濰專區專員兼糧站站長宮明山為保證人民軍隊的物資供給，克服千難萬險輾轉運糧的故事。草原斃敵、夜遇黑店、勇過封鎖線、惡浪驚濤中轉運糧食、荒島說服海匪趙天京參加革命等跨越多種地域、多矛盾線索的情節設計，強化了對革命年代困厄程度的刻畫，成功表現了宮明山對黨和革命事業的忠誠勇毅。曲波，從小習武，先是參加八路軍轉戰於膠東半島各地，後隨部隊轉戰東北。《林海雪原》、《山呼海嘯》、《戎萼碑》、《橋隆飆》等長篇小說，都和作家親歷的戰爭生活密切聯繫，也和深厚的膠東文化息息相關。其主人公智勇雙全的性格，往往與膠東的尚武精神聯繫、與膠東文化中的忠義觀念聯繫，與多智的膠東沿海文化心態聯繫。王願堅、馮德英也表現戰爭，主要是內地山區戰爭時期的鬥爭。王願堅以寫長征

故事聞名，馮德英卻始終以膠東爲表現對象。馮德英童年常偎在母親腿旁，看她給傷員補綴帶血的軍裝；多次目睹父親手拿陣亡通知書在院子裏徘徊。受家庭的影響，馮德英14歲就參加了革命軍隊，革命情節與戰爭記憶也成爲他創作的重要源泉、情感動力和文學基礎。其最初的創作，也必然地與膠東半島的革命傳統融爲一體：被稱爲「三花」的《苦菜花》、《迎春花》、《山菊花》，都以壯美的現實主義風格、眞善美的藝術追求，重現了抗日戰爭、解放戰爭時期膠東昆嵛山革命根據地人民，在中國共產黨的教育和領導下，與敵人進行的嚴酷鬥爭。以物質的困頓與貧瘠的山地爲襯托，將普通、不起眼卻豔麗開放著的野花爲描寫對象，正是要寫照最廣大的民眾與革命深入以及必然的勝利。蕭平，大學畢業到西北工作後。濃重的思鄉和對童年懷念之情，激發出創作激情：1954年，他以故鄉爲背景寫的第一篇兒童短篇小說《海濱的孩子》，就在最高文學刊物《人民文學》上發表並被介紹到國外。從此，蕭平作爲一個兒童文學作家登上了中國當代文壇，也奠定了他的小說創作的高起點。1956年《人民文學》上的《三月雪》、「文革」後的《牧場與鮮花》，都流溢著詩性與雅致之美。王潤滋，1980年的《賣蟹》、1983年的《魯班的子孫》，都曾引起全國範圍的熱烈討論，奠定了他作爲「新時期」文壇上的弄潮兒和藝術實驗先鋒的地位和知名度。賣蟹的姑娘和內當家李秋蘭，是帶有膠東婦女重情尚義的傳統俠義之氣、以及自尊自愛自強的美好品質，又因執守道德得到作家首肯的理想人物。矯健，1969年春15歲時，插隊到故鄉膠東（乳山崖子公社）的「矯家泊」，開始了其作爲膠東人的精神與生命歷程。作爲上海知青，矯健以「他者」的文化身份進入並最終融入到另一個帶有地緣性質的文化系統中，負起承載與批判的雙重文化身份。他的作品《農民老子》、《老霜的苦悶》、《老人倉》，顯示了其獨特的文化複合性進程：在都市與鄉村文明形態、現代與傳統生活與觀念對比的大格局中，矯健思考故土民生，在沉鬱的人道情懷中執著於對膠東農民靈魂掙扎的審視，既成爲膠東文化深沉的承載者，也成爲審愼的文化批判者。以《高山下的花環》和《山中，那十九座墳塋》產生影響的李存葆，作品既有文學上的靈氣，也不乏淳樸的鄉風。他出生於日照五蓮縣東淮河村一個貧苦農民家庭，做過各種農活的童年少年生活經歷，給了他塑造出梁三喜、梁大娘形象的生活基礎。繼莫言《紅高粱》之後，尤鳳偉的《金龜》、《石門夜話》、《石門囈語》，進一步引起了人們對「匪行小說」的注意。尤鳳偉小說中的人物，自覺不自覺地流露

出的膠東口音、鄉村社會的生活現場、平民化的敘事手段與美學趣味、充滿民間意味的風土人情、人格與歷史反思，都顯出作家的情感傾向與人性悲憫。陳占敏《沉鐘》、「黃金四書」，專注於描寫膠東特定的地理環境與物質困頓情勢下，普通農民苦辣醜髒「美醜並舉」的生存狀態。不管命運將會如何處置渺小如塵的他們，絲毫不能減損他們生命的豐盈。對膠東作家的膠東書寫，張煒一直引以為豪，並有過這樣的認定：「齊文化是一種遙望的探索的亦仙亦幻的文化。幻想、放浪、自由，有點怪力亂神，膠東半島的寫作，基本上是齊文化圈的寫作。」〔註13〕作為生命開始的地方，「我的家鄉」的自然和人文景觀，是造就作家的大地認識和情感的溫床。作為晚年落葉歸根的精神宿處，「故鄉是我對大地的依戀」〔註14〕。

「作品中的地域文化特色或地域文化風格，主要來自兩個方面：一是來自描寫對象；一是來自作家。」〔註15〕考察當代一直堅持膠東書寫的膠東作家，他們之間的風格差異，與地域一致性同樣明顯。生活生長在半島沿海的張煒（煙台市龍口人）、尤鳳偉（煙台市牟平人）受海洋文化的影響更鮮明，具有海洋文化開放性、靈活性、進取性的共性；生長大於半島腹地的平原或者山地的莫言（濰坊市高密人）、陳占敏（煙台市招遠人）受農業文化影響更大，自守、沉實、感性。他們有動有靜、有收有放、共同構成齊文化浸染下膠東文學的表裏。半島沿海與內部作家創作風格的差異，源於半島沿海文化與內部農業文化的分野。半島地理特徵影響下，文化內部內地區域的農業文化和沿海地域的海洋文化的差異與同存，在「海岱文化」時期就已存在。〔註16〕齊文化的發達，更加突出了這種差異。齊文化中膠東半島沿海開放包容、實利尚武、具有革新精神的功利性文化，與半島腹地封閉自守、重農務實、重人倫的家族本位宗法文化的區別，是顯然的。半島外緣的海洋文化以流動性為主；流動和開放使得海邊的人見世面廣、能理解、有鑒別；海洋文化不自抑，主張寸土必爭、因而富有鬥爭精神；男人經常外出，冒險就成為

〔註13〕張煒，《張煒散文隨筆年編14・芳心似火・閱讀：忍耐或陶醉》〔M〕，長沙：湖南文藝出版社，2013年，頁234。
〔註14〕十幾歲離開臨沂老家，幾十年漂泊臺灣孤島、對家鄉心心念念的王鼎鈞的這句話，可以用來解釋所有作家的鄉土地理解。
〔註15〕何西來，〈文學鑒賞中的地域文化因素〉〔J〕，《文藝研究》，1999年3月，頁50～56。
〔註16〕欒豐實，〈海岱龍山文化研究綜論〉〔J〕，《東嶽論叢》，1995年5月，頁77～82。

海洋生涯必不可少的性格；作爲海洋工商業輔助的農業是以婦女勞作爲主，因此這裡的女性更加豪放。傳統農業文化紮根土地，安土重遷，形成基於男權的定居性、家族本位的倫理社會；講究耕種的節奏和規律，因而農業文化反對冒險、容易苟安知足、注重現實利益；農業社會無論是對天地自然還是人際關係，原則就是忍耐順從；農業社會排外、封閉，少與外部接觸，對外界會有牴觸和畏懼情緒。將張煒「半島」世界的綿綿海洋風、堅韌沉鬱、理性收斂，與莫言「高密東北鄉」的新鮮泥土氣、自足隨性、張揚放縱對照，能鮮明感受到這些差異。

「三山六水一分田」是大自然的黃金分割，也形成不同的地理文化。黑格爾關於中國沒有海洋文化的見解並不客觀，事實上，中國漫長的海岸線，從古至今發展出內涵不同的海洋文化。膠東獨特的海洋自然條件和優厚的海洋漁業資源，使海洋漁業成爲膠東沿海漁民重要的生產、生活內容，形成了濃厚的海洋文化氛圍。這裡的海洋文化，主要表現爲海洋商貿文化、海洋農業文化、海洋民俗文化。海洋文化既可以成爲作家表現的內容，其背後表現出的地域文化與精神，也可以成爲支撐作家創作的力量。這些方面，完全符合黑格爾的論斷：「大海給了我們茫茫無定、浩浩無際和渺渺無限的觀念；人類在大海的無限裏感到他自己的有限的時候，他們就被激起了勇氣，要去超越那有限的一切。大海邀請人類從事征服……」〔註17〕

海洋文化品格的開放性、創新性、包容性特點，和勇於進取、敢於超越的精神，均現於作家的筆下。張煒「半島」世界中，總是有不斷走出去的男人，甚至還有不斷追索的女性劉蜜蠟，無所畏懼的外向探尋是他們骨子裏的冒險精神和超越精神所決定的。而莫言的主人公，往往是立足於守衛他的鄉土社會，家族責任與承擔顯得更加突出，生命層面的欲望使得他們沉迷當下的生存與享受。海洋文化的開放性使得海邊的人見世面廣，對新事物有鑒別能力。《古船》中，窪狸鎮正是有了走出去過的隋不召對李知常的科技探索的讚賞支持，才會在老磨屋實現機械化，窪狸鎮人才能盡早用上電燈。農業社會裏，除了商業和戰爭之外，少與外部接觸的歷史，則造成對外界的威脅感和排斥態度。《豐乳肥臀》中，在高密東北鄉與外界的交流不可避免的時候，都是衝突與威脅：德國鬼子到來，血洗了魯璿兒家；日本鬼子帶來

〔註17〕〔德〕黑格爾，楊祖陶譯，《精神哲學》〔M〕，北京：人民出版社，2006年，頁135。

更大的殺戮；美國人巴洛特直接導致了三姐和六姐的死；馬洛亞帶來的不是
死是生，可是上官金童、玉女也是上官家永久的恥辱見證。總之，來自外界
的，都是兇險莫測的力量。《檀香刑》中的趙甲，雖是當地人，可是在外一
生，就帶回來最殘忍的殺戮文化。內陸鄉土社會處理人際關係的核心法寶，
是忍。《天堂蒜薹之歌》表現了極度的忍耐力，以及超越限度後的反彈的巨大
破壞力。

　　「往往越是貧窮落後的地方故事越多。這些故事一類是妖魔鬼怪，一類
是奇人奇事。對於作家來說，這是一筆巨大的財富，是故鄉最豐厚的饋贈。」
〔註 18〕張煒和莫言都深受膠東民間文學的影響與薰陶。張煒崇拜民間，認為
「文學一旦走入民間、化入民間、自民間而來，就會變得偉大而自由」〔註 19〕。
他虔誠地表示，一旦作家被民間囊括、同化、消融，就不再是他自己，而只
是民間滋養的代表者和傳達員。莫言兒時「相信萬物都有靈性，我見到一棵
大樹會肅然起敬。我看到一隻鳥會感到它隨時會變化成人，我遇到一個陌生
人，也會懷疑他是一個動物變化而成」〔註 20〕的心態，也是《半島哈里哈氣》
中果孩兒曾有過的感受。果孩兒因為聽到的鬼狐傳說，走在路上看到大紅，
會趕不走她是不是狐狸變幻而成的陰影；同學和園藝場工人咯吱他的時候，
一想到獾的用心，他會嚇得面無血色。〔註 21〕同樣的資源，在不同的作家，
就是不同的養分。莫言《奇遇》中去世的三大爺陰魂用煙袋嘴還欠父親的五
塊錢，消泯了人鬼陰陽邊界；《戰友重逢》以「我」與死去的老戰友錢英豪相
逢，粉碎了「死後太平」想像；《豐乳肥臀》中姐姐們被鳥兒附體，體現了民
間流行的泛神信仰。蒲松齡借喻諷世的「說狐」，到了莫言這裡，都是為了人
的故事的豐富性，也涉及到了信仰問題。他以此確立起民間神秘、接續故鄉
的地氣。而在張煒這裡，泛神論則使得他主張天人合一，《刺蝟歌》、《你在高
原》以及很多散文隨筆中，神鬼人、動物都呈現平等交融的天然狀態：人的
村子邊，有「戀村」的先人鬼魂出沒，野地裏有要煙抽的鬼魂，靈物附體都
是有所求，年長的生物都值得尊敬。王德威說過：「五四文人最迷人之處，是

〔註 18〕　莫言，《超越故鄉》〔A〕，《聆聽宇宙的歌唱》〔M〕，北京：中國文史出版社，
　　　　　2012 年，頁 17。
〔註 19〕　張煒，《純美的注視》〔M〕，上海：上海遠東出版社，1996 年，頁 17。
〔註 20〕　莫言，諾貝爾獲獎感言。
〔註 21〕　張煒，《半島哈里哈氣‧養兔記》〔M〕，石家莊：河北少年兒童出版社，2012
　　　　　年，頁 37。

趕鬼之餘，卻也無時不在招魂」。〔註22〕這斷語，同樣適用於新時期以來張煒、莫言的民間書寫。

　　膠東半島面積跨度並不大，從地形上講也不存在難以逾越的天塹，所以內部和外緣溝通交流、相互影響是比較容易的。這就形成歷史發展中，膠東半島內地的農業文化也沾染海洋風，相對豪放灑脫，不像中原內陸農業文明的閉塞拘謹；膠東半島的海洋文化也受農業文明影響，形成海洋農業文明耕作方式及吃苦耐勞的人民秉性。張煒少年在半島山地遊走，沾染上山地文化的堅韌與沉重的倫理道德感；莫言家鄉高密在膠萊谷地，以前是可以有河流直通渤海的，向南距青島和黃海更近，所以比山東西部的內地更加開放與包容。莫言的筆下，幾乎沒有完全務農的農民，而是以販夫走卒居多，足見齊文化的重商觀念深深影響到高密東北鄉的民生；《豐乳肥臀》中大姑姑這樣勸解母親：「凡事往天上想，往海裏想，最不濟也往山上想，別委屈自己」〔註23〕，也絕不是閉塞的農業文化中的女性可能有的性格氣質。就張煒和莫言的創作來看，《紅高粱》與《九月寓言》相似的汪洋恣肆，《透明的紅蘿蔔》與《蘑菇七種》同類的深沉象徵意味，《檀香刑》、《刺蝟歌》的縝密，《豐乳肥臀》、《醜行或浪漫》的高蹈，都是膠東內陸與沿海一致的齊文化秉性決定的。甚至有時候，作家還有相似的生活經歷和素材：《白溝秋韆架》中小姑從秋韆上摔下被刺槐扎瞎一隻眼睛，《童年的馬》童年帥氣的哥哥騎馬摔向紫穗槐根導致的毀容，《九月寓言》中喜年被鄰村青年有意反彈的刺槐扎瞎一隻眼睛。

　　地理意義上的「半島」、「高密」，是張煒、莫言認識自我和世界的起點，文學中的「半島」世界和「高密東北鄉」，是超越現實的精神建構。作為用心寫作的作家，莫言寫有《我與高密》，他說：「對我而言，『高密』早已超出了簡單地理名稱的意義……我希望它能夠成為人們進行自我認識和自我審視的一個具體可感的通道。」〔註24〕為那個的高處的「我」而寫作的張煒，寫有《在半島上游走》〔註25〕，他說他相信他的半島遊走不光對《你在高原》的

〔註22〕王德威，《現代中國小說十講》〔M〕，上海：復旦大學出版社，2003年，頁369。
〔註23〕莫言，《豐乳肥臀‧莫言自選集》〔M〕，成都：四川文藝出版社，華夏出版社，2012年，頁80。
〔註24〕莫言，《我與高密》〔M〕，北京：中國青年出版社，2011年。
〔註25〕張煒，《在半島上游走》〔M〕，北京：作家出版社，2009年。

寫作，甚至「很可能對我未來的人生道路都是一份強有力的支持」。因爲在對
一片土地的入迷中，「越來越接近了一種旋律……人間的一切苦痛在這種旋律
中淹沒了，起起伏伏，讓我有寫不完的感動。」〔註 26〕張煒與莫言，都在記
憶裏、精神上，甚至異鄉，尋找到了故鄉。〔註 27〕他們的文學世界，是膠東
半島同一空間的兩個姿態：莫言的「高密東北鄉」更多是時間向度上的展開；
時間性的結束，往往是以封閉性結構爲特徵，時間向度還使得家族故事或者
類家族敘事成爲小說最適合表現的題材領域。最有代表性的，是《豐乳肥臀》
和《檀香刑》。《豐乳肥臀》中八個姐姐先後登場、先後離場；有什麼人走了
或者死了，總會有什麼另外的人回來或者加入，一種時間銜接上造成的故事
平衡由此得以維繫。《檀香刑》每個人和他人的軌跡各不相同，卻一同在時間
流裏走向最後共同的死亡交合。「高密東北鄉」就成爲「向死而生」的見證，
成全莫言在想像中「超越故鄉」。而張煒的「半島」世界，更多是空間向度上
的達成；空間向度往往造成一種擴展的、也是開放性的結構。以《刺蝟歌》、
《你在高原》爲最顯著。空間的拓展或者萎縮，是政治學經濟學也是心理學
社會學。莫言在封閉性結構中以喧囂與熱鬧反襯生命的空寂，體現出低頭面
對土地耕作的農業文化心態下體味到的自然與宇宙觀。張煒在開放性的建構
中，透過焦慮與空無呼喚堅韌，則是建立在遙望浩海空間生成的無限蒼茫感
基礎上。張煒和莫言就是通過這樣的美學和文學觀念的確立，劃界和宣稱對
一塊「領土」的控制，從而建成他們自己獨屬的文學王國。

第二節　更廣泛的文學文化史意義

地方呼喚它的歌頌者，正如福克納的「約克納帕塔法」呼喚他、馬爾克
斯的「馬孔多」呼喚他，莫言的「高密東北鄉」呼喚他、張煒的「半島」世
界呼喚他、陳占敏的「三河縣」呼喚他。在空間上，張煒以面海背山的海濱
小平原和這裡的居住民爲中心，輻射周圍的海、山、遙望城裏的故事；「半島」
世界的歷史空間，主要注目在今天，以此爲中心向前追溯到土改、民主革命
時期，也常常有膠東千年歷史的迴響，向後則在思考去處——無限的空間與

〔註26〕 張煒，《張煒散文隨筆年編 16・小說坊八講》〔M〕，長沙：湖南文藝出版社，
　　　　 2013 年，頁 276。
〔註27〕 〔美〕托馬斯・沃爾夫，〔美〕菲爾德編，黃雨石譯，《一部小說的故事》〔M〕，
　　　　 北京：生活・讀書・新知三聯書店，1991 年。

變動不居的時間河流的交叉焦點，就是主人公腳步之下的半島大地。張煒將選擇性忘記和選擇性記憶相結合、完美化與真實性相結合，在地理、地方色彩基礎上創造的文學世界，比地理意義上的故地更博大深邃。

跳出膠東的地域局限，在更廣泛的中國文學和世界文學的視野裏，更容易看出張煒「半島」世界在文學和文化史上的貢獻與意義。

一、作為鄉土思想型作家的貢獻

作家可以大致分成藝術型的、思想型的兩類，在現代文學的源流中，能夠梳理出注重藝術、與注重思想兩條並行的發展軌跡。從一開始，張煒就是位於思想型作家之列的。出生鄉土的張煒，一直在圍繞鄉土鏡像蘊涵的厚重話題發言。

一個人的出身，很大程度上決定他的價值取向。當代大部分鄉土烏托邦理想的持有者，都是農裔作家。賈平凹，1952 年出生於陝西省丹鳳縣農村；莫言，1955 年出生於山東高密農村；張煒，1956 年出生於山東龍口的林中孤屋；閻連科，1958 出生於河南嵩縣農村。這些出身鄉土的作家，在他們的童年，與大自然建立了深刻的情感，這構成他們成年後進入城市生活的隱性心理趨向。他們儘管人「向城而生」，但是在城裏，遙望鄉土、思念鄉土、美化鄉土的烏托邦情結越來越濃。尤其是在深重的壓力下，產生的城市局外人——外省人心態，加重了他們精神上的焦慮與尋找精神家園的急切。難怪張煒在《你在高原》和《芳心似火》當中，不斷強調秦王陵的兵馬俑全都是面向東方，因為在張煒看來，遙望的姿態——明確的空間指向，意味著不絕如縷不可斷絕的渴念。

這種生成鄉土烏托邦的「離」心與「向」心、遊走與尋求的心理機制，向前可以追溯到五四時期的鄉土小說作家。「五・四」時期包括魯迅在內的鄉土小說創作主體們，都糾葛於「逃離」與「皈依」——「去」與「來」的循環圈。他們的逃離鄉土，是「背黑暗而向光明」〔註28〕。城市的孤零漂泊後，他們又傷感地緬懷鄉土家園的恬靜和美，於是游子皈依了。新時期，張煒在內的鄉土主體們，最初離開鄉土，主要基於當時巨大的城鄉差異：城市可以幫助他們擺脫農村從物質到精神落後的困迫。城市讓他們擺脫了經濟困境，然而在情感上卻很難認同城市，也不被認同。總被一種疏離感、外省人的

〔註28〕李大釗，《李大釗文集》〔M〕，北京：人民出版社，1984 年，頁 204～205。

尷尬所糾纏，加上城市的各種各樣擠迫，他們自然地緬懷鄉土，於是從逃離轉而皈依了。「五・四」與新時期農裔鄉土主體，都是基於對非現實性的精神家園的尋找而逃離與皈依。這實質是一種代償心理、想像性滿足使得他們儘管明白這只是一種精神烏托邦，還是努力掩飾鄉土的殘酷現實，而代之以溫情的緬懷和鄉土詩意化。而鄉土理想最深層的心理機制，還是對土地的依附心理。從亙古到現代，中國這個鄉土大國一直以土地為根本：「食民者，土也，食於土者，民也」〔註29〕。「鄉土社會是安土重遷的，生於斯、長於斯、死於斯的社會」〔註30〕。中國鄉土傳統社會中，「鄉」與「土」是一種有機的結合，鄉土難分，幾乎可以相互置換。錦雲《狗兒爺涅槃》、王安憶《小鮑莊》、路遙《人生》、鄭義《老井》都一再地表現這種人與土地生命相繫的重土觀念。鄉土情結、戀鄉情結是民族心理結構源遠流長的觀念和情感原型。最美故鄉水、最親故鄉人、「葉落歸根」觀念，都是戀鄉情結的真實寫照。鄉土母體是他們永恆的情感歸宿地和精神家園，正是鄉土作家——「地之子」們潛意識中深蘊的土地依附心理和戀鄉情結所致。無論他們逃離時多麼決絕，最終仍將回到原點。張煒在《與全球化逆行的文學寫作》中有一段話，可以看做是對農裔作家戀鄉情結的解釋與維護：「維護個人的、民族的、地區的生活空間，就是保護自己的語言和思想的空間。」也就是在全球化一體化趨同化當中，葆有自己的個性，做全球化的逆行者，「拒絕一些環境，再造一些環境」。〔註31〕

較真地追究，張煒算不上真正意義上的農裔作家。儘管張煒從小在農村長大，但是他並非在村莊裏生活與成長。他的家在沒有人煙的偏僻果園，小的時候甚至看到的人都很少。在母親和外祖母的陪伴下長大的童年，較少接觸到男性，更沒有多少與農村生活的直接聯繫，因此，張煒就較少接觸到粗鄙、粗俗的農村生活內容，有一定的修養和知識的女性保護，使得張煒隔膜於真正的農民和農村生活。因此，莫言小說中那種湯汁濃稠的鄉土生活、撲鼻而來的土香，很少見於張煒的作品；張煒最為熟悉、瞭解、沉迷、津津樂道的，不是農村生活，而是農村外圍的原野生活與大地記憶。或者可以說莫言寫的是農村的農民關起門過的日子，張煒寫農民的家庭生活，給人感覺如

〔註29〕 龔自珍，《龔定庵全集》〔M〕，上海：上海中央書店，1935年，頁7。
〔註30〕 費孝通，《費孝通全集》〔M〕，天津：天津人民出版社，1988年，頁111。
〔註31〕 張煒，《張煒散文隨筆年編15・縱情言說的野心・與全球化逆行的文學寫作》〔M〕，長沙：湖南文藝出版社，2013年，頁200。

過窗戶看到的風景。《半島哈里哈氣》顯示的童年視角，是林子與海濱的繽紛、學校的快樂與紛擾，鄉村是偶而涉足的外圍世界。1980 年代前期的中短篇小說，大多視角是想像出的鄉村美，比如《夜鶯》中寫的夜晚胖手在打麥場的浪漫與興奮，實際上打麥這種勞作會伴隨著酸腐的臭汗、麥芒的刺癢、機器巨大的嘈雜聲、當然還有勞累。沒有過這些體驗的人是不會體會的。在所有的長篇小說中，除了《醜行或浪漫》中有對農民生存的直接描寫，其他的篇章，都不是直接寫鄉村生活、而是側重表現在農村與農民身上發現的、思考到的，和真正的鄉村鄉土，是有一層隔膜的。這種隔膜使得張煒的鄉村書寫，不是原汁原味，而是過濾了的呈現。但是，這並不意味著失敗：張煒對土地的感情，使得他懷了赤子之心面對大地與大地上的事物，因此，才會有對人、動植物與一切生物的愛，才會產生出和俄羅斯文學人道主義精神契合，才會有那種卓然的「人類情懷和天地境界」〔註 32〕。與此相關的所得就是，提供了審視的距離——張煒不是趙樹理、莫言這類的農村生活的即時記錄者，他是魯迅一類的鄉土民生的旁觀者、思考者，也才能憂之切，思之深。

張煒「半島」世界的城市生活，同樣是隔離於鄙俗的市井俗流的。但是同時，也隔膜於市民。這就造成主人公同樣成為帶著十足煙火氣的普通城市居民生活的局外人的處境。當童年的張煒在大海灘上徜徉的那個時候，城市中，街坊鄰里也跟農村一樣，有密切的來往。「街道上」這個詞不只是指城市的最基層管理機構，更是人們在固定的時間交流的固定的實際去處：孩子在那裡玩、大人吃完飯在那裡東家長西家短地閒扯。大規模的舊區改造，讓城市失去可以對面搭訕的街道，川流不息的汽車阻隔下的寬闊大街的交際意義消失。與此相關的城市設計規劃，也由以工廠、工作單位等公共空間和集體活動空間為中心的空間安排，改為「以家為中心」、圍繞生活設計。張煒在街道消失的時代加入城市，成為以家作為生活主軸的現代城市人。得不到認同感，又怎麼會有地方感，怎麼會親切地認同？

《你在高原》中，穿梭於城鄉之間的寧伽是獨特的一個個體——「非城非鄉」。「非城非鄉」的無歸屬感，帶來身份困惑，自我身份認定困惑、他人

〔註32〕 郜元寶，〈兩個俗物 一對雅人——王朔、賈平凹、張承志、張煒合論〉〔A〕，孔範今、施戰軍主編，黃軼編選，《張煒研究資料》〔C〕，山東文藝出版，2006年，頁 245。

認同困惑。退回鄉村，他難以融入普通鄉村社會，只能在遠離村落的地方有一個世外的葡萄園，那裡的人際單純，親情維繫出與童年的果園相似的氛圍。而且，眼前的鄉村社會對他的葡萄園，往往構成的不是共存互惠而是威脅甚至覬覦。融入城市，無論是生活方式還是價值觀念，均無法實現真正的認可與接合。非此非彼，那麼從何處來、往何處去，就成了一個大問題。這就是張煒「半島」世界的主人公們流浪遊走、不斷追尋叩問，一直是「在路上」的原因。張煒的個人經驗獨特性，決定其具有視角獨特性與敘事獨特性的知識分子型、思想型的寫作方式。作為一個這樣的個體知識分子，他的立場永遠是孤立的，他用自己的經驗和知識體系去觀察和描述世界，並以此與他人、社會產生對話或者碰撞。

關於什麼才是真正的知識分子，薩義德認為：知識分子應是理想主義者、懷疑者；永遠的內心流亡者和自我放逐者；永遠保持邊緣的姿態，勇於批判權力、說真話。也就是說，知識分子最為重要的，是其精神向度。〔註33〕1990 年代以來，1980 年代掀起新啓蒙運動的中國知識分子，產生了學院化、媒體化的分化與集體轉型。學院化的過程累積了文化資本，但是偏離了社會熱點，有些類似五四時期坐進書齋的學者們。新世紀，在學院化學問型的學者中，催生出所謂「知道分子」；思考型的學者中，仍然存在著生成知識分子的可能性。媒體化的知識分子則逐漸被去勢，再也談不到思想深度。所以，趙勇得出結論：從知識分子到知道分子，隱含著「知識分子之死」的問題。知識分子文化強勢時，他們以自主性塑造媒體；知識分子文化弱勢時，則是媒體塑造喪失主體性的他們。〔註34〕所以，知識分子的主體性，是這個過程中最為關鍵的問題。1990 年代有關人文精神的大討論中，「二張」的意義，就在於以筆為旗，發揚精英知識分子的主體性作用，堅守知識分子的人文立場。在「胡人張承志離開了他的邊地北京，奔赴他的聖都西海固，在貧困而堅強的同胞血親們那裡，在他的精神導師馬志文們那裡」〔註35〕獲得發現、勃發激情的時候，張煒也正融入野地，沉浸於他的「半島」世界構建當中。

〔註33〕〔美〕愛德華・W・薩義德，單德興譯，《知識分子論》〔M〕，北京：生活・讀書・新知三聯書店，2002 年。
〔註34〕趙勇，〈從知識分子文化到知道分子文化——大眾媒介在文化轉型中的作用〉〔J〕，《這就是我們的文學生活——《當代文壇》三十年評論精選》（上）〔C〕，2012-07-01，中國會議。
〔註35〕韓少功，《靈魂的聲音》〔M〕，長春：吉林人民出版社，1996 年，頁 32。

「小說只意味著一種精神自由，爲現代人提供和保護著精神的多種可能性空間。」〔註36〕對照「二張」文學世界裏那些特立獨行的知識分子形象，張承志的獨行知識分子呈現強硬的反叛之美，張煒的獨行知識分子，則呈現陰柔執著的叛逆姿態。他們以自己的作爲，在知識分子已死的年代裏，開啓重塑知識分子形象的系統工程。這個過程中，「二張」的身份逐漸轉換：由此前一般意義上的作家寫作，進入此後民間寫作與知識分子寫作的統一——在 1990年代後期民間和知識分子的對峙與分野中，「二張」則以明顯的二者的融合區別於文壇其他人。他們獨立的意志、自由的精神，招搖在「西海固」和「半島」上空，遙相呼應。

這個時候的民間，意義就極爲重大。所謂回到民間、到民間去，是去民間汲取營養、還是爲了啓迪民智？這裡「取」還是「予」的問題，決定著這是怎樣的知識分子的問題。民粹主義的知識分子，如俄國的赫爾岑，到人民中去，啓迪別人，也豐富自己；有機的知識分子如葛蘭西所說的，是永遠活躍的參與者；作爲立法者的知識分子，是鮑曼所說的現代性語境中的主宰者。如果說張承志以弘揚的信仰、正義、人道精神，宣揚著現代性話語宏大敘事的核心詞匯，其中的高調敘事、抒情，也在強化「立法者」形象，那麼張煒就既是他的「半島」世界的立法者，又以和膠東半島今日地氣的銜接，顯示著民粹主義知識分子的鄉土根脈之深。張承志的唐吉珂德式的戰士姿態，是喜劇時代的悲劇英雄；張煒則是今天的希緒福斯，於普遍投降的時代，相信文學、守護理想，彰顯承擔道義的知識分子堅守的意義：「文學追求完美的理想，還有她的浪漫與想像，她與生命的創造本質不可分離的關係，從過去到現在都沒有改變過。文學遍佈在所有生命之中，嚴格講她並不是一種專業和職業。所以說文學從來不會邊緣化，現在不會，將來也不會。被邊緣化的只能是那些試圖以文學爲職業來謀生、來以此求得商業利益的人。」〔註37〕

二、抗爭的積極存在主義

其實很多時候，證僞是人生本質。英國哲學家 K・波普爾創立的證僞主義理論認爲：科學經常不是被證明出來的，而是被猜測出來的；但是實際上，理論不能證實，只能證僞。區別於「失敗是成功之母」的樂觀，K・波普爾提

〔註36〕韓少功，《靈魂的聲音》〔M〕，長春：吉林人民出版社，1996年，頁34。
〔註37〕徐懷謙，《文學是生命中的閃電——訪作家張煒》〔N〕，人民日報，2004-5-13。

出：有限的、個別的經驗事實並不能保證普遍陳述的證實。〔註38〕姑且不論哲學上的論爭，在人類的生存中，常常有通過反例——失敗，從而證偽很多原有的人生認識的現象，我們把它叫做「成長」。這種證偽，往往是展示存在的殘酷與悲觀的過程。《鹿眼》中，父親殺了寧伽養的野兔，「我」對他的殘暴極為厭棄，又一次仇恨到希望他死去的程度——可是，內心又有「再這樣講要遭雷劈」的恐懼。憎恨他、又可憐他，於是希望他不痛苦地消失——一個少年的弒父情結萌生與不可遏制地膨脹的過程，是曾經那些關於父親的所有想像破滅所致。這種破滅，在父親歸來的那一瞬就已經開始了：想像中在南山開山的巨人父親，母親和外祖母描述中那個儒雅而強健的人，與眼前衣衫襤褸、形容枯槁的老人，反差巨大，所以「我」躲到林子裏一整天，不願面對眼前醜陋的事實。父親不斷帶給家裏壓力和災難，還會毆打母親，以致母親有一次服毒自殺。「我」痛苦到極致的時候，甚至想要以死逃開。每每隱遁於原野鄉間，「我」絕望孤單，甚至會懷疑不同於前日的明天是否存在。這樣可怕的完全的絕望與悲觀，竟來自一個十幾歲的少年心底，可見人生遭際是怎樣一步步證偽了他的設想，一直到超出他的心理承受底線。「我」小的時候，對老人和女兒跳崖之後被接到小島的設想，是虛幻的；廖若的小島夢、唐小岷的島夢、金娃的島夢全都破碎，因為有了污點的人「不配到那個島上去」。純潔的孩子，陡然發現自己已經變成「有缺點的兔子」，無可挽回地墮入美醜善惡交織的人生，對這個世界、對自己該有多麼深重的失望：「如果真有那樣一個島，大概只有洛明才配去那兒。」〔註39〕《半島哈里哈氣》最鮮明的主題之一，就是呈現不斷在存在中體驗失去的少年「果孩兒」的內心蒼涼感。果孩兒長得漂亮、可是得到父親「我們家俊不起呀！你生在這個家裏，就得往壯裏長！」〔註40〕的告誡。童心的喪失就是因為人生的證偽：那些美好純潔的東西遠離，佔據逐漸成長的心靈的，是更加複雜的甚至是醜陋的東西。《荒原紀事》中的小白，同樣是隨著對社會的融入，逐漸發現現實之醜，不得不承認崇高美好的理想與粗糲嚇人的現實間的溝壑，自身也在此過程中由單純逐漸走向複雜。這種證偽給小白帶來越來越強烈的窒息感，所以他要

〔註38〕〔英〕卡爾‧波普爾，何林、趙平譯，《歷史主義的貧困》〔M〕，北京：社會科學文獻出版社，1987年。

〔註39〕張煒，《你在高原‧鹿眼》〔M〕，北京：作家出版社，2010年，頁388。

〔註40〕張煒，《半島哈里哈氣‧美少年》〔M〕，石家莊：河北少年兒童出版社，2012年，頁71。

「找一塊開闊的地場，去通風透氣的高處，那兒陽光燦爛。」〔註41〕——此處，高處超凡脫俗的象徵意義是與已經「不通風不透氣，積鬱深重」的平原相對中產生的。

　　空間感總會抵達對存在的感知與體悟。海德格爾認為人在世界上的存在，是被拋到這個世界中來的。海德格爾指出，即使「被拋狀態」的特徵是「煩」——煩惱、焦慮，但既然選擇了生，就意味著必須經歷煩擾荒謬，迎接各種考驗。而生的必然結果又是死，所以，只有正視死亡，才能夠尋求存在的意義。在無時不在的死亡可能性構成的存在結構裏，海德格爾主張正視而不是逃避，詩意地理解世界。並且，他認為語言是人類賴以生存的家園，語言是存在顯現的一種方式。同時，人生要經常面對岔路口，只有在此時，人才會真切意識到：人的存在，在自己是最重要巨大的事情，但是在客觀的時間流和空間場中，僅僅是多種可能性中的一種而已。此時的選擇，同時也選擇了自己的本質。「存在先於本質」，當然，只有自由選擇，才會有真正的存在。並不是一次選擇就注定這樣的生存結果，所有的結果都是通過不停的選擇最終達成的。人生總在不明中，並且總在努力由不明嚮明。「不明」狀態，人可能無法明確想要什麼，但是往往能夠明確不想要什麼。此時能夠說「不」，並且遊走追尋九死未悔，甚至左衝右突，希望殺出一條路，是對自己的生存極端負責任的態度。即使明知道這種衝撞很有可能是碰壁而死，也要一意向前的時候，就帶有濃重的悲壯或悲涼。就像荊軻的刺秦、高漸離的擊筑而歌，明知是凶多吉少卻沒有猶豫。這種情況，我們命名它為與虛無抗爭的積極存在主義。

　　張煒就是這樣在「半島」世界，以語言藝術呈現出他的詩意生存追求。張煒《外省書》中的史珂、師麟，《能不憶蜀葵》中的淳于陽立，《刺蝟歌》中的廖麥，《醜行或浪漫》中的劉蜜蠟，《你在高原》的寧伽，都是這種積極存在主義者。在《你在高原》小說的十部裏面，寧伽的經歷，幾乎全都是以挫敗而終。然而每一次挫敗之後，他收拾停當又整理行裝再次出發。「整裝待發」和「在路上」，構成他人生大部分時間裏的狀態。張煒談過，寧伽和李芒、抱樸那種堅定、勇往直前、不停思考原理不同，他常在對自己的行為和思想的循環往復的追究、在肯定和否定的過程之中。懷疑別人、也懷疑自己。「他是一個懂得生命的純粹、同時又懂得怎樣維護這種純粹性的人，知道

〔註41〕張煒，《你在高原‧荒原紀事》〔M〕，北京：作家出版社，2010年，頁435。

艱難的現狀，對困境、窘迫、人生的巨大悲劇感受痛徹。這樣的一個人當然非常複雜，最軟弱、最堅定、最猶豫不決，又最義無反顧；具有理想主義，同時又極其反感概念化的思維方式。」〔註42〕

寧伽儘管體驗了在父輩陰影下的艱難少年生存，但精神上卻承繼了他們不屈不撓的血液，在東部平原「大開發」項目的論證中，和導師黃湘並肩作戰，恫嚇打擊都嚇不倒他（《家族》）。在城市裏的橡樹路上，寧伽對上輩人的審視、對同齡人的深深的體恤、自身在城市與單位的經歷，促進他的思考和選擇——靠近橡樹路、告別橡樹路：「這是沒有回程的遠行是世界上所有的追憶和懷念都盛不下的一次依戀和痛別」（《橡樹路》）。寧伽和紀及一起撥開歷史和現實的迷霧，看清權勢威壓下的生存與反抗。儘管歷史與現實都證明艱辛與犧牲無處不在、血腥與醜惡總是佔了上風，為了信仰，二人無怨無悔（《海客談瀛洲》）。童年失怙的寧伽中年後在東部平原自己的出生地流連，還原半島生存本相：平原的泥土，會生長出不同的種子，不同的芽苗，正如生長出完全不同的各類人等一樣。美醜善惡交織的人和人生，就如同有缺點的兔子。這是比魯迅「沒有吃過人的孩子，或許還有」更可怕的現狀（《鹿眼》）。父親就如童年外祖母故事中忠信的阿雅，他的悲慘遭遇，是寧伽溫馨單純的童年的結束。「我們的這個家族不是靠血脈連接的，它所依靠的東西，也許比血脈更為牢固和堅韌，以至於沒有什麼能夠將其掙斷和斬絕。」〔註43〕（《憶阿雅》）。寧伽的葡萄園不是世外桃源，飄搖在颱風中和各種惡俗勢力的圍困衝擊當中（《我的田園》）。寧伽在經營葡萄園之餘，要辦一份理想中的雜誌。可是因為各種現實糾葛，酒廠和發行部保住了，雜誌卻面臨危機（《人的雜誌》）。回到城裏的寧伽不喜歡像被牽了線的木偶那樣隨著別人的擺佈活動，在靜思庵面對茅屋小院，追想外祖和父母的人生與選擇。又一次在山裏的逃躥之後回城回家，終於意識到多年前莊周已經解決的問題，在自己這兒剛剛開始，爛成一坨豬狗不如的生活應該結束了，他下定決心跟梅子說：「該從頭來好好收拾一下」，要選擇活著就要不停地撞牆，或者把牆撞倒，或者把自己撞碎的「人」的生活（《曙光與暮色》）。寧伽終於領悟三先生跟班講的煞神老母與烏姆王合謀毀掉平原的寓言故事，正是事實上真實的平原正在消失的寫照，不是神話也不是傳說，這是一種隱匿的真實（《荒原紀事》）。寧伽在平原

〔註42〕張煒，朱又可，《行者的迷宮》〔M〕，上海：東方出版社，2013年，頁99。
〔註43〕張煒，《你在高原·憶阿雅》〔M〕，北京：作家出版社，2010年，頁145。

遊來蕩去的時候，發現了事實真相：放縱貪欲正在毀掉很多東西，平原和平原的美麗女兒荷荷、帆帆，都處於同樣的被霸佔凌辱的位置（《無邊的游蕩》）。《出埃及記》中，摩西逃亡在米甸曠野四十年，後來終於帶領以色列人走出磨難奔向自由；《你在高原》中，寧伽的左衝右突，同樣是為了奔向自由家園——即使經歷這麼多磨難，即使步入中年，但是他仍堅持「開始吧，人生還未過半，來得及。」此時的寧伽，在深謀遠慮和韌性之外，也具有了小白身上的「行動的性格」。這種行動性性格，也是儒道影響的結果。儒家積極入世的「達則兼濟天下」思想，毫無疑問是抱樸廖麥寧伽們向前的動力；道家的懷柔、柔勝剛思想，也同樣體現在這些人物行動中，他們無不具有驚人的韌的精神。

張煒還有許多精神性主人公，如曲予（《家族》）、山地老師（《柏慧》）、口吃教授（《我的田園》）、朱亞（《家族》）等人，在政治與威權的擠壓下，都堅守心靈淨土，承擔歷史的苦難、艱難地尋覓著知識分子精神回歸的路途。《你在高原》除了寧伽之外，他的志同道合的呂擎、陽子、小白、肖瀟、淳于黎麗們，也在對抗濁世的不斷追尋和遊走當中。探尋張煒的這些主人公們的地理遷移路線，可以看到一種據守海隅，背對大陸主體與主流世界的邊緣姿態，可能越來越邊緣，同時也越來越決絕——比如說曲浼，寧可逃進深山風餐露宿、孤獨死去，也絕不在勞改農場屈辱地活著。從這個角度說，這是一種以退為進的方式，形式上是逃「退」，精神上卻在「進」擊。說到以退為進，就必須談到三個人和他們的遊走指向：《瀛洲思緒錄》中的古代的徐福，《刺蝟歌》中的廖麥，《你在高原》中的寧伽。他們全都終於放棄半島夢，或去遙遠的瀛洲，或轉向另一種生活，或追隨同人去向高、清爽、地廣人稀的高原。退到退無可退、無所遁形，只好選擇真正的撤離。張煒堅持認為「人在現實面前並不是毫無辦法的」，但他的這些主人公最後的結局，卻往往還是「毫無辦法」。為什麼會如此？《我的田園》中，寧伽在思考自己和拐子四哥的投契時，領悟到：他們本質上都是不甘心只留下一條生活的直線的人。既然人生的結局是固定的，那麼不停奔波就「是在盡力使自己奔波的蹤跡來得曲折和漫長……以此與那個逐漸逼近的結局做著對抗。」〔註 44〕他們靠近著同一種拗氣的精神、有著相似的流浪的宿命，說到底，就是要以自己的掙扎，對抗沉重的虛無。

〔註44〕張煒，《你在高原·我的田園》〔M〕，北京：作家出版社，2010 年，頁 270。

　　張煒小說的結尾，幾乎都是帶著憂慮的希望，或者失望但不絕望。《你在高原》中，儘管半島已無希望，但是還有明朗的「高原」在遠方呼喚。小說中，有一批先後去高原的人。首先是淳于黎麗孩子的父親，那個救火英雄。（可是這個根本沒有在故事線索中出現的模糊影像，除了救過火並在這過程中偶然地救過淳于黎麗，別無其他局部或者整體的功能。不僅如此，他還為淳于黎麗留下一個父親不明的孩子。且不論一夜情後再無消息這種行為本身不夠磊落，淳于黎麗費盡艱辛去尋找的價值也得不到體現。所以，他只是一個隱在故事後面的線索。）淳于黎麗是第二個去高原的人。尋找孩子的父親這個理由很是牽強，因為她對救火英雄的委身，可以理解為是在寧伽處無希望的情感寄託的一種轉嫁。她對孩子的父親的追隨，本身就是概念化的傳統女性的做法，與她本人個性鮮明絕不委曲求全的一貫風格是格格不入的。小白是一個邏輯上講出現得極為突兀的外來者，形象較為單薄。他見識廣、與高層有緊密關聯，而實際上是一個脆弱的個人理想主義者，在現實中不斷失望的個例，對半島生態沒有一點實際影響力。岳凱平因為愛情和養父反目，依賴財閥吳大淼的財力和勢力解決問題，如果除去養父的權勢、吳大淼的財力，岳凱平究竟能不能解決面對的問題很難說；況且，他和帆帆的愛情，很有高覺慧與鳴鳳的愛情的影子，單借俯就的姿態，撐不出男子漢的氣概。帆帆從委曲求全的弱者，到敢於說不的反抗者轉變的充分理由，是對自由的渴望高於一切。所以所有去往高原的人當中，她應該是「高原」上最理想的新鮮力量。《你在高原》中沒有呂擎夫婦去高原的明確指證，但是他們一直在為遠行、為擺脫城市的約束、被限定的命運做準備。有行動力又有思考力的呂擎，會是高原精神最中堅的力量。即便如此，我們還是會從「你在高原」這個意象，看出作者的無所適從。寄希望於後現的、別途的他人，明顯就是一種造夢行為。小說中，作者將他喜愛的這些人物，最終都安置到了「高原」這個遙遠聖潔的「地方」。但是，這些在《你在高原》不同的故事中與主人公有關聯的人物，他們之間卻沒有形成一種聯動關係。他們先後去了高原，他們之間的關係，只在《荒原紀事》之綴章《小白筆記》，提到高原來人，並為對方的健康明朗所打動。這些有希望有追求的人，都去了高原，而主人公寧伽卻還是留下來，繼續他的半島遊走。而相互沒有系統與關聯的高原指向，使得「高原」成為散落的夢，難怪謝有順說造夢行為是脆弱的。〔註45〕

〔註45〕謝有順，〈大地烏托邦的守望——從《柏慧》看張煒的藝術理想〉〔J〕，《當代

　　當知識者不願成為時代風向的附庸，又在現實生活中遭遇重重坎坷，靈魂棲居之地難尋，處於自我的救贖無法實現的境遇，精神的流浪和放逐就不可避免。純潔堅定者不幸生於無法證實自我純潔的時代，自身與生存情境的衝突中懸殊的對抗注定了個體的被湮沒、注定了沉重失落的宿命。即便如此，他們還是會不斷地遊走尋找，不甘地確認。注定的虛無裏，仍然葆有明確的「向心」和「離心」的指向，標示著知識者的價值底線、理想指向。只有堅持這個底線，知識者才能走得更遠。因為具有了這種精神，「存在的虛空」就被昇華為西西弗斯滾石上山的精神，這就是撤離或者說離棄半島的知識者不屈不撓精神的支持力。

　　現實世界荒誕、虛無、枉然、平庸，既無以自救、也不能救人，這都是存在的本質。但是人最起碼還有生存方式的自由選擇。按照自由意志生活，就帶來精神信仰的自由。「海德格爾看來，根本的自由是我們對真理開放的自由——行動的自由是附屬於它、後發於它的」〔註 46〕。因此，必須克服非我的消極因素，利用其積極因素，從而在紛紜眾生中不至迷失自我、才可以塑造自我。所以，寧伽無論經歷多少挫敗，最重要的是他的主觀意志和行為積極性。通過這種柔性抗爭，顯示出寧伽儘管總是「碰壁」，但是不會被打敗，這正如桑提亞哥定格的那句名言：「一個人可以被毀滅，卻不能被打敗。」〔註 47〕

小結：地理到心理的距離

　　人們在小地方，也有可能思考的是大問題。張煒所欣賞的梭羅，在瓦爾登湖畔過他的世外生活，康德生活在一個偏僻的鎮子上，一生都沒有去大城市。但是他們都在看上去的閉塞中對人類命運有深刻的感悟，形而上的思考也抵達時人甚至後人難以企及的高度。昆德拉這樣說過：出生在小國的優勢在於，如果意識到可能因為閉塞成為視野狹小之人的話，他就會努力讓自己博聞強識，從而成為世界性的人。另外，小的地方仍然可以是世界的代表。

　　　作家評論》，1999 年 5 月，頁 74～82。
〔註46〕〔英〕布萊恩・麥基，周穗明、翁寒松譯，《思想家》〔M〕，北京：生活讀書新知三聯書店，1992 年，頁 110。
〔註47〕〔美〕海明威，余光中譯，《老人與海》〔M〕，南京：譯林出版社，2007 年，頁 131。

比如故鄉的村莊，會有所有世界上事物的樣本。對此，牧口常三郎這樣描述：
「如果我們認真思考，會發現在故鄉這樣小的範圍內也能觀察到整個宇宙的
方方面面。而且因為故鄉是我們居住、行走、視聽、和獲得認知的地方，也
是我們進行觀察的地方，使我們可以直接地觀察到任何事物。因此，我們有
可能通過發現足夠的實例，哪怕是在最偏僻的部落或山村發現的實例，來解
釋充滿極其複雜現象的整個自然界。」〔註48〕

　　一個人從小生活在什麼樣的自然景觀裏，看到接觸到的是怎樣的地形地
貌、這裡有怎樣的水文狀況、土壤性質、生長了怎樣的植物，以及棲息於此
的都是何種動物群落，都會極大地影響他的人生和世界認知。飲食衣著習慣，
是從小依據生存的地理環境養成的。比如，北方人喜歡吃麵食、南方人喜歡
吃米飯，北方人冬天捂得嚴嚴實實、南方人習慣凍著——從小對生存環境的
適應和依賴，是需要經歷和必然經歷的過程。這裡又有什麼文化景觀，比如
典型的有代表性的地標，聚落、土地和建築物，以及聚落的特徵——在農村，
田地村莊如何規劃的，在城市，建築人群又形成怎樣的城市風光。這些標誌
性文化景觀，是人類活動過程中不同時期一幕幕文化演變或者人類活動的見
證和記錄，是這裡的歷史和人文的沉積。文化積蘊越是深厚，毫無疑問越有
足夠的人文資本去成就人的精神豐富性和思維的開放與多樣性，當然更容易
產生更多的代表性文化和代表性人物。俗話說出聖人的地方民風淳厚，還說
三代培養一個貴族，都是因為考慮到大大小小的生存環境對人的薰陶教益。
儘管今日人類對於地理環境的依賴性，較之農耕文明時代已經大大減弱，地
理環境在人類生活中的重要性，卻從古至今不曾改變。個人的人生與外部生
存空間，以及更廣大範圍的世界相互關聯的程度，永遠超乎人類的想像。在
考察作家的創作之時，這個方面往往被認為是理所當然的和無需多言的。這
是個可怕的疏忽。

　　故鄉對於人有著重要的現實物質和精神依託價值，有了這些解釋，我們
更能夠理解為什麼世界上眾多的偉大作家，都會選擇一個小小的根據地——
往往是自己的故鄉村鎮作為重點描述對象，或者立足自己的故鄉而輻射外部
世界，福克納的約克納帕塔法、馬爾克斯的馬孔多鎮、哈代的韋塞克斯，現
代中國魯迅的魯鎮、沈從文的湘西、老舍的北京，都是如此。這是因為在他

〔註48〕〔日〕牧口常三郎，陳莉、易凌峰譯，《人生地理學》〔M〕，上海：復旦大學
　　　　出版社，2004 年，頁 8～9。

們最熟悉的地方，有最豐滿的線條、最飽和的色彩、最多樣的聲部，和最深切的思考。同時，張煒認為：小說的空間有多大，完全取決於作者的心理空間有多寬。張煒還向詩歌、散文、戲劇、日記、評論、甚至音樂、繪畫等藝術門類拓展小說的空間表現能力。尤其是《你在高原》、《半島哈里哈氣》中對小說結構的嘗試可以說大膽、細緻、多層面，在小說結構的主賓取捨、起伏開闔、疏密聚散、繁略虛實、輕重濃淡、動靜對比、呼應穿插、平衡與變化、收斂或放縱等方面，張煒都有充分的考慮和精當的安排，做到了張弛有度、多聲部又富於節奏感的敘事。

人們在疾馳的現代化列車上，知道從哪裏來，卻不知道要往哪裏去。人類文明該往何處去、我們民族的文明該往何處去，是擺在全世界不同國家地區民族種族面前，需要慎重對待的大問題。人們懷念人類故鄉的精神性生活，回望許久以前自己故鄉生活的慢文明和慢生活，充滿憧憬。思考大問題，不見得就得站在世界最高峰。張煒多年以來不僅一直在膠東半島上寫作，而且是以這裡的歷史現實作為題材進行文學創作。張煒筆下，膠東半島恰如它曾經的和一直的樣貌，豐富地存在。作家的創作當然不是開藥方。但是好的作家一定是基於生活，同時又高於生活的。「半島」是張煒踞守的那個小地方，那個用作支點，撬動世界的所在。

結　語

　　本書主要是從空間理論、人文地理學視角，在對張煒文本的細讀中，總結出張煒基於膠東半島獨特的自然風物、社會歷史基礎上形成的文學世界、哲學世界的一些主要統一性特徵。

　　從現代空間理論和人文地理學視角角度，張煒的「半島」文學世界可以分出自然地理空間、社會文化空間、藝術哲學空間三個層次。在做本書的過程中，我越來越發現地理的視角和空間理論在張煒以及作家研究中的價值。很多時候，人們往往樂於發表創見，而對於理所當然世界缺乏興趣和深入的理解。創見自然十分重要，對理所當然世界「庖丁解牛」式的析理，也會見前人所未見。本書寫作過程中，我越來越感覺到空間理論就是那把可以「依乎天理，批大郤，道大窾，因其固然」（《莊子‧養生主》）的解剖刀，幫助我將地理形而下的存在到形而上的意義闡發充分。

　　由自然地理、氣候四季、生物生態組成的「半島」，首先是一個鮮明的物質世界。濃重真切的地方感「感受價值」是地理上的獨一無二，也是人的領土感和身份認同的源頭。愛之彌切，憂之彌深，「半島」豐厚的饋贈和個人人生地理經歷的苦難磨礪，形成了「愛」之得與「懼」之失的文化和情感張力，鑄就張煒「大地守夜人」的定位。「半島」世界是承載張煒理想化的社會憧憬的地理時空，「半島」情境從蘆青河－登州海角－半島的地理學意義上的遷移，折射著人類從古至今形而上的精神追求。鄉土烏托邦、愛情烏托邦、生態烏托邦破滅之後，理想主義和完美主義者張煒，又將基於何種倫理建構何種烏托邦？在膠東文學與文化傳統中，與同為膠東作家的莫言的對比，張煒在海洋氣韻潤澤下的「半島」世界，具有儒道互補下形成的高蹈多思、平視傳統、開放性的空間化特徵。

　　張煒「半島」世界的地理建構，是建立於膠東半島基礎之上又超越於膠東半島的，即使在沉醉於自然景觀中時，「半島」世界突出的仍然是地理精神，是「人」與「地」，「人」的「地」與「地」的「人」。「半島」世界「人」與「地」相互依存、如膠似漆，「地」豐茂華美也深邃酸澀恰如人的多面性，個體「人」被動無為下掩藏著深謀遠慮、淳厚淡泊背後是狂野固執，一如「地」表之冷寂與裏之沸騰。海洋文化氣韻蒸蔚出張煒「半島」地理精神自足自在之上的超越性與救贖意識，並由此延展出積極存在主義思想。

　　「半島」世界是一個具有外向發散性充滿巨大張力的空間，其中的任何一個點、一個面，都具有言說的價值。所以，對張煒創作的思考，本書只是一個基點。對張煒的研究，可以沿著「半島」世界的肌理，到達每一條神經的末梢、也可以發現所有的關聯性，探尋張煒文學的各種可能性。

　　「半島」世界也暴露出張煒的缺陷性：一，自足性導致受容性差，不見得排外，但是自我更新的阻力較大；二，過分「自戀」影響到了關懷和思考的廣度和深度，比如《你在高原》每一部都設計了與寧伽有交集的女性的存在，並對寧珈一往情深——由此對寧伽傾注的獨自遊走、顧影自憐的「情種」情懷，分散了對其知識分子思考力度的表現；三、過分沉入一個世界就會一定程度導致無法超越，成為境界上格局上的掣肘；四、誇大渲染自己的時代處境，容易造成歷史認識上的自我中心主義；五、《你在高原》樹形結構在延展表現空間的同時，也導致了分力。

　　另外，張煒「半島」世界充滿夢境，夢大致可以分為兩類：和地理遭遇相關的，往往包含現實處境隱喻；和女性相關的，很多是性夢，也與地理自然有關。「半島」世界夢的闡釋空間非常大。

　　「批評的目的不是去尋找作品的統一，而是去發現文本中可能具有的多樣和不同的意義，文本的不完全性，他所顯示出但未能描述的省略，尤其是他的矛盾性。」〔註1〕在地理統一性之上，張煒文學世界具體指向各異、常常複雜多解或者隱於混沌中的主題，筆墨濃淡不一、或鮮明或含糊的人物形象，不斷超越與新探中的藝術追求的得失，或隱或現的男權主義思想，張煒文學與齊魯文化之外的中外傳統的淵源，對筆者而言，都是極具誘惑力的下一步拓展方向。

〔註1〕凱瑟琳・貝爾西，胡亞敏譯，《批評的實踐》〔M〕，北京：中國社會科學出版社，1993年，頁137。

參考文獻

一、外國參考著作

1. 〔德〕本雅明,《機械複製時代的藝術作品》〔M〕,杭州:浙江攝影出版社,1993 年。

2. 〔德〕本雅明,《發達資本主義時代的抒情詩人》〔M〕,北京:三聯書店,1989 年。

3. 〔古希臘〕亞里士多德,天藍譯,《詩學》〔M〕,新文藝出版社,1953 年。

4. 〔德〕康德,李秋零譯,《純粹理性批判》〔M〕,北京:中國人民大學出版社,2004 年。

5. 〔德〕康德,鄧曉芒譯,《判斷力批判》〔M〕,北京:人民出版社,2002 年。

6. 〔德〕黑格爾,《美學》(三卷)〔M〕,南京:江蘇人民出版社,2011 年。

7. 〔英〕羅素,《西方哲學史》〔M〕,北京:商務印書館,1982 年。

8. 〔奧〕維特根斯坦,《邏輯哲學》〔M〕,北京:北京大學出版社,1988 年。

9. 〔德〕斯賓格勒,《西方的沒落》〔M〕,北京:商務印書館,1995 年。

10. 〔丹〕勃蘭兌斯,《十九世紀歐洲文學主流》(六卷)〔M〕,北京:人民文學出版社,1984 年。

11. 〔法〕羅傑·加洛蒂,《論無邊的現實主義》〔M〕,上海:上海譯文出版社,1986 年。

12. 〔德〕尼采,《悲劇的誕生》〔M〕,北京:三聯書店,1986 年。

13. 〔德〕尼采,謝地坤、宋祖良、程志民譯,《論道德譜系》〔M〕,桂林:灕江出版社,2007 年。

14. 〔法〕福柯，張廷深等譯，《性史》〔M〕，上海：上海科學技術出版社，1989 年。

15. 〔法〕福柯，孫淑強等譯，《癲狂與文明》〔M〕，杭州：浙江人民出版社，1990 年。

16. 〔法〕福柯，謝強、馬月譯，《知識考古學》〔M〕，北京：生活・讀書・新知三聯書店，1998 年。

17. 〔法〕德里達，《寫作與差異》〔M〕，北京：生活・讀書・新知三聯書店，2001 年。

18. 〔英〕安東尼・吉登斯，《現代性的後果》〔M〕，南京：譯林出版社，2000 年。

19. 〔荷〕邁克・費瑟斯通，《消費文化與後現代主義》〔M〕，南京：譯林出版社，2000 年。

20. 〔美〕弗雷德里克・詹姆遜，胡亞敏等譯，《文化轉向》〔M〕，北京：中國社會科學出版社，2000 年。

21. 〔美〕弗雷德里克・詹姆遜，《後現代主義和文化理論》〔M〕，北京：北京大學，2005 年。

22. 孫周興選編，〔德〕《海德格爾選集》（上下）〔M〕，上海：生活・讀書・新知三聯書店，1996 年。

23. 〔美〕卡林內斯庫，《現代性的五幅面孔》〔M〕，北京：商務印書館，2002 年。

24. 〔英〕齊格蒙特・鮑曼，《流動的現代性》〔M〕，上海：生活・讀書・新知三聯書店，2002 年。

25. 〔英〕尼格爾・多德，《社會理論與現代性》〔M〕，北京：社會科學文獻出版社，2002 年。

29. 〔荷〕福克馬・伯斯頓編，王寧等譯，《走向後現代主義》〔M〕，北京大學出版社，1991 年。

30. 〔美〕丹尼爾・貝爾，趙一凡等譯，《資本主義文化矛盾》〔M〕，北京：生活・讀書・新知三聯書店，1989 年。

31. 〔德〕卡爾・雅斯貝斯，魏楚雄、俞新天譯，《歷史的起源與目標》〔M〕，北京：華夏出版社，1989 年。

32. 〔美〕保羅・德曼，李自修等譯，《解構之圖》〔M〕，北京：中國社會科學出版社，1998 年。

33. 〔美〕J・米勒，郭英劍等譯，《重申解構主義》〔M〕，北京：中國社會科學出版社，1998 年。

34. 〔英〕湯因比，《歷史研究》〔M〕，上海：上海人民出版社，2000 年。

35. 〔美〕哈羅德・布魯姆，《西方正典》〔M〕，南京：譯林出版社，2011 年。

36. 〔加〕弗萊，《批評的剖析》〔M〕，天津：百花文藝出版社，1998 年。

37. 〔加〕查爾斯・泰勒，韓震譯，《自我的根源：現代認同的形成》〔M〕，南京：譯林出版社，2001 年。

38. 〔以〕愛德華・賽義德，《東方學》〔M〕，北京：生活・讀書・新知三聯書店，1999 年。

39. 〔以〕愛德華・賽義德，《全球化浪潮中的知識左派》〔M〕，北京：中國社會科學出版社，2000 年。

40. 〔以〕愛德華・薩義德，單德興譯，《知識分子論》〔M〕，北京：生活・讀書・新知三聯書店，2002 年。

41. 〔捷〕米蘭・昆德拉，董強譯，《小說的藝術》〔M〕，上海：譯文出版社，2004 年。

42. 〔英〕喬・艾略特等著，張玲等譯，《小說的藝術》〔M〕，上海：上海譯文出版社，2011 年。

43. 〔匈〕盧卡契，《歷史與階級意識》〔M〕，北京：商務印書館，1995 年。

44. 〔英〕詹姆斯・喬治・弗雷澤，徐育新、汪培基、張澤石譯，《金枝》〔M〕，北京：大眾文藝出版社，1998 年。

45. 〔俄〕M・巴赫金，《巴赫金文論選》〔M〕，北京：中國社會科學出版社，1996 年。

46. 〔英〕特雷・伊格爾頓，《二十世紀西方文學理論》〔M〕，西安：陝西師範大學出版社，1990 年。

47. 〔美〕韋恩・布斯，華明、胡蘇曉、周憲譯，《小說修辭學》〔M〕，北京：北京大學，1989 年。

48. 〔美〕華萊士・馬丁，伍曉明譯，《當代敘事學》〔M〕，北京：北京大學出版社，2005 年。

49. 〔美〕伊恩・P・瓦特，高原、董紅鈞譯，《小說的興起》〔M〕，北京：生活・讀書・新知三聯書店，1992 年。

50. 〔英〕伍爾夫，《一間自己的屋子》〔M〕，北京：生活・讀書・新知三聯書店，1989 年。

51. 〔法〕羅蘭・巴爾特，《寫作的零度》〔M〕，北京：中國人民大學出版社，2008 年。

52. 〔英〕R・J・約翰斯頓，蔡運龍、江濤譯，《哲學與人文地理學》〔M〕，北京：商務印書館，2010 年。

53. 〔日〕牧口常三郎，陳莉、易凌峰譯，《人生地理學》〔M〕，上海：復旦大學出版社，2004 年。

54. 〔法〕費爾南・布羅代爾著，吳模信譯，《地中海與菲利普二世時代的地中海世界》〔M〕，北京：商務印書館，2013 年。

55. 〔法〕西蒙娜・德・波伏娃，陶鐵柱譯，《第二性》〔M〕，北京：中國書籍出版社，1998 年。

56. 〔英〕邁克爾・伍德，《沉默之子：論當代小說》〔M〕，北京：生活・讀書・新知三聯書店，2003 年。

57. 〔法〕薩特，陳宣良等譯，《存在與虛無》〔M〕，北京：生活・讀書・新知三聯書店，2009 年。

58. 〔美〕奧爾多・利奧波德，侯文蕙譯，《沙鄉年鑒》〔M〕，長春：吉林人民出版社，1997 年。

59. 〔法〕福柯，《空間、知識、權力》〔A〕，包亞明，《後現代性與地理學的政治》〔M〕，上海：上海教育出版社，2001 年。

60. 〔英〕約翰・托蘭德，《泛神論要義》〔M〕，北京：商務印書館，1999 年。

61. 〔加〕葉維廉，《中國詩學》〔M〕，北京：生活・讀書・新知三聯書店，1994 年。

62. 〔美〕愛德華，蘇賈、王文斌譯，《後現代地理學：重申批判社會理論中的空間》〔M〕，北京：商務印書館，2004 年。

63. 〔美〕段義孚，徐文寧譯，《無邊的恐懼》〔M〕，北京：北京大學出版社，2011 年。

64. 〔美〕段義孚，潘桂成譯，《經驗透視中的空間和地方》〔M〕，國立編譯館，1998 年。

65. 王德威，《想像中國的方法：歷史，小說，敘事》〔M〕，北京：生活・讀書・新知三聯書店，1999 年。

66. 王德威，《當代小說二十家》〔M〕，北京：生活・讀書・新知三聯書店，2006 年。

67. 《福克納評論集》〔M〕，北京：中國社會科學出版社，1987 年。

68. 〔英〕凱瑟琳・貝爾西，胡亞敏譯，《批評的實踐》〔M〕，北京：中國社會科學出版社，1993 年。

二、中國參考著作

1. 柳鳴九，《二十世紀現實主義》〔M〕，北京：中國社會科學出版社，1992 年。

2. 朱光潛，《文藝心理學》〔M〕，合肥：安徽教育出版社，1996 年。

3. 汪民安等，《後現代性的哲學話語——從福柯到賽義德》〔M〕，杭州：浙

江人民出版社，2000 年。

4. 李澤厚，《中國現代思想史論》〔M〕，北京：東方出版社，1987 年。

5. 費孝通，《鄉土中國》〔M〕，南京：江蘇人民出版社，2007 年。

6. 汪暉，《死火重溫》〔M〕，北京：人民文學出版社，2000 年。

7. 劉小楓，《現代性的社會理論諸論》〔M〕，北京：生活・讀書・新知三聯書店，1998 年。

8. 鍾敬文，《民間文藝學及其歷史》〔M〕，濟南：山東教育出版社，1998 年。

9. 汪暉、陳燕谷，《文化與公共性》〔M〕，北京：生活・讀書・新知三聯書店，1998 年。

10. 劉再復，《文學的反思》〔M〕，北京：人民文學出版社，1986 年。

11. 王曉明，《批語空間的開創——二十世紀中國文學研究》〔M〕，上海：東方出版中心，1998 年。

12. 耿占春，《敘事美學》〔M〕，鄭州：鄭州大學出版社，2002 年。

13. 陳曉明，《表意的焦慮》〔M〕，北京：中央編譯出版社，2002 年。

14. 張清華，《存在之境與智慧之燈——中國當代小說敘事及美學研究》〔M〕，福州市：福建教育出版社，2010 年。

15. 黃發有，《20 世紀 90 年代中國小說研究》〔M〕，上海：上海生活・讀書・新知三聯書店，2002 年。

16. 譚桂林，《長篇小說與文化母題》〔M〕，長沙：湖南師範大學出版社，2002 年。

17. 吳炫，《新時期文學熱點作品講演錄》〔M〕，桂林：廣西師範大學出版社，2004 年。

18. 潘旭瀾，《新中國文學詞典》〔M〕，南京：江蘇文藝出版社，1993 年。

19. 丁柏銓，《中國新時期文學詞典》〔M〕，南京：南京大學出版社，1991 年。

20. 孟繁華、林大中，《九十年代文存：1990～2000》〔M〕，北京：中國社會科學出版社，2001 年。

21. 王曉明，《人文精神尋思錄》〔M〕，上海：文匯出版社，1996 年。

22. 魯樞元，《文學與生態學》〔M〕，上海：學林出版社，2011 年。

23. 王賽時，《山東沿海開發史》〔M〕，濟南：齊魯書社，2005 年。

24. 王賽時，《山東海疆文化研究》〔M〕，濟南：齊魯書社，2006 年。

25. 王岳川，《當代西方最新文論教程》〔M〕，上海：復旦大學出版社，2011 年。

26. 楊義，《文學地圖與文化還原——從敘事學、詩學到諸子學》〔M〕，北京：北京師範大學出版社，2011 年。

27. 楊義，《文學地理學會通》〔M〕北京：中國社會科學出版社，2013 年。

28. 孫郁，《百年苦夢——20 世紀中國文人心態掃描》〔M〕，桂林：廣西師範大學出版社，2006 年。

29. 程虹，《尋歸荒野》〔M〕，北京：生活‧讀書‧新知三聯書店，2011 年。

30. 張檸，《土地的黃昏》〔M〕，北京：中國人民大學出版社，2013 年。

31. 孔範今、施占軍、黃軼，《張煒研究資料》〔M〕，濟南：山東文藝出版社，2006 年。

32. 賴賢宗，《海德格爾與禪道的跨文化溝通》〔M〕，北京：宗教文化出版社，2007 年。

33. 鍾華，《從逍遙遊到林中路：海德格爾與莊子詩學思想比較研究》〔M〕，北京：華齡出版社，2005 年。

34. 王文生，《論情境》〔M〕，上海：上海文藝出版社，2001 年。

35. 張煒、王光東，《張煒王光東對話錄》〔M〕，蘇州：蘇州大學出版社，2003 年。

36. 張煒、朱又可，《行者的迷宮》〔M〕，上海：東方出版社，2013 年。

三、參考的張煒研究相關期刊論文

1. 雷達，〈獨特性：葡萄園裏的哈姆萊特〉〔J〕，《青年文學》，1984 年 10 月。

2. 雷達，〈民族心史上的一塊厚重碑石——論〈古船〉〉〔J〕，《當代》，1987 年 6 月。

3. 胡河清，〈論阿城、馬原、張煒道家文化智慧的沿革〉〔J〕，《文學評論》，1989 年 2 月。

4. 陳思和，〈還原民間：關於〈九月寓言〉的敘事與意蘊〉〔J〕，《文學評論家》，1992 年 6 月。

5. 王彬彬，〈「請記住，世上還有我的文學」：有感於張承志、張煒對文學的執著〉〔J〕，《文學世界》，1993 年 4 月。

6. 張清華，〈野地上泣血的歌者——作家張煒印象〉〔J〕，《當代社會》，1993 年 9 月。

7. 張新穎，〈大地守夜人：張煒論〉〔J〕，《上海文學》，1994 年 2 月。

8. 陳思和、李振聲、張新穎、郜元寶，〈張煒民間的天地給當代小說帶來了什麼？——關於世紀末小說的多種可能性對話之二〉〔J〕，《作家》，1994 年 4 月。

9. 謝有順，〈大地烏托邦的守望者：從《柏慧》看張煒的藝術理想〉〔J〕，《當代作家評論》，1995 年 5 月。

10. 吳炫，〈張煒小說的價值取向〉〔J〕，《文學評論》，1996 年 1 月。

11. 郜元寶，〈兩個俗物　一對雅人——王朔、賈平凹、張承志、張煒合論〉〔J〕，《上海文化》，1996 年 2 月，《人大複印資料》（文史類），1996 年 11 月。

12. 楊春時，《新保守主義與新理性主義——九十年代人文思潮批判》，《海南師範學報》1996 年 2 月，《人大複印資料》（文史類），1996 年 9 月。

13. 張清華，〈歷史話語的崩潰和墜回地面的舞蹈——對當前小說現象的探源與思索〉〔J〕，《小說評論》，1996 年 3 月，《人大複印資料》（文史類），1996 年 9 月。

14. 樊星，〈當代文學與地域文化〉〔J〕，《文學評論》，1996 年 4 月，《人大複印資料》（文史類），1996 年 10 月。

15. 孫郁，〈當代文學與魯迅傳統〉〔J〕，《當代作家評論》，1996 年 5 月，《人大複印資料》（文史類），1996 年 12 月。

16. 馮尚，〈生命與道德的抗衡——張煒長篇小說批評〉〔J〕，《汕頭大學學報》，1997 年 2 月，《人大複印資料》（文史類），1997 年 8 月。

17. 摩羅，〈靈魂搏鬥的拋物線——張煒小說的編年史研究〉〔J〕，《當代作家評論》，1997 年 5 月。

18. 摩羅，〈張煒：需要第四次騰跳〉〔J〕，《當代作家評論》，1998 年 1 月。

19. 郭寶亮，〈流浪情結與還鄉之夢——張煒小說敘境的悖論之一〉〔J〕，《華北電力大學學報》，1998 年 3 月。

20. 吳義勤，〈史詩的尷尬與技術的無奈〉〔J〕，《鍾山》，1999 年 3 月，《人大複印資料》（文史類），1999 年 9 月。

21. 陳思和、張新穎、王光東，〈張煒：民間的天地帶來了什麼〉〔J〕，《文藝爭鳴》，1999 年 6 月。

22. 陳思和，〈在民間大地上尋求理想：《九月寓言》〉〔A〕，《中國當代文學史教程》〔M〕，上海：復旦大學出版社，1999 年 9 月。

23. 張清華，〈張煒專論〉〔J〕，《山東文學》，1999 年 11 月。

24. 賀仲明，〈否定中的潰退與背離：八十年代精神之一種嬗變——以張煒為例〉〔J〕，《文藝爭鳴》，2000 年 3 月。

25. 李潔非，〈張煒的精神哲學〉〔J〕，《當代作家評論》，2001 年 1 月，《人大複印資料》（文史類），2001 年 3 月。

26. 郭豔，〈守望中的自我確認——張煒小說論〉〔J〕，《當代文壇》，2001 年 1 月，《人大複印資料》（文史類），2001 年 5 月。

27. 李少群，〈20 世紀山東文學總體特徵〉〔J〕，《東嶽論叢》，2001 年 6 月，《人大複印資料》（文史類），2002 年 3 月。

28. 羅小東，〈當代小說線性敘事的類型分析〉〔J〕，《文藝評論》，2002 年 2 月，《人大複印資料》（文史類），2002 年 8 月。

29. 金文兵，〈故鄉何謂：論「尋根」之後鄉土小說的精神歸依〉〔J〕，《江南大學學報》，2002 年 3 月，《人大複印資料》（文史類），2002 年 11 月。

30. 李揚，〈論 90 年代的知識分子立場寫作〉〔J〕，《文藝理論研究》，2002 年 3 月。

31. 吳俊，〈另一種浮躁──從《能不憶蜀葵》略談張煒的小說寫作〉〔J〕，《文匯報》，2002 年 3 月 22 日，《人大複印資料》（文史類），2002 年 8 月。

32. 王光東、李雪林，〈張煒的精神立場及其呈現方式──以九十年代長篇小說爲例〉〔J〕，《當代作家評論》，2002 年 3 月。

33. 宋劍華，〈放逐與回歸：論新時期作家「復樂園」後的變異心態〉〔J〕，《蘭州大學學報》，2003 年 3 月，《人大複印資料》（文史類），2003 年 8 月。

34. 姜智芹，〈張煒與海明威之比較〉〔J〕，《山東社會科學》，2003 年 3 月。

35. 鄭堅，〈「慌」的道德美學與「慌」的文體──讀張煒的近作〉〔J〕，《湖南大學學報》，2003 年 4 月。

36. 張新穎，〈行將失傳的方言和它的世界──從這個角度看《醜行或浪漫》〉〔J〕，《上海文學》，2003 年 12 月。

37. 王輝，〈論張煒小說創作的精神哲學〉〔J〕，《山東社會科學》，2005 年 6 月。

38. 〈張煒主要作品目錄〉〔J〕，《小說評論》，2005 年 3 月。

39. 張均，〈張煒與現代中國的仇恨美學〉〔J〕，《小說評論》，2005 年 3 月。

40. 王輝，〈「發現」與「追思」──論張煒小說中「個體」存在的意義〉〔J〕，《聊城大學學報》（社會科學版），2005 年 1 月。

41. 馮晶、張煒，〈莫言小說中的民間取向之比較〉〔J〕，《山東師範大學學報》（人文社會科學版），2006 年 2 月。

42. 張清華，〈「對高闊的詩意不能忘懷」〉〔J〕，《西部》，2007 年 9 月。

43. 張豔梅，〈齊魯作家的文化倫理立場──以莫言、張煒、尤鳳偉爲例〉〔J〕，《文藝爭鳴》，2007 年 8 月。

44. 張清華，〈在時代的推土機面前〉〔J〕，《小說評論》，2008 年 1 月。

45. 王輝，〈論張煒小說創作中的「自在性」〉〔J〕，《文藝爭鳴》，2008 年 2 月。

46. 王光東，〈意義的生成──張煒小說中的「主題原型」闡釋〉〔J〕，《當代作家評論》，2008 年 4 月。

47. 路翠江，〈張煒小說的故土情結及其文化意蘊〉〔J〕，《魯東大學學報》（哲學社會科學版），2008 年 4 月。

48. 張昭兵，〈承擔，逆行，重建，放逐──張煒鄉土詩性追求四步曲〉〔J〕，《陰山學刊》，2008 年 6 月。

49. 馮晶，〈張煒小說創作中植根民間大地的文學觀探索〉〔J〕，《東嶽論叢》，2009 年 9 月。

50. 孔慶林，〈張煒小說研究綜述〉〔J〕，《長城》，2010 年 8 月。

51. 梅疾愚，〈張煒對於中國當代文學評論的意義──在張煒小說討論會上的演講〉〔J〕，《文藝爭鳴》，2011 年 8 月。

52. 孟繁華，〈第八屆茅盾文學獎：爲什麼是「50 後」〉〔J〕，《文學與文化》，2011 年 4 月。

53. 徐潤拓，〈鄉土詩意與民族寓言──新時期山東作家創作印象〉〔J〕，《小說評論》，2011 年 5 月。

54. 李剛，〈20 世紀 90 年代散文的清潔精神與知識分子自我認同的重構〉〔J〕，《文藝評論》，2011 年 5 月。

55. 施戰軍，〈《你在高原》：探尋無邊心海〉〔J〕，《當代作家評論》，2011 年 1 月。

56. 賀紹俊，〈五十年代生人的精神之旅──讀張煒的《你在高原》〉〔J〕，《當代作家評論》，2011 年 1 月。

57. 涂昕，〈張煒小說中的兩個層面和齊文化的浸潤〉〔J〕，《當代作家評論》，2011 年 1 月。

四、參考的其他期刊論文

1. 王岳川，〈生態文學與生態批評的當代價值〉〔J〕，《北京大學學報》（哲學社會科學版），2009 年第 3 期。

2. 易暉，〈神秘主義在當代文學的挫敗與恢復〉〔J〕，《中國現代文學研究叢刊》，2011 年第 5 期。

3. 趙勇，〈從知識分子文化到知道分子文化──大眾媒介在文化轉型中的作用〉〔J〕，《當代文壇》，2009 年。

4. 文軍、黃銳，〈「空間」的思想譜系與理想圖景：──一種開放性實踐空間的建構〉〔J〕，《社會學研究》，2012 年。

5. 劉曉飛，〈作家·生態·文學──新世紀生態文學創作中的三個問題〉〔J〕，《文藝爭鳴》，2010 年。

6. 張昭兵，〈中國當代文學的鄉土想像──以莫言「高密東北鄉」系列小說爲例〉〔J〕，《長城》，2011 年。

7. 劉進，〈20 世紀中後期以來的西方空間理論與文學觀念〉〔J〕，《文藝理論研究》，2007 年。

8. 潘澤泉，〈空間化：一種新的敘事和理論轉向〉〔J〕，《國外社會科學》，2007 年。

9. 陸揚，〈空間理論和文學空間〉〔J〕，《外國文學研究》，2004 年。

10. 王弋璿，〈列斐伏爾與福柯在空間維度的思想對話〉〔J〕，《英美文學研究論叢》，2010 年。

11. 侯斌英，〈去往眞實的和想像的空間的旅程──析愛德華‧蘇賈的「第三空間」理論〉〔J〕，《新疆大學學報》（哲學，人文社會科學版），2010 年。

12. 王凱元，〈試論福柯的空間觀〉〔J〕，《長春工業大學學報》（社會科學版），2010 年。

13. 陳忠，〈空間批判與發展倫理──空間與倫理的雙向建構及「空間烏托邦」的歷史超越〉〔J〕，《學術月刊》，2010 年。

14. 張德明，〈旅行文學、烏托邦敘事與空間表徵〉〔J〕，《國外文學》，2010 年。

15. 胡豔琳，〈文學現代性中的生態處境〉〔D〕，北京大學（博士），2012 年。

16. 李靜，〈「空間轉向」中的當代中國小說研究〉〔D〕，蘇州大學（博士），2013 年。

17. 李婷婷，〈自反性地域理論初探〉〔D〕，清華大學（博士），2011 年。

18. 史旭，〈愛德華‧蘇賈的空間理論解讀〉〔D〕，廣州大學（碩士），2012 年。

五、參考的張煒研究碩博士論文

（一）博士論文

1. 王輝，〈迷戀與拒抗下的孤獨守望〉〔D〕，河南大學，2005 年。

2. 王薇薇，〈論張煒作品與齊文化的承接關係〉〔D〕，暨南大學，2010 年。

3. 任相梅，〈張煒小說創作論〉〔D〕，山東師範大學，2011 年。

4. 文娟，〈挑戰與應對〉〔D〕，華東師範大學，2013 年。

（二）碩士論文

1. 劉廣濤，〈張煒小說創作境界論〉〔D〕，山東師範大學，1996 年。

2. 郭豔，〈張煒小說論〉〔D〕，安徽大學，2000 年。

3. 王泉，〈論張承志、張煒及阿來小說的詩意敘事〉〔D〕，華中師範大學，

2000 年。

4. 石曙萍，〈民間和九十年代小說〉〔D〕，《當代作家評論》，2001 年第 1 期，《人大複印資料》（文史類），2001 年第 3 期。

5. 王豔玲，〈張煒小說的傳統文化情結〉〔D〕，西南師範大學，2003 年。

6. 任天華，〈自由與狂歡——論張煒小說創作的生命哲學〉〔D〕，河南大學，2003 年。

7. 許燕論，〈張煒小說中的逃亡主題〉〔D〕，西北師範大學，2009 年。

8. 張潔，〈精神的流浪與守望〉〔D〕，重慶師範大學，2008 年。

9. 陳鐵柱，〈張煒家族小說的親子關係研究〉〔D〕，重慶師範大學，2008 年。

10. 雷磊，〈試論張煒作品中的俄蘇因素〉〔D〕，華東師範大學，2009 年。

11. 涂昕，〈張煒小說中的結構層次與「大地」意象〉〔D〕，復旦大學，2009 年。

12. 蔡敏，〈張煒小說的神話性〉〔D〕，湖南師範大學，2008 年。

13. 封旭明，〈在生存的漩渦中超越〉〔D〕，湖南師範大學，2009 年。

14. 李娟娟，〈論新時期山東散文創作〉〔D〕，山東師範大學，2009 年。

15. 杜湘君，〈傾訴的品格〉〔D〕，蘇州大學，2008 年。

16. 何輝，〈論張煒新世紀小說創作的轉向〉〔D〕，河北師範大學，2007 年。

17. 查玉喜，〈飄揚在精神王國上空的兩面旗幟〉〔D〕，山東師範大學，2007 年。

18. 張立，〈論新時期小說中的桃源敘事〉〔D〕，蘇州大學，2007 年。

19. 張舒丹，〈堅守最後一片野地〉〔D〕，浙江大學，2007 年。

20. 馮晶，〈融入野地〉〔D〕，山東師範大學，2005 年。

21. 喬懿，〈自然主義與人道主義的統一〉〔D〕，山東師範大學，2006 年。

22. 王麗麗，〈精神還鄉：論中國現代文學中的「還鄉主題」〉〔D〕，蘇州大學，2005 年。

23. 盧麗華，〈「民間」燭照下的個體生存與群體烏托邦〉〔D〕，南京師範大學，2005 年。

24. 沈琛，〈從理想宣諭到平等對話〉〔D〕，河北師範大學，2005 年。

25. 程大志，〈變與常中的精神圖景〉〔D〕，山東師範大學，2004 年。

26. 侯國鵬，〈民間生存視閾中的人性觀照〉〔D〕，山東大學，2010 年。

27. 張康，〈論張煒小說中的「野地」意象〉〔D〕，湖南師範大學，2010 年。

28. 胡春芳，〈執拗的關注和悄然的轉變〉〔D〕，天津師範大學，2010 年。

29. 李冬影，〈自然中的行吟〉〔D〕，安徽大學，2010 年。

30. 鄧競豔,〈張煒與俄國文學〉〔D〕,湖南師範大學,2010 年。

31. 張宗慧,〈試論我國現代海洋小說的創作與局限〉〔D〕,山東大學,2010 年。

32. 劉華,〈論張煒小說創作中的生態意識〉〔D〕,東北師範大學,2010 年。

33. 成英玲,〈精神家族與精神家園〉〔D〕,山東師範大學,2010 年。

34. 杜德華,〈新時期小說中的土地敘事〉〔D〕,山東師範大學,2010 年。

35. 鄭偉,〈知識分子情懷與民間性間的徘徊——張煒創作論〉〔D〕,四川師範大學,2010 年。

36. 劉江,〈1990 年代的「人文精神」討論〉〔D〕,上海師範大學,2011 年。

37. 易向陽,〈論張煒小說作品中的「水」意象〉〔D〕,湖南師範大學,2011 年。

38. 袁超,〈道家生存哲學與 1980 年代中國文學〉〔D〕,河北大,2011 年。

39. 廉新亮,〈論張煒小說的道家文化精神〉,鄭州大學,2008 年。

40. 李玉傑,〈新世紀「鄉下人進城」敘事的「表述」偏頗〉〔D〕,鄭州大學,2011 年。